HEYNE BÜCHER

SCIENCE FICTION

Herausgegeben
von Wolfgang Jeschke

GENNADI GOR

DIE STATUE

Science Fiction Roman

Mit einem Nachwort von
Michael Nagula

WILHELM HEYNE VERLAG
MÜNCHEN

HEYNE SCIENCE FICTION & FANTASY
Band 06/4207

Titel der russischen Originalausgabe
ИЗВАЯНИЕ
Deutsche Übersetzung von Klaus-Dieter Goll
Das Umschlagbild schuf Robert C. Rore
Die Illustrationen sind von Gabi und Günter Reimer

Redaktion: Wolfgang Jeschke

Printed in Germany 1985
Umschlaggestaltung: Atelier Ingrid Schütz, München
Satz: Schaber, Wels
Druck und Bindung: Elsnerdruck GmbH, Berlin

ISBN 3-453-31181-7

Heute hast du mir Augen eingesetzt
und ein Herz in meine Brust gepflanzt.
Schon spüre ich Verlangen.
Ich, die Skulptur,
strebe zu den Menschen.

K. Waginow

I

Sie hatte Augen, einen Mund, eine Nase und einen Namen. Sie hieß Ophelia. Manchmal aber nannte man sie einfach ein Buch.

Ein Mädchen als Buch oder ein Buch als Mädchen? Vielleicht einfach eine »Halbskulptur aus Holz und Traum«, wie ein Dichter geschrieben hat?

Wäre sie nur eine Skulptur gewesen, auf unerklärliche Weise mit einem Traum verknüpft! Nein, sie war eine weitaus trügerischere, geheimnisvollere Erscheinung als ein menschlicher Traum.

Ein Buch? Aber wer wird das glauben? Und was ist das für ein Buch, das in keinem Regal gestanden hat, ehe es in mich einging und für immer mit meinem Bewußtsein verschmolz? Sie war mit mir zusammen, nachher mit einem anderen und vor diesem und vor mir mit Tausenden anderen – ein Wort, ein Bild und zugleich ein lebendiges Wesen.

Wenn sie scherzen wollte, nannte sie mich Leser.

Ein hintergründiges, uraltes und naives Wort. Lesen? Wovon lesen? Wozu? Für was?

Ja, manchmal nannte sie sich ein Buch, obwohl sie einen lachenden Mädchenmund und die schönen vollen Arme einer zum Leben erwachten Statue oder Göttin besaß. Sie lachte. Sie war eifersüchtig auf andere Mädchen, die nur Mädchen waren und nicht Göttinnen, die unsere Zeit und unser Schicksal bestimmen.

Ich will nichts erklären. Mag es die Epoche an meiner

Stelle tun. Doch sie hat es verlernt, Menschen wie mich zu begreifen.

Lange war ich abwesend, und als ich wiederkehrte, da hatte sich schon ein fremdes Denken, aus anderen Welten wie kosmischer Staub herangetragen, ins irdische Leben eingeschlichen.

Sie war die Verkörperung dieses aufregenden, sich einschmeichelnden Denkens, sie mit ihrem schmalen Gesicht und den großen, ein bißchen zu großen spöttischen Augen.

»Ophelia!«

Ich rief sie, schrie nach ihr im Gefängnis, versuchte, durch die Zeit und die dicken, feuchten, vom Gestank der Latrinenkübel durchtränkten Mauern zu ihr zu dringen.

»Ophelia!«

Und sie kam. Die Mauern traten zurück, und ich war wieder in jenem Garten, in dem ich ihr zum erstenmal begegnet war, oder am Flußufer, über dem langsam die Wolken meiner Kindheit trieben.

Sie trug mich mit sich hinweg durch Zeit und Angst, durch das Warten auf meine baldige, unvermeidliche Erschießung hindurch. Denn wenn sie auch ein Buch war, so blieb sie doch ein Mädchen mit großen Augen, mit einem Stück Himmel oder Wellenblau auf dem lachenden Gesicht.

Dann gab es eine Unterbrechung, und es begann ein neues Kapitel.

2

In diesem vergleichsweise friedlichen und ruhigen Kapitel befand ich mich noch in Freiheit. Aber ich war allen fremd, sogar mir selbst.

Und dann tauchte der automatische Erzieher auf, der mechanische Dolmetscher, elektronische Philosoph, halb Hegel, halb Spinoza und vielleicht auch Kant, mit dem rötlichen Zwirbelbärtchen und dem sonnengebleichten Kinn-

bart. Aus was für einem Stoff ist dieser Halb-Spinoza gemacht? dachte ich. Wessen modelliertes Gehirn hat man wohl seinem kugelfesten, superharten Kopf eingesetzt?

»Ich bin gutmütig, fröhlich und verständnisvoll«, sagte er zu mir, »wenn ich auch ein bißchen zum Schwatzen neige. Sie werden sich schnell an meine Unzulänglichkeiten gewöhnen.«

An Unzulänglichkeiten gewöhnt man sich schneller als an Vorzüge. Und ich gewöhnte mich daran. Ich gewöhnte mich an ihn, an sein Zwirbelbärtchen und seinen Kinnbart, an seine Art, sich zu räuspern und den Zeigefinger mit dem unvermeidlichen Trauerrand zu heben. Er gab sich alle Mühe, einem Menschen zu gleichen, und manchmal gelang es ihm.

Ein künstlicher Philosoph, ein kluger Gegenstand mit lebendigen und traurigen Augen. Er war ein Spielzeug, das mir das Schicksal persönlich zu meiner Unterhaltung und Zerstreuung beschert hatte.

Er sorgte sich um mich. Er half meinen weidlich verstörten Gefühlen, sich auf die überraschenden und paradoxen Situationen einzustellen, die das Leben, das mir um genau fünfzig Jahre voraus war, bei jedem Schritt verschwenderisch vor mir ausbreitete.

Als ich von den Sternen zurückgekehrt war – lassen wir den veralteten Traditionen des Genres ihr Recht –, da erkannte ich die anderen nicht mehr und sie nicht mich. Meine Altersgenossen waren inzwischen alte Männer und Frauen geworden, aber, so schien mir, irgendwie unnatürlich und künstlich, als hätten sie das Aussehen ihrer verstorbenen Großväter und Großmütter angenommen. Ich aber war wie früher ein flotter, etwas pickliger Bursche, als sei ich aus der Zeit ausgeschlossen und keiner Veränderung unterworfen. Damals hatte ich keine Ahnung davon, daß ihnen eine Vernunft von einem anderen Planeten ein arglistiges Geschenk gemacht hatte – die Ewigkeit, die Unsterblichkeit und alles, was damit zusammenhängt – und daß nicht ich, sondern sie der Zeit entzogen waren.

Ich wußte noch nichts davon. Man verheimlichte es mir. Und ich glaubte mich schon mit den neidvollen Augen der anderen zu sehen, als sei die Zeit an mir vorübergegangen, ohne auch nur meine Fingerspitzen zu berühren, die eine Zigarette hielten.

Jetzt gab es keine Zigaretten, keinen Tabak, keine Raucher. Nur in meinem Munde schwelte noch eine letzte Zigarette, fragwürdiges Symbol einer fernen, für die anderen nun schon romantisch verklärten Epoche.

Nicht alle hatten bis zu meiner Rückkehr ausgehalten, auch Klawa nicht. Es gab noch den Baum und die Allee, wo wir uns getroffen hatten, die Treppe, über die ihre leichten Mädchenfüße geeilt waren, wenn sie zu mir gelaufen kam, es gab noch die Erinnerung an ihre blauen, zärtlich blickenden Augen und ihr Lächeln, an die geliebte Stimme, die so melodisch und laut klang, so vertraut flüstern konnte. Aber sie gab es nicht. Sie hatte gewartet, doch vergebens.

Der künstliche Philosoph, elektronische Schulmeister und hitzebeständige Weise namens Schöner Strong war ein sympathisches Wesen aus einem unbekannten Stoff, den die Technologen geheimhielten. Schöner Strong (der elektronische Spinoza) bestand aus realisierten Formeln und Hypothesen, aus Emotionen, die von Psychologen synthetisiert, und aus Gedanken, die von Soziologen sorgfältig ausgewählt und gründlich überprüft worden waren. Er lächelte zart und gewinnend. Er kannte alle Dichter seit Dante auswendig ... Ein Aufklärer! Und wenn er sich Menschen oder menschenähnlichen Dingen vorstellte, so verkündete er mit zungenbrecherischer Schnelligkeit: »Strong, der Schöne«.

Nein, wenn jemand schön war, so er bestimmt nicht. Im Gegenteil. Übrigens, selbst das alte Wort »der Schöne« klang inzwischen ganz alltäglich und hatte seinen etwas fatalen Sinn längst verloren.

Strong der Schöne oder einfach Strong – lassen wir den warnenden Teil seines Namens diesmal weg – folgte mir wie ein Schatten und belehrte mich höchst delikat, bemüht, mich meine unfreiwillige Ignoranz und Rückständigkeit nicht spüren zu lassen.

Wie weit ich zurückgeblieben war, mögen Sie selbst beurteilen. Ständig geriet ich in Kalamitäten, wie ein Wilder, den man aus dem Waldesdickicht in eine Großstadt versetzt hat und der das Erniedrigendste erlebt, was es auf der Erde gibt – die Verachtung, die ihm sogar die Gegenstände zeigen, die durch die Zivilisation hochmütig geworden sind.

»Da darf man keine Kippen hineinwerfen«, belehrte mich der geduldige Strong. »Das ist kein Abfallkorb.«

»Und was ist es?« fragte ich.

Der Schöne Strong ließ meine Frage an seinen behaarten Ohren vorbeifliegen, Ohren, die wirkliche, lebende Menschenohren ideal kopierten. Und als ich meine Frage wiederholte, da sagte er mir, ich sei noch nicht reif, den Sinn und die Bedeutung mancher Dinge zu verstehen, die in den Jahren meiner Abwesenheit aufgekommen seien und ihren Grund in neuen Bedürfnissen der Menschheit hätten.

Das Gesicht des Schönen Strong nahm dabei einen höchst sympathischen und bezaubernden Ausdruck an, und mir fielen die Gene ein, die diesen Liebreiz durch das Dunkel der Generationen hindurch getragen hatten. Aber dann erinnerte ich mich ernüchtert daran, daß all dies ohne jegliche Beteiligung von Genen und Mutationen zustande gekommen war. Strong war ja ein künstliches Wesen. Menschlichem Charme mißtraute ich seit langem. Er galt mir als Kennzeichen der Adaption im Kampf ums Dasein. Ich wußte, was Charme war, und zog nüchterne, direkte und anscheinend egoistische Menschen den charmanten und heuchlerisch gutmütigen vor. Das hatte mich der Aufenthalt dort gelehrt, wo vor mir noch niemand gewesen war.

Aber kehren wir zu Strong, dem Schönen, zurück, zu seiner Fähigkeit, seinen Charme einzusetzen, sein Lächeln zu verströmen oder in ein Schweigen zu versinken, tief wie ein Ozean, und zugleich seinen Gesprächspartner in dieses Schweigen zu versenken.

Manchmal war ich zu hartnäckig, und er ließ mich seine Herablassung gegenüber meiner kläglichen Neugier spüren. Dann zeigte sein Gesicht weder Charme noch ein Lächeln, sondern etwas anderes. und mir fiel ein, daß das hintergründige Wort »der Schöne« wohl nicht zufällig zu einem Teil seines wohlklingenden Namens geworden war.

Er zeigte mit seinem nicht sonderlich sauberen dicken Finger auf einen Gegenstand, den ich unterwegs bemerkt hatte, und erklärte mir, das sei ein Zeichen oder Symbol.

»Ein Symbol wofür?« fragte ich.

»Eilen Sie nicht voraus«, erwiderte er. »Das ist die zehnte oder zwanzigste Seite des Buches, und wir beide lesen gerade die erste.«

Seltsam und rätselhaft. Vielleicht scherzte Strong? Auch das konnte sein. Er gehörte ja nicht sich selbst, reichte nicht mit seinen Wurzeln in die Tiefe aufeinanderfolgender Generationen, sondern war konstruiert . . . Setzen wir hier einige Punkte, und dringen wir nicht weiter in das Geheimnis der Herkunft des elektronischen Spinoza ein. Man sollte fremde Geheimnisse achten.

Nun zu den Dingen. Fast alle Dinge und Gegenstände waren zu Zeichen geworden, und die Umwelt unterhielt sich mit den Passanten über alles mögliche, sogar über das Wetter.

»Das alles sind Nachkommen von Verkehrszeichen«, erklärte mir Strong. »Ihre einfacheren Ahnen haben sich früher lakonisch mit den Autofahrern unterhalten. Diese hier dagegen . . . Jedes ist bereit, ihnen eine ganze Vorlesung zu halten.«

»Finden Sie nicht, Schöner«, sagte ich, »daß die Gegenstände reichlich geschwätzig geworden sind?«

»Nicht geschwätzig, sondern klug.«

Seine Stimme verriet schlecht verhüllte Kränkung. Schließlich war auch er ein entfernter Verwandter der Verkehrszeichen. Aber um nichts in der Welt hätte er das eingestanden. Er wollte zu gern ein Mensch sein.

Da schon einmal von den Menschenähnlichen die Rede ist, darf ein Vorfall nicht unerwähnt bleiben.

Ich ging am Kanalufer spazieren, diesmal ohne Strong. Er war seine künstliche Schwiegermutter besuchen gegangen, die aus einem plastischen rötlichen Material hergestellt war, oval und frauenähnlich. Ich vergaß zu erwähnen, daß Strong mit einer recht hübschen künstlichen Frau verheiratet war. Sie hatte auffällige sinnliche Lippen, die ständig wenig delikat und hartnäckig daran erinnerten, daß es das seltsame Wort »Kuß« gibt. Bei der Schaffung dieses Wesens hatten die Chemiker und Technologen offenbar die Steinzeitmenschen kopiert, die seinerzeit die Venus von Brassempuoy modellierten, die älteste und dickste aller Venusstatuen.

Ich schlenderte also am Kanalufer entlang. Plötzlich zwinkerte mir ein Metallpfosten, der unmittelbar am Wasser stand, mit seinem roten elektrischen Auge zu. Er gab mir Zeichen, die ich nicht verstand. Und den Dolmetscher hatte ich nicht dabei.

Das elektrische Auge zwinkerte mir zu und spielte offensichtlich auf irgendeine Beziehung an, die zwischen ihm, dem Gegenstand und Zeichen, und mir, dem zufälligen Passanten, bestand, der in diesen menschenleeren Teil der Stadt geraten war. Das Zwinkern wirkte ausgesprochen spöttisch und verschmitzt und zugleich überaus familiär, als ob bereits ein unsichtbares Band zwischem ihm und mir bestehe, und zwar nicht erst jetzt, sondern seit langem.

Er zwinkerte mir zu und wandte sich schon nicht mehr allein an mich, sondern auch an mein Unterbewußtsein, dem mehr über mich bekannt war, als ich selbst wußte oder wissen wollte. Anscheinend versuchte er, gegen meinen Willen Kontakt mit mir aufzunehmen, wie ein Hypnotiseur oder Telepath.

Das erstaunlichste aber war, daß sich an dem Metallpfosten eine Menschenhand zeigte. Und diese Hand drohte mir plötzlich mit dem Finger.

Ich nahm mir vor, diesen rätselhaften Stadtteil nie mehr ohne Strong zu besuchen. Aber das Gefühl, das mich dorthin zog, war stärker als ich. Und eines Tages passierte, was passieren mußte. Der Pfosten hielt mich an und sagte mir, ich solle vorsichtig sein, ein Unglück stehe mir bevor, und was das wichtigste sei, ich hätte es verdient.

Natürlich sagte ich Strong kein Wort von diesem seltsamen Pfosten. Aber das Unglück traf mich wirklich. Doch davon später.

Sonderbar war, daß man in der neuen Welt nirgends Bücher sah. Vielleicht waren sie hinter den beweglichen Zimmerwänden vor zudringlichen Blicken verborgen, ebenso wie die anderen Dinge des materiellen und geistigen Alltags, die früher jedem ein Dorn im Auge gewesen waren. Eines Tages sprach ich meinen Erzieher wegen der Bücher an, aber der elektronische Spinoza wandte mir den Rücken zu, einen künstlichen zwar, aber einen Rücken der beinahe wie jeder Rücken aussah. Ich vernahm die etwas rätselhaften Worte: »Bücher, hehehe ... Die Menschheit hat für ihre Gedanken und Gefühle eine Verpackung gefunden, die lebendiger und passender ist. In dem halben Jahrhundert ist alles anders geworden, auch unsere transportablen Gesprächspartner.«

»Ich hoffe, sie drohen den Lesern nicht mit dem Finger?«

»Wenn es nur das wäre. Nein, sie sind sehr viel aktiver geworden. Sie widerspiegeln Zeit und Raum nicht nur, sie verfügen auch darüber.«

»Machen Sie Witze, Strong? Das nehme ich Ihnen nicht ab. Die Bücher sind immer meine Freunde gewesen. Führen Sie mich in eine Bibliothek!«

»Nun gut, gut«, brummelte der künstliche Philosoph. »Obwohl, wenn man's recht bedenkt, wenig Gutes daran ist. Gehen wir.«

Er führte mich in einen Garten.

»Welcher Zauberer hat denn die Bücherregale in Bäume verwandelt?« fragte ich.

»Die Zeit.«

Mir wurde seltsam zumute. Das war wirklich ein Zaubergarten.

»Ophelia!« rief Strong plötzlich. »Ophelia!«

Auf einmal begannen die Bäume im Garten mit den Zweigen zu rascheln, wie auf einer Theaterbühne, wenn ein altes romantisches Drama gespielt wird. Im nächsten Moment bedeckte sich der Himmel mit Wolken. Es donnerte.

Und dann sah ich ein Mädchen. Sie stand da wie eine zum Leben erweckte Statue und wartete.

»Sind Sie die Bibliothekarin?« fragte ich.

»Nein«, entgegnete sie leise.

»Und was sind Sie?«

»Ich bin ein Buch«, sagte sie noch leiser.

Ein Donnerschlag krachte. Und plötzlich goß es in Strömen.

Der elektronische Spinoza öffnete einen Schirm über meinem Kopf.

»Halten Sie den Schirm lieber über sie«, sagte ich und zeigte auf das Mädchen, das in seinem leichten Kleid mitten im Regen stand.

»Keine Sorge«, brummelte Strong. »Die ist nicht aus Zukker. Die schmilzt nicht weg.«

Der Regen prasselte hernieder. Es donnerte. Rauschend wogten die Bäume hin und her. Und wir drei – ich, das Mädchen und der künstliche Denker, auf dessen leidenschaftslosem Gesicht ein trauriges Lächeln spielte – standen mitten im Regen.

»Gibt es denn hier in der Nähe nicht irgendein Dach?« fragte ich.

»Die Handlung hat begonnen!« rief Strong, den Sturm übertönend. »Wenn Sie uns von diesem Unwetter befreien wollen, blättern Sie die Seite um!«

Das Mädchen lachte auf.

Sofort war der Regen vorüber, und die Sonne zeigte sich.

»Sie müssen sich trocknen«, sagte ich zu dem Mädchen und wies auf das nasse Kleid, das ihr am Leibe klebte.

»Macht nichts. Es wird gleich trocknen. Sagen Sie, wann haben Sie zum letztenmal ein Buch gelesen?«

»Vor einem halben Jahrhundert. Ich erinnere mich sogar an den Titel. Es war ›David Copperfield‹.«

»Damals bestanden die Bücher aus Worten«, sagte das Mädchen.

»Und woraus bestehen sie jetzt?«

»Aus Zeit. Und aus nichts weiter.«

3

Wieder bewölkte sich der Himmel. Donnerschläge krachten.

Der künstliche Spinoza spannte wieder seinen Schirm auf.

»Blättern Sie schnell die Seite um«, sagte er.

Und die Seite wurde umgeblättert (nennen wir es vorläufig einmal so). Vielleicht begann auch ein neues Kapitel.

Vor uns lag eine morgendlich frische und freundliche Welt.

Ein Berg zog meinen Blick an. Wo war er hergekommen? Noch vor fünf Minuten hatte es ihn nicht gegeben. Aber die Handlung schritt schnell voran. Irgendwer baute unsichtbar und unhörbar die Dekorationen auf. Aber wer verwandelte diese Dekorationen in Natur, wann und wie? Wer belebte die Farben und gab dem Ganzen Duft?

Der Berg war blau und kühl, wie eine Wolke. Zwischen dunklen Lärchen und hellen Birken rauschte tönend und tosend ein kleiner Fluß. Bei einem nassen, fahlgrünen Felsblock hatte ein Maralhirsch den Kopf mit dem strauchartigen Geweih gesenkt und trank. Vielleicht befand auch er sich in einem geheimen Komplott mit dem unsichtbaren Regisseur, der dieses märchenhafte Panorama inszenierte, ebenso wie diese Lärchen, die Schwertlilien und die Blüten des Maralkrauts, von denen ein berauschender Duft ausging?

Die Luft war schwer und süß wie Maralmilch.

»War das, ist das oder wird das sein?« fragte ich den elektronischen Kant.

»Das war«, sagte er.

»Aber wenn das war oder sein wird«, wandte ich ein, »warum dauert es?«

»Das Sein und übrigens auch das Bewußtsein unterliegen hier einem anderen Rhythmus«, sagte Strong und zeigte auf einen Pfad.

Dort stand ein Mann in einem Reisemantel und lächelte mir freundlich zu.

Je länger ich ihn anschaute, um so mehr hatte ich das Gefühl, ihm schon einmal begegnet zu sein.

»Wer sind Sie?« fragte ich ihn.

»Bis jetzt noch niemand«, antwortete er.

»Wie soll ich das verstehen?«

»Eilen Sie nicht voraus. Lassen Sie alles erst auf seinen Platz kommen. Haben Sie es eilig?«

»Nehmen wir an, ich habe es eilig.«

»Ich rate Ihnen trotzdem, sich nicht zu beeilen. In der Zukunft erwartet Sie nichts Gutes. Wenn Sie es genau wissen wollen, Sie sind in einer Falle. Sagen Sie, haben Sie Novalis gelesen?«

»Nein.«

»Ich auch nicht.«

»Warum fragen Sie dann?«

»Um zu erfahren, mit wem ich es zu tun habe.«

Er sah mich eindringlich an. Dann blickte er um sich und zwinkerte mir zu. Noch einmal schaute er sich nach allen Seiten um, und wieder zwinkerte er mir zu.

»Sagen Sie mal«, platzte ich heraus, »sind Sie vielleicht mit dem Wegweiser verwandt, der mich vor einem drohenden Unglück gewarnt hat?«

»Ja«, erwiderte er leise, »ich bin auch ein Zeichen. Aber ich bin schon fast zum Menschen geworden. Sie dagegen werden sich bald aus einem Menschen in ein Symbol verwandeln.« Er lachte auf. »Nehmen Sie es sich nicht zu Herzen. Vielleicht scherze ich auch nur. Aber Sie hätten dieses Buch nicht bestellen dürfen, wenn Sie bleiben wollen, was Sie sind.«

»Wer sind Sie?«

»Diese taktlose Frage haben Sie mir schon einmal gestellt.«

»Aber Sie haben mir nicht geantwortet. Aus irgendeinem Grund sind Sie mir die Antwort schuldig geblieben. Also, wer sind Sie?«

»Ich bin ein Zeichen.«

»Was ist das?«

»Stellen Sie keine naiven Fragen. Sie sind kein Kind mehr.«

»Sehen Sie ... Ich war lange weg. War im Weltraum. Während meiner Abwesenheit ist auf der Erde irgend etwas passiert. Man verbirgt es vor mir, warum, weiß ich nicht. Ich habe davon gehört, daß ein fremdes Denken ins menschliche Bewußtsein eingedrungen ist .. Stimmt das?«

»Schweigen wir vorerst darüber. Niemand hat mich bevollmächtigt, Ihnen Geheimnisse zu enthüllen, für die Sie noch nicht reif sind.«

»Und wann werde ich reif dafür sein?«

Er lachte. Seine Art zu lachen kam mir bekannt vor. An wen erinnerte er mich?

In Gedanken ging ich alle meine Bekannten durch. Das war eine Art Spiel. Ich hatte es schon dort getrieben, im Vakuum des Alls, allein mit mir und dem furchtbaren Schweigen, um nicht zu einem Gegenstand dieser formlosen und zeitlosen Welt zu werden. Ich hatte meine Vergangenheit zur Hilfe gerufen und darin Halt gesucht. Mich selbst hatte ich gesucht, als wenn ich an der eigenen Existenz zweifelte.

Nun stand ich in einem lebendigen und wunderschönen Wald voller Düfte und Geräusche, hörte das Vogelgezwitscher und das Rauschen des Bergflusses, der an den Steinen schäumte. Und trotzdem brauchte ich einen Halt.

»Finden Sie nicht, daß ich Ihnen ähnlich bin?« fragte mich der Unbekannte.

Tatsächlich, nun bemerkte ich diese Ähnlichkeit.

»Na wennschon. Ich habe auch früher Menschen getroffen, die mir ähnlich waren. Wenngleich nicht oft. Und ich kann nicht sagen, daß mich das besonders gefreut oder vergnügt hätte. Es hat mich immer etwas ratlos gemacht. Die Menschen sind durchaus für Wiederholung und Ähnlichkeit von allem möglichen, von Sachen, Ereignissen, Personen. Aber . . .«

»Reden Sie nicht weiter. Mir ist alles klar. Meine Ähnlichkeit mit Ihnen muß der Logik widersprechen.«

»Das hat nichts mit Logik zu tun«, wandte ich ein, »eher mit Gefühlen. Es gibt nichts Schrecklicheres, als sich selbst zu sehen und auf einmal zu fühlen, daß das nur eine Ähnlichkeit, ein Spiel des Zufalls . . .«

»Ein Spiel des Zufalls«, unterbrach er mich. »Sie haben sich ziemlich genau ausgedrückt. Der Zufall wird noch öfter mit Ihnen spielen, da Sie nun einmal das Pech gehabt haben, in die Welt der Zeichen zu geraten.«

»Wie heißt das, wovon Sie gerade reden?«

»Es hat keinen Namen.«

»Eben. Was es bedeutet, haben Sie erklärt.«

»Alle ziehen es vor, dies nicht zu benennen. Man hat für das alles noch keine Bezeichnung gefunden. Zum erstenmal hat sich das menschliche Zeichen – diese fast kindliche philologische Leidenschaft, alles zu bezeichnen – im Grunde als machtlos erwiesen. Es gibt dafür keine Bezeichnung, weil es kein Wort gibt, das sein Wesen erfassen und ausdrücken könnte. Früher einmal hieß etwas entfernt, aber sehr entfernt Ähnliches ›Lesen‹. Aber nun . . . Sie sind nicht einfach ein Leser, der sich immer von einer Seite losreißen und das Buch schließen kann. Versuchen Sie es mal. Versuchen Sie, die Welt zu verlassen, in die Sie aus eigener Unvorsichtigkeit geraten sind. Es wird ihnen nicht gelingen, sowenig wie es anderen gelungen ist. Sie sind jetzt ebenfalls im Grunde ein Zeichen.«

»Ich, ein Zeichen?«

»Beweisen Sie mir, daß Sie es nicht sind.«

»Aber rings um uns ist lebendige Natur. Der Wald. Der Fluß. Hier, ich strecke die Hand aus und berühre den Baum. Es ist eine Birke. So eine Birke gibt es in keinem Buch, in keinem Traum.«

»Na schön. Sie haben mich beinahe überzeugt. Also – Sie sind kein Zeichen, und ich bin kein Zeichen. Wir sind gewöhnliche Menschen, die in eine außergewöhnliche Situation geraten sind. Bloß, damit ist weder Ihnen noch mir geholfen. Blättern Sie die Seite um!«

»Ich sehe keine Seite.«

»Blättern Sie in Gedanken um. Sie möchten nicht? Sehen Sie, sie hat sich schon von allein umgeblättert.«

Inzwischen hatte die Dekoration gewechselt. An die Stelle des blauen Himmels und des ebenso blauen, durchsichtigen und lärchenbeschatteten Flusses waren dicke, feuchte Mauern und ein erstickendes Halbdunkel getreten, die meinen seltsamen Gesprächspartner und mich umgaben.

»Wo sind wir?« fragte ich ihn.

»Im Gefängnis von Tomsk. Wir haben das Jahr neunzehnhundertneunzehn. Man verdächtigt Sie und mich, illegal mit der roten Partisanenabteilung Lubkows in Verbindung zu stehen.«

»Wer verdächtigt uns?«

»Koltschaks Spionageabwehr.«

»Und was wird mit uns geschehen?«

»Nichts Besonderes«, erwiderte er ruhig. »Wahrscheinlich wird man uns erschießen.«

»Weswegen?« fragte ich.

»Sie sind ein komischer Mensch. Weswegen? Um nichts und wieder nichts. Gibt es vielleicht irgendeinen Grund, ehrliche Leute zu erschießen? Sie suchen Logik, Gründe, Folgen. Die werden Sie vergeblich suchen. Übrigens, ich nehme an, auch sie werden eines Tages zum Vorschein kommen. Aber zu spät. Dann, wenn Sie und ich schon erschossen sind.«

»Sie auch?« fragte ich mit einer gewissen Hoffnung. »Sie haben mir doch gesagt, daß Sie ein Zeichen sind.«

»Ja und? Als Zeichen konnte ich mich in einer anderen Situation ausgeben. Hier wird mir niemand glauben. Hier glaubt man nichts. Hier wird verhört, geprügelt und dann erschossen. Erschossen ohne Verhandlung.«

»Trotzdem, sind Sie nun ein Zeichen oder ein Mensch?«

»Das spielt gar keine Rolle. Wir sind in einer Epoche, in der Zeichen und Symbole noch einen sehr bescheidenen Platz einnehmen. Wer wird mir schon glauben, wenn ich sage, daß ich kein Mensch bin, sondern nur ein Symbol, daß ich nur scheine, aber nicht existiere? Ich habe schon physische Leiden, Schmerzen erlebt. Während Sie hier in der Zelle schliefen, hat man mich geprügelt und verhört. Hier ist der Beweis. Sehen Sie, zwei Zähne hat man mir ausgeschlagen.«

Er öffnete den Mund und zeigte mir das blutende Zahnfleisch.

»Aber Sie spüren Schmerz? Sie haben Blut? Also sind Sie kein Zeichen, kein Symbol, sondern ein Mensch.«

»Ja, hier bin ich zum Menschen geworden.«

Ich hatte mich ein wenig an das Halbdunkel gewöhnt, das in der Zelle herrschte. Durch ein kleines, vergittertes Fenster fiel etwas Tageslicht. Anscheinend befanden wir uns im Keller.

Das Alltägliche ist immer realer als das Schöne. Ein nüchternes Amtszimmer, ein Bahnhof, ein von Mäusegeruch erfüllter Lagerschuppen, ein Krankenhausbett, ein schlecht beleuchteter Korridor und schließlich eine Gefängniszelle wirken um vieles glaubwürdiger als ein schattiger Wald und ein sommerliches, kühles Bergflüßchen in einer Schlucht.

Wald und Bergschlucht entführen uns in den Traum, ins Reich der Phantasie. Ein nüchternes Amtszimmer oder eine Gefängniszelle mit ihrer greifbaren und riechbaren Realität dagegen erlauben keine Flucht aus der Zeit in irgendeine Weite.

Nicht nur mit Augen und Nase, sondern mit der ganzen Haut und mit meinem ganzen Inneren gewahrte ich die unerschütterliche Existenz der engen Zelle, in der ich mich plötzlich befand.

»Vielleicht sollte man die Seite umblättern?« fragte ich meinen Begleiter und Nachbarn.

»Nein, mein Teurer«, erwiderte er spöttisch und bitter, »die Seite wird nicht umgeschlagen werden. Für uns beide hat die Romantik ein Ende. Etwas anderes hat begonnen, und davor gibt es kein Verstecken und kein Entrinnen.«

Verstecken konnte man sich wirklich nirgendwo, nicht einmal vor sich selbst. In der Zelle waren wir zu zweit. Noch. Manchmal blieb ich allein. Man holte meinen Zellengenossen zum Verhör. Meistens führte man ihn schweigend hinaus, ohne ihn aufzurufen. Einmal jedoch wurde sein Name genannt.

»Sinëussow!« schrie ihn der Aufseher an. »Was ist, kannst du nicht aufstehen?«

Er konnte wirklich nicht aufstehen. Am Vorabend hatten sie ihn fürchterlich geschlagen.

Man führte ihn hinaus, und dann war ich allein. Ich saß und wartete, wartete, bis man ihn wieder hereinbrachte. Nach dem Verhör war er außerstande zu sprechen. Schweigend lag er auf der Pritsche. Einmal sagte er zu mir: »Sie werden diesen Stabskapitän auch bald kennenlernen. Er wird nicht sofort anfangen, Sie zu schlagen. Zuerst wird er Ihnen Verse eigener Produktion vortragen. Hören Sie auf meinen Rat. Kritisieren Sie seine Verse nicht. Und geben Sie sich nicht als einen Menschen des zweiundzwanzigsten Jahrhunderts aus.«

»Sind Sie wirklich Sinëussow?« fragte ich.

Er blickte mich erstaunt an.

»Sie haben dieselbe Frage gestellt wie er.«

»Wer?«

»Der Untersuchungsrichter. Stabskapitän Nowikow.«

»Das heißt, er zweifelt daran?«

»Es gibt in der Natur keinen Gegenstand und keine Tatsache, an der der Stabskapitän nicht zweifeln würde. Aber seine Skepsis kommt mich sehr teuer zu stehen, ich habe keinen heilen Fleck mehr am Körper.«

»Sie haben meine Frage nicht beantwortet. Sind Sie wirklich Sinëussow?«

»So nennt mich der Untersuchungsrichter. Für ihn bin ich Sinëussow. Ich habe das schon im ersten Verhör zu bestreiten versucht. Dafür habe ich Blut spucken müssen. Wenn ich ihm zustimme und sage, daß ich Sinëussow bin, wird man mich erschießen.«

»Weswegen?«

»Wegen illegaler Verbindung zur Partisanenabteilung Lubkows.«

»Und wer sind Sie in Wirklichkeit?«

»Ein Zeichen.«

»Zeichen spucken kein Blut. Sie stöhnen auch nicht.«

»Kommt drauf an, was für Zeichen. Aber genug davon. Ich bin der Fragen und Verhöre müde. Schon den zweiten Monat kehrt man mir das Innerste nach außen. Gute Nacht!«

»Gute Nacht!« sagte ich.

Als ob es in einer Gefängniszelle eine gute Nacht geben könnte.

4

Mit einer eleganten Bewegung streckte mir der Stabskapitän ein offenes Etui entgegen, das prall mit Zigaretten gefüllt war.

Die Hand, der Duft eines etwas femininen Parfüms, das offene Zigarettenetui und der Strahl blauen Rauches, der den fast mädchenhaft feinen Nasenlöchern des Stabskapitäns entquoll, sahen vorläufig gar nicht nach einer Falle aus, die gestellt war, um mich darin zu fangen. Dennoch überfiel mich die Erinnerung an eine tückische Pflanze, die ich als Kind in einem botanischen Garten gesehen hatte, eine Pflanze, die zwar ihre Wurzeln in die heiße Erde senkte, sich jedoch zusätzlich damit beschäftigte, Insekten anzulocken und sie dann langsam in einer keineswegs vollkommenen Art von Magen zu verdauen.

Irgend etwas zweideutig Widernatürliches spürte ich auch jetzt, als wäre ich in die ferne Vergangenheit zurückgekehrt und stünde wieder vor jener rätselhaften Pflanze. Um das Außergewöhnliche mit dem Alltäglichen zu versöhnen, denken sich die Menschen Namen aus. Die verderbenbringende Pflanze besaß einen schönen lateinischen Namen. Ich habe ihn vergessen.

Auch der Stabskapitän hatte es eilig, seinen Namen zu nennen, um mich mit ihm zu versöhnen.

»Artemi Fjodorowitsch Nowikow«, sagte er mit betont freundschaftlicher und sanfter Stimme. »Und wer sind Sie?«

Ich antwortete nicht.

»Nehmen Sie eine Zigarette. Es sind englische. Können Sie Englisch?«

»Ich kann zehn Sprachen«, sagte ich, »zehn irdische. Und eine außerirdische. Die Sprache, in der man sich mit mir auf einem kleinen Planeten unterhalten hat, der so gar nicht der Erde gleicht. Aber es scheint, Sie glauben mir nicht?«

»Warum nicht?« sagte der Stabskapitän und blies mit einer kunstvollen Bewegung seiner Nasenflügel einen langen Strahl Zigarettenrauch in meine Richtung. »Ich glaube Ihnen gern. Ihr Zellengenosse hat mir ebenfalls versichert, daß er auf irgendeine Weise aus der Zukunft hierher geraten ist. Mir blieb nichts anderes übrig, als den Roman ›Die Zeitmaschine‹ von Herbert Wells durchzustudieren. Ich habe ihn mit Vergnügen gelesen. Und, wissen Sie, ich bin sogar dankbar dafür. Wäre ich Ihrem Zellengenossen nicht begegnet, hätte ich das Buch vielleicht nicht gelesen. Aber Lesen ist Lesen, und Untersuchung ist Untersuchung. Soweit mir bekannt ist, sind Sie Michail Dmitrijewitsch Pokrowski, Student der Medizinischen Fakultät der Universität Tomsk. Sie haben das Tomsker Privatgymnasium absolviert. Erzählen Sie, wie sind Sie dazu gekommen, sich illegal zu betätigen?«

Ich ertappte mich dabei, daß ich dem Stabskapitän im Grunde mit Interesse zuhörte. Es war, als gewönne ich an Realität, als würde ich zu dem, der ich in dieser wunderlichen Welt sein sollte. Ich besaß Namen, Vatersnamen, Familiennamen. Ich hatte eine Vergangenheit und eine Gegenwart. Bloß eine Zukunft hatte ich offenbar nicht. Noch bevor er mit dem Verhör begann, hatte mir der Untersuchungsrichter gesagt, daß man mich aller Wahrscheinlichkeit nach erschießen werde. Das hatte er mir in vertrauensvollem Ton mitgeteilt, beinahe flüsternd, wobei er seinen pomadig glänzenden Kopf mit dem jungen, nach englischen Zigaretten riechenden Mund ganz nahe zu mir herüberbeugte, als hätte er es eilig, mir ein Geheimnis zu enthüllen. Durch die Tonlage der Stimme und den Ausdruck seines sich plötzlich verändernden und erblassenden Gesichts hob er gewissermaßen hervor, daß er mir vertraute, und er begann sich auf einmal so zu verhalten, als sei er mein Komplice und bereit, mir irgendwie zu helfen, vielleicht sogar, mich vor der Erschießung zu retten.

Von Zeit zu Zeit senkte er seine trüben, verträumten Augen und schaute auf die vor ihm liegenden Akten, dann blickte er wieder auf und mich an, und dabei erzählte er mir, wer ich war, bevor ich in die Zelle kam. Wie ein talentierter Regisseur bereitete er mich auf die Rolle vor, die ich die wenigen kurzen Tage lang spielen sollte, die mich von der Auflösung trennten.

Ruhig, ohne Eile, sich wie mich in eine blaue Wolke Zigarettenrauch hüllend, beschrieb er meine Kindheit und Jugend, sprach von dem Privatgymnasium, das in den Mauern eines Klosters, neben den Zellen der Mönche gelegen hatte. Er hatte mein Leben bis ins einzelne studiert, ehe er mich zum Verhör kommen ließ. Aber was er von mir wußte, war für mich neu.

Dann fing er an, von sich zu erzählen. Seine Stimme wurde offenherzig und zutraulich, seine Augen wurden auf einmal heller, wirkten fast wie jungenhafte Gymnasiastenaugen. Durch das militärische Äußere des Offiziers schimmerte schon der Gymnasiast hindurch, der, so schien es, zum Spaß die Uniform seines älteren Bruders angezogen hatte. Mit höchster Kunst warf er die Last der grausamen Jahre von sich, die Last seiner Erfahrung, und kehrte dorthin zurück, wo auch ich einst geweilt hatte – in die Kindheit, in die Knabenjahre, in eine verschwundene Welt, auf deren Grund es so behaglich gewesen war.

Er hatte dasselbe Gymnasium besucht, es aber drei Jahre früher absolviert. Nun nahm er mich gleichsam an die Hand und führte mich dorthin zurück, in die Jugend, in die Kindheit, in unsere gemeinsame Welt, in der es so schön gewesen war und in der einem nichts weiter drohte als die Masern oder schlimmstenfalls Scharlach.

Das Privatgymnasium . . . Der Klassenlehrer, der wie Anton Pawlowitsch Tschechow aussah, stets mit einem Kneifer auf der Nase, dessen Schnur hinter dem mittelgroßen Lehrerohr endete, das an den Pausenlärm gewöhnt war und einem Gymnasiasten, der sich hatte etwas zuschulden kommen lassen, stets aufmerksam zuhörte. Der Religionslehrer, immer schlecht rasiert, in ewig zerknitterten Hosen, der die Gymnasiasten zum Morgengebet führte. Und der Herr Direktor selbst, ein liberaler und wohlerzogener Mensch, der außerdem noch Literatur unterrichtete und nur eine einzige Schwäche besaß: Er liebte es, in der Prüfung einen unglücklichen Abiturienten danach auszuforschen, was Nikolai Wassiljewitsch Gogol mit seiner seltsamen Novelle »Die Nase« hatte sagen wollen.

Tatsächlich, was hatte er sagen wollen, dieser Gogol, als er beschrieb, wie sich die Nase eines kleinen Beamten selbständig machte, eine Uniform anzog und mit einer lakkierten Kutsche in Sankt Petersburg herumzufahren begann? Der liebe, gute Gogol, hatte er sich etwa verschworen mit den erbarmungslosen Literaturlehrern, die im Examen solche Fallen stellten?

Der Stabskapitän lachte. Er war selbst ein Opfer dieses

Experiments des großen russischen Schriftstellers geworden, als er in der Prüfung dem Direktor und Philologen die Absichten des lange verstorbenen Klassikers nicht hatte erläutern können.

Ja, er war dieser tückischen Frage zum Opfer gefallen, und nun wollte er wissen, ob ich nicht auch vielleicht zufällig in diese Grube gefallen war, die der Klassiker im Verein mit den Philologen gegraben hatte. Wenn es mir irgendwie gelungen wäre, das zu vermeiden, so würde er sich freuen . . .

Die Erinnerungen an die Knabenzeit und die Gymnasiastenjahre hatten meinen Vernehmer anscheinend abgelenkt. Außerdem hatte er es nicht eilig. Vor ihm lag ein Bogen Papier, noch makellos weiß und wie ein Versprechen, daß er auch unbeschrieben bleiben würde.

Aber unversehens, wie durch die Drehung eines unsichtbaren Schlüssels, sperrte der Stabskapitän die Welt der Kindheit wieder zu, und mit ihr verschwanden Gogol, der alte Philologe und der gutmütige Klassenlehrer mit dem Tschechow-Kneifer. Das Gesicht des Stabskapitäns nahm einen Verzeihung heischenden Ausdruck an. Die Zeiten waren schlecht geworden. Das war das Ganze. Und ich mußte verstehen, daß Artemi Fjodorowitsch Nowikow daran nicht mehr schuld war als ich.

Aber wer war denn nun daran schuld? Es konnte doch nicht sein, daß es allein die Zeit war, die beschlossen hatte, schlecht zu werden, und uns trennte – Menschen, die einmal ein und dasselbe Gymnasium besucht hatten?

»Sie behaupten«, sagte der Stabskapitän, und seine Stimme nahm dabei einen metallischen Klang an, »Sie behaupten, daß Sie ganze fünfzig Jahre fern der Erde zugebracht haben?«

»Nicht fünfzig Jahre, sondern nur eins. Aber hier, auf der Erde, ist tatsächlich viel mehr Zeit vergangen. Haben Sie schon einmal von Albert Einstein gehört?«

»Einstein? Natürlich, natürlich! Der ist auch Mitglied ihrer bolschewistischen Untergrundorganisation?«

»Nein, das ist ein berühmter deutscher Physiker. Der Schöpfer der Relativitätstheorie.«

»Ja und? Auch ein Physiker kann schließlich Bolschewik sein.«

»Er ist nicht hier. Er lebt in Deutschland.«

»Von da ist ja die Seuche ausgegangen. Aber was wollten Sie von diesem Physiker sagen?«

»Möchten Sie, daß ich Ihnen seine Theorie erkläre?«

»Nein doch! Nein! Ich hasse die Mathematik. Dann lassen Sie uns schon lieber phantasieren, so, wie hier Ihr Zellengenosse phantasiert hat. Dieser Bolschewik erkennt nichts an außer der Zukunft. Die Zukunft mag es geben oder auch nicht. Aber die Gegenwart, die gibt es schon. Und vor ihr gibt es kein Verstecken, kein Entrinnen. Ich sehe, Sie sind auch so eine Art Jules Verne. Unser gemeinsamer Literaturlehrer, der Liberale, verstand etwas von Literatur. Diesen Jules Verne verachtete er wegen seiner Naivität. Was zum Teufel soll ein Flug zum Mond, wenn wir nicht einmal mit den Dingen auf der Erde fertig werden. Da sehen Sie, ich bin anstatt zum Mond zur Spionageabwehr gekommen – und Sie ins Gefängnis. Und wer hat uns dahin gebracht? Ihr Jules Verne. Niemand anders. Er hat uns verlockt mit seinem Traum von der Zukunft. Aber genug vom Mond, es reicht. Kehren wir auf die Erde zurück. Ihr Schicksal ist, erschossen zu werden. Das ist ein Axiom. Ich habe lange nicht begreifen können, was ein Axiom ist. Aber der Mathematiker im Gymnasium hat es mir erklärt. ›Der Mensch ist sterblich. Du, Nowikow, bist ein Mensch, und darum wirst du sterben.‹ Seitdem muß ich bei dem Wort Mathematik immer an den Tod denken. Möchten Sie rauchen? Ach ja. In Ihrem fernen Jahrhundert wird es ja nur noch Nichtraucher und Nichttrinker geben, wie in den Romanen von Jules Verne. Aber zur Sache. Sie haben sich mit Lubkow getroffen?«

»Nein, ich habe mich nicht mit ihm getroffen.«

»Spielen Sie nicht den Dummkopf. Sagen Sie die Wahrheit. Was wissen Sie über Lubkow?«

»Nichts. Und woher auch? Sie wissen doch, von woher ich gekommen bin.«

»Woher Sie kommen, weiß ich nicht. Aber wohin Sie gehen werden und wann, das weiß ich. Ich und der Herrgott, Sie nicht.«

»Versuchen Sie nicht, mir angst zu machen. Ich fürchte den Tod nicht. Als ich fast mit Lichtgeschwindigkeit durch das Vakuum des Alls flog, war er mein ständiger Begleiter.«

»Über das All sprechen wir später. Jetzt erzählen Sie erst einmal von Ihren Verbindungen. Uns ist im Grunde fast alles bekannt, es geht nur darum, das eine und andere zu vergleichen und zu überprüfen. Die Ermittlung, wissen Sie, ist auch eine Wissenschaft.«

Die Seite wurde umgeblättert. Ich war wieder in der Zelle, wo mich Sinëussow erwartete, der ebenfalls beschuldigt wurde, illegal in Verbindung zur roten Partisanenabteilung Lubkows zu stehen.

»Gab's Prügel?« fragte er mich.

»Nein. Es ist noch einmal so abgegangen. Er behauptet, wir hätten dasselbe Gymnasium besucht.«

»Ich fürchte, das ist ein Trick. Mir hat er zum Beispiel beteuert, er hätte meine Eltern gut gekannt. Ich habe ihn vergeblich davon zu überzeugen versucht, daß ich keine hatte.«

»Was denn? Hatten Sie wirklich keine?«

Er lachte.

»Das mag der Stabskapitän Nowikow klären. Meine Aufgabe ist, ein Rätsel zu bleiben. Freilich, vor der Erschießung wird mich das nicht retten.«

So wechselten wir beide allgemeine Redensarten und versuchten, die Zeit und uns selbst zu betrügen. Aber die Zeit lief inzwischen weiter, und die Dinge näherten sich der Entscheidung.

Eines Tages, als er vom üblichen Verhör in die Zelle zurückgekehrt war, sagte Sinëussow: »In Kürze wird man mich erschießen. Bevor ich diese Zelle für immer verlasse, möchte ich ein Geheimnis lüften. Sie sollen wissen, warum und weswegen Sie und ich hier sind. Während der Jahre, die Sie im Weltraum zubrachten, ist auf der Erde ein Ereignis eingetreten, das nicht rückgängig gemacht werden kann. Die menschliche Gesellschaft hat einen nichtkorrigierbaren Fehler gemacht. Verführt von einer außerirdischen Vernunft, hat die Wissenschaft den Menschen die Unsterblichkeit geschenkt. Die Folgen dieses zweideutigen Geschenks werden Sie, hoffe ich, selbst beurteilen können. Indem sie die Grenzen der Zeit überschritten, verwandelten sich die Menschen in Symbole, beinahe in Zeichen. Ich habe mich kategorisch geweigert, meine Zellinformation umstrukturieren zu lassen. Dafür bin ich in die Vergangenheit verbannt worden. Und wofür sind Sie verbannt worden? Das weiß ich noch nicht. Aber das ist jedenfalls der Grund dafür, daß wir uns hier befinden.«

5

Sinëussow ... So hatte ihn der Untersuchungsrichter genannt, und so stand es im Protokoll. Schließlich hatte er zugegeben, Sinëussow zu sein, ehemaliger Matrose der Schwarzmeerflotte, der sich unter verschiedenen Decknamen verborgen und sich mit einer Tätigkeit befaßt hatte, für die man ihn nun erschießen würde. Nachdem er sich als Sinëussow bekannt hatte, unterschrieb er das Protokoll. Er zog den Tod der Unsterblichkeit vor, die dort geblieben war, in der anderen Zeit, der Zukunft, die aber für ihn in seltsamer und paradoxer Weise nur Vergangenheit war. Aber was spielt das schon für eine Rolle für jemand, den man morgen abholen und an eine Ziegelmauer stellen wird. Die Zeit ist bodenlos, und wie winzig erscheint dagegen jener kurze Zeitraum zwischen Geburt und Tod!

Er hätte diese Bodenlosigkeit erfahren, hätte mit ihr verschmelzen können, denn Wissenschaft und Gesellschaft hatten ihm Unsterblichkeit angeboten. Aber er hatte sich geweigert, und nun wartete er auf sein Ende.

Noch war er hier. Ich hörte seine Stimme und sah sein Gesicht und seine Hände, die es bald nicht mehr geben würde. Und er sah wie früher mit Interesse auf mich, als sei nicht er, sondern ich ein Rätsel.

Ich schwieg. Auch er schwieg. Wahrscheinlich schaute er in Gedanken auf sein Leben zurück, und vielleicht bedauerte er die Wahl, die er getroffen hatte. Und wenn er sprach, so von den nebensächlichsten Dingen, von denen man sich leichter trennt, wenn man für immer die Welt der Gegenstände, Erscheinungen und Formen verläßt.

Dann wurde es Nacht, und er schlummerte ein oder stellte sich schlafend.

Auch ich schlief ein. Und vielleicht träumte ich, vielleicht aber wurde auch eine Seite jenes seltsamen Buches umgeblättert, in das mich irgend jemand eingeschlossen und dann den Schlüssel verloren hatte. Die Seite wurde umgeblättert, und ich befand mich wieder in der Existenz, an die der Untersuchungsrichter und Skeptiker Artemi Fjodorowitsch Nowikow nicht glauben wollte.

Ich stand wieder in dem Garten. Neben mir war der Schöne Strong mit dem aufgespannten Schirm in der Hand. Es regnete. Zwei Schritte vor mir stand das Mädchen in ihrem leichten Sommerkleid mitten im Regen.

»Sie sind ein Buch?« fragte ich das Mädchen.

»Ja und nein. Aber das ist bedeutungslos. Ich habe Ihnen geholfen, in die Zelle des Tomsker Gefängnisses zu kommen. Das ist eine Art Prüfung, die Sie bestehen müssen. Während Sie im Weltraum waren, sind auf der Erde gewisse Veränderungen vorgegangen. Es ist noch zu früh für Sie, das genau zu erfahren.«

Sie stand im Regen. Und dieser Kauz Strong hielt den Schirm in der Hand, als könne er damit den auf uns herab gießenden Himmel verdecken.

Es goß und goß und goß. Die Tropfen liefen am Gesicht des Mädchens hinunter wie an einem Standbild.

Sie stand im Regen, und daneben stand der elektronische Spinoza oder hochmolekulare Hegel mit seinem Schirm in

der Hand. Zuerst dachte ich, alles sei nur ein Traum – die Bäume, die lebendig gewordene Skulptur und der künstliche Hegel mit dem aufgespannten Schirm, aber meine Kleidung durchnäßte völlig, und ich begann zu frösteln.

»Warum bin ich hier?« fragte ich Ophelia.

»Warum sollten Sie dort sein? Ich sehe, Sie haben es eilig, in Ihre Zelle zurückzukehren?«

»Wie bin ich hierhergekommen? Weshalb? Ich habe die Unsterblichkeit nicht verweigert wie mein Zellengenosse Sinëussow. Warum hat man mich also in ein anderes Jahrhundert verbannt?«

Das Gesicht des Mädchens begann sich schnell zu verändern, besonders die Augen, und schon kam es mir vor, als stünde nicht sie neben mir, sondern ein Semaphor, ein Semaphor in einem leichten Sommerkleid, schien mir, daß in dem einen großen Mädchenauge bereits ein rotes Lämpchen glühe, während sich das andere Auge geschlossen habe. Und das rote Auge zwinkerte mir zu.

Ich vernahm die leisen Worte: »Das dürfen Sie nicht wissen. Die Zeit ist noch nicht gekommen.«

Der Regen rann und rann. Es rauschte und plätscherte. Wir standen immer noch am selben Fleck – der elektronische Spinoza mit seinem Schirm, Ophelia, die einer belebten Statue glich, und ich.

»Ist es denn hier im Regen schlechter als dort in der Zelle, nun schon allein?« fragte Ophelia. »Ihren Zellengenossen hat man erschossen.«

»Nein, hier ist es trotzdem besser ... Aber kehre ich denn nicht mehr dorthin zurück?«

»Gleich werden Sie zurückkehren. Der Regen wird aufhören, und Sie werden sich wieder dort befinden. Darum bitten Sie das Schicksal, daß der Regen noch anhält.«

»Wie lange kann er noch dauern?« fragte ich. »Sie sind bis auf die Haut durchnäßt. Und Sie tun mir leid.«

»Sie selbst sollten sich leid tun. Ich brauche niemandem leid zu tun. Ich bin ein Buch.«

»Sie, ein Buch? Und ich?«

»Auf diese Frage werde ich nicht antworten.«

»Warum?«

»Weil das sehr kompliziert ist. Und in allem ist keine Logik. In manchen Stunden sind Sie ein Mensch, in anderen ein Zeichen.«

»Ein Zeichen?«

»Ja, warum denn nicht? Sie sind zur Figur eines Buches geworden, das heißt, Sie sind zu einem Symbol geworden. Ist nicht ein Schauspieler, der im alten Theater oder im Film eine Rolle gespielt hat, auch zu einem Symbol, einem Zeichen geworden? Doch lassen wir die Spitzfindigkeiten. Wie gefällt Ihnen der Stabskapitän?«

»Der Stabskapitän? Er hat mir kürzlich eröffnet, daß er meine Aussagen unter seinem Namen als wissenschaftlich-phantastischen Roman veröffentlichen will. Er hat es satt, in der Spionageabwehr zu arbeiten. Schicken Sie mich nicht zu ihm, lassen Sie mich hierbleiben.«

Ich blickte Ophelia an. Wie im Märchen fing sie an, sich zu verändern, mehr und mehr wurde sie Klawa ähnlich, die auf meine Rückkehr zur Erde gewartet und die ich doch nicht mehr angetroffen hatte.

»Sind Sie wirklich ein Buch?« fragte ich.

»Wie oft haben Sie mich das schon gefragt!«

»Aber wenn Sie ein Buch sind, heißt das, Sie sind kein Mensch?«

»Diese Frage kann nicht die Logik, sondern nur das Gefühl beantworten. Was sagen Ihnen Ihre Gefühle, wenn Sie mich ansehen?«

»Daß Sie sehr schön sind. Realität und Traumgesicht zugleich. Aber warum nennen Sie sich ein Buch? Ein Buch ist eine Sache, ein Gegenstand.«

»Gedanken und Gefühle kann man nicht als Gegenstände bezeichnen.«

»Sind Sie etwa nur ein Gedanke? Sie sind doch ein lebendiges Mädchen, ein Stück lachendes Fleisch und Blut. Ein Gedanke ist fleischlos. Sie aber haben blaue, spöttische Augen, runde Arme, eine Stupsnase und lächelnde Lippen.«

»Mal gibt es mich«, sagte sie, »mal nicht. Ich bin wie ein Märchen. In einigen Sekunden werde ich verschwinden, und Sie werden sich im Jahre neunzehnhundertneunzehn wiederfinden, in der Stadt Tomsk.«

6

Die Seite wurde wieder umgeblättert. Wieder saß ich dem Stabskapitän Aug in Auge gegenüber.

»Ich möchte, daß Sie ein bißchen Ablenkung haben«, sagte Nowikow. »Das wird Ihnen Ihre Leiden erleichtern, Ihnen die Möglichkeit geben, auf andere Gedanken zu kommen. Ich vergesse auch alles, wenn ich Ihrer Erzählung zuhöre. Gestern abend habe ich Ihre Aussagen durchgelesen. Fieberphantasien ... Bruchstücke eines Traums, aber kein Protokoll. Wie soll ich erklären, was ich selbst nicht verstehe? Was soll da das zweiundzwanzigste Jahrhundert, wenn alle Ihre Merkmale mit denen eines gewissen Michail Dmitrijewitsch Pokrowski übereinstimmen? Ich habe Ihnen seine Fotografie gezeigt. Was kann überzeugender sein als so ein Bild? Natürlich, wenn Sie beweisen könnten, daß Sie nicht Pokrowski sind ... Aber Sie sind in derselben Straße und in demselben Haus verhaftet worden, wo dieser Student gewohnt hat. Sie sind vom Gefängnisarzt und vom Psychiater untersucht worden. Der Verdacht, daß Sie psychisch krank sind, entfällt. Es kommt also nur noch darauf an, Bilanz zu ziehen und den Schlußpunkt unter ihren schon viel zu lange hingezogenen Fall zu setzen.«

»Ich bin zu allem bereit.«

»Soso, dafür bin ich nicht bereit. Manchmal kommt es mir vor, als ob wir beide das Opfer irgendeines Durcheinanders, eines logischen Fehlers sind. Und dann fange ich an zu glauben, daß Sie wirklich ein Mensch einer anderen Epoche sind, der in unser Jahrhundert geraten ist.«

»Nein«, antwortete ich. »Ich bin Pokrowski.«

»Hören Sie auf, markieren Sie nicht den Dummkopf. So wichtig ist das nicht, wer Sie sind – Pokrowski oder nicht Pokrowski. Ich habe schon ins Protokoll geschrieben, daß Sie Pokrowski sind. Und das Protokoll, das ist Ihr Schicksal. Wir werden jetzt jedoch nicht vom Ende sprechen, sondern zum Anfang zurückkehren. Erzählen Sie von Ihrer Vergangenheit!«

»Von wessen Vergangenheit? Von Pokrowskis Vergangenheit?«

»Nein, von Ihrer. Erzählen Sie mir von dem kleinen Planeten, auf dem Sie waren. Beschreiben Sie die Fauna und Flora. Nur, wissen Sie, alles der Reihe nach. Wie in dem Geographie-Lehrbuch mit der Abbildung des Tapirs. Wie hat mir dieser Tapir gefallen, als ich noch Gymnasiast war! Sagen Sie, Tapire gibt es dort wohl nicht?«

»Nein.«

»Schade. Und ich hatte so gewünscht, daß es sie dort gibt. Ich habe das ganze Leben davon geträumt, einen Tapir zu sehen, aber nicht auf einem Bild, sondern in Natur. Es ist nichts daraus geworden. Zuerst das Gymnasium. Dann das Holzkontor. Anschließend die Fähnrichsschule. Dann der Bürgerkrieg . . . Und dort, auf Ihrem kleinen Planeten, wie sieht es dort aus? Führt man Krieg oder nicht? Gibt es Weiße dort oder gar Rote? Aber wenn es da keine Tapire gibt, interessiert er mich nur wenig. Und Sie sind tatsächlich dort gewesen?«

»Ich war dort. Sie werden nie dort sein.«

»Dafür werde ich leben. Lange, lange leben. Werde mir eine Frau anschaffen, so ein üppiges Weibchen wie aus Semmelteig gebacken. Werde mit ihr schlafen. Kaviar werde ich mir einhelfen und Sterletsuppe, und morgens werde ich Kakao trinken. Sie aber werden übermorgen erschossen.«

Diese Worte klangen noch in meinen Ohren, als man mich in die Zelle brachte. Sinëussow traf ich nicht mehr an. Die Pritsche bewahrte noch den Abdruck seines Körpers. Gerade noch war er hiergewesen. Aber er war nicht da.

War nirgendwo. Nie mehr würde ich seine leise, beinahe flüsternde Stimme hören.

Vor kurzem erst hatte er mir gesagt, es gebe Menschen und es gebe Zeichen und man könne sie gar nicht so leicht unterscheiden. Und dabei lachte er auf, lachte anscheinend unvermittelt auf und fing zu husten an, um sein Lachen zu verbergen. Sehr komisch, nicht wahr, daß ein Zeichen manchmal sehr schwer von einem Menschen zu unterscheiden ist?

»Stabskapitän Nowikow«, sagte Sinëussow, »ist ein typisches Zeichen. Ein Symbol.«

»Wofür?« fragte ich.

»Dafür, daß zwei mal zwei vier ist. Wenn zwei mal zwei nicht vier, sondern fünf wäre, dann wäre der Stabskapitän Nowikow unmöglich.«

»Aber dann wäre alles unmöglich, auch Sie und ich.«

Er antwortete nicht. Anscheinend hatte ihn ein plötzlicher Gedanke dem gegenwärtigen Augenblick entrissen und die Zelle vergessen lassen.

Nach einiger Zeit wiederholte er: »Nowikow ist ein Zeichen. Er ist sich selbst gleich.«

Dann trat Stille ein.

7

Bis zur Erschießung blieb nur noch eine Nacht. Eine Nacht und der Morgen. Doch Ophelia erinnerte sich dennoch an mich. In der Nacht, als nur noch wenige schnelle Stunden bis zum Morgen verblieben waren.

Ich erwachte, aber nicht in der Gefängniszelle, sondern im Wald, auf jenem fernen liebenswürdigen kleinen Planeten, von dem ich dem Stabskapitän erzählt hatte.

Ich fühlte mich ungewöhnlich leicht, als sei ich nicht in die Zukunft, sondern in die Vergangenheit versetzt, in meine ferne und für immer verlorene Kindheit.

Der Planet unterhielt sich mit mir wie meine Kinderfrau.

Märchen erzählte er und sang mir Lieder. Ich lauschte ihm. Zärtliche Mutterstimme, Flüstern. Was er mir zuflüsterte? Immer dasselbe: daß er, dieser Planet, meine Mutter sei.

Ihre Stimme war fern und ihr Flüstern nah, als wäre sie dort und hier, hier, nicht weiter entfernt, als ein ausgestreckter, warmer und leichter Frauenarm reicht. Ich hörte, wie sich ihre Finger berührten, und der Duft ihres Haars war um mich, aber nie sah ich sie. Vor meinen Augen waren Wasser, Pfade, Zweige, Vögel. Dieser Wald war wie ein Poem, ein lebendiges und bebendes Ganzes von Wellen, Zweigen und Vogelstimmen.

Betrat ich einen Pfad, so wußte ich, er würde mich nirgendwohin weg von mir führen, wie in der Kindheit, als mich Verwandte und Freunde umgaben und überall, wo immer ich mich befand, die zärtlichen Hände der Mutter waren.

Eine seltsame Welt. Menschen gab es hier nicht, und dennoch fühlte ich mich nicht allein.

Die Menschen kamen später. Ich sah sie zum erstenmal, und doch kam es mir vor, als hätte ich sie irgendwann gekannt, als seien sie Abgesandte meiner Kindheit. Sie nannten mich gleich »du«. Und das empfand ich als ganz natürlich.

Zum erstenmal in meinem Leben fühlte ich den rätselhaften Sinn dieses wie eine alte Münze abgegriffenen Wortes. Durch die gewohnte Verbindung der Laute hindurch wurde ein Stück Geheimnis offenbar, vielleicht eines der tiefsten Geheimnisse des Seins.

Sie verbanden mir die Augen, damit ich sie nicht sehen sollte.

Dunkel war um mich. Die Stimmen verstummten. Und plötzlich vernahm ich ein Flüstern.

»Wer flüstert dort?« fragte ich. »Wer spricht da in der Dunkelheit?«

»Ich«, antwortete eine Frauenstimme.

»Und wer sind Sie?«

»Die Biosphäre dieses Planeten«, sagte eine wunderbar melodische und mir unendlich bekannte Frauenstimme.

»Die Biosphäre? Aber warum haben Sie dann die Stimme meiner Mutter, die schon lange tot ist? Ihr Grab ist fern von hier. Auf der Erde. Warum sprechen Sie die Wörter mit der gleichen Intonation, wie sie es tat?«

»Auch ich bin Mutter«, sagte sie.

»Aber nicht meine.«

»Ich bin die Mutter von allem, was hier lebt und atmet. Ich bin die Mutter der Flüsse und der Wolken, der Vögel und der Bäume.«

»Aber weshalb haben Sie die Stimme meiner Mutter?«

»Ich weiß nicht. Möchten Sie, daß ich Ihnen ein Lied singe, das Ihnen Ihre Mutter gesungen hat?«

»Singen Sie. Aber nehmen Sie mir zuerst die Augenbinde ab. Ich möchte Sie sehen.«

Sie nahm die Binde von meinen Augen.

8

Sie nahm die Binde von meinen Augen, und ich sah Licht, das rote Licht einer Ampel.

Ich stand an einer nächtlichen Straßenkreuzung, unweit jenes Kanals, an dem ich hin und wieder mit dem elektronischen Spinoza spazierengegangen war.

Der Metallpfosten am Wasser begann mir mit seinem roten elektrischen Auge zuzuzwinkern. Er hatte eine beinahe menschliche Hand. Und mit dieser Hand winkte er mich heran, lud mich ein, näher zu treten.

»Was denn, kennst du die Sprache der Verkehrszeichen nicht?« fragte er mich mit der heiseren Stimme eines Trunkenbolds. »Oder hältst du dich für etwas Besseres, willst nicht kommunikabel sein? Umsonst. Aber wenn du die Symbolik der Zeichen nicht kennst, werde ich in eurer unvollkommenen und ungenauen Menschensprache mit dir reden. Ich bin eine Sache. Begreifst du das? Ich bin eine Sache, aber klüger als du. Ich sehe, du bist nicht einverstanden und hast es eilig. Doch ich werde dich aufhalten. Es ist meine Pflicht, aufzuhalten, die es zu eilig haben. Meine heilige Pflicht. Wer sich beeilt und wohin, interessiert mich im allgemeinen wenig. Die einen eilen zur Verabredung mit der Freundin, andere wollen schnell nach Hause, um sich zu erholen oder zu zerstreuen. Du eilst zum Rendezvous mit dem Tod. Bis zum Morgen sind es nur noch wenige Stunden. Und am Morgen sollst du erschossen werden. Aber zwischen deiner Erschießung und dir stehe ich mit meinem roten Auge. Ich zwinkere dir zu, ich lasse dich nicht durch, ich sage dir: Warte! Warte! Koltschaks Henker haben keine Ahnung, wo du jetzt bist. Sie denken, du verschläfst im Gefängnis deine letzten Stunden. Schlafe bis dahin! Schlafe! Und denke, du träumst. Im Traum unterhalten sich die Verkehrszeichen mit dir. Und der Weg, auf dem du stehst, führt dich zur Verlängerung des Lebens und nicht zum Ende an der Ziegelmauer in dem finsteren Winkel, wo, vor Kälte zitternd, eine Abteilung Soldaten auf dich wartet, deine unfreiwilligen Henker. In den Patronentaschen haben sie Patronen. Und in jeder Patrone ist die Vollendung deines Schicksals. Aber kneife nicht die Augen zu, kneife sie nicht zu, ich bitte dich darum, und unterdrücke das Zittern. Ich halte dich auf auf dem Weg zu deiner Hinrichtung, und es kann passieren – du kommst zu spät. Sie werden kommen, um dich abzuholen, aber sie werden dich in der Zelle nicht finden, als ob du durch die Wand gegangen seist. Beeile dich nicht! Man soll sich niemals und nirgendwohin beeilen, um so weniger zur eigenen Hinrichtung. Was schweigst du? Sag mir ein paar Worte. Zwinkere mir zu, lache, begreife, daß nichts auf der Welt wichtiger ist als Symbole, als Zeichen. Ich bin ein Zeichen. Ich lebe auf dem Weg. Durch mich wird der Weg lebendig. Beeile dich nicht! Mögen sich deine Henker beeilen. Wir werden ihnen einen Streich spielen, und ihre Finger, die nach deinem Hals greifen, sollen ins Leere fassen. Ich werde dir jetzt Verse vortragen, die ein besonderer Dichter geschrieben hat. ›Als zu Ende war sein Leben, da strebte er in fremdes noch hinein, und nur das Blättern einer Seite kann manchmal eine Unterbrechung sein . . .‹ «

Ich blickte auf die Ampel. Anstelle des hellroten leuchtete jetzt grünes Licht.

»Geh«, sagte er leise. »Der Weg ist offen.«

Und ich erwachte.

9

Ich erwachte auf der Gefängnispritsche. Diesmal nicht im Traum, sondern in Wirklichkeit.

Ich erwachte, und dann wartete ich, daß sie mich holten.

Eine Uhr hatte ich nicht. Die Uhr war in mir. Sie zählte die Sekunden, die bis zur Erschießung blieben.

»Eins, zwei, drei, vier, fünf, sechs«, zählte ich, wie in der Kindheit.

Ich zählte, um mich zu beschäftigen, um mich abzulenken, um nicht den Verstand zu verlieren.

Ich flüsterte:

»Bewahr mich Gott, verrückt zu werden.
Nein, lieber Stock und Bettelsack
nein, lieber täglich Müh und Plag . . .«

Doch statt Irrsinn, Stock und Bettelsack drohte mir das Nichts.

Ich lauschte und wartete. Aber es war still, so still, als habe sich Schlaf auf das ganze Gefängnis gelegt. Nur unter den Dielen nagte irgendwo eine Maus. Es schien, als zählte auch sie die Sekunden.

Langsam, langsam wurden Stunden aus diesen Sekunden. Aber niemand holte mich, als hätten mich alle vergessen.

10

Die Henker hatten sich verspätet. Es gab einen triftigen Grund dafür. Einheiten der Roten Armee waren in Tomsk eingedrungen. Und Stabskapitän Artemi Fjodorowitsch Nowikow hatte anderes im Sinn als mich.

Er floh nach Atschinsk, aus Atschinsk nach Irkutsk, und dann tauchte er in Petrograd auf, mit einem neuen Namen und einem neuen Paß, seine metallisch glänzenden, rabenschwarzen Haare hatte er rotblond gefärbt, und die mädchenhaft feine, unvergleichlich gerade Nase zierte nun ein altmodischer Kneifer.

Ich befand mich in Freiheit und atmete frische Luft, die nicht nach Mäusen, Gefängnissuppe und Fußlappen roch. Mit unruhig schlagendem Herzen blieb ich bei der Wohnung stehen, von der ich träumen werde, wenn ich in mein Jahrhundert zurückkehre.

Der Medizinstudent Michail Dmitrijewitsch Pokrowski – nehmen wir einmal an, ich bin es. Nehmen wir an, ich habe in dieser Wohnung gelebt, bis mich die Mitarbeiter der Abwehr abholten, diese Söhnchen wohlhabender Eltern, ständigen Bordellbesucher, Nemirowitsch-Dantschenko-Leser und Verehrer der Breschko-Breschkowskaja. Sie kamen zu mir, ausgesucht höfliche, wohlerzogene und intelligente Menschen, und führten mich ab. Die Dokumente beweisen, daß ich ebendieser Michail Dmitrijewitsch Pokrowski gewesen bin. Und genau das bewies auch ein kleines Foto auf hartem Karton, die Aufnahme eines Jahrmarktsfotografen, die mich vor der geschmacklosen Kulisse eines Sees und der unvermeidlichen Schwäne zeigte, vor dem ewigen Hintergrund, der Anspruch erhebt, die Welt zu ersetzen.

Aber war ich Pokrowski? Das ist schon etwas anderes. Alle Bekannten dieses Studenten hatten ihn in mir erkannt, auch die Wohnungsinhaberin, die bärtige und langnasige Witwe Burundukowa, die aussah wie ein Brett, dem jemand einen Schal und ein langes verschlissenes Kleid übergehängt hat. Er und ich, wir waren ein und dieselbe Person. Aber warum bestätigte mein Gedächtnis diese Tatsache nicht? Warum versuchte mein Gedächtnis mich davon zu überzeugen, daß ich hierher, in das Tomsk des Jahres 1919, aus einer anderen Zeit und von einem anderen Ort gekommen war, um alle Anhänger Newtons und Einsteins, die nicht ahnten, daß man die Zeit wie eine Uhr verstellen kann, der Unwissenheit zu zeihen?

Die Witwe Burundukowa schnalzte wie ein Kutscher mit der Zunge, füllte Stschi in einen Teller, legte ein Stück Fleisch dazu, servierte mir den Teller und begann mir zu versichern, ich sei vom Tode auferstanden, aus jener anderen Welt zurückgekehrt. Aus jener anderen Welt, wiederholte sie, und ahnte nicht einmal, wie nahe sie der Wahrheit war. Der Stschi duftete nach Stschi, es roch nach Fleisch und nicht nach Balanda. Die hatte ich im Gefängnis gegessen und dabei an die Sterne gedacht, an die synthetischen Fladen und künstlichen Früchte, Produkte der Fabrikfarmen, in denen die Natur aufs neue konstruiert wurde, dem entschlüsselten genetischen Kode entsprechend und nach Rezepten, den echten Apfelbäumen und natürlichen Kirschbäumen in nach allen Regeln der Kunst geführten Verhören listig abgelauscht von den Genetikern und Chemikern, die den Herrgott ersetzt hatten.

»Aus jener Welt«, wiederholte die hagere Witwe mit ihrem Kutscherbaß. Und ich war ja in der Tat »aus jener Welt«, nur war »jene Welt« nicht die jenseitige Sphäre aus dem religiösen Mythos, sondern handfeste Realität, die für die reichlich naiven und einfältigen Bürger der zwanziger Jahre des zwanzigsten Jahrhunderts noch nicht angebrochen, für mich aber schon Vergangenheit war.

Ich aß den Stschi, leckte den Holzlöffel ab und blickte auf die Reproduktion an der Wand. Sie zeigte einen laufenden Wolf, auf dessen Rücken ein Mädchen ritt, und das Garn meines Gedankens verband den gemütlichen, zahmen Wolf mit dem Stschi. Das war konkreter als die Sterne, als die Genetik und die englischen Zigaretten des schönen

Henkers mit den Stabskapitänslitzen und seinen Gesprächen über den Direktor eines Privatgymnasiums, der aus Gogol eine Falle für Gymnasiasten gemacht hatte.

Der Stschi auf dem Teller nahm rasch ab, aber der Teller war eine Realität, ebenso wie der russische Ofen und die Küchenschabe, die aus einer Ritze kroch, um mich anzuschauen.

Der Küchenschabe war augenscheinlich der Verdacht gekommen, Pokrowski und ich wären ganz und gar nicht ein und dieselbe Person, doch sie konnte ihre Zweifel der Wirtin ja nicht mitteilen, und so kroch sie verbittert in ihre Ritze hinter dem Ofen zurück.

Vom Ofen her strahlte es heiß. Mir fiel ein, daß auch der Ofen auf mich gewartet hatte, um mich meiner Existenz und der Unerschütterlichkeit der Gegenwart zu versichern, die mir in Form von Stschi und einer Witwe begegnete, die jetzt plötzlich mit ihrer tiefen Männerstimme zu reden begann.

Wovon die Witwe sprach? Vom Fleisch, das teurer geworden war. Von den Spekulanten und Betrügern, von denen es wimmelte, mehr als von Küchenschaben. Vom Petroleum sprach sie, das jetzt mit Wasser gepantscht werde. Und vom Wasser, das sich aus Protest, weil die Leitung defekt war, weigerte, durch die Rohre zu fließen.

Allmählich gewöhnte ich mich an die Dinge, und auch die Dinge gewöhnten sich an mich: das Bett mit der gestreiften Matratze und der Steppdecke, das kleine Regal, in dem einige medizinische Fachbücher standen sowie ein zerlesener Band mit dem Titel »Mann und Frau« sowie Kuprins »Gruft«, in der als Lesezeichen das Einwickelpapier eines längst gegessenen Bonbons steckte.

Die Mitarbeiter der Koltschakschen Abwehr waren anscheinend gekommen, als der Medizinstudent in der »Gruft« las, natürlich hatte er nicht zu Ende lesen können, hatte aber auf jeden Fall bei der entsprechenden Seite ein Lesezeichen eingelegt, in der Hoffnung, die Lektüre früher oder später fortzusetzen.

Irgendein undeutliches Gefühl hinderte mich daran, das Buch aufzuschlagen und das Lesezeichen zu entfernen, eine Art abergläubische Furcht, die Oberleutnants und Leutnants könnten wiederkommen, als sei ich in der Tat Pokrowski und stünde in einer Beziehung zu all diesen betrogenen Gegenständen.

Ich weiß nicht, wer leichter zu täuschen ist – ein Mensch oder ein Gegenstand; die Witwe Burundukowa jedenfalls, die auf dem Markt so leicht Gauner und Spekulanten erkannte, war bei sich zu Hause weit weniger wachsam. Sie zweifelte absolut nicht an meiner Echtheit. War sie womöglich im Bunde mit dem Schicksal, das die Gestalt der chimärischen Ophelia, des Mädchens und Buches, angenommen und mich in dieses gemütliche, nach Stschi duftende Eckchen verschlagen hatte?

Der Medizinstudent hatte einen Namen besessen. Er hatte Mischa geheißen, und das wurde nun folglich mein Name. Ich legte diesen Namen an wie einen fremden Mantel, eine fremde Mütze und fremde Galoschen, die einem so wundersam passen, als habe man sie schon ein Leben lang getragen.

»Mischa«, riefen mich die Studenten und Studentinnen meines Studienjahres; sie beobachteten noch weniger scharf als das Mannweib von Witwe mit dem Schnurrbart unter der großen bläulichen Grenadiernase.

Und ich reagierte darauf. Was blieb mir auch anderes übrig? Hätte ich etwa versuchen sollen, nicht zu grüßen, oder gar einfältig zugeben sollen, daß ich nicht ich, sondern ein anderer war, hierher geraten dank einer Kraft, von der nichts in den Lehrbüchern der Physik oder Chemie stand?

Einer nannte mich familiär »Mischka«, klopfte mir auf die Schulter und borgte sich Geld, ohne es je wieder zurückzugeben. Andere, die gar nichts wollten, zog einfach mein Ruhm an – ich hatte immerhin im Gefängnis gesessen, wäre um ein Haar erschossen worden, und die Zeitungen schilderten mich als einen erfahrenen Illegalen, der es lange verstanden hatte, die weißgardistischen Spitzel an der Nase herumzuführen.

Oft kam ein Mädchen zu mir. Sie nannte sich Irina, und ich nannte sie auch so. Zwischen ihr und dem, dessen Rolle ich spielte, hatte es offenbar etwas gegeben. Und dieses Etwas wollte fortgesetzt sein. Doch es gab keine Fortsetzung. Vielleicht waren der Aufenthalt im Gefängnis, die Erwartung des Endes und die Folter daran schuld?

Ich weiß noch, wie mir Irina mit ihren vollen Lippen entgegen kam, wie sie mir ihre schwarzen Kalmückenaugen näherte und einen Kuß erwartete. Doch der Kuß ließ auf sich warten. Hinter der Wand hustete die Witwe mit der Männerstimme, und der früher so entschlossen war, konnte sich diesmal nicht entschließen, als könne die bärtige Witwe durch die dicken, tapetenbeklebten Wände sehen.

Ein paar Tage später bemerkte ich eine gewisse Verwunderung in Irinas Kalmückenaugen, und ich dachte schon, sie hätte erraten, daß ich dank dunkler Kräfte Pokrowskis Namen, sein Aussehen und sein Zimmer samt dem kleinen Regal und der nicht zu Ende gelesenen »Gruft« Kuprins requiriert hatte.

Sie blickte mich durchdringend an und bekam auf einmal Ähnlichkeit mit dem Stabskapitän Artemi Fjodorowitsch, der, wie wir wissen, an nichts glaubte und an allem zweifelte.

»Du zweifelst?« fragte ich.

»Woran?«

»Ich bin doch nicht Pokrowski, nicht Mischka.«

»Wer bist du dann?«

»Ein Wechselbalg. Ein Schauspieler. Ich verstelle mich. Alle führe ich hinters Licht. Den Ofen da, die Wirtin, die Küchenschabe und am meisten dich.«

Sie lachte.

»Das hast du schon einmal gesagt.«

»Wann habe ich das gesagt?«

»Noch vor deiner Verhaftung. Du wolltest mir einreden, du seist nicht du selbst und du würdest allerhand Unsinn träumen von irgendwelchen Sternen und Maschinen, die es noch gar nicht gibt, aber geben wird, und von einem aus Metallschrott gemachten Spinoza oder Hegel. Ich glaube, du hast das alles irgendwo gelesen. Gib zu, du hast es gelesen, nicht wahr?«

»Ich habe nichts gelesen. Mich hat man gelesen.«

»Aber das von dem Spinoza hat mir sogar gefallen«, sagte Irina, und ihre Augen verengten sich vor Verwunderung, wurden noch kalmückischer. »Auch das von dem Hegel, der sehr fest war. Alles war da sehr fest.«

»Wo?«

»Wo? Hast du es etwa vergessen? In der Zukunft. Du wolltest einen Roman über die Zukunft schreiben. Drei Kapitel waren schon fertig. Die von der Abwehr haben ihn mitgenommen.«

»Ich habe an keinem Roman geschrieben.«

»Doch, hast du. Ich weiß sogar noch den Anfang. Da war ein Buch, das sich in ein Mädchen verwandelte. Auch Spinoza gab es darin. Einen künstlichen Philosophen.«

»Ach, das hat es nicht gegeben. Quatsch.«

»Doch, das war so. Frag doch die anderen. Die aus deinem Studienjahr. Denen hast du ja vorgelesen. Wegen des metallischen Spinoza gab es Streit. Kann eine Maschine denken? Du hast behauptet, sie kann.«

»Ich kann mich aus irgendeinem Grund nicht daran erinnern.«

»Es wird dir mit der Zeit wieder einfallen.«

Manchmal nahm mich Irina mit in ihr Zimmer.

Die Hälfte des Zimmers nahm ein Schrank ein. Im Schrank hing ein Rock und stand schüchtern ein Skelett, das Irina in einem Geschäft für Lehrmittel ausgeliehen hatte.

»Der hat auch einen Namen gehabt«, sagte ich und wies auf das Skelett.

»Und sogar einen Vatersnamen«, entgegnete Irina lachend. »Er war Titularrat.«

»Und wie ist er in deinen Schrank geraten?«

»Ich sagte schon, du hast alles vergessen. Nicht bloß die Anatomie. Die Wirtin war gekränkt, weil du ihren Vatersnamen nicht mehr wußtest, als du zurückkamst. Bloß ich bin nicht gekränkt. Dabei hattest du vergessen, wie ich heiße. Als ich kam, hast du mich lange angesehen und mich dann aus irgendeinem Grund Ophelia genannt. Ophelia – ist das nicht von Shakespeare? Sie liebte Hamlet, und dann hat sich diese dumme Gans ertränkt. Denkst du, daß ich mich deinetwegen ertränke?«

»Nein, ich glaube nicht.«

»Sag mal, es sieht so aus, als wenn sie dich da geschlagen haben?«

»Ja, haben sie. Aber wozu daran denken. Mach lieber den Schrank zu. Ich möchte nicht, daß das Skelett den ganzen Unsinn mit anhört. Man muß auch mit einem Skelett rechnen. Nachher wird es mit einemmal lebendig . . .«

»Na, dich müssen sie mächtig geprügelt haben. Manchmal kommt es mir so vor, daß sie bei dir irgendwas kaputtgemacht haben. Als wenn sie den Faden zerrissen haben, der dich mit der Vergangenheit verband.«

»Da gab es keinen Faden«, sagte ich.

»Wieso?«

Ich öffnete den Schrank und wies auf das Skelett.

»Er hat auch so einen Faden gehabt. Und wo ist der geblieben? Er hat auch Eltern gehabt. Wissen wir etwas davon?«

»Es reicht«, sagte Irina. »Laß uns lieber Latein lernen.«

»Das hast du schon öfter gesagt. Bloß statt mit Latein haben wir uns beide mit was anderem beschäftigt. Mach den Schrank zu, damit uns das Skelett nicht zusieht.«

»Na also«, freute sich Irina. »Jetzt kenne ich dich wieder.«

Mittag aßen wir in der Mensa. Irina ließ ihre Kalmükkenaugen tanzen und erzählte von sich und von ihren Eltern, Brüdern und Schwestern und davon, wie sich in sie, die Gymnasiastin, ein älterer Mann verliebt hatte, eine solide, in der Stadt geachtete Persönlichkeit mit Bäuchlein und grauem, sorgfältig gekämmtem Bart, ein Konditoreibesitzer, der sie mit Kuchen und Schokoladenkonfekt bewirtete und sie zu überreden versuchte, mit ihm ans Ende der Welt zu fliehen.

»Und warum bist du nicht mit ihm ausgerissen?« wollte ich wissen.

»Ich hatte Angst vor der Direktorin. Wir hatten eine strenge Direktorin im Gymnasium. Sie hätte mich auch am Ende der Welt gefunden, mich zurück in ihr Direktorenzimmer geschleppt und gezwickt. Wenn sie wütend war, zwickte sie einen. Und, weißt du, niemand beklagte sich über sie bei den Eltern. Nicht einmal die Tochter des Polizeivorstehers. Soviel Angst hatten alle vor ihr.«

In unseren Gesprächen kam Irina oft auf ihre Erinnerungen an die Torten und das Schokoladenkonfekt zurück, mit denen die solide, angesehene Persönlichkeit mit dem Bäuchlein und dem langen Bart sie bewirtet hatte.

»Ich bin sicher«, sagte ich, »du hättest die solide Persönlichkeit gern geheiratet. Samt Bäuchlein, Bart und Konditorei.«

»Natürlich, hätte ich«, hänselte mich Irina. »Leider ist mir die Revolution dazwischengekommen. Die Konditorei wurde enteignet, und der Besitzer floh nach Shanghai. Siehst du, so erzähle ich dir von mir. Du aber schweigst dich aus. Wo sind deine Eltern?«

»Ziemlich weit weg von hier.«

»Was willst du damit sagen? In Amerika vielleicht – oder in Afrika?«

»Weiter«, sagte ich.

»Weiter? Ich verstehe überhaupt nichts.«

»Du wirst. Ich erkläre es dir. In zwei Worten. Sie sind noch nicht geboren.«

»Verstehe. Du bist früher geboren als deine Eltern. So ähnlich wie in dem phantastischen Roman, den du angefangen hattest zu schreiben. Du hättest ihn sicher beendet, ohne die von der Abwehr. Sie haben ihn mitgenommen, zusammen mit dir. Erinnerst du dich an den Anfang?«

»Nein. Ich erinnere mich an gar nichts.«

»Sie haben dir im Gefängnis das Gedächtnis zerschlagen. Aber ich erinnere mich noch. Ich weiß noch die ersten Worte, mit denen du angefangen hast.«

»Das waren sicher dumme Worte?«

»Nein, dumm nicht, aber seltsam. Soll ich sagen, wie es anfing?«

»Na sag schon, wenn du schon einmal so ein Gedächtnis besitzt. Latein behältst du schlechter.«

»Na, das ist eben Latein. Aber dein Anfang hat sich mir direkt ins Gedächtnis eingegraben. Ist ja auch kein Wunder. Die anderen haben gelacht. Dein Roman fing so an: ›Sie hatte Augen, einen Mund, eine Nase und einen Namen. Sie hieß Ophelia. Manchmal aber nannte man sie einfach ein Buch.‹ «

Als Irina diese Worte gesprochen hatte, war ich völlig fassungslos. Ich beherrschte mich nur mühsam. Meine Hände zitterten. Ich mußte das Teeglas auf den Tisch stellen, damit es mir nicht aus der Hand fiel.

Als wir die Mensa verlassen hatten, fragte ich: »Woher kennst du diese Worte? Du darfst sie nicht wissen. Vielleicht habe ich im Schlaf gesprochen, und du hast gelauscht. Wenn nicht, dann ist alles möglich.«

»Zum Beispiel?«

»Zum Beispiel, daß wir zu dir nach Hause kommen, den Schrank öffnen, und an Stelle des Skeletts ist da ein lebender Mensch.«

»Das kann nicht sein.«

Irina erinnerte mich so oft an die drei Kapitel des angeblich angefangenen und unvollendeten Romans, daß ich ihr zum Schluß fast glaubte.

Nach ihren Worten hatten die Abwehrmänner den unvollendeten Roman, den Romanembryo, mitgenommen, zusammen mit einer Broschüre von Kautsky und einem Studentenvortrag zum Thema »Wie die Kunst sein soll«.

Ja, wie sollte sie sein? Davon war nicht nur in dem Vortrag die Rede, sondern auch in den drei Kapiteln, die bei der Haussuchung gefunden und als Beweisstück konfisziert worden waren.

Irina hatte da Ähnlichkeit mit Ihnen, mein verehrter Leser. Sie wollte, daß ich ihr in zwei Worten die Idee meines Werkes darlegte. Ja, eben den Hauptgedanken; und daß ich das mit jener tadellosen Klarheit täte, die seinerzeit ihr Philologielehrer von ihr verlangt hatte, wenn er zum Beispiel fragte, welchen Hauptgedanken Turgenjew dem »Adelsnest« zugrunde gelegt habe.

»Das Bild des Mädchens und Buches«, forschte Irina, »ist das ein Symbol der Kunst?«

»Ich bin kein Symbolist«, entgegnete ich.

»Aber in einem Roman muß der Hauptgedanke klar und exakt dargelegt werden. Das habe ich im Gymnasium gelernt.«

»Laß uns lieber von was anderem reden.«

»Nein. Das läßt mich nachts nicht schlafen. Ich muß wissen, warum und weswegen du diese seltsame Gestalt geschaffen hast. Wolltest du vielleicht damit sagen, daß in der Zukunft die Kunst dem Leben so ähnlich sein wird, daß man beide nicht mehr unterscheiden kann?«

Irina besaß ein umwerfendes Gedächtnis. Sie fing an, aus dem Gedächtnis jene Welt wiedererstehen zu lassen, an die der Stabskapitän Nowikow, dessen Traum es war, einen Tapir zu sehen, geglaubt und auch wieder nicht geglaubt hatte. In solchen Augenblicken haßte ich sie beinahe. Denn sie brachte Unordnung und Wirrnis in mein Leben, das nach meiner Rückkehr aus dem Gefängnis allmählich in normale Bahnen, in die Alltäglichkeit mit ihrem die Nerven beruhigenden Rhythmus zurückkehrte.

Ich war wie alle anderen. Und das gefiel mir. Ich war zufrieden mit der Realität, die mich umgab, und die Realität war anscheinend auch zufrieden mit mir. Darüber hinaus wollte ich von nichts wissen. Doch Irina erinnerte mich immer wieder an etwas Rätselhaftes und Seltsames, an irgendeinen phantastischen Roman, an dem ich angeblich geschrieben hatte.

»Ach was«, sagte ich einfach. »Hör doch auf von etwas zu reden, was es gar nicht gibt. Denn es hat den Roman nicht gegeben!«

»Es hat! Drei volle Kapitel!«

Wie sich bald darauf zeigte, war sie nicht die einzige, die von der Existenz der drei Kapitel wußte. Auch einige meiner Mitstudenten wußten davon.

Eines Tages, im unpassendsten Moment – ich hatte Zahnschmerzen, und der ganze Kiefer tat mir weh –, fand in den Anlagen vor der Universität eine literarische Diskussion statt.

O diese Studentendiskussionen, in denen jeder zeigen will, daß er klüger als der andere ist!

In eine dumme Situation war ich da geraten. Ich stand dabei und hörte zu, wie meine Freunde die Grundidee eines Romans erörterten, den ein gewisser Pokrowski geschrieben hatte, und dieser Pokrowski war niemand anders als ich selbst.

Das breite Gesicht Innokenti Syromjatnikows, Sohn des Wächters einer Taiga-Winterhütte, nahm einen tiefsinnigen Ausdruck an.

Syromjatnikow hatte gerade die Hegelsche Ästhetik durchstudiert und äußerte nun in dem Ton, wie ihn junge Dozenten lieben: »Pokrowski hat seine Idee in ein prächtiges, aber abgetragenes Kleid gehüllt, das schon in der Epoche der Romantik genäht worden ist. Nehmen wir einmal ein, daß sich im zweiundzwanzigsten Jahrhundert die Bücher wirklich in ihren Leser verlieben und ihn in riskante Abenteuer verstricken werden. Aber wo bleibt da der gesunde Menschenverstand? Eine Synthese von Andersen und Herbert Wells – das ist wie ein Gespann aus einem Schwan und einem Hecht. Fort mit Andersen, es lebe Herbert Wells!«

Dann nahm mich Keschka beim Arm und forderte: »Erläutere deine Idee. Zieh deinem Gedanken das Faschingskostüm vom Leibe. Erschlage, zerschmettere das Märchen! Fort mit Andersen!«

Und da vergaß ich mich und fing an, Andersen und das Märchen leidenschaftlich zu verteidigen.

Syromjatnikow unterbrach mich: »Hegel stellt fest . . .«

»Hegel war kein Feind des Märchens, kein Feind der Poesie.«

»Hegel stellt fest . . .«

»Überhaupt nichts dergleichen hat dein Hegel festgestellt! Ein Roman – das ist etwas viel Ungewöhnlicheres als das Telefon oder sogar der Funk.«

»Das Telefon ist erfunden worden!«

»Aber das Märchen und das Buch sind von allein entstanden, was? Oder hat sie der Herrgott erschaffen?«

»Ach was, leg du lieber in kurzen Worten deine Idee dar. Weg mit Andersen! Oder wolltest du etwa behaupten, daß es Andersen mit seinen Märchen auch noch im zweiundzwanzigsten Jahrhundert geben wird?«

»Genau das. Da hast du sie, meine Idee!«

An diesem Punkte hängte sich Irina bei mir ein und führte mich demonstrativ davon.

II

Wir traten in Irinas Zimmer ein. Irina öffnete den Schrank, wo in der naphtalinduftenden Dunkelheit noch vor kurzem der Rock hing und in verschämter Haltung das Skelett stand. Der Rock war an seinem Platz, das Skelett aber war weg. An der Stelle des Skeletts stand im Schrank ein lebendiger, unbekannter Mensch. Es war ein hochgewachsener Mann mit einem Kräuselbart, er trug einen Kneifer und sah aus wie ein Versicherungsagent oder Dorfschullehrer.

Irina erblaßte, faßte sich aber, als sie merkte, daß ich ruhig blieb.

»Wer sind Sie denn?« fragte sie den Unbekannten, der im Schrank stand und hilflos seinen Kräuselbart kraute.

»Jaswitsch«, entgegnete er freundlich lächelnd.

»Und was bedeutet das?«

»Ich verstehe Ihre Frage nicht. Ich bin Jaswitsch, Gustav Adolfowitsch. Ich habe meinen Ausweis dabei. Und die Visitenkarte.«

Er kramte in der Seitentasche seines Jacketts und zog schließlich eine schmale und elegante Visitenkarte hervor, auf der zu lesen war: »Jaswitsch, Gustav Adolfowitsch. Versicherungsagent.«

»Ich verstehe überhaupt nichts«, sagte Irina. Ihre Kalmückenaugen verengten sich und blickten erschrocken aus den unregelmäßigen Schlitzen. »Überhaupt nichts verstehe ich«, wiederholte sie.

»Da gibt es nichts zu verstehen«, fiel ich ihr ins Wort. »Die Zeit ist rückwärts gelaufen.«

»Wie in deinem Roman?«

»Es hat keinen Roman gegeben.«

»Doch, es gab ihn. Und was für einen Roman. Drei vollständige Kapitel, mit der Maschine abgeschrieben.«

»Es hat sie nicht gegeben!«

»Es hat sie gegeben!«

Sie war so in den Streit vertieft, daß sie ganz den Fremden vergaß, aber der erinnerte taktvoll an seine Existenz.

»Verzeihen Sie mir, wenn ich die Ordnung Ihres Tages gestört habe. Jaswitsch«, sagte er und verbeugte sich.

»Sie sind Jaswitsch?« fragte ich aus irgendeinem Grund, als wollte ich mich vergewissern.

»Jaswitsch«, bestätigte er erfreut. »Gustav Adolfowitsch. Sie können mir glauben. Mein Name und mein tadelloses Verhalten sind jedermann bekannt, ebenso wie die Versicherungsgesellschaft, die ich vertrete.«

Irina schien diese Worte gar nicht zu hören, mag sein, sie hörte sie sogar, maß ihnen jedoch keinerlei Bedeutung bei. Sie wollte sich die unerklärliche Tatsache erklären, doch diese entzog sich ihr, spielte irgendein hinterhältiges Spiel mit Irina, sie widersprach der Erfahrung und dem gesunden Menschenverstand, auf den Irina so stolz war. Wirklich, das Skelett konnte sich nicht in einen lebendigen Menschen verwandelt haben, also mußte der Mann ein Dieb oder, noch übler, ein Weißgardist sein, der sich verstecken wollte.

Sie wandte sich dem Unbekannten zu, musterte ihn mit Augen, die diesmal fast aus den Schlitzen hervorzuspringen schienen, von Kopf bis Fuß und wiederholte in strengem Ton ihre Frage: »Wer sind Sie? Wie kommen Sie hierher?«

»Ich bin Jaswitsch. Der Versicherungsagent Jaswitsch«, entgegnete der Fremde mit höchst angenehmer, äußerst wohltönender und höflicher Stimme. »Jaswitsch. Ich bin gekommen, um Ihre Sachen zu versichern.«

»Aber erstens besitze ich gar keine Sachen außer dem geliehenen Skelett. Und das sehe ich aus irgendeinem Grunde nicht. Und zweitens ist jetzt Revolution, Bürgerkrieg. Und darum versichert kein Mensch sein Eigentum. Alle Versicherungsgesellschaften sind längst abgeschafft.«

»Na schön«, stimmte er zu. »Nehmen wir an, jetzt ist Revolution, wie Sie sagen, Bürgerkrieg, und die Versicherungsgesellschaften gibt es nicht mehr. Aber wie komme ich dann in Ihr Zimmer? Sie werden doch nicht denken, daß ich ein Dieb bin?«

»Sie sind schlimmer als ein Dieb.«

»Wieso schlimmer?«

»Sie wissen selbst, warum. Erklären Sie lieber, wie Sie in den Schrank gekommen sind.«

»Wie ich in den Schrank gekommen bin? Moment mal. Ich glaube, es fällt mir ein. Um neun Uhr morgens bin ich von zu Hause weggegangen. Das war, wenn ich nicht irre, am Donnerstag, dem siebzehnten Februar neunzehnhundertzwei.«

»Neunzehnhundertzwei?« unterbrach ihn Irina. »Jetzt haben wir neunzehnhundertzwanzig. Wo sind Sie denn die achtzehn Jahre dazwischen gewesen?«

»Ich weiß nicht.«

»Dafür weiß ich es.«

An dieser Stelle muß ich eine triviale Bemerkung einfügen. Frauen haben viel Kindliches an sich. Gerät ein Kind in eine logische Sackgasse, dann fängt es an zu weinen. Mit

Irina war es ebenso. Sie führte eine hysterische Szene nach allen Regeln der Kunst vor.

»So ist es gewesen! So war es!« schrie sie.

»Was ist wo gewesen?« fragte ich. »Und wann?«

»In deinem phantastischen Roman. Da lief die Zeit auch rückwärts, und ein Skelett verwandelte sich in einen Versicherungsagenten. Wenn die von der Abwehr das Manuskript nicht mitgenommen hätten, ich würde es dir beweisen.«

»Es hat kein Manuskript gegeben!«

»Doch, es gab eins! Das gab es!« rief Irina, und ein Strom von Tränen ergoß sich aus ihren Mandelaugen. »Ich weiß jetzt Bescheid. Du hast einen Schauspieler eingeladen und ihn in den Schrank gesperrt, um mich zu erschrecken. Das sind alles deine verrückten Späße. Du hast im Gefängnis den Verstand verloren, und nun willst du die anderen auch verrückt machen.«

Jaswitsch stand so verlegen da, als stecke er wirklich mit mir unter einer Decke. Ich aber dachte: Das ist eine faule Geschichte. Ophelia hat wieder ihr Spiel mit der Zeit angefangen, ohne sich Gedanken um die Tatsachen, die Erfahrungen und die Nerven von Menschen zu machen, die gerade einen Bürgerkrieg hinter sich haben.

12

Wir waren zu dritt im Zimmer: Irina, ich und der Versicherungsagent Jaswitsch.

Ich überredete Irina, nicht zur Miliz zu gehen, sondern ein, zwei Stunden zu warten, bis sich die absolut unbegreifliche und rätselhafte Tatsache aufklären würde. Sie mußte doch früher oder später ihre Erklärung finden.

Jaswitsch saß inzwischen am Tisch neben der Wand, wo die Reproduktion des Bildes eines ausländischen Malers hing. Das Bild zeigte einen großen eisernen Käfig, in dem ein Gentlemanforscher seine Muße verbrachte, der augenscheinlich das Leben von Tieren studieren wollte, die im zoologischen Garten eingesperrt sind.

Jaswitsch trank heißhungrig den Tee, den ihm Irina auf dem Spirituskocher aufgewärmt hatte, und betrachtete interessiert den Gentleman, der, ein Bein über das andere geschlagen, im Käfig saß.

Jaswitsch trank den Tee in kleinen Schlucken, lächelte und runzelte zugleich die Stirn, im fruchtlosen Bemühen zu begreifen, was selbst Spinoza (der echte, nicht der elektronische) nicht hätte begreifen können, jener Spinoza, der allen geraten hat, weder zu lachen noch zu weinen, sondern in das Wesen der Dinge einzudringen. Doch dieser seltsame Umstand besaß anscheinend kein Wesen, und wir blickten auf Jaswitsch und wußten nicht, ob wir uns freuen oder ärgern sollten.

Während er als Lehrmittel im Schrank gestanden hatte, mußte Jaswitsch wohl sehr gehungert haben, man sah es daran, wie gierig er nun Brot mit Pferdewurst verschlang.

»Soso«, wiederholte er. »Ich habe also glatte achtzehn Jahre verschlafen. Na schön, aber zeigen Sie mir den Platz, wo ich geschlafen habe! Ich habe doch nicht die ganzen Jahre im Schrank gestanden und darauf gewartet, daß Sie mich wecken. Nein, nein! Das ist alles nicht überzeugend, Herrschaften. Na, wie Sie wollen!«

Wir hatten es nicht eilig, ihn zu überzeugen, ich nicht und Irina noch weniger. Wir dachten schon mehr darüber nach, wie wir diese Tatsache der Gesellschaft, weniger, wie wir sie Jaswitsch erklären sollten. Ein Mann war achtzehn Jahre abwesend gewesen. War er das? Und wo? Gerade noch hatte es ihn nicht gegeben, und plötzlich war er erschienen. War er das? Vielleicht hatte er hier gestanden, wie ein Mann an der Tür steht und auf den Knopf der elektrischen Klingel drückt? Die Zeit war rückwärts gelaufen? Aber warum war sie nur für Jaswitsch rückwärts gelaufen? Warum waren alle übrigen Verstorbenen in ihren Gräbern geblieben?

Irina war im Begriff, von neuem hysterisch zu werden

und in Tränen einen Ausweg aus der Sackgasse zu suchen, doch irgend etwas hielt sie zurück. Vielleicht war es die Reproduktion mit dem elegant gekleideten Gentleman in Smoking und Zylinder, der aber in einem Raubtierkäfig saß und ein Gesicht machte, als sei der Käfig das Paradies auf Erden.

Auch Jaswitsch schaute auf den Käfig, auf den Gentleman, auf dessen Zylinder, dessen makellos gebügelte Hosen und suchte Halt in diesem wunderlichen Bild.

Wie oft hatte ich Irina gebeten, dieses verrückte Bild von der Wand zu nehmen und in den Müllkasten zu werfen. Mich ärgerte das dumme Sujet, der Käfig, dieser Gentleman, seine makellosen Hosen und sein Zylinder. Doch Irina hatte nicht auf mich gehört, und so war die Reproduktion hängengeblieben, bis ihr unsinniger Inhalt sich verwandelte und einen Sinn gewann.

Die Reproduktion lenkte uns von dem unlösbaren Rätsel ab, das uns unversehens alle drei betroffen hatte und uns mit einer derart problematischen Erscheinung konfrontierte, daß man leicht hätte den Verstand verlieren können. Sicher, meine Lage war weit weniger schwierig als die Irinas und des Schuldigen an diesem Wunder, wenn man dies, ohne jemandes Geschmack zu beleidigen, ein Wunder nennen kann.

Ich ahnte dunkel die Ursachen der unerklärlichen Erscheinung. Der Versicherungsagent war vermutlich in das bizarre Gewebe des Romans versponnen, den mein elektronischer Erzieher noch dort, in der Vergangenheit, für mich bestellt hatte, in jenem wunderbaren Garten, in dem es gedonnert hatte und wo Ophelia erschienen war – Wort, Statue und zugleich lebendiges Wesen.

Die wunderliche Fabel, die mit mir spielte, hatte auch das namenlose Etwas nicht verschont, das so viele Jahre als Lehrmittel gedient und selbstlos den Medizinstudenten geholfen hatte, voranzukommen und Ärzte zu werden.

Irina blickte Jaswitsch an und stellte ihm von Zeit zu Zeit ziemlich tückische Fragen. Sie hoffte immer noch, daß

Jaswitsch ihrer listigen und erbarmungslosen Prüfung nicht standhalten und freimütig zugeben werde, daß er ein Gauner oder ein Weißgardist war, der versuchte, sich vor der Verfolgung zu verbergen – in der Vergangenheit, in der Zukunft und selbst in einem Kleiderschrank.

»Sagen Sie ehrlich«, drang sie in ihn, »sind Sie im Kopf ganz in Ordnung?«

»Völlig in Ordnung«, entgegnete Jaswitsch mit seiner ungemein angenehmen Stimme. »Ich habe Geschäfte. Ich versichere Eigentum. Kein Firmenchef würde einen Mann behalten, der nicht ganz richtig im Kopf ist. Mein Kopf ist absolut in Ordnung. Und überhaupt erfreue ich mich einer ausgezeichneten Gesundheit.«

»Aber wieso sind Sie in den Schrank gekrochen? Sie müssen doch zugeben, ein normaler Mensch kriecht in keinen Schrank, schon gar nicht in einen fremden. Und wie sind Sie in die Wohnung gekommen? Die Tür war verschlossen. Das ist zumindest seltsam.«

»Ich bin gekommen, um Eigentum zu versichern.«

»Immer wieder dasselbe. Sie sollten sich etwas anderes ausdenken. Man versichert heute kein Eigentum, sondern requiriert es, wenn es unehrlich erworben wurde.«

»Unehrlich erworben?« fragte Jaswitsch schmunzelnd. »Das geht mich nichts an und die Versicherungsagentur ebenfalls nicht. Wir versichern alles, einschließlich des Lebens. Wenn Sie etwas versichern möchten . . .«

»Wechseln wir das Thema«, unterbrach ihn Irina. »Lieben Sie Musik? Wenn Sie nichts dagegen haben, lege ich eine Platte auf. Ich habe einige ausgezeichnete Platten.«

Irina kurbelte das Grammophon an. Eine angenehme Frauenstimme ertönte:

> Im Garten sind die Chrysanthemen
> lange schon verblüht . . .

Jaswitsch neigte den Kopf und hörte wie träumend zu.

»Wirklich, sie sind verblüht«, sagte er plötzlich mit Trauer in der Stimme. Und begann bitterlich zu weinen.

13

Ein paar Tage später, als wir uns bei der Universität begegneten, teilte mir Irina mit, sie sei gestern auf dem Standesamt gewesen und habe sich registrieren lassen.

»Mit wem?« fragte ich.

»Mit Jaswitsch«, sagte sie unvermittelt, streckte mir ihr flaches Kalmückengesicht entgegen und kniff die ohnehin schon schmalen Augen zusammen.

»Aber der ist doch aus dem Nichts gekommen. Achtzehn Jahre ist er nirgends gewesen. Und auf einmal war er da ... Man kann doch nicht mit einem Gespenst zum Standesamt gehen.«

»So ist es gewesen! Ist es!« plapperte sie wie eine Elster drauflos, um mich mit eiligen Worten schneller mit der Tatsache zu versöhnen.

»Was ist so gewesen?«

»In deinem phantastischen Roman war das.«

»Schieb nicht alles auf den Roman, zumal das kein Mensch überprüfen kann.«

»Doch, das war so! Das war so! Und du bist selbst schuld daran!«

Sie fing an zu weinen. Mitten auf der Straße, ohne sich um die Leute zu kümmern.

Ich wartete ab, bis sich ihre Hysterie legte und ihre Augen trocken wurden. Dann sagte ich: »Was hast du bloß angerichtet!«

»Was sollte ich denn machen. Man mußte ihm aus der Klemme helfen. Und wie? Man kann doch einen lebendigen Menschen nicht zurück in den Schrank jagen. Ich habe es allen erklärt. Mein Bräutigam. Ist aus Tschita gekommen. Jetzt geht im Transportwesen doch alles durcheinander. Alle fahren irgendwohin. Er war unterwegs, um mich zu suchen. Und hat mich gefunden. Jetzt ist er mein Mann.«

»Aber er ist doch ein ehemaliger ...«

»Hör auf! Ehemaliger! Zukünftiger! Leere Worte. Er

hat sich schon Papiere besorgt. Und er hat sich als ein sehr lieber, sehr angenehmer Mensch erwiesen.«

Irina hatte recht. Wenn ich dem Geschehen ein bißchen vorausgreife, dann muß ich sagen, daß der ehemalige Versicherungsagent etwas unfaßbar Angenehmes, etwas Häuslich-Gemütliches an sich hatte. Und außerdem war er wendig und ein Glückspilz. Unmerklich, irgendwie plötzlich, wie das im Märchen öfter als im Leben vorkommt, wurde er Leiter desselben Geschäftes, in dem er noch vor kurzem zusammen mit anderen, weniger ins Auge fallenden Lehrmitteln in der Inventarliste gestanden hatte.

Nach wenigen Jahren jedoch begann die NÖP, die Neue Ökonomische Politik, und schon findet man ihn wieder als Besitzer eines Restaurants, als Besitzer von zwei Wäschereien, einer Menge von Schuhmacherwerkstätten, Schneiderwerkstätten, Foto-Ateliers, Bierkiosken, Bäckereien und Konditoreien sowie eines prachtvollen Schreibwarengeschäftes, in dem außer dicken Heften, ausgezeichnetem Büttenpapier und Aquarellfarben auch empfängnisverhütende Mittel verkauft wurden. Wie ein Magnet schien er Geld, Wohlstand, Glück und Erfolg anzuziehen.

14

Jaswitsch zeigte seine Visitenkarte. Doch diese Visitenkarte war nicht mehr das elegante, schmale Stückchen dikkes Papier wie früher, sondern ein Firmenschild, das eine große Fläche an der Wand bedeckte.

Dieses Firmenschild ließ mich stehenbleiben, als ich es in einer Straße entdeckte. Es war neu und frisch lackiert und lockte mit großartig dargestellten Würstchen und Pelmeni in eine gerade eröffnete, sehr schön ausgemalte Imbißstube. Zwischen den Würstchen und Pelmeni auf diesem in der Art Cézannes gemalten Stilleben von Firmenschild prangte Jaswitschs Name.

Niemand hätte angesichts der Darstellung von Würstchen und Pelmeni widerstehen können. Ich öffnete die Tür und trat auf eins der Marmortischchen zu. Augenblicklich stand ein Teller mit saftigen, fetten, wundervoll nach Schweinefleisch duftenden Würstchen auf dem Tisch. Sie waren nicht dem Firmenschild entsprungen. Eine Frau mit geschminkten Lippen hatte sie serviert. Die Lippen lächelten mir zu. Die Augen schauten mich an. Ich war Kunde, Abnehmer, Esser wie in der guten alten Zeit, die irgendein Wind oder irgendwelche Wellen hierher gezaubert hatten.

Die lächelnden, grellgeschminkten Lippen und die veilchenblauen Augen (Veilchen standen in einem Kristallglas ebenfalls auf dem Tisch) – alles blickte auf mich in der Erwartung, ob ich nicht ein Glas Rotwein, eine Flasche Citro oder bayerisches Bier bestellen würde. Zwei Beine, volle, elastische, in fleischfarbenen Seidenstrümpfen steckende Frauenbeine standen breit aufgesetzt neben dem Tischchen und warteten. Ich bat um ein Glas Rotwein. Und ein Glas, gefüllt mit einer kirschroten Flüssigkeit, wie von einem altholländischen Meister gemalt, tauchte vor mir auf, zusammen mit der fülligen Frauenhand, die es auf den Tisch setzte und an deren gepflegten Fingern Ringe blitzten.

Es war Wein, aus dem Kaukasus hierher in den Norden geschafft, Wein, der, bevor er hierher gelangt war, lange in Fässern gebrodelt und in Kellern gelegen und danach eine weite Strecke zu überwinden hatte, ehe er hier auf den Tisch kam.

Ich trank das Glas Wein aus, und ein leichter Schwindel erfaßte mich. Und die Lippen lächelten mich wieder an, die blauen Augen schauten erwartungsvoll auf mich nieder.

»Sagen Sie, wo waren Sie gestern?«

»Zu Hause.«

»Und vor einer Woche?«

Sie antwortete nicht.

»Ich dachte, Sie sind wie im Märchen aufgetaucht. Nur gefällt mir Ihr Märchen nicht. Und Ihr Jaswitsch gefällt mir auch nicht. Denn er ist aufgetaucht, weil die Zeit rückwärts gelaufen ist. Und wissen Sie, wo er gestanden hat? In einem Schrank. Vielleicht haben Sie auch in einem Schrank gestanden?«

»Sie haben erst ein Glas getrunken. Und schon reden Sie Unsinn. Sie sollten das nicht sagen.«

»Ja! Ich bin überzeugt, Sie haben im Schrank gestanden und auf Ihre Stunde gewartet. Die Stunde ist gekommen. Aber machen Sie sich selbst und anderen nichts vor Es ist bloß eine Stunde, und sie geht zu Ende, wenn am Morgen der Hahn kräht. Sie alle werden verschwinden wie Gespenster.«

»Haben Ihnen die Würstchen oder der Wein nicht gefallen?« fragte sie mich.

»Nein, der Wein ist vorzüglich – und die Würstchen auch. Aber es ist Zeit für mich zu zahlen.«

Sie schrieb die Rechnung und reichte sie mir. Ich mußte ein gutes Viertel meines Stipendiums auf ihrem Tischchen lassen. Ob ich meine übermäßige Verschwendungssucht bereute? Nein, kaum. Denn ich hatte mein Geld nicht nur für den wunderbaren kaukasischen Wein und die ausgezeichneten Würstchen ausgegeben, sondern auch für das gewonnene Wissen. Als ich die Schwelle überschritten hatte, da war ich in eine Welt geraten, deren Name NÖP war. Hier, in diesen Mauern, feierte die gute alte Zeit Auferstehung, von der die Spießbürger träumten. Und eine solche Reise in der Zeit konnte nicht umsonst sein.

Als ich die Imbißstube verlassen hatte und im Schatten der Pappeln davonging, da schien mir plötzlich, daß ich alles nur geträumt hatte – das Glas Wein, die Würstchen und dieses Wohlstand, Sattheit und Zufriedenheit ausstrahlende Mädchen. Das alle hatte ich mir nur eingebildet.

Und dann hörte ich Hufgeklapper auf dem Kopfsteinpflaster der Straße. Die rassigen Beine hoch aufwerfend, kam ein Traber angeflogen. Auf dem Bock saß ein Kutscher mit einem Samtzylinder. Und dann kam auch Jaswitschs Gestalt ins Bild. Das volle, gutmütige Gesicht. Der kurze Kinnbart. Das Bärtchen auf der Oberlippe. Und statt des altmodischen Kneifers eine modische ausländische Brille in Hornfassung.

Der Traberhengst lief an mir vorüber und zog denjenigen, der noch vor kurzem keinen Namen, sondern eine Bezeichnung getragen hatte, eine Bezeichnung, die mich von Kindheit an erschreckt und mich dennoch nicht davon abgehalten hatte, in die Medizinische Fakultät einzutreten.

Nein, das war kein Phantom, sondern die Wirklichkeit, deren Überzeugungskraft durch die klappernden Hufe des Trabers auf dem Pflaster nur noch unterstrichen wurde.

Die folgende Nacht brachte ich wieder in dem kleinen Restaurant zu. An dem Tisch, wo ich saß, bediente die Kellnerin mit den grellgeschminkten Lippen, dieselbe, die mich schon einmal bedient hatte.

Neben mir saß Jaswitsch. Er bewirtete mich freigebig, und als ich nicht mehr ganz nüchtern war, begann er mit höhnischer Stimme, der Stimme eines Menschen, dessen Geheimnis nur ich und seine Frau kannten, ein vertrauliches Gespräch mit mir.

»Wer bin ich?« fragte er.

Ich antwortete auf seine etwas metaphysisch klingende Frage mit erschöpfender Genauigkeit und Vollständigkeit, einer Vollständigkeit ohne Beschönigung, und erinnerte natürlich an den Kleiderschrank im Zimmer einer Medizinstudentin, die, wie man unter Kleinbürgern sagt, einen guten Fang gemacht hatte.

»Und Sie bestehen darauf, daß das wirklich ein Fakt ist?« fragte er vorwurfsvoll und mit leichtem Spott in der Stimme, blickte mich an und goß dann wunderbaren Portwein in mein leer gewordenes Glas nach.

»Ja, das ist ein Fakt«, bestätigte ich.

»Gut, gut«, nickte er. Dann schob er sein Gesicht mit dem Schnurrbärtchen, dem Kinnbart und den Äuglein, die durch die dicken Linsen der ausländischen Brille auf mich starrten, näher zu mir und fragte: »Und was ist ein Fakt?«

Diese Frage überraschte mich. Ich hatte sie von einem

ehemaligen Versicherungsagenten, der zum NÖP-Mann geworden war, kaum erwartet.

»Stellen Sie mir eine leichtere Frage«, sagte ich.

»Eine leichtere? Na schön. Dann beantworten Sie mir doch einmal die Frage, woher Sie kommen? Denn ich weiß von Irina, daß in Ihrer Herkunft ebensoviel unklar ist wie in meiner.«

Nach diesen Worten trat Stille ein. Und dann trennten wir uns.

15

Im Jahre 1924 zog ich von Tomsk nach Leningrad um und siedelte mich in der Fünften Linie der Wassiljew-Insel an.

Monat und Tag meiner Ankunft zu nennen, habe ich keine Lust, und meine plötzliche Abneigung gegen dokumentarische Genauigkeit erkläre ich damit, daß mir jedesmal ganz eigenartig zumute wurde, wenn ich meinen Personalausweis aufschlug und mein Geburtsdatum sah. Denn dieses Datum, wie übrigens auch eine Menge anderer Daten, entsprach nicht der Wahrheit, vor der ich seit langem die Augen geschlossen hatte.

Die Medizin hatte mein Interesse bereits verloren; ich hatte beschlossen, von neuem Student zu werden (damals gab es noch »ewige Studenten«), und war in die Akademie für Malerei eingetreten. Ich kam ins Atelier des berühmten Malers Professor Petrow-Wodkin. Meine nicht allzu festen Verbindungen zur Zukunft waren zu jener Zeit völlig unterbrochen, und ich begann schon zu denken, daß ich niemals im 22. Jahrhundert gewesen sei und alle meine Erinnerungen ein Traum oder eine ganze Serie von Träumen seien, die ich in der Zelle des Tomsker Gefängnisses nach den Verhören durch den Stabskapitän Nowikow geträumt hätte. Es kam mir jetzt so vor, als habe mich mein Untersuchungsrichter, der Stabskapitän Artemi Fjodorowitsch, davon überzeugt, daß ich aus dem 22. Jahrhundert stamme.

Er verstand es zu überzeugen und konnte jeden beliebigen Menschen umstimmen.

Innerhalb einiger Jahre sollte ich Maler werden. Ich wollte mit Hilfe von Linien und Farben das Unfaßbare fassen und weitergeben: jene Welt, in der ich lebte, die Wassiljew-Insel, die Newa, die Bäume im Solowjow-Garten, den wiegenden Gang der Matrosen und ihrer breitgesichtigen Freundinnen, die dicken NÖP-Geschäftsleute in ihren hohen, gewalkten Überschuhen und die dazugehörigen Frauen – statt eines Gesichts schien auf ihren Hälsen nur ein Klumpen Teig zu sitzen, aus dem die plötzlich schüchterne Natur nichts zu formen gewagt hatte.

Viele meiner neuen Bekannten – alles zukünftige Maler – experimentierten oder ahmten die Franzosen und deren schematisch-elegante Wahrnehmung von Mensch und Natur nach. Mich zog, ich weiß nicht, warum, sehr der altmodische Realismus der Peredwishniki an. Meine neuen Bekannten machten sich über meinen künstlerischen Konservativismus lustig. Sie suchten eine Erklärung dafür und verdächtigten mich der geistigen Rückständigkeit und des Provinzialismus. Um mich nicht mit ihnen zu streiten, gab ich den Provinzialismus zu, bestritt aber, daß Provinzialismus und geistige Rückständigkeit dasselbe seien.

Gern besuchte ich das Russische Museum, stand lange vor den Bildern der Alten Meister und versetzte mich in Gedanken in jene Zeit. Beim Gang durch die Säle des Museums versuchte ich zu begreifen, was Gegenwart heißt, jener festgehaltene Moment, den die Maler des 19. Jahrhunderts und besonders deutlich die Peredwishniki auf ihren Bildern dargestellt haben. Sie, wie übrigens auch die in der Ermitage hängenden Holländer, haben es verstanden, die alltägliche Dauer des Lebens zu überlisten und sie auf einem Stück Leinwand fast bis zur Ewigkeit auszudehnen. Sie haben auf ihre Art die Bewegung der Zeit, den gemessenen Gang der Zeit gespürt. Sie wußten nicht und kannten nicht, was ich wußte und erlebt hatte, der ich zuerst die beinahe lichtgleiche Geschwindigkeit eines zu den

Sternen fliegenden Weltraumschiffes kennengelernt hatte, dann wie ein Nestjunges aus dem Nest aus meiner Epoche herausgefallen und in eine andere geraten war und dabei nicht nur mein Bewußtsein, sondern auch mein Sein in das Gewebe eines seltsamen Buches verwob, das paradoxerweise mit einem Mädchen namens Ophelia eins wurde.

War nun das Buch Ophelia, oder war Ophelia ein Buch? – Das ist eine besondere Frage, auf die Philosophen und Logiker, die nicht wissen, wo die Grenze zwischen einem Zeichen, das Symbol ist, und einem Zeichen, das ein Mensch ist, verläuft, kaum eine Antwort finden werden. Das ist eine Sache der fernen Zukunft, die dem Auge des Zeitgenossen Pawlows und selbst Ziolkowskis verborgen bleibt.

Der Verstand suchte mich zu überzeugen, daß dies Träume und Gesichter waren, die ihren Grund in den Verhören und Foltern im Keller der Koltschakschen Abwehr hatten. Doch es gab etwas Stärkeres als Vernunft und Willen. Denn ich wußte ja, wer ich war. Wußte ich es? Wußte ich es wirklich? Vielleicht war das nur eine Illusion?

Von diesem eigenartigen Dualismus ahnte niemand etwas (wenn man das Dualismus nennen kann), ausgenommen den Professor, der die Malerwerkstatt leitete.

Wenn er meine Zeichnungen und Bilder betrachtete, wurde Petrow-Wodkin jedesmal konzentriert, als löse er eine schwierige, fast unlösbare Aufgabe.

»Woher sind Sie?« fragte er mich eines Tages leise. Seine Stimme hatte einen besonderen, vertraulichen Ton fast wie die eines Mitverschworenen.

»Aus Tomsk«, antwortete ich. »Ich habe an der Medizinischen Fakultät studiert, dann aber, wie Sie sehen, die Medizin um der Kunst willen verraten.«

»Sie behaupten, daß Sie aus Tomsk sind, aber Sie sehen alles so, als ob Sie vom Mars zu uns gekommen wären. Mich hat, im Gegensatz zu Ihren Mitstudenten, Ihr Realismus nicht hinters Licht geführt. Sie ahmen die Peredwishniki nicht nach, sondern bemühen sich, deren offenes und naives Lebensverständnis zu begreifen. Sie sehen alles, was sich darstellen läßt, zu ungewöhnlich. Ihre Erfahrungen ... Ihre Erfahrungen sind zu reif. So wird man die Welt in hundert oder zweihundert Jahren sehen.«

Ich bekam einen roten Kopf und wurde verlegen, als habe man mich bei dem Versuch ertappt, meine soziale Herkunft zu verbergen und meine Eltern – fette, aufgedunsene Krämer – für Arbeiter an der Werkbank oder Bauern hinter dem Hakenpflug auszugeben, wie man damals sagte.

16

Ophelia! Buchgestalt, Gedanke mit lachendem Mund und zwei lebendigen, schönen Mädchenarmen.

Ich fing schon an, sie zu vergessen. Doch anscheinend hatte sie sich meiner erinnert. Und zwar genau im richtigen Moment – nicht, als ich Petroleum für den Primuskocher kaufte, und nicht, als ich mir im Gemeinschaftsbad mit einem Bastwisch den Rücken schrubbte, sondern in den Minuten versunkener Betrachtung großartiger Bilder.

Ich stand im Holländersaal der Ermitage und betrachtete Rembrandts Bild »Die Heimkehr des verlorenen Sohnes«.

Die außerordentliche Kraft des Gefühls und die sittliche Schönheit des vom Maler gewählten und auf die Leinwand gebannten Augenblicks rührten mich tief.

Ich war auch ein verlorener Sohn, aber ich hatte schon lange keinen Vater mehr, und nicht nur das Vaterhaus war mir verschlossen, sondern auch jene Welt, aus der mich gegen die Logik des Alltags das lebende und bebende Gewebe eines wundersamen Buches gerissen hatte.

»Träume! All das waren Träume«, dachte ich laut, ohne darauf zu achten, daß mich die Besucher der Ermitage hören konnten, die verschlafen an den großen Werken vorbeitrotteten.

Und ich wurde gehört.

Ein Mädchen, das neben mir stand, sagte leise: »Nein, das waren keine Träume.«

»Woher wissen Sie das?«

»Weil ich von dorther bin, woher auch Sie kommen.«

Ihre Stimme klang wunderbar bekannt. Sie stand neben mir, aber ihre Worte schienen von fern heranzufliegen.

»Wer bist du?« fragte ich.

»Ophelia.«

»Aber wo bleiben Donner, Blitz und Regen?«

»Sie sind da«, antwortete sie. »Hören Sie nur.«

Ich lauschte, und da hörte ich den Donner grollen.

Neben mir stand sie. Es war, als sei sie gerade erst einem der Bilder der Ermitage entstiegen. Sie trug die zu grelle Kleidung eines anderen Jahrhunderts. Doch niemand beachtete sie, als sähe nur ich sie, als habe sie sich nur in meinen Augen in lächelndes Fleisch und Blut verwandelt und sei für alle anderen, Uneingeweihten, unsichtbar.

Wir gingen zur Seite und ließen uns auf einem Diwan nieder.

»Wie bist du hierhergekommen?«

Sie lachte.

»Irgendwer hat eine Seite umgeblättert und mich nicht einmal gefragt, ob ich wollte oder nicht. Du weißt ja: Ich bin ein Buch, wenn ich auch wie ein Mensch aussehe. Und ein Buch gehört nicht sich, sondern der Handlung. Und die Handlung geht nun weiter, mein Lieber. Die Seite wurde umgeblättert, und auf der nächsten Seite sind wir uns begegnet. Ich hoffe, es tut dir nicht leid?«

»Ich hatte schon angefangen, mich an die neue Situation und an mich selbst zu gewöhnen, wenn ich mich mich selbst nennen kann, ohne in Widerspruch zur Logik zu geraten.«

»Was du wieder mit der Logik hast«, unterbrach sie mich. »Als wenn du nicht wüßtest, daß es auf der Welt viele Logiken und nicht nur eine gibt. Die Gesetze jener Logik, der du unterworfen bist, wirst du verstehen, wenn die Handlung zu Ende geht und es Zeit wird, den Schlußpunkt zu setzen.«

»Aber dort bei euch, im zweiundzwanzigsten Jahrhundert, gibt es doch die Ewigkeit, die Unsterblichkeit, die jedem Baby und jeder Greisin von der Wissenschaft verliehen wurde.«

»Ja, bei uns, aber nicht bei euch. Oder hast du vergessen, wo du dich befindest?«

»Ich befinde mich inmitten großartiger Kunstwerke in der Ermitage. Auch sie sind dem verderblichen Einfluß der Zeit und der Zeit überhaupt entzogen, auch sie sind unsterblich.«

»Aber sie sind Zeichen und Symbole, wenngleich große Zeichen und große Symbole, du aber bist ein Mensch.«

»Na wennschon«, sagte ich, »lieber ein gewöhnlicher lebendiger Mensch als ein großes und unsterbliches Bild.«

»Bist du sicher?«

»Sicher.«

»Das ist naiv von dir. Dieses Bild von Rembrandt hier ist auf dem Weltmarkt einige Millionen Goldrubel wert, und diese Alte da, die es bewacht . . . Nenne ihren Preis. Vielleicht bist du wie Dostojewski, der jedes menschliche Wesen für kostbar hielt. Doch er irrte . . .«

»Nein, du bist im Irrtum. Aber wir wollen uns nicht streiten. Wo bist du untergekommen?«

»Vorläufig nirgends. Aber wenn ich mich entschließe zu bleiben, werde ich schon eine Unterkunft finden. Schlimmstenfalls kann ich mich in eine Marmorstatue verwandeln und hier bleiben.«

»Da wirst du den Mann, der die Führungen macht, in eine schwierige Lage bringen. Er muß wissen, was er von dir erzählen soll, muß das Jahrhundert und den Meister kennen, der dich geschaffen hat. Denn man wird ihm Fragen stellen.«

»Nicht so schlimm. Ich sage ihm vor. Aber bitte, ich ziehe das Leben in der Stadt der Aussicht vor, in ein und derselben Haltung zu verharren. Das ist langweilig und ermüdend. Du bist, hörte ich, Maler geworden?«

»Bin ich«, entgegnete ich niedergeschlagen.

»Na los, gehen wir. Weg von hier. Es donnert schon nicht mehr. Und der Regen hat auch aufgehört. Gehen wir zu deiner Wassiljew-Insel, die bald auch meine sein wird.«

17

Und es fand sich auch für sie ein Platz – ein Platz und eine Arbeit auf der liebenswürdigen, stillen und gemütlichen Wassiljew-Insel.

Sie fand Quartier im Haus gegenüber, wählte den freien und freilich ein bißchen riskanten Beruf eines Modells und fing an, für die Maler zu posieren.

Wie mag sie nur mit dem Hausverwalter übereingekommen sein, so daß sie ins Hausbuch eingetragen wurde, in diese heilige Schrift, diese Bibel der Wohnungsbevollmächtigten und Hauswarte, obwohl sie schwerlich Anspruch darauf hatte? Ich glaube auch nicht, daß in ihrem vorläufigen Personalausweis, den sie anstelle der angeblich verlorenen Papiere erhalten hatte, ihr wahres Geburtsdatum stand.

Die Maler malten sie gern, und auf den Bildern erschien sie dann als Arbeiterin aus der Tabakfabrik, als Tatjana aus »Eugen Onegin«, als Gogolsches Fräulein aus der Novelle »Der Wij« (was am besten zu ihr paßte) oder als moderne Carmen, eine Carmen aus der Ligowka oder der Prjashka, eine der idealisierten und akademisch gemalten Nutten, wie sie die NÖP-Zeit hervorgebracht hatte.

Ich malte sie auch, bekleidet und als Akt, betrachtete aufmerksam ihren Körper und versuchte, ihre ganze etwas jenseitige Leichtigkeit aufs Bild zu bringen, eine Leichtigkeit, die allerdings in den letzten Monaten, den Monaten ihrer Gewöhnung an den Alltag der Wassiljew-Insel, ein bißchen gelitten hatte. Ja, sie war irdischer geworden, mehr der Art der Wassiljew-Insel entsprechend, als denke sie schon nicht mehr daran, sich von der Welt, der nach Petroleum, Wischlappen und Sauerkohl riechenden Welt der

Wohnung, zugunsten einer anderen Welt zu trennen, in die sie gehörte.

Ich ging mit ihr ins Kino »Forum«, und wir schauten uns »Die Zuschneiderin aus Torshok« und »Das Kabinett des Doktor Caligari« an.

Sie flüsterte mir die Verse eines damals sehr bekannten raffinierten Poeten ins Ohr:

> Wo ist Ihr Zwillingsbruder?« – »Gleich, Geduld.«
> Und grinsend machte er den Wandschrank auf,
> sprang von der Tür zurück. Dort auf dem Stuhl,
> vor einem Hintergrund von grünem Kaliko,
> schlief ein zerlumptes Wesen.
> (Blitzartig der Gedanke – »Caligari«.)
> Ein deutlich grüner Schimmer auf der Haut,
> die Lippen fürchterlich verzerrt und bitter,
> und blondes Haargekringel klebte auf der Stirn,
> die Venen zuckten an der trocknen Schläfe.

Die treuherzige Naivität des Stummfilms rührte uns, besonders Ophelia, sie war ja gleichzeitig eine schöne Frau und ein wunderliches Buch, also eine Welt, die ihre Entstehung der Phantasie verdankte, die es aber vermochte, sich auf unbegreifliche und magische Weise mit dem Leben des Lesers zu verbinden, eines ganz und gar nicht eingebildeten, sondern wirklichen Lesers, der wie in eine Falle geraten war, aus der es keinen Ausweg gab, ehe nicht die Fabel dieses Buches zu Ende war, eine Fabel, die das Leben nicht widerspiegelte, sondern es zu ersetzen versuchte.

Wenn wir uns trafen, was ziemlich oft geschah, flüsterte sie mir Verse zu, als wolle sie sich hinter diesen fremden, schönen Worten verbergen:

> Nicht einer sah, wie ins Theater trat
> und dann schon in der Loge saß die Schöne,
> vergleichbar einem Bildnis von Brjullow.
> Man findet solche Frauen in Romanen,
> und auch in Filmen kann man sie erleben . . .

Um ihretwillen stiehlt und mordet man,
man lauert ihren Kutschen auf und sucht
den Gifttod dann auf dunklen Böcen.

Und obwohl sie mir all diese romantisch-malerischen Worte flüsterte, glich doch sie selbst schon nicht mehr einem Gemälde von Brjullow. Sie war etwas fülliger geworden und versank im Alltag. Ich glaube nicht, daß daran nur die Gemeinschaftswohnung schuld war, in der sie lebte. Auch die Maler hatten ihren Teil daran, denen sie für ihre primitiven sogenannten thematischen Genrebilder Modell stand, für diese kleinbürgerlich aufgeputzten, gemalten Schauspiele, die damals bereits Mode wurden und auf denen sie, wie auf der Bühne, mal eine Usbekin darstellen mußte, die gerade den Schleier abgelegt hat, mal die Leiterin einer Frauenabteilung, mal die Frau eines Finanzinspektors oder Volksrichters, die gerade eine Herrschaftswohnung bezieht.

Der Zank und die ständigen Küchendiskussionen in der Gemeinschaftswohnung gingen nicht spurlos an ihr vorüber. Der Beruf des Modells genoß keine Achtung, und außerdem trug das Modell noch den überhaupt nicht zu ihr passenden Namen Ophelia.

»Zieh am besten zu mir«, schlug ich ihr eines Tages vor.

»Aber bei dir gibt es doch auch nicht gerade eine harmonische Lebensgemeinschaft à la Fourier. Denkst du, deine Nachbarn sind gutmütiger?«

»Um sie gutmütiger zu machen, werden wir zum Standesamt gehen«, schlug ich vor. »Die Kleinbürger und Spießer wollen, daß alles vom Gesetz geheiligt wird, selbst ein Wunder.«

»Was meinst du mit Wunder?« fragte sie. Und lachte.

Anscheinend begann auch sie zu vergessen, wer sie war, durchdrang sie der Alltag der Gemeinschaftswohnung, in der es nach dem Abort und nach Katzen roch und wo in der Küche ein angetrunkener Greis saß, bitterlich weinte, sich auf die Brust schlug und schrie, er sei der uneheliche Sohn des russischen Klassikers Breschko-Breschkowski, vielleicht sogar des ehemaligen Grafen Salias, er bitte jedoch alle, vorläufig nicht darüber zu reden, weil Salias zwar ein Klassiker, aber eben doch ein ehemaliger Graf gewesen sei. Und wer wollte in unserer unruhigen Zeit schon ein Graf oder Fürst sein!

Er heulte schluchzend und beschuldigte die Mitbewohner der Schurkerei und der Unzucht, der Vergeudung staatlichen Wassers, der Unterschlagung beim elektrischen Licht und der Mißachtung des Hausverwalters, der ein Bein im imperialistischen Krieg verloren hatte und ein Auge im Kampf mit Invaliden, die illegal mit Schnaps handelten. Der ungesetzliche Sohn des russischen Klassikers Graf Salias haßte Ophelia aus irgendeinem Grund und verdächtigte sie, sie verberge ihre soziale Herkunft.

»Ich bin ein sowjetischer Angestellter!« rief er und fuchtelte mit seinem Arbeitsbuch herum. »Ich arbeite im kommunalen Bad als Kassierer. Ich verkaufe Karten an Leute, die sich den Schmutz der alten Welt vom Leibe waschen wollen. Und was machst du, Ophelka? Du ziehst dich nackt aus und zeigst allen Leuten deine Schande, he?«

Er trat zu ihr heran, ging zu einem unheilverkündenden, vertraulichen Flüstern über und ließ sich vernehmen: »Ich weiß. Stammst von den Ehemaligen!«

»Nein«, entgegnete sie. »Wenn es denn schon so weit gekommen ist: von den Zukünftigen.«

Ich führte sie schnell aus der Küche fort, in der sie auf dem Primuskocher ihre Sojabuletten gebraten hatte. Ich befürchtete, sie würde dem ungesetzlichen Sohn eines russischen Klassikers eingestehen, wer sie war und von woher.

Sie könnte ihm sagen: »Ich bin ein Buch.«

Und der Sohn des russischen Klassikers und ehemaligen Grafen Salias würde durch die ganze Wohnung wiehernd hohnlachen und umgehend einen geschlossenen Wagen rufen, um sie ins Bechterew-Institut schaffen zu lassen, womit er seine staatsbürgerliche und gesellschaftliche Pflicht erfüllt hätte.

Nicht, daß Ophelia übermäßig naiv gewesen wäre, man müßte ein anderes Wort suchen, um ihre Art, mit den Menschen zu sprechen, wiederzugeben. Sie hatte einen eigenartig bizarren Charakter, und eines Tages verkündete sie mir, sie würde vielleicht einen eigensinnigen alten Mann heiraten.

»Doch nicht etwa den ungesetzlichen Sohn des russischen Klassikers Graf Salias?«

»Nein. Den berühmten Landschaftsmaler M.«

Und sie nannte mir einen der bekanntesten Namen jener Jahre.

»Aber das ist doch ein Greis«, sagte ich, »der wird bald neunzig.«

In meiner Stimme klang unwillkürlich etwas Eifersucht mit, was sie kaum gespürt haben mag, und wenn, dann hat es sie nur noch übermütiger gemacht.

»Er ist fast ein großer Maler. Das erkennen alle an Und außerdem ein wunderbarer, ungewöhnlich guter und zärtlicher Mensch.«

»Vielleicht war er das früher.«

»Nein, jetzt, in Wirklichkeit.«

»Wirklichkeit ist ihm wenig geblieben. Dafür Vergangenheit im Überfluß. Aber was soll's? Jetzt steht er an der Schwelle des Grabes.«

»Ich verbiete dir, so zu reden. Er ist noch kräftig wie ein junger Bursche, und er erinnert mich an den unsterblichen Tizian.«

»Da hast du den richtigen Tizian gefunden. Außer Alter und Bart hat er nichts mit ihm gemein. Freilich, ich weiß nicht, ob Tizian auch einen Bruch und die Leidenschaft besaß, Sparbücher zu sammeln. Aber erzähl mal, wie ist das passiert?«

»Du willst wissen, wie Wunder geschehen?«

»Quatsch«, unterbrach ich sie, »du willst mir doch nicht erzählen, daß dieser alte, halbtalentierte Akademist fähig ist, irgend etwas zu fühlen und über etwas anderes als sich selbst in Begeisterung zu geraten?«

»Ich habe bei ihm im Atelier Modell gestanden. Und ich beschloß, ein kleines Wunder zu vollbringen. Ich verwandelte mich vor seinen Augen in ein Wäldchen. Und stell dir vor, er hat das fast nicht gemerkt. Er wollte ein Bild über Motive aus Ovids ›Metamorphosen‹ malen. Und er stellte mich gleichzeitig als Mädchen und als Wäldchen dar. Ich half ihm, so gut ich konnte, indem ich das eine und das andere vorstellte. Und er ließ mich in seiner Phantasie und auf der Leinwand mit den Bäumen eins werden. Er ist ein richtiger Dichter. Und ich bin in seinen Träumen herumgespukt. Freilich, ich wurde ein bißchen müde, fürchtete, die Haltung zu verändern. Und dann hat er mir einen Antrag gemacht, wie in alten Romanen. Und ich fand nicht die Kraft, es ihm abzuschlagen.«

»Was heißt das, du fandest nicht die Kraft? Dann wird es aber Zeit, daß du sie findest. Treib ihm die Schamröte ins Gesicht, deinem Tizian, erinnere ihn daran, daß er in einem Jahr neunzig wird.«

»Nicht in einem Jahr«, berichtigte sie mich, »sondern in zwei. So etwas nennt man ehrwürdiges Alter. Aber er ist ein junger Bursche, versichere ich dir, ein junger Bursche. Elastisch. Gebaut wie Zeus. Und kann achtzehn Stunden an der Staffelei stehen. Er ist fast ein großer Maler.«

»Na eben, fast.«

»Hör auf! Hör auf, ich bitte dich. Mache nicht den Mann schlecht, mit dem ich mein Schicksal verbinden will und mit dem ich in den nächsten Tagen aufs Standesamt der Wassiljew-Insel gehen werde.«

Ich fing an, sie zu überreden, sie daran zu erinnern, wer sie war, daß sie kein Mensch war, daß ihr jegliche Substanz fehlte, daß sie eher ein Zeichen, ein Symbol war, das Mädchengestalt angenommen hatte. Ihre wahre Berufung war, das Netz der Erzählung zu weben, darzustellen, mit fremden Gefühlen zu spielen. Sie war, um es philosophisch zu sagen, zu problematisch, um als Fakt zu gelten. Sie existierte den Fakten zum Trotz, dem gesunden Menschenverstand zum Hohn. Der Maler M., das war ein Fakt, daran war nicht zu zweifeln, er war sogar realer als jeder Fakt, mit seinem Bart, seinem Spazierstock, seiner Sechszimmerwohnung, seinem Ruhm und seinen Sparbüchern, die er in einem Spezialsafe aufbewahrte. Hatte sie etwa die Fakten so sehr schätzen gelernt, den Safe und die Sparbücher, daß sie vergessen hatte, was sie selbst war – ein Buch, das wunderbarste der Bücher? Oder war sie vielleicht gar kein Buch, sondern eine gewöhnliche Frau, eine von den Ehemaligen, die ihre Vergangenheit verheimlicht hatte und nun die Gegenwart mit der Zukunft vertauschen wollte, aber nicht mit einer problematischen Zukunft, sondern einer absolut gesicherten, und hatte der ungesetzliche Sohn des russischen Klassikers und ehemaligen Grafen Salias vielleicht doch in manchem recht?

»Hör auf!« unterbrach sie mich. »Du redest Gemeinheiten, du wiederholst, was der ungesetzliche Sohn des russischen Klassikers Graf Salias über mich verbreitet. Wenn du es unbedingt wissen willst, ich verheimliche es dir nicht. Ich habe dem Maler M. gesagt, wer ich in Wirklichkeit bin.«

»Und er hat dir geglaubt?«

»Hat er, wenn auch nicht ganz. Er ist Sensualist ein Sinnenmensch, wie die meisten realistischen Maler. Er hat meinen Rücken berührt, auch die Beine, er hat mich ein bißchen gezwickt und gelacht. Dann hat er gesagt: ›Wenn überhaupt jemand, dann kann M. lebendiges Fleisch von einer Chimäre unterscheiden. Du riechst aus dem Mund, du solltest zum Zahnarzt gehen.‹ – ›Und meine soziale Herkunft stört dich nicht, Liebster?‹ fragte ich ihn. ›Ja‹, sagte er und krauste besorgt die Stirn. ›Du bist die Tochter einer zum Leben erweckten Statue und die Enkelin einer griechischen Göttin. Aber bei meinen Beziehungen bringen wir diese Angelegenheit schon in Ordnung.‹ «

18

Der ungesetzliche Sohn des russischen Klassikers und Grafen Salias sagte oft »Fakt« und hob dabei den Zeigefinger.

Wenn er das Wort »Fakt« aussprach, dann verstand er darunter alles Unvermeidliche – den Zank in der Küche, die regelmäßige Titelkarikatur im »Krokodil« oder im »Nilpferd«, das zornige grüne Auge und die hölzerne Krücke des Hausverwalters, die auf den steinernen Stufen der Treppe pochte, ein Glas gelbes, schäumendes Bier, den Geruch der Seife und der Bastwische im Badehaus, wo er arbeitete, und die Nase seiner Zimmergenossin, einer Verkäuferin aus dem Petroleumladen, die immer zur gleichen Stunde zu ihm kam – wenn das Badehaus geschlossen war.

Nur Ophelia war für ihn kein »Fakt«. Um »Fakt« zu sein, fehlte ihr etwas. Was das war, konnte er selbst nicht verstehen, obwohl er hin und wieder Vermutungen darüber anstellte. Zeitweise erriet er etwas, aber da er kein Philologe war, kannte er die Bezeichnung dessen nicht, was er dunkel, sehr dunkel ahnte. Eine Gaunerin? Nein, das nicht. Eine Nixe? Nixen waren längst als Aberglaube verworfen. Und was könnte es auch für Nixen in der großen Stadt geben, wo alle Flüsse, die Newa nicht ausgenommen, in Stein gefaßt und unter Aufsicht gestellt waren? Eine Hexe? Aber die Hexen waren auch abgeschafft, sogar noch früher als Gott. Ja, und für eine Hexe war sie auch zu jung und schön. Nein, da er kein Philologe war, fiel ihm keine Bezeichnung für dieses Wesen ein, obwohl er den Verdacht hatte, hier wäre nicht alles in Ordnung mit dem gewöhnlichen Sein oder dem, was man Leben nennt.

Eines Tages, als ich in das Badehaus der Wassiljew-Insel kam, das sich an der Ecke Mittelprospekt und Fünfte Linie befand, hielt mich der Kassierer an der Kasse zurück, gab seinem flachen, dümmlichen Gesicht einen listigen Ausdruck und sagte feierlich und traurig: »Eine Neuigkeit.«

»Was für eine?« fragte ich. »Wieder ein Skandal in der Küche?«

»Ja, ein Skandal, wenn Sie so wollen. Unsere Ophelka ist zu dem großen Maler M. gezogen, auf den Großen Prospekt nicht weit von der Akademie der Künste. Fakt?«

»Alles klar«, sagte ich und bezahlte die Karte.

Als ich mich im Umkleideraum auszog, dachte ich lange über den Sinn dieses Wortes »Fakt« nach. Zu Anfang des 20. Jahrhunderts besaßen viele Menschen, nicht nur der ungesetzliche Sohn des russischen Klassikers Graf Salias die Neigung, diesem Begriff einen absoluten Sinn zu geben und ihn jeder Problematik zu entkleiden. Eine andere Sache war es im 22. Jahrhundert. Da konnte man das Wort »Fakt« nur im Wörterbuch für veraltete Synonyme und seit langem ungebräuchliche Wörter finden. Denn es war der echte, zutiefst problematische Sinn dieses Zeichens entdeckt worden, das mit seinen Wurzeln in das bodenlose Vakuum der Evolution und des Alls hinabreichte.

So wie der Ozean die Erdkugel umfaßt,
umgeben Träume rings das Erdenleben.

Ich saß und grübelte über der Neuigkeit, die mir der ungesetzliche Sohn des russischen Klassikers mitgeteilt hatte. Im Umkleideraum hält man sich im allgemeinen nicht lange auf, man hat es eilig, die Sachen abzulegen, dem Badewärter die Oberbekleidung zu geben, eine kleine Nummer zu erhalten, sie sich ans Bein zu binden, damit sie nicht verlorengeht, und sich dann schnell dorthin zu begeben, von woher anheimelnde Hitze strahlt und man das angenehme Plätschern des heißen Wassers, das Schurren der Wasserkübel und das dumpfe Gemurmel undeutlicher Stimmen vernimmt. Zerstreut zog ich das Hemd über den Kopf, ich hatte gleichsam vergessen, wo ich saß, und dachte über Ophelia nach, die ihr Schicksal mit dem berühmten Maler verbunden hatte, den die mit der Mode gehenden Kritiker gar als groß anerkennen mochten.

Ein Bürger, der die nackten Beine in das Becken mit dem heißen Wasser gestellt hatte, blickte mich unverwandt an. Sein Gesicht zeigte Bestürzung, die dann in Erschrecken überging. Anscheinend hatte er mich erkannt, und nun blieb nur eins übrig – ich mußte ihn auch erkennen.

Schrecken überflutete plötzlich mein Bewußtsein, als säße ich von neuem meinem spöttischen und skeptischen Vernehmer im Koltschakschen Keller gegenüber.

»Stabskapitän Nowikow?« fragte ich ihn leise, beinahe flüsternd.

Er sprang auf, zog eilig Hosen über seine zottigen Affenbeine, warf sich das Jackett über den noch nicht ganz trockenen Körper und rannte aus dem Umkleideraum.

War er es gewesen? Vielleicht hatte ich mir das alles nur eingebildet? Doch daran, daß er gerade noch hier gesessen hatte, erinnerten das Fußbecken mit dem heißen Wasser, die auf der Bank liegengelassenen Unterhosen, das Hemd und die ziemlich abgetragenen Seidensocken, die er nicht mehr hatte anziehen können; er war offenbar mit den bloßen Füßen in die Halbschuhe gefahren.

Ich stürzte aus dem Umkleideraum hinaus und rief mit der unentschlossenen, zweifelnden Stimme eines erschrokkenen Intellektüellen: »Haltet ihn!«

Das Echo des Badehauses wiederholte meinen Ruf mit deutlicher Übertreibung und Spott.

Aus dem Umkleideraum folgten mir eilig ein paar nackte oder halb angezogene Personen.

Im Kassenfenster zeigte sich die erstaunt-schadenfrohe Physiognomie des illegitimen Sohnes eines russischen Klassikers. »Was ist? Hat man Sie bestohlen? Die Brieftasche geklaut?«

Ich hatte keine Zeit, seinen Fragenschwall zu beantworten. Ich lief auf die Straße hinaus, aber Nowikow war nicht zu sehen – nur die Rücken und die Gesichter von Passanten, die weder mit mir noch mit ihm etwas zu tun hatten. Entweder hatte er sich in einem Hauseingang versteckt, oder er war auf eine fahrende Straßenbahn aufgesprungen.

Ich wanderte eine Zeitlang auf dem Mittelprospekt herum, setzte mich dann in die kleine Grünanlage an der Tutschkowgasse und wartete lange darauf, daß der Zufall

ihn mir wieder aus der Dunkelheit der großen Stadt, aus den vielen Höfen und Hauseingängen zutreiben würde. Aber der Zufall liebt keine Wiederholungen. Viele Leute kamen aus den Hauseingängen, manche sahen ihm ähnlich, doch nur aus großer Entfernung; wenn sie näher kamen, gewannen sie wie zum Hohn ein ganz anderes Gesicht und eine andere Gestalt. Lange narrte die optische Täuschung meine Ungeduld und trieb ein Spiel mit mir, das mir bald über wurde. Und da beschloß ich, zur nächsten Milizabteilung zu gehen und Anzeige zu erstatten.

Der Milizvorsteher hörte mich in seinem Arbeitszimmer geduldig und aufmerksam an, dann machte er aus irgendeinem Grund ein finsteres Gesicht, krauste die Stirn und fragte: »Kann es nicht sein, daß Ihnen das alles bloß so vorgekommen ist?«

»Kann sein«, antwortete ich, »es war etwas schummrig und feucht im Umkleideraum. Und wir haben uns auch nur eine halbe Minute angeblickt, nicht mehr. Aber erklären Sie bitte, warum er wie ein Verrückter vor mir davongelaufen ist und sogar vergaß, die Unterhosen anzuziehen und die Socken überzustreifen?«

»Was waren das für Socken? Wissen Sie das noch?«

»Gewöhnliche Socken, grau oder braun. Ich weiß nicht. Sie liegen sicher noch jetzt da herum, auf dem Fußboden, neben dem Becken«, antwortete ich.

»Das hätte überprüft werden müssen. Für uns sind nicht Worte wichtig, sondern Fakten«, sagte er, wobei er besorgt aus irgendeinem Grund nur auf mein Kinn schaute.

»Fakten! Fakten!« wiederholte ich gereizt. »Und was sind Fakten, wenn man sich in ihren Sinn hineindenkt?«

»Fakten«, sagte der Milizvorsteher, »das ist das, wogegen es keine Einwände geben kann.«

»Das heißt, Sie zweifeln?« fragte ich, ohne meine Kränkung zu verbergen.

»Nehmen wir an, daß ich auch ein bißchen zweifle. Ohne Zweifel geht es bei uns nicht. Das ist unsere Arbeit, an allem zu zweifeln, alles zu überprüfen.«

Er holte ein ledernes Zigarettenetui hervor, bot mir eine Papirossa an und steckte sich selbst eine an.

»Woran zweifeln Sie denn?«

»Darüber möchte ich zunächst schweigen. Denken wir gemeinsam nach. Erörtern wir die Sache. Und dann werden wir Schlußfolgerungen ziehen. In unserem Beruf darf man es mit Schlußfolgerungen nicht zu eilig haben. Übrigens, wie waren Ihr Name und Vatersname?«

»Michail Dmitrijewitsch.«

»Sie sagen, daß Sie im Koltschakgefängnis gesessen haben. Ich achte Sie sehr deswegen. Selbst bin ich aus Altersgründen nicht dazu gekommen, obwohl ich noch am Bürgerkrieg teilgenommen habe. Und was haben Sie vorher gemacht?«

»Ich bin geflogen.«

»Sie waren Flieger? In welchem Jahr? In welcher Armee? An welcher Front?«

»Wie soll ich Ihnen das sagen . . . Flieger war ich nicht.«

»Sondern?«

»Kosmonaut.«

»Kosmonaut? Wie soll ich das verstehen? Das Wort ist mir ziemlich unbekannt. Wenn Sie können, erklären Sie es.«

»Vielleicht sollte ich es besser nicht erklären?«

»Aber warum denn? Niemand schämt sich heute seiner Unwissenheit, und alle sind bemüht, sie möglichst schnell zu überwinden. Ich habe zwar kein Gymnasium und keine Universität absolviert, begreife aber von Natur aus schnell. In der Schule hatte ich in Mathematik ›Sehr gut‹.«

»Das wird Ihnen hier auch nicht helfen.«

»Sie denken, ich werde es nicht verstehen können?«

»Kaum«, sagte ich. »Die Sache ist die, daß ich zu den Sternen geflogen bin.«

»Zu den Sternen? In welchem Sinne das?«

»Im realsten. Beinahe mit Lichtgeschwindigkeit.«

»Warten Sie. Nur keine Eile. Wir werden das später alles klären. Und wie steht's mit der Gesundheit? Haben Sie vielleicht an nervlicher Zerrüttung gelitten, nachdem Sie so viel während des Aufenthalts in dem weißgardistischen Verlies durchmachen mußten?«

»Lassen Sie uns das Thema wechseln«, sagte ich, »von wegen Gesundheit, hohen Geschwindigkeiten und Sternen. Lassen Sie uns von irdischen Dingen sprechen.«

»Das wird das beste sein«, stimmte der Milizvorsteher zu, »sonst geraten Sie noch sonstwo hin. Ich dachte schon, daß Sie womöglich aus der Kanatschikow-Datscha ausgerissen sind. Trotzdem wäre es nicht schlecht, sich da mal zu erkundigen. Da ist allerhand Durcheinander und Wirrwarr in Ihrem Kopf. Sie behaupten, daß Sie im Badehaus einen verdächtigen Mann getroffen haben, der Ihrer Annahme zufolge ein ehemaliger Weißgardist ist? Ist das so?«

»So ist es.«

»Und weshalb fangen Sie dann ein seltsames Gespräch von Sternen an, zu denen Sie angeblich geflogen sind? Wozu das?«

Die Frage des Milizvorstehers hatte mich in die Enge getrieben. Ich schaute lange zur Wand, wo eine Wanduhr und ein Milizionärsmantel hingen, so wie ein Schüler an eine Wandtafel schaut, auf der mit Kreide eine Aufgabe angeschrieben steht, die er unmöglich lösen kann, wie er es auch anfängt.

Auch der Vorsteher schwieg. Wir schwiegen sozusagen um die Wette, wer es länger aushielt.

Schließlich blickte er auf die Uhr, und als er sich wieder zu mir herumdrehte, fragte er noch einmal: »Was sollten dabei die Sterne, die, wie ich meine, zu weit von uns entfernt sind, als daß man zu ihnen fliegen könnte?«

»Es geht ja nicht um die Gegenwart, sondern um die ferne Zukunft.«

»Zum erstenmal treffe ich einen Menschen, der es so geschickt versteht, von der Sache abzulenken. Mich interessiert die Zukunft nicht, zumal wenn ich im Dienst bin. Im Dienst bewegt mich nur der gegenwärtige Moment.«

»Und was wird mit dem ehemaligen Stabskapitän Nowikow, dem Mitarbeiter der Koltschakschen Abwehr?«

»Wir werden uns mit ihm befassen. Werden Auskünfte einholen. Seine Person erfordert Aufklärung, Überprüfung. Und Sie lassen uns für alle Fälle Ihre Adresse hier.«

19

Nach all diesen Scherereien und Laufereien beschloß ich, eine kleine Erholungspause einzulegen, und ging ins Restaurant an der Ecke Mittlerer Prospekt, Achte Linie.

Eine Kapelle spielte. Es duftete nach Koteletts à la Posharski, nach vergossenem Rotwein und nach Pilzsoße.

Am Tisch in der Fensterecke saß Ophelia mit ihrem berühmten Alten, der mit seinem Samtkäppchen und seinem majestätischen Bart tatsächlich eine entfernte Ähnlichkeit mit Tizian hatte.

Der Tizian der Wassiljew-Insel blickte verliebt auf das Wesen, dessen trügerische Natur er wohl kaum so schnell erkannt hatte. Ophelias Augen, diese wahren Nixenaugen, hatten mich sofort erblickt, und ihre Stimme mit der melodisch-kristallischen Intonation, die Stimme der Gogolschen Pannotschka, die seinerzeit den Philosophen Chom Brut, den emotionalsten und anziehendsten aller Philosophen, bezaubert hatte, rief mich an.

Ich trat an ihren Tisch.

»Kennt ihr euch?« fragte sie, und dabei spielte sie immer noch mit ihrer Stimme und den Augen, die mit leichtem Spott abwechselnd mich und den berühmten Maler anblickten, als vergliche sie uns in Gedanken miteinander und spiele auf meine Nichtigkeit im Vergleich zu dem neuen Tizian an, dessen Majestät sie vor gewöhnlichen Sterblichen zu wahren wußte.

Der Tizian der Wassiljew-Insel schaute mich gebieterisch an und verzog dann den Mund zu einem herablassenden Lächeln.

»Mach dich bekannt, Mischa«, sagte Ophelia. »Das ist mein Mann. Und das«, stellte sie mich mit einem Blick dem beinahe großen Maler vor, »ist der, von dem ich dir gerade erzählt habe.«

Das Lächeln breitete sich über die langbärtige Physiognomie der Berühmtheit aus und wurde plötzlich liebenswürdig.

»Setz dich an unseren Tisch, Mischa«, lud mich Ophelia ein. »Wir freuen uns ehrlich über dich.«

Mit schallender Kaufmannsstimme rief der Tizian der Wassiljew-Insel den Kellner und begann dann in aller Ruhe und mit Sachkenntnis seine Bestellung zu diktieren, wobei er verschiedene Vorspeisen und Weine aufzählte.

Als der Kellner im leichten, schaukelnden Gang eines Restaurantzauberers halb ging, halb entfloh, da begann eine Pause, die mich aus irgendeinem Grunde beunruhigte. Ich saß am Tisch des Lokals mit einem Gefühl, als sei der Tisch auf den Wellen der Zeit zu mir herangeschwommen und würde gleich wieder davonschwimmen und mit ihm zugleich auch dieser imposante Bürger mit dem Samtkäppchen auf dem Haupt, das wirklich vom Haupt des echten Tizian zu stammen schien, dieser Mann, der sich in den Weinen, den Frauen und den Ölfarben auskannte, aus denen man alles schaffen kann – von einer nackten Venus bis zu einem in abendliches Dunkel gehüllten Baum.

Die beiden Tizians, so schien es, waren zu einem geworden, dabei nicht an Größe verlierend, sondern eher gewinnend, und beiden schien meine stumme Anwesenheit lästig zu fallen.

»Sie sind also ein Landsmann Ophelias?« fragte er mich plötzlich und entzauberte mit seiner Stimme jenes Trugbild, jene Zeitverschiebung, jene Szene aus der Epoche der italienischen Renaissance, die gerade in dem zweitklassigen Restaurant der Wassiljew-Insel erstanden war.

Seine lange, schöne, eher frauenhafte als greisenhafte Hand streckte sich nach der Kognakflasche aus und ließ dann diese ziemlich kräftige, aromatische Flüssigkeit in mein Glas fließen.

»Sie sind also ein Landsmann Ophelias?« wiederholte er seine Frage.

»Ein Landsmann? Wenn man genau sein will, kein Landsmann, sondern ein Zeitgenosse. Ja, ein Zeitgenosse, denn es geht eher um die Zeit als um das, was man Raum nennt.«

»Wie soll ich das verstehen?« Er runzelte die Stirn, und sein Gesicht nahm wieder einen monumentalen Ausdruck an, der gleichsam dem echten Tizian entlehnt war, der in der Epoche der italienischen Renaissance in Venedig lebte. »Bin ich etwa kein Zeitgenosse?«

»Aber Sie leben sozusagen in Ihrer eigenen Epoche, während wir aus einer anderen stammen. Haben Sie von der Ära der Abbildungen gehört, die unser Bücherzeitalter ablösen wird?«

»Woher wissen Sie, daß sie das wird? Ich hoffe, Sie sind doch nicht etwa in der Zukunft gewesen?«

»Ich bin. Und wie. In zwanzig Jahren werden überall Fernsehbildschirme auftauchen. Eine wahre Katastrophe, sage ich Ihnen, eine Katastrophe, die die Menschen in ihrer Naivität für ein Anzeichen großen Glücks ansehen werden. Doch von da ist es noch weit bis zur Ära der Abbildungen, in der überall das Zeichen herrschen wird, nicht der Buchstabe, nicht die Hieroglyphe, sondern das Zeichen, das den Menschen verdrängt haben und sich für ihn ausgeben wird.«

»Und wie werden die Bücher aussehen?« fragte der Alte schon in ganz anderem, gar nicht majestätischem Ton.

»Schauen Sie Ophelia an«, sagte ich. »Sie steht in direkter Beziehung zu dem, was Sie interessiert.«

»Er scherzt«, unterbrach mich Ophelia. »Nimm seine Worte nicht ernst.«

»Ich nehme überhaupt nichts ernst außer Wolken, Hainen und Lichtungen«, sagte der berühmte Maler M. »Ich liebe die Natur.«

»Und liebt die Natur Sie?« fragte ich.

»Wie soll man das herauskriegen? Wir haben es verlernt,

mit ihr zu sprechen, schon als Homer starb. Cezanne, freilich, dem ist es gelungen, ein bißchen von ihr zu erfahren. Aber das war eher ein Verhör als ein vertrauensvolles Gespräch, wie es das zur Zeit der altsteinzeitlichen Jäger und dieses Homers gegeben hat.«

»Und wie sehen Ihre Wechselbeziehungen mit ihr, mit der Natur aus?«

»Wie die eines Mannes, der etwas versetzen will und im Pfandhaus in der Schlange steht. Ich bringe ihr meine Gefühle als Pfand, aber sie nimmt sie nicht. Es hat eine Entwertung der Gefühle stattgefunden. Sie sieht das alles einfach als Trödelkram an. Ein wirklicher Austausch meiner Emotionen gegen ihr Wesen, wie das bei Cezanne passiert ist, findet nicht statt. Es bleibt bei Erscheinungen, bei Ähnlichkeiten. Doch zu meinem Glück bemerken weder das Publikum noch die Kritik diese Tatsache. Sie sind an Imitationen gewöhnt. Aber wird das noch lange dauern?«

»Ihr Leben lang bestimmt«, sagte ich, »meinst du nicht auch, Ophelia?«

Ophelia drohte mir mit dem Finger. Ihr marmorhaftantikes Gesicht, das Gesicht einer Göttin, sah zornig aus.

Durch das Fenster des Restaurants hörte man bei blauem Himmel plötzlich einen Donnerschlag. Danach wurde es still, wie immer vor einem Gewitter.

Ich blickte auf den Tizian der Wassiljew-Insel. Dieser Tizian gefiel mir ausgesprochen, vielleicht sogar mehr als der, den ich von den Bildern in der Ermitage, von Reproduktionen und aus zahllosen Monographien und Alben kannte. Doch mit dem hatte ich vorläufig noch nicht an einem Tisch gesessen, Wein getrunken und Hühnerkoteletts mit ausgezeichneter Soße gegessen, während dieser Tizian hier neben mir saß und Anekdoten erzählte, auch von seiner Freundschaft mit Rerich, der sich in Tibet angesiedelt hatte, wo die Landschaft nicht vom Herrgott erschaffen, sondern von diesem Maler erfunden worden sei, so geschickt erfunden, daß das Bild aus dem Rahmen kroch und zur Natur wurde.

»Nein, nein«, versicherte er mir, »wenn ich auch mit Rerich befreundet bin, ich bin Realist. Auf meinen Bildern sieht sich die Natur wie in einem Spiegel.«

»Und Sie schmeicheln ihr kein bißchen?«

»Es kommt vor, daß ich ihr auch schmeichele. Aber das fordert nicht sie, sondern das Publikum von mir. Gott behüte Sie davor, eine Landschaft zu malen, ohne sie eine Kleinigkeit zu versüßen . . .«

Nein, dieser Tizian von der Wassiljew-Insel gefiel mir ausnehmend, und wenn er auch die Natur ein bißchen versüßte, so sagte er doch über sich die Wahrheit.

Wir trennten uns fast als Freunde, lange hielt er meine Hand in der seinen und blickte mir unverwandt ins Gesicht, als habe er vor, mein Porträt zu malen.

20

In jenen liebenswerten und naiven Jahren war auch die Kunst naiv, und die infantilste aller Künste war das Kino. Es war noch stumm, stumm und keusch, wie die Mimik des Neandertalers, der noch nicht sprechen konnte, sich aber bemühte, mit Hilfe des schnell wechselnden Gesichtsausdrucks und mit Hilfe von Gesten das Spektrum seiner verfrühten Gefühle auszudrücken, die noch in keine Worthülle verpackt, doch deswegen nicht weniger stark waren.

Ich kaufte mir eine Karte für das Kino »Molnija«, wo eine amerikanische Stummfilm-Komödie mit Buster Keaton lief.

In den leeren Sessel neben mir ließ sich irgendein Mann nieder. Ich konnte ihn nicht mehr richtig erkennen, weil gleich darauf im Saal das Licht verlosch. Nicht mit den Augen, sondern mit einem tieferen, durchdringenden Sinn erfaßte ich plötzlich, erriet ich halb, wer mein Zufallsnachbar war. Noch war das nur eine Vermutung, aber die Wirklichkeit begann schon in mir zu bohren, daß mein Nachbar (Ergebnis eines statistischen Zufallsspiels) niemand anders als der Stabskapitän Artemi Fjodorowitsch Nowikow war, der für dreißig Kopeken die zugespitzteste und paradoxeste, aber weder von ihm noch von mir vorhergesehene Situation erworben hatte. Er hielt die Karte in der Hand und ahnte noch nicht den wahren Preis dieses blauen Stückchens Papier mit der Nummer von Reihe und Platz, als sei dies eine gewöhnliche Nummer und nicht die, mit der man leicht alles verspielen konnte, darunter auch das Leben.

Die flackernde Leinwand, auf der Buster Keaton, von Feinden gejagt, sein halbvergängliches, flimmerndes Leben lebte, war mir jetzt egal. Mit ungeduldigem Zittern wartete ich darauf, daß im Saal das elektrische Licht wieder aufflammte und ich den am Arm packen konnte, der mich so viele unendlich lange Tage und Nächte gequält, mich ohne Eile zum Grabe hin gestoßen hatte.

Mein Gefühl war anscheinend so stark, daß es sich auch ihm mitteilte. Auch er sah jetzt weniger zur Leinwand als in meine Richtung.

Ein Streifen Dunkelheit lag zwischen uns, ein schmaler Streifen Dunkelheit und Stille, ein emotionales Feld, eine unsichtbare Mine, geladen mit Schrecken. Trotz alledem näherte ich meinen Kopf dem meines Nachbarn und fragte, freundschaftlich flüsternd: »Sind Sie zufällig Artemi Fjodorowitsch Nowikow?«

»Stören Sie mich nicht dabei, den Film zu sehen«, antwortete er, ebenfalls flüsternd, aber keineswegs freundlich, »und das Spiel Buster Keatons zu genießen. Ich wollte lachen, aber Sie haben mich mit ihrer dummen Frage gestört.«

Offenbar führte mich mein Argwohn immer noch irre. Der Streifen Stille und Dunkelheit hörte auf, ein Streifen der Entfremdung zu sein. Die mit Schrecken geladene unsichtbare Mine war entschärft, sie wurde nun ebenso harmlos, wie ein Aschenbecher aus einer alten Granathülse.

Allmählich nahm mich der Rhythmus des Walzers gefangen, den eine völlig aus dem Häuschen geratene Alte, sicher ein früheres Fräulein, auf dem verstimmten Flügel hämmerte. Ich begann auf die Leinwand zu schauen und gab mich schließlich ganz dem großartigen Spiel des amerikanischen Filmschauspielers hin, seiner unvergleichlichen Kunst, in den unterschiedlichsten und sogar ungewöhnlichsten Situationen er selbst zu bleiben. Ich vernahm das ununterbrochene Gelächter des Zuschauerraums. Allmählich erfaßte auch mich die vom Spiel und der wirklichen Komik ausgehende erregt-fröhliche Stimmung. Aber alles hat sein Ende. Und das Ende einer guten Komödie hat sehr viel Ähnlichkeit mit dem Erwachen nach einem Traum.

Im Saal brannte schon wieder Licht. Neben mir war ein leerer Platz. Mein geheimnisvoller Nachbar war verschwunden.

Langsam trieb das Publikum dem Ausgang entgegen, über dem eine rote Lampe brannte. Und ich saß immer noch und schaute auf den leeren Sessel, wie ich damals im Umkleideraum des Badehauses auf das Becken mit dem heißen Wasser gestarrt hatte, in dem gerade noch die zottigen Affenbeine des ehemaligen Weißgardisten vor Wohlbefinden hatten vergehen wollen. Die Affenbeine hatten ihren Besitzer auch dieses Mal nicht im Stich gelassen. Mit fast fakirhafter Gewandtheit hatte er es verstanden, unsichtbar zu werden und sich lautlos zu verbergen, so daß niemand etwas bemerkt hatte.

Verzagt schlenderte ich durch die Straßen der Petrograder Seite und starrte auf die Figuren der Fußgänger, immer noch nicht ganz ohne Hoffnung, den zu erblicken, der mir zweimal entwischt war. Was trieb mich dazu? Es war schwerlich allein der Wunsch, den sich verbergenden Feind zu entlarven und zu überführen, sondern etwas anderes, im Grunde ziemlich Seltsames, um nicht zu sagen – Metaphysisches. Mich quälte der Wunsch, das nicht beendete und abgebrochene Gespräch abzuschließen. Das nicht beendete? Wenn man der Wahrheit ins Gesicht sah, dann hatte es mein Tod beenden sollen, die Erschießung, der er mich langsam, seinen Eifer bewußt bremsend, näher gebracht hatte.

Dieses Spiel wollte ich aus irgendeinem Grunde fortsetzen, aber unter anderen Umständen, die für mich absolut ungefährlich und von tödlicher Gefahr für ihn waren. War das der reichlich elementare Wunsch, mich für alles, was ich durchgemacht hatte, zu rächen? Kaum. Es war alles viel komplizierter. Ich brauchte ihn als meine Verneinung, meine dialektische Verneinung, die auf eine durch die Umstände gesprengte Einheit verwies.

Der Große Prospekt der Petrograder Seite hatte offenbar beschlossen, mich zu foppen und zugleich die Passanten zu amüsieren. Etwas wie eine Fata Morgana, eine optische Täuschung, die gewöhnlich nur in Wüstengebieten vorkommt, ereignete sich in diesem abendlichen Menschengewimmel. Mal hier, mal dort tauchte plötzlich die Figur des ehemaligen Stabskapitäns oder seines Doppelgängers auf und verwandelte sich im nächsten Moment in einen anderen Menschen, der nichts mit ihm gemein hatte.

Ich stürzte hierhin und dorthin, zwischen den Passanten hindurch, die mit mir Blindekuh zu spielen schienen, bis ich es schließlich aufgab und in eine halbleere Straßenbahn sprang.

Und ich sah ihn.

Er saß da, als sei gar nichts geschehen, und blickte durch die Straßenbahnscheiben nachdenklich auf die Lichter der Straße.

Ich setzte mich ihm gegenüber, überzeugt, daß die optische Täuschung ihr Wirkungsfeld nur von der Straße in den Straßenbahnwagen verlegt hatte. Aber sein Gesicht oder seine Maske hatten es nicht eilig, ihre reichlich plastische Form gegen irgendeine andere zu vertauschen, wie das gerade noch auf dem Großen Prospekt geschehen war, sondern blickte weiter an mir vorbei.

Außer uns saß noch ein Paar im Wagen: der Mann, ein Greis mit langem grauem Schnurrbart, allem Anschein nach ein Intellektueller, und seine ebenfalls bejahrte Frau.

Sie würden mir kaum helfen können, eher stören, wenn ich versuchte, Artemi Fjodorowitsch festzuhalten. Daran, daß dies Artemi Fjodorowitsch war, zweifelte ich kaum noch.

Dieses Ehepaar war im Wagen und dann noch die ebenso alte Schaffnerin in der Ecke, die vor sich hin dämmerte, ihre lederne Kasse zärtlich an sich gedrückt. Das waren alle.

Hoffentlich stiegen an der nächsten Haltestelle ein paar kräftige Burschen zu – Studenten oder Arbeiter, die mir zur Hilfe kommen konnten, falls er Widerstand leisten würde. Und was sollte er sonst noch machen unter diesen für ihn ungünstigen Umständen?

Jetzt sah er schon nicht mehr an mir vorbei, sondern mich an. Der harmlose Aschenbecher aus einer Artilleriegranate war wieder zu einer Mine geworden, die mit Schrecken geladen war.

»Artemi Fjodorowitsch?« fragte ich.

»Ja«, antwortete er. »Wenn Sie mit mir sprechen wollen, lassen Sie uns aussteigen. Hier ist nicht ganz der passende Ort für ein Gespräch zwischen Ihnen und mir.«

Seine Stimme klang ruhig und außerordentlich rücksichtsvoll, ebenso wie damals, als er sein Fragespiel mit mir gespielt hatte, das ihm so sehr und mir überhaupt nicht gefiel.

»Warum aussteigen?« entgegnete ich. »Hier wird uns auch niemand stören.«

»Nein, nein«, erwiderte er. »Außerdem habe ich es eilig. Und ich möchte nicht an der Stelle vorbeifahren, an der ich erwartet werde.«

In die letzten Worte dieses kurzen Satzes legte er eine doppelsinnige Betonung, als könnten diejenigen, die auf ihn warteten, auch auf mich warten.

Als er dies gesagt hatte, erhob er sich ohne Eile von seinem Platz und begab sich zum Ausstieg. Diese Bewegung war voller Ruhe, Sicherheit und betonter Achtung der eigenen Besonderheit. Im Gehen sah er sich nach mir um und zwinkerte mit den Augen, als wollte er mich einladen, ihm zu folgen, aber gleichzeitig andeuten, daß es besser für mich wäre, im Wagen in der Gesellschaft des Alten und dessen Frau zu bleiben.

Noch eine Minute, und er würde verschwinden. Ich ging ihm auf die Plattform nach. Und hier geschah, was zu erwarten war. Er sprang von der fahrenden Bahn, gewandt wie ein Turner oder ein Zirkusartist, der das hundertste oder tausendste Mal ein und dieselbe Nummer ausführt. Und im gleichen Augenblick beschleunigte die Straßenbahn ihre Fahrt, als sei auch der Wagenführer an dem Spiel beteiligt. Ich blickte in die Dunkelheit. Aber die Dunkelheit verbarg seine Figur.

21

Die Stufen der breiten Treppe führten mich nach oben, in den zweiten Stock, wo in der gewaltigen Wohnung des Tizians der Wassiljew-Insel nun meine alte Bekannte Ophelia lebte, jene Ophelia, die das Unvereinbare in sich vereinte: Mädchen und Buch – wie in Ovids »Metamorphosen« zu einem trügerischen Wesen zusammengeflossen.

Übrigens, wer würde das heute glauben, wenn er sie ansähe? Wie ein Herbstapfel hatte sie Saft und Fleisch angesetzt. Und ihr Mann, der Tizian der Wassiljew-Insel, der majestätische und edle Alte, er malte wieder und wieder dieses frauliche, safterfüllte Fleisch. Was Fleisch angeht, darin kannte er sich aus. Er malte nicht, er modellierte buchstäblich mit dem Pinsel den weiblichen Körper, modellierte ihn gleichsam aus Teig, schuf etwas Feines und Üppiges und verwandelte dabei (die Biologen würden sagen: »reduzierte«) die diskreten Augen des Betrachters auf magische Art in eine ganz indiskrete Hand, die durch Betasten die federnde Leichtigkeit und elastische Festigkeit dessen überprüfte, was ein Äquivalent der absoluten Weiblichkeit war, wie es orientalischem Kaufmannsgeschmack entsprach, einer Weiblichkeit, die aus dem Bilde hervordrängte wie aus einem Backtrog.

Die Tür wurde mir von einem Stubenmädchen geöffnet, das gekleidet war, wie man sich in der Epoche des ehemaligen Klassikers Graf Salias kleidete, dessen illegitimer Sohn mit einem solchen Gesicht am Eingang des Badehauses saß, als sei dies kein Badehaus, sondern ein Tempel der Hygiene und Gesundheit.

Auch hier legte man Sorge um Hygiene und Gesundheit an den Tag. Die weiße, gestärkte Schürze kontrastierte scharf mit den frechen Augen eines leichten Mädchens, die mich eine Minute oder zwei abschätzend musterten, und dann sah ich den Rücken des Stubenmädchens gemessen durch den Korridor schwimmen, um mich der Hausherrin zu melden.

Die Hausherrin trat heraus, um mich zu empfangen, falsch und zerstreut lächelnd, wie es sich für eine Hausherrin gehört, die zu einem Besucher hinaustritt, dessen Wert schon vom Stubenmädchen gewogen und von ihrer arroganten Stimme präzis eingeschätzt wurde.

Ich erkannte sie nicht sofort, so sehr hatte sie sich verändert. Wer konnte da noch sagen »vergleichbar einem Bildnis von Brjullow«! Einem Bild Kustodijews, dem konnte sie entstiegen sein, verbessert durch den Pinsel ihres fast großen Mannes. Es gab übrigens Bilder genug, aus denen sie hätte steigen können. Die Wohnung erinnerte an ein Museum, freilich, ein Museum zweierlei Art oder Kategorie: ein Museum der Lebensweise und eine Gemäldesammlung.

Hier stritten die Dinge mit ihren aus prächtigen Rahmen herabschauenden Abbildungen, verteidigten sie ihre Unabhängigkeit und Materialität, die schon von den alten Hindus in Zweifel gezogen worden waren, und dasselbe hatte danach auch der berühmte Denker aus Königsberg getan, der seinen Spaziergang immer zur genau gleichen Stunde unternahm.

Die Dinge sagten zu ihren im Dämmern ewiger Halbexistenz umfangenen Abbildungen: »Wir existieren, und ihr spiegelt uns nur wider!«

Doch die Abbildungen der Dinge waren damit schwerlich einverstanden. Denn gerade sie wurden doch mit Komplimenten überhäuft; um sie zu sehen und einzuschätzen, kamen die Kritiker und die Kunstwissenschaftler, die Anhänger und Propagandisten des Talents, das zwischen den Dingen und ihren Abbildungen lebte und die Abbildungen mehr als die Dinge schätzte, weil die Dinge von Kunsttischlern geschaffen worden waren, die Abbildungen aber von ihm selbst.

Doch weder die Dinge noch ihre Abbildungen noch der Hausherr, der in unaufschiebbaren Angelegenheiten für einige Tage nach Moskau gereist war, ahnten, daß zwischen ihnen ein Wesen lebte, das den uralten Widerspruch zwischen den substantiellen Gegenständen und ihren illusorischen Abbildungen, den Schöpfungen von Pinsel oder Meißel, aufgehoben hatte.

Dieses Wesen war sowohl Abbild als auch das, was es abbildete: die Schöpfung einer außerplanetaren Vernunft, die mit den Wissenschaftlern und Technikern der Erde zusammenwirkte.

Wer war sündhafter – der außerplanetarische Verführer oder seine irdischen Schüler und Anhänger, die das stabile Gleichgewicht angetastet hatten, das jahrtausendelang die dingliche Welt und die Welt ihrer Abbildungen, Kunst genannt, vereint und getrennt hatte?

Ob der Tizian der Wassiljew-Insel das gewußt hatte, als er sein ehemaliges Modell aufs Standesamt führte? Hatte er geahnt, daß er gleichzeitig den Dingen wie auch ihren nicht sonderlich realen und ungefähren Darstellungen untreu wurde?

Ich konnte niemand danach fragen. Der Maler befand sich, wie ich schon erwähnte, für einige Tage in Moskau, und mit Ophelia, der jetzigen, veränderten Ophelia, schien es nicht geraten, ein Gespräch über dieses heikle Thema anzufangen. Doch jedes Thema konnte Ophelia heikel erscheinen, diesem trügerischen Wesen, das sich in einer ganz und gar realen Situation eingelebt hatte.

»Wenn man in eure Wohnung kommt«, sagte ich zu Ophelia, »dann vergißt man, daß es die Große Oktoberrevolution gegeben hat.«

Ophelia ließ meine Worte an ihren Marmorohren vorbeifliegen.

Sie führte mich ins Speisezimmer, dann ins Schlafzimmer aus karelischer Birke und in die Küche, wo das rote Kupfergeschirr in malerisch-holländischer Art blitzte, und sie zeigte mir das Bad, eilig bemüht, vielleicht Neid, vielleicht Verachtung hervorzurufen. Ich erriet, daß sie jenes seltsame und rätselhafte Spiel fortsetzte, daß sie mit mir an dem Tag begonnen hatte, an dem sie mir offen bekannte, daß sie nicht nur ein Mädchen, sondern auch ein Buch sei.

In das rätselhafte Werk des unbekannten Autors waren wie zufällig Seiten eines ganz anderen Romans eingeflochten, eines zeitgenössischen Romans, eines Romans, den ein in Mode gekommener flinker und findiger Belletrist geschrieben hatte, der seine spitze, aber banale Feder dem Geschmack des NÖP-Spießers anpaßte.

Vielleicht wollte sie mich die ganze Eigenart dieser Jahre fühlen lassen, um mich dann vorwärts oder zurück in der Zeit zu führen, entweder in die Epoche der verfolgten Albigenser oder in die Welt des Großen Vaterländischen Krieges, indem sie mich in ein Hitlersches Konzentrationslager versetzte oder mich Hunger und Kälte der Blockade Leningrads erleben, mich am tapferen Leben der Leningrader teilhaben ließ, die ich schon liebengelernt hatte.

Vielleicht war dies eine Atempause. Sie würde kaum vorhaben, sich lange in dieser Luxuswohnung aufzuhalten, dem Streit der Dinge mit ihren Abbildern in den teuren Rahmen zuzuhören – der Dinge, die ihr eigenes, ehrliches und unabhängiges Sein gegen die unbescheidenen Ansprüche ihrer selbstsicheren Abbilder verteidigten, die von allen Wänden und aus allen Ecken blickten.

Dies war nur deshalb noch kein Museum, weil der

Schöpfer dieser Bilder alle seine Altersgenossen und Freunde überlebt hatte, darunter auch sich selbst.

Mit Verwunderung blickte ich auf die füllig gewordene Ophelia und auf ihre Frisur, an der ein Friseur sich gemüht hatte, irgendein Pierre oder Jean, ein moderner Ausländer Fjodorow aus London oder Paris.

Die reichliche Fülle wirkte sich wohl auch schon auf ihre Gefühle aus, und schwerlich würde diese neue Ophelia, die im Standesamt der Wassiljew-Insel geheiratet hatte und heimlich in der Andreas-Kathedrale von einem lebhaft kirchlichen Priester getraut worden war, der die religiös-philosophischen Schriften des Paulus von Florenz studiert hatte, aber akkurat die Zeitschrift »Der Gottlose« abonnierte – schwerlich würde diese neue Ophelia zu Veränderungen in der Zeit oder gar im Raum bereit sein. Sie zog wohl das seßhafte Leben in dieser luxuriösen Wohnung vor, in die dicke Portieren weder das Geschrei der Verkäufer der »Roten Abendzeitung« hereindringen ließen noch das Rasseln der Straßenbahn und die Pfiffe des Milizionärs.

»Nun, wie leben wir?« fragte mich Ophelia mit gekünstelter Stimme, während das frechäugige Stubenmädchen ein Tablett mit Petits fours, die in der Konditorei von Lohr gekauft waren, und eine Kaffeekanne hereinbrachte, aus der früher irgendein Fürst oder Graf getrunken hatte, der eilig das Englische Ufer Petrograds mit einer der zahllosen »Rues« des kosmopolitischen Paris vertauscht hatte.

»Nun, wie leben wir, wovon träumen wir?« fragte sie, wobei sie etwas ihren ehemaligen Wohnungsnachbarn, den illegitimen Sohn eines russischen Klassikers, parodierte.

»Wir beklagen uns nicht über das Leben, aber wir träumen von einer kleinen Zeitverschiebung in die Zukunft oder in die Vergangenheit, da wir nicht wünschen, uns an das zu seßhafte Leben zu gewöhnen.«

»Du möchtest, daß ich meinen Alten verlasse?« fragte sie mich und betrachtete dabei liebevoll die Umgebung, von der ich ihr vorgeschlagen hatte, sich zu trennen.

»Warum verlassen«, wandte ich ein, »wenn man ihn auch mitnehmen kann, freilich ohne diese Möbel und ohne diese Landschaftsbilder und diese »nus«, wo jede Birke wie eine nackte Jungfrau und jede Jungfrau wie eine Birke aussieht.«

»Nein! Nein!« sagte Ophelia und unterstrich ihre Worte durch heftige Bewegungen ihres fülliger gewordenen Kustodijew-Armes. »Er ist ein Stubenhocker, und er ist auch nicht mehr in dem Alter dafür. Außerdem ist er jetzt damit beschäftigt, eine retrospektive Ausstellung vorzubereiten.«

22

Stücke vom Blau des Flusses anstelle der Fenster. Und in den Vitrinen feuchte, widergespiegelte Wolken. Jedes Haus und jeder Ahorn wollte auf die Leinwand, forderte, daß man ihn unverzüglich in ein Bild verwandelte, einrahmte, in den Rauch der Erinnerung, in ein Stückchen morgendlichen Traumes einhüllte.

In den steingefaßten Kanälen schlief morgens das nächtlich schwere, wie Fliesen spiegelglatte Wasser noch, doch die Stadt erwachte schon zusammen mit dem Heulen der Fabriksirenen, verwandelte sich in elastisch ausschreitende Fußgänger und in Fahrgäste fröhlich klingelnder Straßenbahnen.

Dafür ließ sich an den arbeitsfreien Tagen Ruhe auf die Straßen und Plätze nieder, damit die Menschen die Seele Petersburgs-Petrograds-Leningrads verstünden und fühlten, daß der enteilende Augenblick nicht nur Häuser und Schlösser, Wohnungen und Fabriken vereint, sondern auch die verschiedenzeitigen Ereignisse, so, als ob gleich in engen Hosen Turgenjew um die Ecke biegen, zum Zeitungskiosk gehen und die »Rote Abendzeitung« kaufen könnte.

Einmal sah ich in der Grünanlage an der Ecke Großer Prospekt, Dritte Linie eine Frau auf einer Bank sitzen. Sie hielt einen dünnen Band Puschkin in der Hand und unterhielt sich in Gedanken mit dem großen Dichter, die Ferne der Zeit überwindend und vielleicht erstaunt über die Kraft des menschlichen Denkens, das imstande ist, Menschen, die sich in verschiedenen Epochen befinden, zu vereinen und einander nahezubringen.

In der Hoffnung, unbemerkt zu bleiben, begann ich, ihre einfache Gestalt in mein Notizbuch zu skizzieren, geriet aber so in Begeisterung, daß ich ihre Aufmerksamkeit erregte.

»Entschuldigen Sie. Ich habe Sie, scheint es, gestört?«

»Nicht im geringsten«, sagte sie zerstreut und riß sich von der Puschkinzeit los, um in ihre eigene Zeit zurückzukehren.

Dem Ausdruck ihres Gesichtes nach zu schließen, weilte sie in dieser Minute sowohl dort als auch hier, der Kraft des dichterischen Wortes hingegeben. Zwei Wochen später malte ich sie, wobei ich zugleich auch Puschkin darstellte, der neben der Fabrikarbeiterin auf derselben Bank saß. Ich wollte den Geist der Stadt und das Herz der Epoche wiedergeben. Ja, das war eine verblüffende Erscheinung: Millionen von Menschen traten in eine ihnen noch vor kurzem unzugängliche Welt ein, in die leuchtende Welt Tjutschews und Leonardos, Beethovens und Tschaikowskis.

Ich liebte es, die Rayonbibliothek gerade dann zu besuchen, wenn dort eine Schlange von Arbeitern stand, die ganze Frische und Neuartigkeit des Wissens zu fühlen, das ihnen so lange den Rücken gekehrt und ihnen erst jetzt das Gesicht zeigte, dem Befehl der Proletarischen Revolution folgend.

Die Epoche besaß die Anlagen eines großen Bildhauers. Sie verstand es zu beweisen, daß die Welt viel geschmeidiger war, als es die bürgerlichen Ökonomen und Politiker gedacht hatten.

Alles erwies sich als geschmeidiger: die Flüsse, die sich in neue Brücken und die Dämme der Wasserkraftwerke kleideten, die Berge, die auseinandertraten, um Raum für neue Straßen zu machen, und die kolonnengeschmückten Adelsvillen, die sich in Klubs und Universitäten verwandelten.

Als ich an einen Schaukasten trat, in dem nach Kleister riechende Plakate und Bekanntmachungen hingen, da gingen mir buchstäblich die Augen über, und ich wußte nicht, was ich auswählen, wohin ich gehen sollte. Es schien, als hätte sich die Welt in ein einziges großes Auditorium verwandelt, in dem zahllose Lektoren mit vor Schlaflosigkeit geröteten Augen Tag und Nacht Vorträge über das sich ausdehnende Weltall und die wissenschaftliche Arbeitsorganisation, über Budjonnys Reiterarmee und die Malerei Rembrandts, über die Korpuskulartheorie, die Vererbung und die steigende Eisenproduktion, über die Musik Igor Strawinskis und über neue Weizensorten hielten, die von sowjetischen Selektionären gezüchtet worden waren.

Wie ein Gedicht vereinte das Leben, was nicht vereinbar schien: Sonnaufgang und Stahl, das Lied der Goldamsel und Zement, eine Aufführung Meyerholds und Eisenbahnschwellen, die Relativitätstheorie und die Flöße, die auf den brausenden und stöhnenden Wassern der Bergflüsse zu Tal schwammen.

Noch nie waren die Nächte so kurz gewesen. Die Menschen hatten keine Zeit zu schlafen. Die Epoche bereitete sich auf das Examen vor.

Die Wolken schwammen am Himmel, es wanden sich die gelben Wege, Gewitter donnerten, Regengüsse gingen plätschernd nieder, morgendlich blau schimmerten die Fenster, die Nachtigallen sangen, und die Räder rollten, aber alles wurde unermeßlich realer, als es zu anderen Zeiten und in anderen Jahrtausenden gewesen war.

Die Dinge hatten Gewicht, die Worte Sinn gewonnen, und die menschlichen Taten und Handlungen waren zum erstenmal vom Joch jahrtausendealter Gewohnheiten befreit.

Durch die Straßen schlenderten verliebte Pärchen, und morgens murmelten die Poeten ihre Verse vor sich hin, ehe sie sie mit Tinte auf das berauschte Papier fließen ließen. Doch die zu realen, bis zum Überlaufen mit Leben erfüllten Dinge, Ereignisse, Taten und Fakten paßten nicht mehr in die abgetragenen Worte, und das Sein forderte vom Bewußtsein etwas, das zuerst Majakowski erriet. Die Kunst mußte ebenso neu wie das Leben werden.

Ich dachte an Majakowski und an die Verdichtung des Gedankens und des Wortes, als ich zur Ausstellung des Malers M. ging.

Auf der retrospektiven Ausstellung des Tizians der Wassiljew-Insel lernte ich auch Kolja Faustow kennen.

Erst viel später verstand ich, wie der seltene Name »Faustow« zu Kolja paßte, der sich als ein naher Verwandter Fausts erwies, selbstverständlich nicht im natürlichen, sondern im geistigen Sinne. Ja, und wer hätte auch denken können, wenn er Koljas schmächtiges Figürchen, sein langohriges Alltagsgesicht, seine gewaltigen Fußballstiefel sah, die er anstelle von richtigen Schuhen trug, daß sich Kolja als ein moderner Faust erweisen würde, der nach dem absoluten Wissen suchte und erkennen würde, was selbst Faust nicht erkannt hatte. Doch wir wollen den Ereignissen nicht vorausgreifen, die früher oder später eintreten und uns wie Sie, lieber Leser, in ihren wunderlichen und alogischen Verlauf einbeziehen werden.

Vorläufig stand er hier, neben mir, vor einem Frauenporträt, auf dem die Gestalt der etwas fülliger und prosaischer gewordenen Ophelia, wenn nicht elegant, so doch virtuos mit dem Raum des Bildes verbunden worden war.

Es war jene Ähnlichkeit, die keinen Streit mit der Natur wagen konnte, ohne daß ihre feingesponnene Oberflächlichkeit entlarvt zu werden drohte, ihre Treue zum Buchstaben statt zum Geiste.

»Viel Fleisch. Zuviel Fleisch«, sagte Kolja zu mir. »Und zugleich ist da irgend etwas Antikes. Als hätte man eine griechische Göttin genommen, sie für drei Monate nach Eupatoria oder Jalta geschickt und dann mit dem großen Konditor Lohr und seinen Söhnen verheiratet.«

»Sie haben sich nicht geirrt. Sie stammt tatsächlich von ehemaligen Göttinnen ab. Aber im Hinblick auf Lohr sollten sie vorsichtiger sein. Sie ist die Ehefrau des Tizians der Wassiljew-Insel. Und er hat sie gemalt, ganz ohne mit Ihren kritischen Bemerkungen zu rechnen. Tizian ist eben Tizian, selbst wenn er nicht im alten Venedig wohnt, sondern hier in der Nähe, am Großen Prospekt.«

Wir kamen ein bißchen ins Gespräch.

Nikolai Faustow wohnte ebenfalls auf der Wassiljew-Insel, stand in der Aspirantur an der Biologischen Fakultät unter der Leitung eines der größten Zytologen, des berühmtesten Historikers der Evolutionsideen. Eins geworden mit Geist und Buchstaben seines metaphysisch-gnoseologischen Namens, interessierte er sich für alles, was wirklich teuflisch interessant war: für Zytologie, Sprachphilosophie, ursprüngliches Denken, Quantenmechanik, die Lyrik Rainer Maria Rilkes, die Kunst der Osterinsel

Eingehüllt in den winzigen Raum der Wassiljew-Insel und auch der Petrograder und der Wyborger Seite, ihrer staubigen Boulevards und Gärten, spürte er mit einem sechsten Sinn die Unendlichkeit des seinen Schreibtisch umgebenden Universums und beneidete schon diejenigen, die viele Jahre später in dessen bodenlose Tiefen eintauchen und auf die Erde zurückkehren würden, randvoll erfüllt vom Raum, von der Zeit und, selbstverständlich, von Glück – von Glück, dessen Pseudonym Absolutum heißt.

Als er mir von seiner gnoseologischen Unersättlichkeit, von seinem Zeit- und Raumhunger erzählte, da ahnte er nicht, daß sein Gesprächspartner schon in die Tiefen ebendieses bodenlosen Alls getaucht und auf die Erde zurückgekehrt war, jedoch keineswegs das Glück erfahren hatte – weder das relative noch das absolute. Ja, und was ist eigentlich das Glück? Eine kleine Insel, auf der Behaglichkeit und Ruhe herrschen. Ein süßliches Kleinbürgerwörtchen, entnommen dem Lexikon jener, die nicht ahnen, daß die menschlichen Wünsche ebenso unendlich und bodenlos sind wie das All.

Ich sagte Kolja, was ich vom Glück halte, und Faustow bestritt meinen etwas traurigen Gedanken nicht, was selten bei ihm vorkam.

Kolja hatte mehrere Idole: den Moskauer Zytologen Kolzow, den Dichter Chlebnikow, den Physiker Friedman, den Kenner der ursprünglichen Logik Lévy-Bruhl und den Lehrer Ziolkowskis, den russischen Denker des 19. Jahrhunderts Nikolai Fjodorowitsch Fjodorow. Das bedeutet im übrigen keineswegs, daß sich Kolja einen geistigen Cocktail aus ihren Ideen bereitet und jeden Morgen einen Eßlöffel davon mit Honig eingenommen hätte, um seine geistige Gesundheit zu festigen, die nicht allzu stabil war, wie bei allen jungen Männern, die unbesonnen ihre Kräfte vergeuden.

Den aufgezählten Namen und Ideen fügte er noch eine andere hinzu, die zu Koljas Zeit unmöglich erschien, aber zu meiner Zeit verwirklicht wurde, als das 22. Jahrhundert begann.

Sie erraten natürlich, wovon gleich die Rede sein wird. Es ist die Rede davon, wovor Sinëussow geflohen war und weswegen er den Tod im Koltschakschen Verlies auf sich nahm, weil er das Zeitliche dem Ewigen vorzog.

Kolja Faustow, dieser neue Faust von der Wassiljew-Insel, verachtete das Zeitliche und Endliche und träumte wie jeder Faust vom Unendlichen.

Hatte er sich etwa deshalb auf die Zytologie spezialisiert? Dachte er etwa, daß seine Wissenschaft ohne die Hilfe einer außerplanetarischen Vernunft der Menschheit ihr arglistiges Geschenk darbringen würde?

Aber erstens wußte Kolja nicht (und woher hätte er es wissen sollen!), was die Ewigkeit bedeutet, und zweitens überschätzte er die Möglichkeiten jener Wissenschaft, die zu seinem Spezialgebiet zu machen er sich anschickte.

»Ja, ja«, redete ich ihm im Scherz zu Munde, »die Wissenschaft wird Ihnen dieses Geschenk auf einem Teller servieren, eines schönen Tages, wie Sie sich ausdrücken. Doch ich würde diesen Tag nicht schön nennen.«

Билд

»Warum?« wollte er wissen.

Ich hätte ihm von Sinëussow und von mir erzählen können und auch von dem elektronischen Spinoza, der weit, weit weg geblieben war. Ich stelle mir vor, wie sich der neue Faust gewundert hätte, wenn er von dem Mephistopheles erfahren hätte, den die Physochemiker und Chemophysiker des 22. Jahrhunderts aus recht trivialen Formeln synthetisiert hatten. Doch ich schob diese Unterredung hinaus, weil ich damit rechnete, daß noch viel Zeit sein würde, und daran dachte, daß Kolja mit seinem euklidischen Verstand noch nicht für die Aufnahme derart paradoxer Nachrichten vorbereitet war.

Um Kolja nicht ganz zu enttäuschen, warf ich ihm gewissermaßen einen Knochen hin, indem ich bemerkte, daß Herbert Wells gar nicht so simpel und naiv gewesen sei, wie die Wissenschaftler dachten, die seine Idee einer Reise in die Zeit für mindestens lächerlich, wenn nicht gar kläglich erklärten.

Kolja spitzte die Ohren, nannte Wells einen Ignoranten (was jugendlich aufbrausend und ungerecht war) und führte sogleich mehrere Argumente an, mit denen er mich überzeugen wollte, da er nicht die Möglichkeit besaß, den in England lebenden Wells zu überzeugen.

Doch ich stimmte ihm nicht zu und verteidigte meinen Gedanken.

»Ja«, wandte ich ein, »aber warum gibt es dann die Sprache, warum gibt es das Wort und schließlich die Kunst, der der Verlauf der Zeit unterworfen ist?«

Kolja wurde rot wie ein Krebs und begann meine Argumente auszulachen.

Damals ahnte und vermutete ich nicht, daß Faustow nicht mit mir stritt und nicht einmal mit dem nichtsahnenden Wells, der seine durchaus nicht umkehrbare Zeit höchst positiv und rationell irgendwo in der Umgebung von London verbrachte, sondern daß er nur mit sich selbst stritt.

Gerade in diesen Tagen las Kolja das Buch des deutschen Philosophen Ernst Cassirer: »Philosophie der symbolischen Formen«. Vielleicht dieses Buch, vielleicht auch die Beschäftigung mit der Genetik und der Zytologie hatten ihn zu dem vorzeitigen und fast genialen Gedanken geführt, den zwanzig Jahre später der Amerikaner Wiener Informationstheorie und Kybernetik nennen sollte. Gerade in diesen Tagen war Kolja die Vermutung gekommen, daß nicht nur dem Menschen, sondern der gesamten organischen Natur Information innewohnt, ohne die das Wesen des Lebens nicht zu erklären ist. Alle diese Tage hindurch hatte ihm diese paradoxe Idee buchstäblich keine Ruhe gelassen. Und ausgerechnet da war Kolja im Auslandssaal der Öffentlichen Bibliothek, als er ein Buch des englischen Schriftstellers Butler las, der eine Zeitlang die Arbeit eines Belletristen mit den Überlegungen eines Biologen verband, auf die verblüffende Formulierung gestoßen: »Vererbung ist Gedächtnis.«

Kolja hatte vergessen, daß er in der Öffentlichen Bibliothek und nicht zu Hause war, hatte laut »Heureka!« gerufen, ganz wie der aus der Wanne springende Archimedes, und dafür Gelächter und die unwilligen Blicke derjenigen geerntet, die sein unbescheidenes Verhalten an diesem Orte bemerkt hatten, wo es nicht einmal Archimedes gewagt haben würde, irgendeinen Ton von sich zu geben, es sei denn ein Husten hinter der hohlen Hand oder ein durch das einsatzbereite Taschentuch gedämpftes leichtes und versehentliches »Hatschi«.

Kolja erzählte mir von der Idee, die ihn nicht mehr ruhig schlafen ließ, und er verbarg mir auch nicht die Verlegenheit, die er im Auslandssaal der Öffentlichen Bibliothek durchlebt hatte, wo man ihm niemals seinen Ausruf und den mit diesem unvermuteten Ausruf verbundenen Anspruch verzeihen würde.

War seine Idee denn nicht auch prätentiös, eine Idee, die sich auf sehr unsichere Zeugen und die paradoxe Formulierung Butlers stützte, eines unter strengen Wissenschaftlern keineswegs angesehenen Mannes, der es sich zudem noch erlaubte, ebenso wie sein leichtsinniger Schüler und Nachfolger Wells phantastische Romane zu schreiben?

Ich beruhigte Kolja, so gut ich konnte, und bemühte mich, ihm zu versichern, daß er nicht weniger als Archimedes das Recht auf seinen unbeabsichtigten Ausruf besessen und daß Archimedes einfach mehr Glück gehabt habe, weil er beim Nachdenken in der Wanne und nicht im zimperlichen Auslandssaal der Öffentlichen Bibliothek gesessen hatte.

Was doch jugendliches Ehrgefühl alles vermag! Das unversehens herausgeflogene Wort hinderte Kolja nun daran, seine Idee zu genießen, der unwillkürliche und unbescheidene Ausruf hatte gleichsam die Harmonie zerstört, die plötzlich verschwunden war, die sich aus der Idee verflüchtigt hatte und verflogen war, und nur Kolja und ich kannten diese Idee.

Was Kolja mir anvertraute, obwohl wir uns erst vor kurzem kennengelernt hatten, rührte mich aufrichtig. Und ich beschloß, auf sein Vertrauen mit gleicher Münze zu antworten.

Ich erzählte ihm doch von Sinëussow, dem Mann aus der Zukunft, den Kolja hätte konsultieren können, hätte man ihn nicht erschossen.

Bei meiner Erzählung über Sinëussow schwieg ich vorläufig von mir und von Ophelia, in deren Porträt Koljas durchdringender Blick die antike Göttin erkannt hatte, die unter dem typischen Speckpolster der NÖP-Damen verborgen war, unter jenem selbstzufriedenen Bürgerspeck, den der Komsomolze Kolja Faustow »verachtete und haßte«.

Doch Kolja Faustow verachtete nicht nur den Speck, dieses Kennzeichen kleinbürgerlicher Sanftmut und Zufriedenheit, sondern auch vieles andere, zum Beispiel die »Literarische Enzyklopädie«, Friedrich Nietzsche, den vulgären Soziologismus, die Bücher des in jenen Jahren sehr in Mode stehenden Pierre Benoit, die sich auf den schlechtverstandenen Freud berufende genießerische Beschäftigung mit der Sexualität, die Torten Lohrs und die diesen Torten ähnliche Malerei und Plastik, die versuchte, sich die Themen zurechtzuschneidern, und dabei zugleich auch den Betrachter adaptierte.

Es fällt mir schwer, alles aufzuzählen, was Kolja auf Grund seines Charakters und seiner Jugend ablehnte, ganz oder zum Teil. Viel leichter läßt sich nennen, wozu er ja sagte. Und etwas später werde ich das tun.

War Kolja ein Asket? Das ist nicht ganz auszuschließen. In ihm lebte jener altrussische Geist, den die Ikonenmaler der 14. Jahrhunderts mit so beeindruckender Meisterschaft dargestellt haben. Wie eine griechische Amphore voll Wein, so war Kolja voller Geistigkeit. Doch das Komsomolzeitalter tat das Seine. Es fügte dieser beinahe asketischen Geistigkeit Energie hinzu und die unendliche Leidenschaft zu etwas, das ebenfalls unermeßlich und unendlich war – zum Wissen.

Eben zu ihm sagte Kolja auch ja, um nein zu allem zu sagen, was dem Wissen heimlich oder offen feindlich gesinnt war, sich nicht selten mit seinem Namen tarnte oder sich einfach selbst als Wissen ausgab.

»Was war dieser Sinëussow für ein Mensch?« fragte mich Kolja Faustow. »Ein Träumer? Wollte er vielleicht nur sich und Sie durch den Gedanken vom angeblich umkehrbaren Verlauf der Zeit mit der Tragik des Schicksals versöhnen? Sie sagen doch aber, daß er auf seine Erschießung wartete?«

Ich merkte, daß ich mich verplappert hatte. Hatte ich »a« gesagt, so mußte ich auch »b« sagen, worauf, der üblichen Logik folgend, »c«, »d« und die anderen Symbole folgen mußten, die entgegen ihrer vorgegebenen Abstraktheit Materialität angesetzt hatten. Doch ich verschob mein Geständnis wieder und wieder, weil ich befürchtete, daß der neue Faust mich, der ich die mir fremde Rolle eines modernen Mephistopheles spielte, bitten würde, ihn mit Ophelia bekannt zu machen, die, wie Sie zugeben werden, schwerlich ein Gretchen genannt werden kann. Und dann würde er von ihr fordern, daß sie ihn unverzüglich ins 22. Jahrhundert befördere.

Fordern konnte man alles, was einem beliebte, besonders wenn man Kolja war, dessen Wünsche keineswegs bescheidener als die seines berühmten Vorgängers waren. Doch ich glaubte kaum noch an die Möglichkeit einer solchen Art von Reise. Zu sehr hatte sich Ophelia schon verändert, zu sehr hatte sie zugenommen, zu sehr war sie verbürgerlicht, um jenes wunderbare und logisch nicht faßbare Spiel mit Zeit und Raum zu spielen – jenes Spiel, das man besser ein realisiertes Märchen, ein vergegenständlichtes Poem, ein Lied nennen sollte, das zu Fleisch und Blut geworden und doch Musik geblieben war.

Doch wie Sie später erfahren werden (wieder greife ich den Ereignissen voraus und habe es eilig, von Sachen zu erzählen, die vorläufig verborgen bleiben sollten), war Kolja geschaffen worden, um der Held eines vergegenständlichten Poems, eines realisierten Märchens zu werden, obwohl er Märchen gegenüber echt wissenschaftliche Zurückhaltung wahrte und in ihnen vorläufig nur Material sah, das sein französisches Idol Lucien Lévy-Bruhl sorgfältig zum Beweis seiner interessanten, aber mehr als strittigen Ideen analysierte.

Konnte Kolja Faustow der Gedanke kommen, daß die Wissenschaft, sich mit der Kunst vereinend, den naiven Märchenhelden mit dem analytischen Forscher würde verbinden und ein Mädchen und Buch schaffen können, eine Göttin, deren Kleid aus Raum, Zeit und noch etwas anderem gewebt war? Konnte er jenes andere ahnen, das Geheimnis derjenigen, die mit der außerplanetarischen Vernunft zusammenarbeiteten, mit dem neuen Versucher, der auf der Erde erschienen war?

Er konnte, stellte sich heraus.

In einem Geschäft am Wolodarski-Prospekt, wo illustrierte Publikationen und Ansichtskarten verkauft wurden, kaufte er die billige Reproduktion eines Gemäldes des Tizians der Wassiljew-Insel, auf dem Ophelia dargestellt war. Nein, es war keine Reproduktion des Porträts, das Kolja und ich auf der retrospektiven Ausstellung betrachtet hatten, sondern die Wiedergabe eines anderen, das meisterhafter und poetischer, aber aus irgendwelchen Gründen nicht auf der Ausstellung gezeigt worden war.

Als er mir diese Reproduktion zeigte, war Faustow sichtlich bemüht, seine Verwirrung zu verbergen

»Nein«, sagte er halb zu mir, halb zu sich selbst. »Ungeachtet der Fülle und sogar ihr zum Trotz, in ihr ist etwas ungewöhnlich Geistiges, fast Jenseitiges verborgen. Wer ist sie?«

»Wer?« Ich zuckte mit den Schultern. »Wer? Kein Weiser dieser Zeit wird diese Frage beantworten können, und sei es selbst Planck, Friedman oder Einstein. Und, ehrlich gesagt, nicht Einstein und Planck müßte man nach ihr fragen.«

»Sondern wen?«

»Wen? Nun mindestens Herbert Wells, wenn in Wells etwas weniger von seinem Londoner Positivismus wäre und wenn er wenigstens ein Jahrhundert später zur Welt gekommen wäre.«

»Und trotzdem will ich wissen, wer sie ist. Und will es jetzt wissen und nicht in hundert oder hundertfünfzig Jahren. Jetzt! Verstehen Sie, jetzt.«

»Wenn Sie auch Faustow sind, Kolja, so sind Sie doch nicht Faust. Und ich bin auch nicht Mephistopheles, so daß ich Antworten auf alle Fragen wüßte.«

»Ich brauche Ihre Sophistik nicht!« rief Kolja. »Ich bitte, ich fordere, daß Sie sagen, wer sie ist. Wer?«

»Wer?« Ich lachte. »Sie haben sich doch nicht etwa verliebt, Kolja? In sie dürfen Sie sich nicht verlieben. Sie sind Komsomolze. Und sie ist eine Fee, eine Sylphide, eine Psyche, eine Göttin, wenn sie auch beim Standesamt als Frau des bekannten Malers M. registriert ist. Übrigens, ich weiß, daß Sie kein Anhänger seiner etwas versüßten Malerei sind. Aber in diesem Bild ist es ohne Zucker und mehr noch ohne Saccharin abgegangen.«

Kolja schwieg gekränkt und ließ die Reproduktion im Schubfach seines Tisches verschwinden. Ich war fast überzeugt, daß sie nicht lange im Dunkel des Schreibtisches neben einem angefangenen und nicht beendeten Artikel liegen, sondern bald eingerahmt an der Wand erscheinen würde, dort, wo jetzt eine Aufnahme der »Sixtinischen Madonna« hing, jene Aufnahme, derentwegen sich Kolja vor dem Büro seiner Komsomolzelle hatte verantworten müssen.

Ophelia würde er übrigens leichter als die Madonna vor dem Verdacht des Opportunismus und des Versöhnlertums gegenüber der Religion verteidigen können. Immerhin hatte nicht Raffael Ophelia gemalt, sondern ein bekannter sowjetischer Maler, der vor kurzem in der »Roten Abendzeitung« gelobt worden war.

Es war Zeit, das Gesprächsthema zu wechseln, und ich wies auf Ernst Cassirers Buch »Philosophie der symbolischen Formen«, das nur deshalb nicht zu Koljas Bibel geworden war, weil es ein Anhänger Kants geschrieben hatte, der freilich Kant um der mathematischen Logik und der modernen Naturwissenschaft willen verraten hatte, aber trotzdem ein Halbkantianer geblieben war.

Ach, Kolja, Kolja! dachte ich. Wenn man dich schon vors Büro der Komsomolzelle zitieren und dir gehörig die Leviten lesen mußte, dann nicht für die schwarzweiße Reproduktion der »Sixtinischen Madonna«, sondern für diesen höchst raffinierten Cassirer. Aber, Gott sei Dank, deine Genossen in der Komsomolzelle haben ziemlich viel Schlechtes von der Madonna gehört, von dem weniger berühmten Cassirer aber weder Gutes noch Schlechtes.

Kolja hielt sich mit Rechtfertigungen nicht zurück, wobei er den Blick zwischen mir und dem Buch Cassirers hin und her wandern ließ. Er las Cassirer, um den rationalen Kern daraus zu entnehmen, nur den Kern, und er verwarf alles, womit er prinzipiell nicht einverstanden war.

Ich sagte ebenfalls, daß es bei Cassirer viel ideologische Schale gebe, daß aber der rationale Kern, wie ich vermutete (dabei vermutete ich nicht nur, sondern wußte es auch), Keime treiben werde, die für das zeitgenössische und das zukünftige Wissen nötig seien.

Wenn Akademiemitglied Wernadski (auch ein Idol Koljas, das wir in der Eile zu nennen vergaßen), wenn Wernadski allen zu verstehen gab, daß zwischen dem Menschen und dem Kosmos ein Mittler oder ein Milieu existiert, das treffend »Biosphäre« genannt worden ist, so behauptete Cassirer, daß es zwischen der Biosphäre und dem Menschen und andererseits zwischen dem Menschen und anderen Menschen ebenfalls einen Mittler gebe – das Zeichen, das Symbol, die Sprache der Wörter und die Sprache der Darstellungen und viele andere Sprachen, ohne deren Mitwirkung Wissen nicht möglich wäre.

Kolja und ich kamen auf die Zeichen zu sprechen, bemüht, Cassirer nicht allzu nahe zu kommen, als sei er ein vermintes Feld.

Wir fingen an, von den Zeichen und von jenem geheimnisvollen Phänomen zu reden, das man Sprache nennt. Doch wenn man von diesem erstaunlichen Phänomen spricht, darf man sich nicht vergessen, ich aber vergaß auf einmal, wo ich mich befand und mit wem ich mich unterhielt, und sprach einige Worte in jener Sprache, von der ich hätte schweigen müssen.

»Ist das eine tote Sprache?« fragte Kolja. »Oder eine lebende? Wo und von wem wird sie gesprochen?«

Ich antwortete nicht. Ich konnte ihm nicht sagen, daß diese Sprache nicht hier, sondern auf einem kleinen Planeten gesprochen wird, einem sehr fernen und recht eigenartigen Planeten.

Ja, man mußte vorsichtig sein. Ich versteckte mich sofort hinter Chlebnikow, hinter seiner kindlich-heidnischen Leidenschaft, neue Wörter zu schaffen, mit deren Hilfe man durch die langweilige, staubbedeckte Alltäglichkeit hindurch das Wesen der Dinge, ihre fast unnahbare Frische und poetische Energie erfahren kann.

Kolja mit seiner wirklich faustischen Gewohnheit,

gleichzeitig an verschiedene Dinge zu denken, die durch sein sprunghaftes und erkenntnisgieriges Denken zusammengekoppelt wurden, erinnerte wieder an seinen Cassirer, der als ein ganz gewöhnliches, in der Weimarer Republik auf vorzüglichem Papier veröffentlichtes deutsches Buch auf dem Schreibtisch lag. Cassirer liebte es, seine und fremde Gedanken zu chiffrieren und zu dechiffrieren, und sprach von dem Medium, das zwischen Mensch und Welt stehe, ahnte jedoch nicht, daß die Umwelt (also die Biosphäre) ebenfalls nur ein Vermittler und Medium war. Doch was Cassirer nicht ahnte, ahnte mit Hilfe Wernadskis Kolja.

Als ich Kolja das nächste Mal besuchte, erblickte ich an der Wand anstelle der »Sixtinischen Madonna« die Darstellung Ophelias.

Ophelia hing in demselben Rahmen, der vor kurzem noch die »Sixtinische Madonna« umgeben hatte. Der Aspirant war nicht so reich, um zwei Rahmen zu besitzen, und nicht so pluralistisch, um gleichzeitig zwei Göttinnen anbeten zu können.

Mit einem Blick auf das Bild Ophelias zitierte Kolja Verse:

> Das Tonähnliche erwachte,
> wandte das Gesicht dem Dichter zu,
> und langsam, wie ein Automat,
> sprach's:
> Heute hast du mir die Augen eingesetzt
> und ein Herz in meine Brust gepflanzt.
> Schon spüre ich Verlangen.
> Ich, die Skulptur,
> strebe zu den Menschen.

Ich hörte aufmerksam zu. Diesmal hatte jemand Ophelia nicht mit Hilfe von Linien und Farben dargestellt, sondern mit Hilfe von Wörtern, und zwar viel genauer und poetischer, im vollen Bewußtsein, daß Ophelia eher ein Zeichen denn ein Mensch war – oder (noch genauer) ein Zeichen, das mit dem Menschen eins geworden war, ganz nach den Gesetzen des Traumes, eines Traumes jedoch, der reale Existenz gewonnen hatte.

»Wessen Verse sind das?« fragte ich Kolja. »Ihre?«

»Nein, nicht meine. Konstantin Waginows. Ein bemerkenswerter Poet, der durch die Straßen und Gassen der Petrograder Seite und der Wassiljew-Insel geht, mit Hilfe von Wörtern und des Rhythmus die Jahrhunderte ausbreitet wie Karten und sie dann wieder vereint. Er lebt gleichzeitig im antiken Alexandria, auf der Petrograder Seite und in der fernen Zukunft. Ja, er ist ein wirklicher Dichter.«

»Es ist nicht gut für Sie, sich allzusehr für die Poesie zu begeistern«, sagte ich. »Sie schreiben an einer Dissertation, und zwar nicht über das antike Alexandria sondern über eine so prosaische Sache wie die tierische Zelle.«

»Aber während ich die Zelle erforsche«, fiel mir Kolja ins Wort, »äußere ich die Hypothese von der Möglichkeit der Unsterblichkeit, die in dieser Zelle liegt.«

»Die Unsterblichkeit! Die Unsterblichkeit! Da haben Sie sich aber was in den Kopf gesetzt. Stellen Sie sich einen Krämer vor, der nicht Tage und Jahre, sondern Jahrtausende hinter seinem Ladentisch steht. Das bedeutet Ihre Unsterblichkeit in Wirklichkeit.«

»Aber erstens wird es dann keine Kramläden mehr geben, und außerdem wird sich der Mensch, wenn er sich nicht anatomisch verändert, geistig verändern.«

»Und besitzen Sie eine Vorstellung von automatischen Menschen?«

»Vorläufig nicht.«

»Ihr ›vorläufig‹ wird nicht länger als ein Jahrhundert dauern. Ich erinnere mich an den mir sehr gut bekannten Besserwisser Spinoza . . .«

»Verzeihen Sie«, unterbrach mich Kolja, »von Spinoza trennen uns Jahrhunderte.«

»Jahrhunderte? Einverstanden. Aber nicht von dem Spinoza spreche ich, sondern von einem anderen, der aus realisierten Formeln und Hypothesen zusammengesetzt ist.«

»Sie reden irgendwelchen Unsinn, Fieberphantasien.«

»Vielleicht will ich Ihnen das Sujet eines wissenschaftlich-phantastischen Romans erzählen, den ich in den Nächten schreibe, wenn in der Gemeinschaftswohnung alle schlafen und eine Stille herrscht, wie es sie nur im interstellaren Vakuum des Alls gibt.«

»Lesen Sie mal ein Stück aus Ihrem phantastischen Roman vor«, sagte Kolja. »Oder denken Sie, ich werde Sie deswegen schelten, weswegen ich auf Wells geschimpft habe?«

»Man soll nicht auf Wells schimpfen. Wells, in seinem provinziellen England lebend, hat vieles erraten.«

»Und Sie?« fragte Kolja plötzlich beinahe flüsternd. »Und Sie? Was haben Sie erraten?«

»Daß die Unsterblichkeit nicht nötig ist.«

»Sie ist nötig! Ich kann das beweisen.«

»Für wen ist sie nötig? Für Sie persönlich? Für die Menschheit? Für die Zivilisation? Oder für die irdische Biosphäre, die davon endgültig zugrunde gerichtet wird?«

»Sie ist nötig für das Individuum, für die Persönlichkeit.«

»Wozu?«

»Damit die Persönlichkeit alles ausbilden kann, was in ihr angelegt ist, ohne an Krankheiten und Tod denken zu müssen.«

»Kolja, Sie halten sich für einen Dialektiker«, sagte ich, »aber Sie sind nicht imstande, eine einfache Logik zu begreifen – die Einheit des Endlichen und des Unendlichen kann nicht gesprengt werden, ohne Folgen für die Gesellschaft, für die Zivilisation, für . . . die Ethik. Ich halte die Unsterblichkeit für tief unmoralisch.«

»Und ich halte Tod und Krankheiten für unmoralisch.«

»Krankheiten – das ist eine ganz andere Sache«, sagte ich. »Kämpfen Sie dagegen, Kolja, indem Sie die Zelle und ihre komplizierten Mechanismen studieren. Aber heben Sie nicht die Hand gegen die Zeit, und versuchen Sie nicht, die Zeit abzuschaffen und sie durch eine metaphysische Ewigkeit zu ersetzen.«

23

In jenen Jahren war das Pflaster in Leningrad noch aus Holz. Auf der Wassiljew-Insel grünte zwischen den Holzquadern da und dort schüchternes, zartes Gras, das mehr als einmal in lyrischen Gedichten Platz fand.

Zum Dichten war übrigens alles: die mehr als einmal besungene Sphinx, die gegenüber der Akademie der Künste stand, der blaue, ausgebleichte Himmel (den die Dichter aus rätselhaftem Grund »kattunfarben« nannten), die Droschkenkutscher, die träge auf einen Fahrgast warteten, manchmal auf einen ehrlichen Buchhalter mit einer Aktentasche aus Segeltuch, dann wieder auf einen leicht angetrunkenen Meister vom Trubotschniwerk oder vom Kosizkiwerk, ein andermal auf einen Defraudanten, der mit Zehnrubelscheinen um sich warf, und nur sehr selten auf einen Einbrecher, der eilig in die Kalesche Gogolscher Konstruktion mit altertümlicher Federung und ledernem Verdeck sprang und mit unheilverkündendem Flüstern warnte: »Na los, etwas flotter. Oder du bist gleich im Himmel!«

Die Defraudanten und Einbrecher verstanden zu scherzen, sie spürten, daß ihnen der Boden unter den Füßen schwand und die NÖP ihre letzten Tage erlebte.

Still war es auf der Wassiljew-Insel, wohl noch stiller als auf der Petrograder Seite, und die Sphinx auf der Uferpromenade, versunken in granitene Stille, konnte sich mit den Jahrhunderten unterhalten, ohne die seltenen Passanten zu stören.

Die Akademie der Künste – das ist eine besondere Welt, und die Fenster und Türen sahen noch genauso aus wie zu den Zeiten Puschkins und Gogols, obwohl aus diesen Türen statt des elegant-majestätischen Brjullow nun schon die bescheideneren Petrow-Wodkin und Karew traten.

Der berühmte Maler M., den wir, keineswegs um ihn herabzusetzen, den Tizian der Wassiljew-Insel genannt haben, besaß keinerlei Ähnlichkeit mit Petrow-Wodkin, geschweige denn mit dem bescheidenen Karew, obwohl auch er in dem erhabenen Gebäude lehrte, das einem erstarrten, in Stein gekleideten klassischen Poem glich, aus dem die Zeit den konservativen Geist vertrieben hatte.

Häufig saß der Tizian der Wassiljew-Insel in majestätisch-besinnlicher Haltung auf einer Bank im Solowjow-Garten und dachte nach. Neben ihm saß gewöhnlich Ophelia, eine füllige, aber noch sehr schöne Dame, eine Dame, aber nicht mit einem Hündchen, sondern mit einem sehr großen, überfütterten, zottigen Köter.

Der Hund rannte zwischen den Ahornbäumen und den Eichen umher, beschnüffelte hier und da die Rinde. Im Unterschied zu seinem majestätischen Herrn, der in der Welt der optisch bildhaften Eindrücke lebte, lebte der Hund in der Welt der Gerüche, unterschied er mit seiner superempfindlichen Nase einen Geruch vom anderen, und dann vereinigte er sie zu einer Musik von Düften, die seine ganze lebensfrohe und unendlich naive Existenz durchdrangen, die sich noch nicht von der Natur entfernt hatte, von den grünen Zweigen, von den Wurzeln der Gräser, von den Wolken und von der Newa.

Der naive Hund liebte, aber verachtete auch ein wenig seinen majestätischen Herrn, der gewöhnlich vor der Staffelei mit der Leinwand stand, die auf einen nach frischem Holz riechenden Blendrahmen gespannt war, und träge den Pinsel führte. Den zu lebhaften und ungeduldigen Augen des Hundes sagten diese toten Farben nichts, die überhaupt nicht der hellen Sonne, dem Himmel und dem blauen Wasser ähnlich sahen. Hätte er, der Hund, die Welt darstellen können, er hätte ihr Wesen mit Hilfe von Gerüchen wiedergegeben, die so viel stärker waren als optische Bilder, mit Hilfe von Gerüchen, die seine ganze tierische Existenz bis auf die Knochen durchdrangen.

Der majestätische Herr selbst bestand auch aus Gerüchen. In diesen Gerüchen eben verbarg sich etwas Unwiederholbares, deutlich Eigenständiges, das ihn von allen anderen Menschen unterschied, die man auf der Straße traf, im Haus auch, oder die in die geräumige Wohnung kamen. Nur die Herrin, die roch nach gar nichts. Und lange konnte sich der Hund nicht an sie gewöhnen, er schnupperte, suchte ihre Besonderheit und fand sie nicht. Lange, lange Zeit hatte er sich nicht an sie gewöhnen können, hatte sie gefürchtet und mit allen Gefühlen das paradoxe Wesen ihrer trügerischen Anwesenheit erfaßt, als verberge sich hinter diesem unkörperlichen Körper das Nichts, ja, das Nichts (mögen mir die Leser diesen philosophischen Begriff verzeihen, den ich benutze, da ich nicht weiß, womit ich ihn ersetzen soll). Anwesend war sie doch abwesend – und abwesend zugleich anwesend. Vielleicht um die Wachsamkeit des Hundes zu überlisten, begann sie sich mit einem teuren Parfüm zu besprühen, das in einem schönen Flakon auf dem Toilettentisch aus karelischer Birke stand. Doch davon änderte sie sich im Grunde nicht, obwohl sie irgendwie dem Parfümflakon ähnlich wurde.

Allmählich und unwillig gewöhnte sich (wenn man das unfreiwillige Sichabfinden mit etwas Rätselhaftem und Unbegreiflichem Gewöhnung nennen kann) der Hund dennoch an sie und hörte auf, sie zu beschnuppern, da er es aufgegeben hatte, nach den Gerüchen zu suchen, aus denen er sich ein Bild ihrer Persönlichkeit hätte machen können. Und was eine Persönlichkeit war, das fühlte der Hund viel stärker als die Kenner und Kunstspezialisten, die nicht selten diese gastfreundliche Wohnung besuchten und gern darüber disputierten, was ein Porträt ist – dieses erstaunliche Erfassen des Individuellen und unwiederholbar Besonderen.

Es war noch nicht lange her, daß dem Herrn eingefallen war, seinen Hund zu malen, und zwar mit dem Versuch, die Persönlichkeit des Hundes zu erfassen (er zweifelte so wenig wie wir daran, daß ein Hund, im Unterschied zu anderen, weniger vermenschlichten Tieren, nicht nur ein Gattungswesen, sondern auch ein persönliches Wesen besitzt), und darum veranlaßte er den Hund, unbeweglich auf einem besonders ausgewählten, dekorativ-orientalischen Teppich zu liegen.

Der Hund begriff seine Rolle. Er hatte ja Dutzende von Modellen gesehen, die auch in ein und derselben Haltung geschmachtet oder sie auf Befehl des Herrn geändert hatten. Der Hund lag still und geduldig, vielleicht wollte er verstehen, auf welche Weise unter dem Zauberpinsel seines Herrn die Halbierung seines Wesens und seines lebendigen, zottigen Körpers vonstatten ging. Ein Teil würde ihm bleiben, ohne sichtlichen Schaden für ihn, wie es schien, und der andere Teil würde wie im Spiegel auf der Leinwand erscheinen, aber nicht zeitweilig, sondern für immer.

Der Hund hatte gesehen, wie sich die Modelle aus- und angezogen hatten, wie gleichgültig sie auf ihre Doppelgängerinnen geblickt hatten, die auf dem Blendrahmen entstanden waren. Manchmal hatten diese Modelle unverhohlen gegähnt, natürlich ohne jeden Hintergedanken, denn sie wollten den Maler keinesfalls kränken.

Der Hund teilte ihre Gleichgültigkeit nicht ganz, obwohl er sie verstand und mit ihnen fühlte. Es war nicht leicht, in ein und derselben Haltung und ohne Kleidung zu stehen, zu liegen oder zu sitzen, zitternd vor Kälte, und darauf zu warten, bis der ganz in die Arbeit vertiefte Maler seine Palette niederlegte und den nach Farben riechenden Pinsel beiseite schaffte.

Der Hund war geduldiger als die erfahrensten Berufsmodelle. Er lag, ohne die Haltung zu verändern. Aber er brauchte sich auch nicht umzuwandeln, zuerst den Pelz ablegen, dann Kleid, Strümpfe und Büstenhalter, um sich der Welt im ursprünglichsten aller Kostüme zu zeigen. Er bildete mit seiner zottigen Kleidung eine vollständigere und intimere Einheit als die Menschen mit der ihren, den Herrn selbst nicht ausgeschlossen, der trotz seines höchst ehrbaren Alters viel Zeit auf seine Toilette verwendete, ewig die aus den Fingern gleitenden Manschettenknöpfe auf den Fußboden fallen ließ und sich mühevoll den gestärkten, harten Kragen des schneeweißen Hemdes zuknöpfte.

Und nun lag der Hund auf dem Teppich, und sein Herr warf eindringliche Blicke mal auf ihn, mal auf die Leinwand.

Der Maler war erregt. Das war ihm in den letzten Jahren nicht oft passiert. Er legte den Pinsel nieder, schaute lange auf seinen Hund und dachte nach, und dann fing er von neuem an, fieberhaft Farben auf die Leinwand aufzutragen. Vielleicht wollte er nicht nur den zottigen Kopf des Hundes, seine ergebenen, lebendigen, in der krausen Wolle versinkenden Augen, seine Beine und seinen Schwanz auf die Leinwand bannen, sondern auch die eigene Liebe zu dem Hund. Vielleicht liebte der Herr niemand sonst als seinen Hund? Und die Herrin?

Wer weiß? Vielleicht hatte der Herr die Rätselhaftigkeit ihrer seltsamen Existenz, die allen nur erschien, in Wirklichkeit aber gar nicht vorhanden war, bereits gefühlt. Sie hatte etwas Gemeinsames mit den Darstellungen von Menschen auf den Bildern, der Hund hatte das längst bemerkt. Von den Darstellungen ging der Geruch von Ocker, Karmin, Weiß, Lasurfarbe und Holz aus. Sie duftete nach teuren Parfüms, die in fest verschlossenen Flakons auf dem Toilettentisch aufbewahrt wurden. Ebenso wie die Menschen auf den Bildern befand sie sich zugleich auf dieser und auf der anderen Seite, den Augen erreichbar, doch den Gefühlen entgleitend, als spiele sie damit Versteck.

Mit Hilfe von Farben und Pinsel gelang es dem Herrn nicht, die volle Realität der Modelle, der Bäume, Wiesen, Waldlichtungen, Wege und Straßen und der Bierkioske, die Symphonie der Gerüche, das eigentliche Wesen der Welt wiederzugeben. Wenn er Bilder schuf, dann hatte es der Herr immer eilig, als fürchte er, etwas Unvorhergesehenes würde ihn hindern, sie zum geplanten Termin zu vollenden. Aber vielleicht würde ihm, was ihm früher nicht gelungen war, jetzt gelingen, wo er seinen geliebten Hund malte, lange malte, ohne zu hetzen, wo er sich keine Fristen setzte und wo er der Arbeit die schönsten, die sonnigsten Stunden seines Tages widmete.

Und die Tage waren, wie bestellt, sonnig, seltene Tage für das stets trübe und regnerische Leningrad. Sonnentage, die ohne die aktive Teilnahme des Hundes dahingingen, der diesmal die Rolle des Modells spielte und seinem Herrn nicht so diente, wie es der Beruf der Hunde ist, die die Wohnung vor Dieben bewahren und mit bösem Bellen diejenigen erschrecken, die nichts als Bellen verdienen.

Die Arbeit kam nur langsam voran, und der Hund ermüdete von dem langen Liegen auf dem Teppich, er ließ die fröhlichen Sonnentage verstreichen und wartete ungeduldig auf die Spaziergänge über den Boulevard des Großen Prospekts oder das Tutschkow-Ufer entlang, wo es von der Newa nach Frische duftete, nach Teer von den hölzernen Kähnen, und wo das Wasser, aufgewühlt von einem vorüberfahrenden Kutter oder Motorboot, hin und her wogte.

Der Herr führte seinen Hund nun schon selten spazieren. Er war merklich hinfälliger geworden. Die Herrin ging mit dem Hund aus. Äußerlich glich sie allen schönen und elegant gekleideten Frauen, die einem in den Straßen begegneten oder auf den Boulevards saßen. Aber nur äußerlich. Da war etwas, das ihr fehlte, und es war seltsam, daß die Menschen das nicht bemerkten. Ob die Menschen überhaupt viel bemerken können? Sie nehmen fast keine Gerüche wahr. Und eine Welt ohne Gerüche – das ist dasselbe wie ein Baum ohne Blätter oder ein Laternenpfahl ohne Laterne.

Der Hausherr arbeitete noch am Bild seines Hundes. Der Hintergrund gefiel ihm nicht, und immer wieder veränderte er ihn. Die Augen befriedigten ihn nicht, und er mühte sich lange, ehe es ihm gelang, die Augen auf der Leinwand denen ähnlich zu machen, die ihn mit wahrhaft hündischer Güte anschauten, tief in der dichten, zottigen Wolle verborgen, die leicht nach Hund roch.

Endlich war das Bild fertig, und der Hausherr nahm es von der Staffelei, stellte es nachlässig auf den Fußboden des Ateliers und lehnte es gegen die Wand. Er stellte es hin und ging dann in sein Arbeitszimmer, um sich ein bißchen hinzulegen, die Zeitung zu lesen, in einer Illustrierten zu blättern.

Der Hund ging zu seiner Darstellung und schnupperte daran. Es roch nach Farben und nach dem Blendrahmen, sonst nach nichts. Und vielleicht weil er seinem Herrn helfen wollte, hob der Hund ein Bein und ließ einen dünnen gelben Strahl auf sein Bild los. Das Bild belebte sich. Es roch nach Hund, gab die ganze Realität des Hundes wieder, das eigentliche Hundewesen.

Der Hausherr trat ein, sah, regte sich schrecklich auf und versetzte – was noch nie vorgekommen war – seinem Hund einen Tritt mit dem altersschwachen, aber noch schweren und recht festen Fuß. Dann bückte er sich und begann die Leinwand mit einem Lappen abzureiben, aber der Geruch verschwand zum Glück nicht, wenn er auch viel schwächer wurde.

Die Darstellung hatte einen Teil ihrer irdischen und echten Realität verloren, aber nur einen Teil. Dann verschwand das Bild. Ein Sammler hatte es gekauft, ein Mann mit großer und spitzer, unschöner Nase und kleinen, ständig zwinkernden Augen, der einen Duft von Medikamenten ausströmte, als sei er Apotheker oder Pharmazeut.

Der Hund mochte Apotheken und den Geruch von Arzneimitteln nicht, obwohl er begriff, daß sie nötig waren.

Immer häufiger begann jetzt Arzneigeruch die Nase des Hundes zu reizen. Der Mensch war ziemlich oft krank. Doch mit Krankheiten und der Altersschwäche kämpfend arbeitete er weiter.

Schon bildete er keine frauenähnlichen üppigen Birken und übertrieben natürlichen Fichten mehr ab, brachte keine Sonnenaufgänge und -untergänge mehr auf die Leinwand, versuchte nicht mehr, gleichzeitig damit auch die ruhelose Strömung der Waldflüsse und die friedliche Ruhe der Seen wiederzugeben, ein bißchen versüßt, nur ein kleines bißchen, so daß es den erfahrenen Kennern und den nörglerischen Kunstwissenschaftlern nicht zu sehr ins Auge sprang, aber sehr dem unerfahrenen Publikum gefiel, das jedesmal für wahre Schönheit ansah, was weit von der wirklichen, ungeschminkten Wahrheit entfernt war.

Er malte keine angezogenen und ausgezogenen Modelle mehr, hatte augenscheinlich das Interesse am vor Lebenssaft strotzenden weiblichen Körper verloren, den er noch vor kurzem nicht ohne den Schauer zweideutiger Heimlichkeit hatte betrachten können, als sei er wieder der Gymnasiast, der am Schlüsselloch klebte, um ein sich ausziehendes Stubenmädchen oder die füllige Köchin zu sehen, erschrokken über diese seine plötzliche Leidenschaft und sich selbst verachtend deswegen.

Und dieses schlimme und schändliche Zittern, das er mit aller Anstrengung kaum vor den Modellen hatte verbergen können, hatte ihm doch nicht selten geholfen, den weiblichen Körper darzustellen, so sehr geholfen, daß die Darstellung einen betagten und soliden Betrachter ebenfalls in einen Gymnasiasten zu verwandeln imstande war. Nein, der erbärmliche Gymnasiast zeigte sich nun nicht mehr in ihm, auch der noch erbärmlichere Meister akademischer Richtung nicht, der mit den kalten Augen eines Zuschneiders auf die lebendige Natur blickte und überlegte, wie er am besten ein Stückchen Natur herausschneiden und möglichst hübsch in einen teuren Rahmen setzen konnte, so daß der Rahmen einem Fenster glich, das irgendein Pelzhändler vom Andreasmarkt, ein populärer Advokat – so ein Meister juristischer Feinheiten und Finten – oder ein ehemaliger NÖP-Mann, der in irgendeinem pseudogenossenschaftlichen Artel untergekrochen war, mitnehmen würde.

Erst jetzt erwachte der wahre Meister und Künstler in ihm. Er stellte die Staffelei neben den Spiegel und betrachtete lange sein Spiegelbild, wobei er plötzlich begriff und fühlte, daß sein Aufenthalt sowohl hier in der Wohnung als auch überhaupt auf Erden sich dem Ende zuneigte.

Nein, jetzt dachte er nicht an reiche Sammler, an festlich-lärmende Ausstellungseröffnungen, an Antiquitätengeschäfte und illustrierte Zeitschriften, sondern nur daran, daß der Tod näher kam und ihn bald aus dieser erstaunlichen und unbegreiflichen Welt hinwegnehmen würde.

Alles würde an seinem Platze bleiben: die Sphinx, die Straßenbahnen, die Schaffnerinnen mit ihren lauten Stimmen, die Hausmeister und die Professoren, die Modelle und der blaue Himmel, der Regen und die verschlafene Zeitungsverkäuferin im Kiosk an der Ecke, doch ihn würde es nicht geben. Dumm war das alles, niederträchtig, aber da war nichts zu machen, wie man sich auch drehte und wendete, um zu bleiben, um sich zu halten, sich wenigstens noch für ein Jahr oder zwei zu halten.

Nun schlug er oft, sehr oft das Album mit den Reproduktionen der Bilder Rembrandts auf, das er sich noch 1912 aus München mitgebracht hatte, vertiefte sich in die Selbstporträts des menschlichsten der Maler, betrachtete genau dieses Wunder an Können, selbst ganz mit dem eigenen Abbild zu verschmelzen, so außerordentlich zu verschmelzen, um auf der Leinwand zu bleiben, dort ein Leben des sich verändernden Augenblicks zu leben, sich mit diesem tragischen Augenblick zu identifizieren und den Sinn des Unbegreiflichsten aufzudecken, was es auf der Welt gab – der Einheit des menschlichen Gesichtes mit der Bitternis des Erlebten und mit der Freude der enteilenden Sekunde, der ewig und eilig die nächste folgt.

Wie viele dieser Sekunden, Minuten, Stunden, Tage, Wochen, Monate und Jahre waren ihm, dem Maler M., von seinem Schicksal, von seiner ausgezeichneten Gesundheit geschenkt worden, und wozu hatte er sie verwendet? Für die Schaffung einer unendlichen Menge von mittelmäßigen, verlogen-schönen und pseudobedeutenden Bildern, die fast immer spektakulären Erfolg auch bei der Presse hatten und die den zum Selbstbetrug und eitlen Illusionen neigenden Künstler zu nachsichtig gegen sich selbst hatten werden lassen.

Jetzt erbat er sich vom Schicksal nur eines – wenigstens zwei oder drei Jahre, um die Arbeiten, die er noch vorhatte, vollenden zu können.

Schmerz und Schwäche überwindend, vollendete er ein Selbstporträt und begann gleich darauf das nächste. Zum erstenmal in all den langen Jahren seines Malerlebens bemühte er sich, sich selbst und seine verborgensten Gefühle mit seinem Bild zu verschmelzen, endlich die ungeheure Distanz zu überwinden, die immer in seiner Arbeit zwischen den Dingen und ihren Abbildern gelegen hatte.

Sich ohne Rest in das Abbild zu verwandeln, dem Abbild alle Kräfte, die ganze plötzlich in ihm aufgekommene Leidenschaft zu geben und das Abbild zu der Seele zu machen, die er schließlich nach so vielen Jahren selbstzufriedener Gleichgültigkeit gefunden, die er endlich entdeckt, erfühlt und bis in ihre tiefsten Gründe begriffen hatte. Das war keine Gott weiß wie tiefe und wahrheitsliebende Seele, aber sie existierte trotz allem.

Die Kunst muß geistig sein, oder sie ist überflüssig!

Doch stimmte das? Und irgendein unsichtbarer Skeptiker, der in der warmen Luft des Ateliers zu schweben schien, fragte mit echt mephistophelischem, boshaftem Eifer: »Und was ist mit Rubens und seinen fleischigen Frauengestalten? Und Renoir mit seinen reichlich körperlich anschaulichen Schönheiten? Und Ilja Maschkow mit seinen virtuos polierten Stilleben? Sollen sie etwa aus der Kunst vertrieben und abgeschafft werden?«

Diese Frage hatte er (er und nicht der eingebildete Gesprächspartner und Versucher) auch früher schon sich selbst und anderen vorgelegt, hatte sie den jungen und taktlosen Leuten gestellt, die bei Ausstellungseröffnungen und sogar in seinem Atelier ihr abschätziges Lächeln nicht unterdrückt und ihn unzweideutig auf das Fehlen jeglicher Geistigkeit in seinen Landschaftsbildern und besonders den »nus« hingewiesen hatten. (Als ob es so viele Maler auf der Welt gegeben hätte, die imstande waren, dieses seinem Wesen nach körperliche, irdische, sündige und sinnliche Genre zu vergeistigen!)

Doch die Ausstellungseröffnungen, die Diskussionen und die Begegnungen mit Kunstliebhabern und Kennern der Malerei waren längst vorbei, wenigstens für ihn. Er ging nicht mehr aus dem Haus, er arbeitete, und nach der aufreibenden Arbeit lag er mit halbgeschlossenen Augen da, und seine ganze Vergangenheit tauchte in seinem Bewußtsein wie ein Schatten auf.

Die letzten Arbeiten waren ihm gelungen, wirklich gelungen. Das spürte selbst der Hund. Lag früher auf den Gesichtern der Experten, der Kenner und der Maler, die in das Atelier des Malers M. kamen und seine Bilder betrachteten – lag früher auf diesen Gesichtern ein aufgesetzter, falscher und heuchlerischer Ausdruck, so wurden ihre Gesichter nun angespannt ernsthaft, erstaunt, ja verwirrt. Und nicht sie unterhielten sich mit den Bildern, sondern die Bilder sprachen mit ihnen. Und es gab mehr aufrichtiges Schweigen als überflüssige, schmeichelnde Worte, die selbst den an Schmeichelei gewöhnten und Schmeichelei liebenden M. nicht immer hatten betrügen können.

Gewaltig ist die Kraft eines solchen Schweigens, und seinem Zauber unterwarf sich auch der Hund. Jetzt kam es ihm, wenn er auf die Bilder des Malers schaute, so vor, als spüre er auch die Gerüche seines Herrn, diese unwiederholbaren Gerüche, die mit dem Bild zusammenflossen und zum Wesen des Dargestellten wurden.

Und vor Zufriedenheit wedelte der Hund mit dem Schwanz. Er freute sich für seinen Herrn, obwohl – worüber sollte man sich eigentlich freuen? Immer häufiger erschienen Menschen in weißen Kitteln, manchmal auch nachts, sie kamen mit einem großen, geschlossenen Auto, das Alarmsignale aussandte.

Die Menschen in den weißenKitteln stießen in den Körper des Herrn eine lange Nadel mit Flüssigkeit, oder sie drückten ihm ein Gummikissen mit frischer Luft an die Lippen, und der Kranke trank diese Luft mit gierigen Schlucken.

Wenn er dieses Gummikissen sah, das mit scharfer und reiner Winterluft gefüllt war, die am Munde des Kranken vorbeiströmte und neben dem Bett verwehte, dann ergriff den Hund Trauer, und mit seiner ganzen Existenz, mit dem ganzen Beben seines großen, zottigen Körpers spürte er, daß das Leben des Herrn langsam entwich wie diese Luft aus dem Gummikissen.

Und dann, als man den Herrn wegbrachte, für immer wegbrachte, da heulte der Hund auf. Der Herr war nicht mehr da, aber noch reizten seine verbliebenen und erhaltenen Gerüche die Nase des Hundes, und das war unerträglich, zu wissen, daß die Gerüche nur an jemand erinnerten, der hier in der Wohnung nicht war und niemals mehr sein würde.

Der Hund heulte, und es hatte den Anschein, nicht er heulte, sondern klagend heulte die Natur selbst – die Flüsse, die Wolken, die Bäume und die Waldwege, alles, was hier geblieben war, für den Hund aber jeglichen Sinn verloren hatte, weil der verschwunden war, den der Hund mit seinem ganzen hündischen, unendlich aufrichtigen und ergebenen Wesen liebte.

24

Trauerte Ophelia, verfiel sie in Verzweiflung, als sie ihren majestätischen und berühmten Mann, ihren lieben, guten Tizian von der Wassiljew-Insel begraben hatte? Wer mochte das wissen? Göttinnen weinen selten, selbst wenn diese Göttinnen nicht aus Marmor gehauen sind, sondern aus einem Material, dessen Geheimnis uns unbekannt ist.

Sie hatte keine Zeit, sich den Qualen der Verzweiflung hinzugeben. Sie hatte buchstäblich keine freie Minute.

Sie legte eine stürmische, unermüdliche Aktivität an den Tag, zuerst bei der Beisetzung und dann auch bei der Trauerfeier, an der fast alle Berühmtheiten der Stadt teilnahmen und zu der sogar der britische Konsul im eleganten Rolls Royce gekommen war, ein großer Kenner und Verehrer der russischen Malerei und mehr noch des russischen Wodkas.

Doch die richtigen Sorgen und Scherereien begannen eine Woche oder zwei Wochen später, als sogar der Hund schon verstummt war und sich anscheinend ein bißchen beruhigt hatte, weil er begriff, daß er mit seinem Klagegeheul den nicht zurückrufen konnte, der schon unter einem frischen, mit lebenden und metallischen Blumen bedeckten Hügelchen in der Erde lag.

Der Hund verstummte und beruhigte sich, allein in der gewaltigen Wohnung, wartete lange auf die ungeliebte und, was die Hauptsache war, unbegreifliche und rätselhafte Herrin, die sehr an eine Marmorstatue im Arbeitszimmer des Herrn erinnerte – an eine Statue, die entgegen jeglicher Logik, der Menschenlogik wie der Hundelogik, sich Kleid und Strümpfe angezogen und einen modischen Hut aufgesetzt hatte und die mit einemmal voller Energie war.

Ophelia lief von morgens bis abends von Institution zu Institution. Verhältnismäßig schnell erreichte sie, daß an der Hauswand eine Marmortafel aufgehängt wurde. Auf dieser Tafel waren in Goldbuchstaben der Name des Malers und mit goldenen Ziffern die Jahre eingemeißelt, die er hier gelebt hatte. Und er hatte hier eine geradezu methusalemische Zeitspanne gelebt, viele Heerführer, Zaren, Witwen und Waisen und Ereignisse aus den verschiedenen Epochen überlebt, die eng mit seinem langen Leben verbunden gewesen waren.

Ja, die Tafel hing schon und zog die Blicke der Passanten an, die nicht wußten, worauf sie mehr neidisch sein sollten – auf den Ruhm oder das Lebensalter. Doch ihre Bemühungen, die Wohnung zu einer Gedenkstätte für den Tizian oder Beinahe-Tizian der Wassiljew-Insel zu machen, waren bislang noch nicht von Erfolg gekrönt.

All diese Sekretärinnen und Stenotypistinnen, die vor den Türen wachten, hinter die es vorzudringen galt, besaßen das gleiche Gespür wie der verwaiste Hund. Sie errieten sofort, daß Ophelia mehr schien als existierte, und sie bezweifelten, daß Ophelias verstorbener Mann ein Tizian (und sei es der Wassiljew-Insel) gewesen war, und selbst wenn, dann mußte das bestätigt werden, und zwar nicht durch Worte, sondern durch Papiere mit vielen Stempeln.

Und wirklich, war er nun groß, oder schien er nur so? Wer konnte sich dafür verbürgen? Die Zeit? Doch es war zuwenig Zeit vergangen, um seine wahre Größe festzustellen und zu entscheiden, ob er Anrecht auf eine Museumswohnung besaß.

Sollten doch erst einmal wenigstens ein Dutzend Jahre ins Land gehen, dann würde die Zeit erweisen, ob er Größe erreicht hatte oder nicht. Und wenn nicht, dann war das auch kein Grund zur Trauer. Denn er hatte zu großen Hoffnungen Anlaß gegeben, sie aber aus verschiedenen objektiven und subjektiven Gründen nicht rechtfertigen können.

Das bekam Ophelia manchmal klar, häufiger aber verschleiert zu hören, sowohl vor den Türen als auch dahinter, wenn es ihr gelungen war, dorthin vorzudringen.

Alle beriefen sich auf die Autorität der Zeit, ohne auch nur zu ahnen, daß die Bittstellerin selbst ein Teil der Zeit war und über sie nicht schlechter als irgendeine ehemalige Mnemosyne verfügen konnte. Doch dies war ein Sonderfall, man brauchte Unterschriften und Stempel, und der umgekehrte Verlauf der Zeit hätte ihr in keiner Weise helfen können, denn wer glaubt schon einem Papier oder Dokument, das aus der Zukunft stammt? Und auch die Bittstellerin selbst spielte auf eine solche seltsame Möglichkeit nicht einmal an.

Schließlich begriff Ophelia, daß sie sich mit dieser Aufgabe übernommen hatte. Von all diesen Sorgen und Scherereien hatte sie abgenommen. Und welcher Selbstbeherrschung und Kaltblütigkeit bedurfte es, jemandem, den sie nicht sah, aber gut hörte, am Telefon zu beweisen, daß ihr Mann ein großer Maler gewesen war. Und, ohne auch nur den Gesichtsausdruck des Sprechers wahrnehmen zu können, sich die Ablehnung anzuhören, eine höfliche und mitfühlende manchmal, manchmal aber auch eine höhnische Absage, voll echt männlicher ironischer Bosheit.

Lag ihr mehr am Ruhm des verstorbenen Mannes oder am Schicksal der Wohnung? Doch das war ein Fall, wo das eine vom anderen schwer zu trennen war.

Gute Menschen rieten ihr, sich an eine erfolggewohnte Persönlichkeit zu wenden, an den Kritiker und Kunstwissenschaftler Artur Semjonowitsch Mudry, der sich gerade in diesen Tagen nach dem bequemen und nicht allzu mühevollen Posten des Direktors eines kleinen Museums umsah.

Böse Zungen sagten, daß Mudry zwar die Kunst nicht liebe und sogar insgeheim verachte, dennoch aber den Beruf des Kunsthistorikers gewählt habe, der ihm sehr intellektuell, sogar mondän erschien und der ihm, was die Hauptsache war, viel Muße ließ, die er sehr liebte.

Mudry nahm sich der Sache an, nachdem er sich zuvor bei Ophelia Apollonowna das Recht ausbedungen hatte, Direktor der zukünftigen Museumswohnung zu werden, sowie auch, daß sie ihm, Artur Mudry, völlig freie Hand hinsichtlich der Exposition und der Kollektion lassen werde, ohne jede Einmischung von Verwandten und anderen Personen, daß sie sich ganz auf seinen Geschmack und seine Kompetenz verlassen würde.

Nachdem er alle Anträge und Bitten, die Ophelia Apollonowna verfaßt hatte, durchgesehen hatte, erklärte Mudry: »Vergessen Sie dieses Wort ›beinahe‹! Wegen dieses ›beinahe‹ haben Sie überall Ablehnungen erfahren. M. war ein großer Maler. Das ist die rein offizielle Version. Inoffiziell gesprochen, er war es nicht. Aber, im Vertrauen gesagt, ich bin nicht einmal davon überzeugt, daß Leonardo oder Raffael groß waren. Wirklich große Maler waren diejenigen, deren Namen die Menschheit nie erfahren wird. Die Menschen des Paläolithikums, die die Wände der Höhlen bemalten. Sie nannten sich nicht Maler und kannten nicht einmal dieses abgedroschene Wort ›Kunst‹.«

Ophelia brach in Tränen aus. Sie weinte vor Kränkung, vor Hilflosigkeit, vor Erniedrigung. Sie wollte Mudry davonjagen, doch statt ihn aus der Wohnung zu weisen, ihn unverzüglich hinauszuwerfen, wischte sie die Tränen mit einem nach teurem und feinem Parfüm duftenden Seidentüchlein ab und lächelte ganz kindlich, wie eine griechische Göttin gelächelt hätte, die sich in ein lebendes, liebliches Mädchen verwandelt hat. Man konnte letztlich einem Mann nicht böse sein, der Größe nicht nur dem verstorbenen Maler M., sondern auch Leonardo absprach und einen Anspruch darauf nur den namenlosen Malern des Jungpaläolithikums zugestand.

»Sagen Sie«, fragte sie, »ist das Ihre aufrichtige Überzeugung?«

»Das ist meine Konzeption«, entgegnete Mudry gewichtig, »für die ich schon viele Jahre kämpfe. Ich schreibe an einer philosophisch-ästhetischen Forschungsarbeit zu diesem Thema.«

Ophelia lächelte. Mudry nahm die Melone vom Kopf. In ganz Leningrad, nicht gerechnet den Stadtrabbi, den holländischen Konsul, den imposanten Bettler, der neben der Kasaner Kathedrale hauste, und die drei achtzigjährigen Dandygreise, die täglich ins Vegetarier-Speisehaus auf dem Prospekt des 25. Oktober (dem ehemaligen und zukünftigen Newski-Prospekt) gingen, um Brotpudding mit Äpfeln und Schlagsahne zu essen, nicht gerechnet die von uns aufgezählten Personen, trug allein Mudry eine Melone.

Er nahm seine Melone ab, setzte sie dann wieder auf, verbeugte sich und ging.

Zu Hause wechselte er die Melone gegen eine graue Arbeiterschirmmütze aus und lief, fröstelnd vornübergebeugt, in die Abteilung für Kulturbildungs- und -aufklärungsarbeit.

Er lief nicht mit leeren Händen und nicht mit einem demütig bittenden Lächeln auf dem eilig und flüchtig rasierten Gesicht dorthin. Sein Gesicht drückte Gewißheit und Festigkeit aus, in der Hand hielt er ein von allen großen Malern und bekannten Kunsthistorikern der Stadt unterzeichnetes Papier, welches bestätigte, daß der berühmte Maler M. einen großen Beitrag zur Weltkultur der Malerei geleistet habe und daß dieser Beitrag nicht an verschiedene

Orte verstreut werden dürfe, sondern unbedingt in einem, wenn auch kleinen, so doch speziellen Museum aufbewahrt werden sollte.

Wer es versteht, der erreicht auch etwas.

Von der Eröffnung der Museumswohnung kündeten schon zahlreiche Plakate, die in der ganzen Stadt aushingen, sowie ein kleiner Artikel in der »Roten Zeitung«.

Mudry brachte aus Moskau einen bestätigten Etat mit, wobei er für sich zwei bezahlte Posten – den des Direktors und den des Exkursionsführers – »herausgeschlagen hatte« (das sind seine eigenen Worte) und eine Planstelle als Stenotypistin für Ophelia Apollonowna, die zugleich auch als Buchhalterin und Kassiererin arbeiten würde.

Alle besonders guten Arbeiten von M. verbarg er sogleich im Magazin und beließ in der Ausstellung nur die leicht versüßten Landschaften in den gewaltigen Rahmen und die halb als Salonbilder gemalten »nus«, die nackten, fülligen Körper der Hafenschönheiten, maßvoll idealisiert, die zugleich keuschen und naiven Gretchenfiguren (M. hatte ja in München studiert) und den zynischen Flittchen glichen, die über die Ligowka bummelten und sich als arbeitslos ausgaben.

Nur wenige ahnten etwas von der Weisheit Mudrys*, von seinem vorausschauenden Praktizismus.

Was war das für ein Mensch?

Weder Ophelia Apollonowna noch der Hund und wohl auch Artur Semjonowitsch Mudry selbst nicht hätten diese Frage erschöpfend beantworten können, ja, auch Mudry selbst nicht, der einmal die unsinnige, allen ins Auge fallende Melone, ein anderes Mal die zerknitterte graue Schirmmütze trug und der zwar seinen Platz im administrativ-wirtschaftlichen Sinne gefunden hatte, ihn in geistiger Hinsicht aber nicht fand.

Er litt, wie sich herausstellte, an Schlaflosigkeit. In seinen freien Stunden (und davon gab es eine ganze Menge)

* Mudry – russ. »der Weise«, »Kluge« – d. Ü.

schrieb er an einem philosophischen Werk, einer Arbeit, die er keineswegs in den nächsten Jahren zu veröffentlichen gedachte, sondern die er in seinem Schreibtisch aufbewahren wollte, bis ihre Zeit gekommen war.

Wir greifen um viele Wochen und sogar Monate voraus und werden uns erlauben, das Geheimnis dieses noch unvollendeten Manuskripts zu lüften, weil es auch der Autor selbst getan hat, der Ophelia Apollonowna einige Kapitel vorlas.

Es war dies ein geistig subtiles und originelles Werk, das Mudry selbst so gar nicht ähnlich war und das Ophelia durch seine unerwartete Aufrichtigkeit und sogar Leidenschaftlichkeit verblüffte – ein Werk, das versuchte, die Herkunft des Denkens zu begreifen und zu verfolgen, die offensichtlich mit der Entstehung der sprachlichen Zeichen verbunden ist, die den Menschen an die Macht gebracht und zugleich zu dem unübersehbaren Verlust der organischen Verbindung mit der Natur geführt hat: einem sich mehr und mehr steigernden Verlust, der, nach Meinung des Autors, eine tragische Wendung genommen hat.

In der Arbeit ging es eigentlich auch um die Errungenschaften und die Einbußen und darum, daß in unserer Welt, die den Menschen zwingt, für alles zu zahlen, das eine ohne das andere unmöglich ist.

Mudry las, Ophelia aber hörte zu und bemühte sich vergeblich, das Unvereinbare in Einklang zu bringen: dieses durchtriebene, vulgäre Menschlein mit der zerknitterten Physiognomie und sein schöngeistiges, fast musikalisch-durchsichtiges Denken. Es war seltsam und rätselhaft, unerklärlich, daß dieser gerissene Mensch und kleinliche Geschäftemacher (fast ein Gauner), schamlos und unverschämt im Getümmel des Lebens, sich in einen feinsinnigen, ungewöhnlich aufrichtigen Denker verwandelte, der versuchte, die Evolution des geistigen Werdens der Menschheit zu verfolgen und die umstrittenen Seiten dieser Entwicklung zu verstehen, wenn er allein mit sich in der Stille seines Arbeitszimmers war.

Doch wir sind vorausgeeilt. Zu Anfang sah alles recht alltäglich und einfach aus. Mudry war geschäftig, Mudry lief von Institution zu Institution, Mudry stand neben den Landschaftsbildern und den »nus« und erklärte Hausfrauen und Fabrikarbeiterinnen, was der Maler M. hatte ausdrücken wollen, wenn er Sonnenaufgänge und -untergänge einfing oder seine wohlbeleibten Modelle veranlaßte, sich auszuziehen und die Regeln des heuchlerischen kleinbürgerlichen Anstands zu mißachten.

Der Hund synthetisierte und analysierte die Gerüche des neuen Wohnungsherrn, er bemühte sich zwar, dessen Persönlichkeit zu begreifen, hatte es aber mit Schlußfolgerungen nicht eilig, schnupperte immerzu, beobachtete, ohne sich zu entschließen, innerlich ja oder nein zu sagen.

Eines Tages fuhr ein ältliches Auto vor der Museumswohnung vor, und ihm entstieg der Volkskommissar A. W. Lunatscharski.

Mudry empfing ihn, führte ihn und zeigte ihm sowohl die Ausstellung als auch das Magazin. Und dann kam es zwischen dem Volkskommissar und dem Direktor des winzigen Museums zu einem Streitgespräch; das betraf nicht die Exposition und nicht einmal das Schaffen des Malers M., sondern ein etwas abstraktes und philosophisches Problem – das Wesen des Museums überhaupt, dieser für unsere Zeit typischen Form der Verbreitung und Aufbewahrung künstlerischer Werte.

Als er die Museumswohnung verließ, sagte der Volkskommissar: »Umstrittene Gedanken äußern Sie da, Genosse Mudry, aber interessante. Ich würde Ihnen raten, einen Artikel darüber zu schreiben.«

»Ehe ich dazu komme, Anatoli Wassiljewitsch«, sagte Mudry lächelnd, »haben die Gedanken ihre Strittigkeit schon verloren. Es ist einfach unmöglich, mit der Zeit Schritt zu halten, so schnell geht alles.«

»Auf Wiedersehen. Ich bin auch in Eile«, sagte der Volkskommissar.

Die Gedenkstätte für den Maler M. war nur mittwochs

und sonntags geöffnet. Dann erschienen in der Wohnung viele unbekannte Menschen, gingen ungeniert von Zimmer zu Zimmer und betrachteten die Tische, Stühle, Schränke, Vasen und anderen Gegenstände, die dadurch interessant und bedeutend waren, daß neben und mit ihnen viele Jahre lang der berühmte Maler M. gelebt hatte, daß sie seinen täglichen Bedürfnissen, Gewohnheiten, Neigungen und Launen gedient hatten.

Ophelia kam es manchmal so vor, als seien die gewöhnlichen und alltäglichen, noch vor kurzem lebendigen Gegenstände ihres gemeinsamen häuslichen Lebens dadurch, daß sie sich in numerierte und in einem besonderen Verzeichnis verbuchte Exponate eines Museums verwandelt hatten, fremd, fast feindselig, tot geworden; nur der Hund war lebendig. Er war nicht verbucht und numeriert.

An den arbeitsfreien Tagen und wenn das Museum geschlossen war, erhielt Ophelia Apollonowna manchmal Besuch von Freunden und nahen Bekannten des verstorbenen M. – von Malern und Kunsthistorikern mit ihren Frauen, die meistens ebenfalls Kunsthistorikerinnen und Malerinnen waren.

Die Kunsthistorikerinnen und die Malerinnen glänzten weder durch Schönheit noch durch Eleganz. Und Ophelia dachte, wenn sie sie ansah, daß ihre ergebenen Männer der von ihnen geliebten Kunst doch ein zu großes Opfer brachten.

Wenn sie am Teetisch saßen, dann zogen sie alle einhellig über Mudry her, doch wenn sie auf ihn schimpften, dann senkten sie jedesmal aus irgendeinem Grunde die Stimmen fast bis zum Flüstern und blickten sich um, als sei Mudry irgendwo nebenan, versteckt hinter einer Wand oder einem Schrank, und höre heimlich zu, was man über ihn sprach.

Und was man nicht alles über ihn sagte! Daß er ein fieser Karrierist, ein Leisetreter und Stümper sei, daß man ihm gegenüber nicht ohne Gefahr offen sein könne und daß man ihm früher oder später die Maske vom Gesicht reißen, ihn entlarven würde.

Ophelia war erschrocken, sie glaubte ihnen und glaubte ihnen auch wieder nicht (wobei sie eher glaubte als nicht). Im stillen nahm sie sich vor, vorsichtiger zu sein und auf keinen Fall über ihre Vergangenheit und darüber zu sprechen, auf welche ungesetzliche und widernatürliche Weise sie in dieser Welt erschienen war, da sie zwar keineswegs einen Anschlag auf die Logik alles Wahren unternahm, aber doch wie jedes Wunder eine schreckliche Gefahr darstellte.

Die Gäste tranken Tee aus den teuren Porzellantassen, die von Malern des 18. Jahrhunderts bemalt worden waren, aus Tassen im Rokokostil, die seit langem numeriert und im Verzeichnis erfaßt waren, und Ophelia hatte ein bißchen Angst, die Gäste könnten diese Tassen zerbrechen, die schon nicht mehr ihr, sondern der Ewigkeit gehörten, die das Museum mit seinem ganzen Wesen verkörperte.

Die Gäste saßen da, und sie war froh darüber. Durch die Anwesenheit der Gäste schienen sich Gestalt und Inhalt der Dinge zu verändern. Sie warfen die Larve des Bürokratismus und der Zeitlosigkeit ab, versetzten sich in die Vergangenheit und versetzten zugleich auch Ophelia in die Vergangenheit, als befände sich im Zimmer nebenan noch ihr Mann, der seinen gepflegten Bart stutzte oder in Eau de Cologne spülte oder der eine illustrierte Zeitschrift mit der Reproduktion einer seiner Hafenschönheiten betrachtete.

Die Gäste verabschiedeten sich geräuschvoll und gingen. Und wieder verwandelte sich die Wohnung in etwas Kaltes, Erstarrtes, wo alles stehengeblieben war, von der altertümlichen deutschen Uhr an der Wand bis zu der kleinen goldenen Uhr am marmornen Arm der Hausherrin, die vergessen hatte, sie rechtzeitig aufzuziehen.

Mit ihrem schnellen, leichten Gang begab sich Ophelia in die Küche, um den Hund zu füttern, dann führte sie ihn hinaus auf den Großen Prospekt, wo es nach Ahornbäumen und Pferdeurin roch, und dieser Zaubergeruch versetzte den Hund in einen Zustand, der den Träumen eines Opiumrauchers nicht unähnlich war.

25

Kolja Faustow, dieser moderne, bescheidene Faust, der Faust-Aspirant, der sich darauf vorbereitete, Zytologe zu werden, besaß eine keineswegs finstere, einer beneidenswerte Zukunft. Hinter dem nebelhaften Schatten der noch in der Zukunft liegenden Jahrzehnte erwartete ihn eine überaus bedeutende wissenschaftliche Entdeckung, die die Zytologie in die Zytogenetik verwandelte – eine der Hauptwissenschaften des Jahrhundertendes –, erwartete ihn eine Vielzahl von Preisen, darunter auch der Nobelpreis, und ein erstaunliches Leben, ähnlich dem Lauf eines Champions, der voranstürmt, als gebe es kein Gesetz der Schwerkraft.

Alles, wovon wir jetzt sprechen, lag noch fern hinter dem Horizont seiner Jugend und hing nicht nur von Kolja selbst, von Koljas unersättlichem, beinahe irrsinnigem Wissensdurst ab, sondern auch von einer unendlichen Menge von Zufälligkeiten, die in ihrer Summe zum Schicksal wurden, das diesem Manne sichtlich günstig gesinnt war.

Doch außer Zufälligkeiten war auch das Wunder in seine Biographie verwickelt. Davon schwiegen alle seine zukünftigen Biographen, darunter sogar diejenigen, denen der Nobelpreisträger selbst von diesem Wunder erzählt hatte. Die echteste Wirklichkeit faßten sie als einen Scherz auf, als eine Art Wunderlichkeit, als ein fröhliches Spiel des Verstandes, mit dem der in aller Welt bekannte Gelehrte seine Gesprächspartner und sich selbst belustigen wollte.

Meine Freundschaft mit Kolja wurde immer enger. Und an einem gewöhnlichen, regnerischen Tag, einem typischen Leningrader Tag, vertraute ich Kolja mein Geheimnis an und zugleich auch das Geheimnis Ophelias, der Witwe des berühmten Malers M., auf dessen Retrospektivausstellung Faustow und ich uns kennengelernt hatten.

Ich vertraute das Geheimnis Kolja an einem nicht ganz

passenden Ort an – in einer mit mittagessenden Leuten überfüllten Volkskantine, wo jedes halblaut gesprochene Wort nicht nur den Gesprächspartner, sondern auch jeden beliebigen anderen erreichte, der sich für fremde Neuigkeiten interessierte, ohne sich Gedanken über den ethischen Wert seines nicht gerade hochstehenden Wissensdurstes zu machen.

Ja, und das passierte anscheinend auch. Ich fing den erschrockenen, beinahe irren Blick eines älteren Intellektuellen auf, der sein Gehör auf jene intime Welle eingestellt hatte, die mich jetzt mit Kolja verband. Ja, eine Welle, anders kann man es nicht nennen.

Aber zum Teufel mit diesem alten intellektuellen Strohkopf! Mochte er hören, was er weder zu verstehen, geschweige denn anderen zu erklären imstande war. Und schließlich hörte er ja nicht der Unterhaltung zweier Diebe und Einbrecher zu, die gerade einen Diebstahl begangen hatten und nun berieten, wie er zu verbergen sei, sondern er hörte etwas, das man in phantastischen Romanen beschreibt ... Und wenn er den Verstand noch nicht völlig verloren hatte, so würde er denken, daß ich ihn bewußt zum Narren hielt, indem ich laut von etwas erzählte, was es nicht gab.

Der Alte ging weg, mit gekränkt verkniffenen Lippen, und als er noch einmal in unsere Richtung blickte, schüttelte er den Kopf. Sollte er mich ruhig für verrückt halten, wenn nur Kolja es nicht tat.

Ich dachte, daß meine Erzählung an der Mauer von Koljas Unglauben zerschellen würde, schließlich war er Aspirant, war er Naturwissenschaftler und bekannte sich zu der Wahrheit, die gerade in jenen Jahren so treffend von einem der Idole Koljas, von Akademiemitglied W. I. Wernadski, formuliert worden war, nämlich daß das Hauptpostulat der Wissenschaft das Axiom von der absoluten Realität der Welt ist. Und ich drängte seinem Bewußtsein etwas auf, das anscheinend dieses Absolutum durchbrach und der wissenschaftlichen Erkenntnis widersprach.

Kolja glaubte mir, und das war ein nicht geringeres Wunder als das, von dem ich ihm im Küchendunst der Kantine, im Stimmengewirr, zwischen dem Geräusch der essenden, schmatzenden Münder und beim Klirren der Biergläser erzählt hatte.

Warum glaubte mir Kolja? Vielleicht, weil er die Wissenschaft nicht vom Wunder schied, weil er nur eines forderte: daß dieses Wunder erklärbar war, daß es sich auf die Aussagen der mathematischen oder irgendeiner anderen, noch unbekannten Logik stützte. Er glaubte und glaubte auch wieder nicht, war in den Zangen dieser beiden widersprüchlichen Haltungen gefangen. Und ich bedrängte ihn weiter.

»Könnten Sie Küchelbecker oder gar Odojewski die Relativitätstheorie erklären?« fragte ich Kolja.

»Ich glaube nicht«, antwortete Kolja. »Aber was hat das mit Odojewski zu tun, dessen ›Russische Nächte‹ ich sehr liebe?«

»Odojewski – das sind Sie«, sagte ich.

»Und wer sind Sie?«

»Ich bin Sie im Verhältnis zu Odojewski. Sie wollen ihn mit einer modernen wissenschaftlichen Wahrheit vertraut machen, haben aber vergessen, daß diese Wahrheit den anschaulichen, dinglichen Charakter verloren hat und der Selbstüberprüfung nicht zugänglich ist.«

»Verstehe, verstehe«, sagte Kolja und nickte verstehend mit seinem zerzausten Kopf. »Sie wollen sagen, daß ich Ihnen gegenüber zurückgeblieben bin wie Odojewski im Vergleich zu Planck oder Einstein?«

»Aber ich rechne mir das nicht als Verdienst an, sowenig wie Sie es sich als Verdienst anrechnen würden, wenn es Ihnen gelänge, sich mit jemand zu treffen, der zu Beginn des vorigen Jahrhunderts gelebt hat.«

»Alles klar«, sagte Kolja.

»Klar? Seien Sie vorsichtig. Überlegen Sie zuerst, und dann . . . Ich fürchte, daß es überhaupt nicht so klar ist.«

»Es ist klar! Klar!« unterbrach mich Kolja, wobei er mit dem Arm fuchtelte. »Es ist ja klar!«

Doch am nächsten Tag überzeugte ich mich, daß das für ihn keineswegs klar war. Kolja kam ausgerechnet zu der Stunde zu mir gerannt, als ich, Petrow-Wodkin nachahmend, eine stupsnasige Madonna mit lebendigem Gesicht und im roten Fabriktüchlein malte, eine Madonna, die in der Tabakfabrik, ehemals Laferme, Papirossi stopfte, die aber deswegen nicht weniger ideal, nicht weniger elegant, nicht weniger schön war.

Koljas Gesicht, besonders die Augen, zeigte den gleichen Ausdruck, wie das jenes alten Intellektuellen in der Volkskantine, als der kopfschüttelnd davongegangen war.

Kolja war so erregt, daß er natürlich meine Madonna, die Arbeiterin aus der Tabakfabrik Laferme, gar nicht bemerkte, sowenig wie er die Fabrik selbst bemerkte, die sich hinter dem Madonnenrücken erhob und als industrieller Hintergrund für die Suche nach ewiger Schönheit diente.

Koja teilte mir mit, er hätte die ganze Nacht nicht geschlafen und sei gekommen, um mir zu erklären: Er nehme seine Worte zurück, niemals werde er seine Prinzipien aufgeben und ein Wunder anerkennen, wie materialistisch es sich auch verkleiden möge. »Bringen Sie Beweise, Fakten! Fakten! Schon Galilei . . .«

»Lassen Sie Galilei in Ruhe«, sagte ich, »denn er ist nicht wegen der vergötterten Fakten auf den Scheiterhaufen gestiegen wie Giordano Bruno. Und Sie werden auch nicht auf den Scheiterhaufen steigen, lieber Kolja.«

»Woher wollen Sie das wissen?«

»Nicht aus Kleinmut. Sondern aus einem anderen, achtenswerten Grund. Sie, Kolja, leben in einem Jahrhundert, in dem es zwischen der positiven Alltäglichkeit, die sich auf Ihr geliebtes Axiom Wernadskis stützt, und dem Wunder keinen solchen Abstand gibt, wie er in der Epoche Galileis oder selbst noch Newtons vorhanden war. Und dann sind meine Erfahrungen, Kolja, weitaus umfassender als Ihre und sogar die der fortgeschrittensten Physiker und Biologen Ihrer Zeit. Wenn Ihre Kolzow, Joffe, Filipptschenko und Wawilow sich bemüßigt fühlten, sich mit mir zu unterhalten, sie würden kaum dasjenige so verachten, das Sie mit allem Vorbehalt ein Wunder genannt haben.«

»Und was ist es denn sonst, wenn nicht ein Wunder?«

»Kolja, Sie beschäftigen sich nicht nur mit Zytologie, sondern auch mit Sprachphilosophie. Erinnern Sie sich, wie Sie mir von der rätselhaften Natur der Zeichen berichteten und die nicht uninteressante Vermutung äußerten, daß nicht nur die Sprache, sondern auch die Kunst Zeichen seien und daß zwischen der Welt und uns ein geheimnisvoller und noch unerforschter Vermittler bestehe, ohne den wir in eine harte Rinde eingeschlossen wären wie eine Eiche oder Espe? Sie äußerten mir gegenüber etwas in der Art, daß dieser Vermittler in enger Verwandtschaft zum noch unenträtselten Wesen der Zeit stehe und sich teils im Gedächtnis, teils in der Phantasie verkörpere, in der Fähigkeit, weit über das eigene Sein hinaus in die Zukunft vorzugreifen ... Ich habe Ihnen nicht widersprochen. Ich habe nicht bloß nicht widerspochen, sondern hartnäckig geschwiegen, da ich mich nicht verplaudern wollte. Gestern habe ich den Mund nicht halten können, und nun bedaure ich es.«

»Aber der Vermittler«, unterbrach mich Kolja, »der Vermittler zwischen der Welt und uns – das ist unser Bewußtsein, unser Geist, unsere Sprache, die mit dem Zeichensystem verknüpft ist. Wir sprechen über verschiedene Sachen. Beweise! Fakten! Das ist es, was ich von Ihnen fordere.«

»Aber verstehen Sie doch, Kolja«, sagte ich. »Ophelia hat den berühmten Maler geheiratet. Sie hat zugenommen. Ist träge geworden. Banal. Vor kurzem ist sie dazu Witwe geworden. Sie ist mit ihrer Arbeit in der Museumswohnung beschäftigt. Ich bin fast überzeugt, daß sie jetzt nicht in der Lage ist, uns ins Neolithikum, in den gestrigen Tag oder in die Zukunft zu versetzen. Die kleinbürgerliche Existenz hat ihr die Flügel beschnitten. Und darum lassen Sie uns übereinkommen, Kolja, daß ich Ihnen nichts gesagt habe.«

»Wie das, nichts gesagt?«

»Na gut, gut. Ich habe Ihnen den Inhalt einiger Kapitel eines phantastischen Romans erzählt, an dem ich schon ein Jahr schreibe. Stellt Sie diese Version zufrieden?«

»Nein.«

»Dann stellen wir eine andere Hypothese auf. Das ist unter dem Einfluß des Biers passiert, das wir beide gestern miteinander getrunken haben. Das Schankmädchen hat etwas ins Bier gemischt, wonach man auf den Mars, auf den Mond, auf die Venus, in den Himmel, in die Hölle will, egal, wohin, jedenfalls weg aus dieser Volkskantine. Und außerdem wollte ich den angejahrten Intellektuellen ein bißchen erschrecken, der so die Ohren spitzte. Ich kann es nicht ertragen, wenn Menschen ein fremdes Gespräch mit anhören.«

»Nehmen wir an, daß es so war«, sagte Kolja plötzlich, schon in einem anderen, friedlicheren Ton.

Zwischen Kolja und mir herrschte wieder Frieden. Und Kolja schaute auf mich nicht mehr wie auf einen Verrückten, der sich einbildete, er könne die Welt in die Luft sprengen, indem er eine Mine unter das makellos klare und elegante Axiom Wernadskis legte.

Nein, wenn ich mich jetzt mit Kolja unterhielt, so schwieg ich von jener Ferne, wo der elektronische Spinoza, der Schöne Strong, zurückgeblieben war und wo die Ewigkeit begonnen hatte, geschaffen von allzu begeisterten Zytologen und Genetikern, die der außerplanetarischen Vernunft auf den Leim gegangen waren.

Aber von Artemi Fjodorowitsch, dem ehemaligen Stabskapitän, berichtete ich ihm. Ich erzählte ihm, wie dieser scharfsinnige und charmante Henker mit mir diskutiert hatte, wie er nur selten zu physischen Argumenten gegriffen und sich mehr auf rein intellektuelle Beeinflussung verlassen hatte, wie er gern die Dienste der Klassiker, der antiken wie der neueren, in Anspruch genommen hatte, deren Werke er mit aufrichtigem und selbstlosem Interesse schon im Gymnasium studiert hatte.

Ich verbarg Kolja auch nicht meinen Verdacht, daß sich

der ehemalige Weißgardist irgendwo hier in der Nähe in dieser riesigen Stadt verborgen hielt und daß ich ihm zweimal begegnet war (zuerst im Badehaus, dann im Kino »Molnija«), er mir aber jedesmal entwischt war und mich mit meinen Vermutungen und Zweifeln allein gelassen hatte (natürlich nur bis zur Begegnung in der Straßenbahn, wo mein alter Bekannter eine außergewöhnliche physische Gewandtheit und Flinkheit an den Tag gelegt hatte).

Diese Geschichte erzählte ich Kolja im Sommergarten auf einer Bank, neben den manierierten Statuen des 18. Jahrhunderts. Doch der Zufall beeilte sich, meine Erzählung zu bestätigen, und kaum war ich mit Kolja an einen Kiosk getreten, um ein Glas Bier zu trinken, da erblickte ich ihn.

Ja, Artemi Fjodorowitsch stand hier neben dem Kiosk, ein großes Glas hellbraunes, schäumendes Bier in der Hand, als wollte er Koljas und meinen Durst anstacheln.

»Kolja«, sagte ich lauter als nötig, »ich werde dich jetzt mit dem ehemaligen Weißgardisten Artemi Fjodorowitsch Nowikow bekannt machen.«

Diesmal geriet Artemi Fjodorowitsch sehr viel mehr aus der Fassung als damals im Unkleideraum und im Saal des Kinos »Molnija«. Das Bier schwappte aus seinem Glas und ergoß sich auf seinen neuen, stutzerhaften Anzug, augenscheinlich ein Produkt der Wolodarski-Fabrik, den er wohl erst vor kurzem erworben hatte.

»Gestatten Sie«, entgegnete er lässig und träge, »was sollen diese unpassenden Scherze? Warum schimpfen Sie mich einen ehemaligen Weißgardisten?«

»Gehen wir ein Stück zur Seite«, sagte ich leise, »wir erregen Aufsehen. Setzen wir uns auf die Bank da neben der marmornen Psyche, und klären wir unsere Beziehungen. Kolja, gehen Sie nicht weg! Sie werden mir helfen, ihn festzuhalten. Dieser Herr hat sehr flinke Beine.«

Ich beschloß zu warten, bis Artemi Fjodorowitsch das Bier, das noch im Glas übrig war, ausgetrunken und das Glas der Verkäuferin zurückgegeben hatte.

Der Weißgardist trank, dehnte die Sekunden, dachte finster über irgend etwas nach und hoffte augenscheinlich auf etwas.

Worauf hoffte und rechnete er – wieder auf seine Beine und seine Flinkheit? Doch das war hier kein Umkleideraum und keine leere Straßenbahn, sondern ein Park, neben mir stand Kolja, und vor und hinter uns gab es eine Menge Gesichter, Arme und Beine, junge zum größten Teil. Es genügte ein Ruf, ein Wort, und alle diese Arme und Beine würden in Bewegung kommen.

Schon war kaum noch etwas im Glas, doch er hielt es noch immer an seine nervös zuckenden Lippen, und ich drängte den Durstigen nicht, hatte außer ihm alles auf der Welt vergessen, sogar meinen eigenen Durst.

Quälend langsam verstrichen diese Sekunden oder Minuten, und in einem ganz anderen Takt schlugen zwei Herzen – das seine und meins. Schließlich reichte er das Glas der Verkäuferin, die auch die Ohren spitzte und still geworden war, zog ein Taschentuch hervor und tupfte sich bedächtig die Reste des Biers von den Lippen, bemüht, dem Zufall, der so arglistig mit ihm umgesprungen war, wenigstens einige Sekunden abzugewinnen.

Ich betrachtete ihn viel aufmerksamer als damals in der Straßenbahn. Er stand hier ganz vor mir, in der ganzen Fülle seiner beunruhigten Existenz, ganz hier, vollendet und abgeschlossen, ein Ganzes diesmal und kein Fragment, kein verschwommener Doppelgänger, der sich plötzlich vor meinen Augen verwandeln würde wie jene Fußgänger auf der Petrograder Seite, die ihm von weitem ähnlich sahen, um mit meiner Ungeduld und Verwirrung ihr Spiel zu treiben.

Ich drängte ihn nicht, sondern stand daneben und wartete schweigend. Auch Kolja schwieg.

»Nun denn«, sagte Nowikow leise, »gehen wir.«

In seiner Stimme klang jetzt weder Unruhe, noch gespielte Ruhe, sondern etwas Stilles, Bescheidenes, etwas wie Resignation, als habe er sich schon mit seinem Schicksal abgefunden und sei bereit, sich und sein Leben aufzugeben.

Wir gingen nur wenige Schritte und setzten uns auf eine Bank. Links Kolja, in die Mitte der ehemalige Stabskapitän und rechts ich.

»Haben Sie vielleicht etwas zu rauchen?« fragte Nowikow. »Ich habe mein Etui zu Hause vergessen.«

»Doch nicht dasselbe, aus dem Sie mich in der Stadt Tomsk mit englischen Zigaretten bewirteten?« fragte ich.

»Lassen wir das Etui und Tomsk erst einmal beiseite. Um so mehr, als ich niemals dort gewesen bin. Sie haben sich geirrt, Bürger, und Sie haben es reichlich eilig, mich zum Opfer Ihres Irrtums zu machen.«

»Ich bin lange das Opfer Ihres Irrtums gewesen«, fiel ich ihm ins Wort, »und ich wäre schon im Jenseits, da ich Sie auf keine Weise überzeugen konnte. Doch die Umstände haben Sie und mich gestört ... Und die sind überzeugender als Worte und sogar als das, womit Sie Ihren Worten Nachdruck verliehen.«

»Sie irren sich.«

»Ob ich mich irre oder nicht, das werden wir bei den Ermittlungsorganen klären. Kolja, holen Sie einen Milizionär. Hier in der Nähe ist ein Posten. Ich werde mich inzwischen mit ihm unterhalten.«

»Wird er nicht fliehen?« fragte Kolja.

»Diesmal wird ihm das, glaube ich, nicht gelingen. Es gibt viele Beine und Arme im Park. Die kriegen ihn.«

Kolja ging schnell den Milizionär holen, und ich blieb mit Artemi Fjodorowitsch allein auf der Bank.

»Nun«, sagte ich, »jetzt wird bald Bilanz gezogen. Aber sagen Sie mir, warum haben Sie sich in Leningrad aufgehalten, obwohl Sie wußten, daß auch ich hier lebe?«

»Das Risiko. Ich liebe das Risiko. Ich bin ein Spieler, Sie haben sich schon damals davon überzeugen können. Unsere Schachpartie hat sich in die Länge gezogen. Und nun bieten Sie mir Schach, rechnen damit, mich mit dem nächsten Zug matt zu setzen.«

»Ja, es ist eine Mattstellung.«

»Und ich schlage Ihnen ein Remis vor.«

»Wieso ein Remis? Es riecht hier nicht nach Remis. Die Stellung, sage ich Ihnen, ist hoffnungslos. Und Sie sollten aufgeben.«

»Warum soll ich aufgeben, wenn ich noch einen Zug habe, und keinen schlechten Zug. Wenn man mich festnimmt, dann werde ich nicht nur mein Geheimnis preisgeben, sondern auch Ihres. Mein Geheimnis ist ein alltägliches – noch ein Weißgardist, der sich versteckt. Vielleicht der Galgen, vielleicht aber auch nur die Solowki-Inseln – für aufrichtige Reue. Aber Ihr Geheimnis . . . Ich bitte Sie, das ist eine Weltsensation.«

»Sie haben mir doch damals nicht geglaubt.«

»Das stimmt nicht! Ich habe Ihnen geglaubt! Und deswegen habe ich die Sache ja so in die Länge gezogen, um Sie zu retten. Sie stehen gewissermaßen außerhalb der Zeit und über ihr. Ist es Ihre Sache, sich damit zu befassen, Verbrecher zu ertappen und sich in deren zeitweiliges Schicksal einzumischen? Na schön, man wird mich erschießen, aber was ändert sich dadurch? Einer mehr, einer weniger. Und auch das Geheimnis, Ihr Geheimnis, müssen Sie wahren.«

»Ich pfeife auf mein Geheimnis«, unterbrach ich ihn. »Was schon, man wird erfahren, daß ich aus der Zukunft in dieses unruhige und nichtige Jahrhundert eingedrungen bin und nicht rechtzeitig davon Meldung gemacht habe. Meinetwegen, man wird allerhand Lärm schlagen und sich aufregen. Aber trotzdem wird man mich nicht erschießen oder nach den Solowki-Inseln verschicken. Es gibt kein solches Gesetz, das es erlaubt, einen Menschen in der Gegenwart wegen der Wunderlichkeiten der Zukunft zu bestrafen.«

»Sie sind ein Sonderling«, sagte der ehemalige Stabskapitän. »Ein lieber, naiver Sonderling. Und das Wunder? Haben Sie das vergessen? Jetzt ist nicht die Zeit der galiläischen Fischer. Und auch damals ist dem zukünftigen Gott seine Leidenschaft für Wunder nicht bekommen. Mit Ihnen wird man schlimmer umgehen als mit mir. Ich bin schon ungefährlich. Sie aber bilden eine Gefahr und widerlegen die Gesetze der Wissenschaft.«

»Und wenn es mir gelingt, meine Reise in die Vergangenheit wissenschaftlich zu begründen?«

»Ich zweifle daran. Ich habe die letzte Zeit nicht müßig herumgesessen und manches gelesen. Sogar die Relativitätstheorie wird von manchen Leuten bestritten, ganz zu schweigen von Friedmans Hypothese über das sich ausdehnende All. Sie haben den Dogmatismus und vieles andere vergessen. Lassen Sie mich laufen, bevor Ihr Kolja mit dem Milizionär kommt. Lassen wir die Partie unbeendet. Sie haben einen Zug gemacht, und ich werde darauf bei unserer nächsten Begegnung antworten. Ich habe Sie doch gerettet, weil ich Ihnen glaubte und nicht den Fakten und der Logik. Allein dafür habe ich das Recht auf Aufschub. Früher oder später wird man mich sowieso finden ... Und jetzt ist meine Frau schwanger, erwartet in den nächsten Tagen ein Kind. Um des Kindes und ihrer willen. Aber da, so scheint es, kommen sie schon, um mich zu holen.«

Er zeigte auf den sich nähernden Kolja und den Riesenkerl von Milizionär, der träge hinter ihm hertrottete.

»Laufen Sie«, sagte jemand leise.

Das war meine Stimme. Doch ich war fast überzeugt, daß da jemand anders für mich gesprochen hatte. Er stürzte davon. Ich hinterher, wobei ich in meinem Rücken das Keuchen Koljas und die Trillerpfeife des Milizionärs hörte. Aber die Affenbeine des ehemaligen Ermittlers waren gewandt und schnell.

Er sprang in eine vorbeifahrende Straßenbahn, und wir blieben zurück – ich, Kolja und der schwerfällige, träge Milizionär, der die Mütze abnahm und sich den Schweiß von der Stirn wischte.

Dann verschwand die Straßenbahn hinter der Ecke der Sadowaja.

26

Aus Ophelia Apollonowna (ihr Vatersname, mythisch in allen Sinnschattierungen dieses hochkulturellen Wortes, hatte sich längst eingebürgert und fügte sich makellos und organisch an ihren durch hohe Tradition geheiligten Vornamen an), aus Ophelia (nennen wir sie in Abwesenheit Mudrys wieder so) war eine nicht üble Stenotypistin und eine ziemlich beschlagene Buchhalterin geworden. Und wenn Artur Semjonowitsch krank war, was ihm ziemlich oft passierte, dann übernahm sie auch die schwierigeren Obliegenheiten des Exkursionsführers. Die Museumswohnung war nicht die Tretjakowka und nicht die Ermitage, und es mußte in allem strenge Sparsamkeit eingehalten werden.

Mit feinem, wahrhaft engelhaftem Stimmchen (mit solchem Stimmchen sprechen gewöhnlich die Englischlehrerinnen, aber nur englisch, nicht russisch) berichtete sie der Besuchergruppe (wo der nach Bildung strebende NÖP-Mann neben der pockennarbigen ABF-Studentin und dem leicht angetrunkenen Heizer stand) und bemühte sich, über Inhalt und Form der Bilder Auskunft zu geben, die ohne jegliche Erklärung jedem verständlich waren, der auch nur einmal in seinem Leben ein Landschaftsbild oder die Abbildung einer Frau gesehen hatte. Doch so war nun einmal die seit jeher bestehende Ordnung – es war alles zu erklären, auch das, was keiner Erklärung bedurfte, als besäße der Betrachter nicht selbst Augen und verstünde es nicht, einen Birkenhain von den Haaren einer schönen Frau zu unterscheiden, die sich im Waschbecken den Kopf wäscht.

Die ABF-Studentin, der leicht angetrunkene Heizer und ein paar Hausfrauen hörten ihren Vortrag mit bemüht aufmerksamen Gesichtern an, der NÖP-Mann aber konnte, sosehr er sich bemühte, sein skeptisch-ungläubiges Lächeln nicht verbergen, das von seiner angeborenen Pfiffigkeit und seinen Alltagserfahrungen zeugte.

»Aber sagen Sie, bitte«, fragte er die verlegene Ophelia,

»warum hat der berühmte Meister, der nicht nur ein Klassiker, sondern zugleich auch ein sowjetischer Maler war, immer bloß ausgezogene, schamlose Dämchen und Birken auf Waldwiesen gemalt und die uns umgebende heroische Wirklichkeit überhaupt nicht bemerkt?«

Ophelia geriet aus der Fassung, wie ihr das schon öfter passiert war, und begann verwirrt an das antike Griechenland und die ewige Schönheit zu erinnern, wobei sie fürchterlich Angst hatte, einer der Anwesenden könnte sie der methodologischen Unbildung überführen und sich bei der Abteilung Kultur und Bildung über sie beschweren.

Anders sah es bei Artur Mudry aus. Mudry sprach mit gleichermaßen sicherer Stimme über die Landschaftsbilder wie über die »nus« (die er übrigens nicht »nus«, sondern nur Natur nannte) und deckte alles mit dem Wort »Realismus« zu, das er so schnarrend aussprach, als bestehe es aus lauter kompakten »r-r-r«. Mühelos ließ er die jungen beginnenden Kritikaster abblitzen, die gerade die letzte Nummer der Zeitschrift »Auf literarischem Posten« gelesen hatten (wo der ehemalige Graf Alexei Tolstoi kritisiert wurde) und sich deshalb einbildeten, sie wüßten, wo es Realismus gebe und wo es ihn nicht gebe und nicht geben könne.

Mudry verstand es, alles mögliche aus dem Begriff »Realismus« herauszuholen, und baute in Windeseile aus den nötigen Worten eine Festung auf, um die Malerei des Malers M., seine Liebe zur russischen Natur und sein antikheidnisches Verhältnis zum nackten menschlichen Körper zu verteidigen.

Während er jedoch die Kunst des Malers M. gegen Linkstümler und streitsüchtige Ignoranten verteidigte, mochte Mudry vor Ophelia Apollonowna nicht verbergen, daß Realismus kaum das Wesen dessen war, was M. sein langes Leben hindurch geschaffen hatte, abgesehen von einigen Selbstporträts, die kurz vor seinem Tode entstanden waren und jetzt im Magazin aufbewahrt wurden. Realismus – das sei eine kompromißlose Kunst, M. aber habe zu oft Zugeständnisse an den Geschmack des Publikums oder, noch schlimmer, an die Launen und Anwandlungen seiner Auftraggeber gemacht.

»Und wem haben Sie Zugeständnisse gemacht«, fragte Ophelia, Mudry, »als Sie von Realismus sprachen und dabei auf diese Bilder zeigten?«

»Dafür«, entgegnete Mudry stirnrunzelnd, »werde ich in der Hölle braten. Aber setzen wenigstens Sie mir nicht auch noch zu, liebe Ophelia Apollonowna. Nicht nur sie, diese rauflustigen jungen Leute, sondern auch ich stehe auf dem Posten. Nur liebe ich die Kunst, und sie lieben leere Phrasen und verstehen überhaupt nichts außer leeren Phrasen. Doch das, was für sie leer ist, ist für mich von Sinn erfüllt. Übrigens, lassen wir dieses Gespräch bis zum nächsten Sonntag oder Mittwoch. Ich fürchte, es führt uns zu weit.«

Manchmal (aber nicht sehr oft) bat er Ophelia Apollonowna, ein neues Kapitel seines Manuskripts abzuschreiben.

Auf dem Papier und nicht beim Führungsvortrag heuchelte das Wort »Realismus« nicht, schnarrte es nicht, verwandelte es sich nicht in einen rhetorischen Harnisch und eine magische Formel, sondern bemühte es sich, seinen echten und verlorengegangenen Sinn wiederzufinden.

Mudry schrieb von der für den modernen Menschen verblüffenden Übereinstimmung des Wortes mit dem bezeichneten Gegenstand, die man im russischen Volksmärchen finden kann, wenn der Gegenstand in das Wort eingeht, sich mit der Lauthülle umgibt, doch weder die Energie noch den Reichtum verliert, womit ihn das Leben erfüllt hat. Er schrieb über Linie und Farbe der paläolithischen Höhlenzeichnungen, mit deren Hilfe der sich im Abgrund der Vorgeschichte verlierende urzeitliche Jäger sich immer wieder in die Welt zurückversetzte, gleichzeitig ganz und gar Augenblick und Ewigkeit.

Wenn sie das Kohlepapier wechselte oder eine fertige Seite aus der Maschine nahm, war Ophelia jedesmal verwirrt von der äußersten Paradoxie dieser räselhaften Er-

Реализму

scheinung – einerseits ein wie Musik tiefes und reines Denken, andererseits ein schlampiger, schlecht rasierter, vulgärer Autor mit den Manieren eines theatralischen Administrators oder Handlungsreisenden.

Wenn sie über die seltsame Doppelgesichtigkeit dieses vom Leben und von den eigenen Junggesellengewohnheiten zerknitterten, vorzeitig runzlig gewordenen, nach Nikotin riechenden Wesens nachdachte, in dem ein kluges und wie Quellwasser klares Denken zu Hause war, dann vergaß Ophelia die eigene Doppelgesichtigkeit, vergaß sie, daß ihre jetzige Existenz auf zwei Ursprünge zurückging – da war die antike Göttin, Psyche oder Mnemosyne einerseits und das ziemlich alltägliche, um nicht zu sagen typische Dämchen von der Wassiljew-Insel, das munter auf der altertümlichen »Underwood« tippte und sich die Haare mit Wasserstoffsuperoxyd bleichte. Und wenn sie auch dann und wann an die Dualität ihrer eigenen, wenig natürlichen Existenz dachte, die Doppelgesichtigkeit Artur Semjonowitschs erschien ihr weitaus rätselhafter und unerklärlicher.

Manchmal veranstaltete Artur Semjonowitsch kleine Trinkgelage, wozu er Gäste einlud – kleine Estradenschauspieler, erfolglose Maler, die die Schaufenster der Konditoreien des NÖP-Mannes Lohr dekorierten, sowie die beiden von Leben überquellenden, von Wodka und Witzen erfüllten schriftstellernden Zwillinge, die schon einige Jahre lang an einem dicken satirischen Roman »Die Wolken« schrieben.

Die Gäste aßen viel und gierig, tranken viel und sangen Pseudovolkslieder.

Ech, schenk ein Semjonowna,
schenk noch ein, Semjonowna!
Glockengleich, Semjonowna,
ist dein Rock, Semjonowna.

Und Ophelia, liebenswürdig und dienstfertig wie immer, servierte den Schriftstellerzwillingen, den erfolglosen Malern und den Estradenschauspielern Sülze, Salat oder eingelegte Heringe und dachte traurig: Vielleicht hat auch Spinoza in so einer trivialen Gesellschaft getrunken, und das hat ihn nicht daran gehindert, ein kluger Kopf und ein Weiser zu sein.

Wenn sie angetrunken waren, begannen die Satirikerzwillinge, Ophelia den Hof zu machen. Und um ihr zu gefallen, flüsterte der eine Zwilling, daß sein Bruder, ein verkanntes Genie, ein Halbgogol, Halbtschechow, Halbawertschenko sei, und der andere Zwilling behauptete, daß sein Bruder ein zukünftiger Saltykow-Stschedrin sei, dem die erbarmungslose Gegenwart die Flügel zu beschneiden versuche.

Ophelia, die sich an das Rätsel Artur Semjonowitschs erinnerte, war bereit, den Zwillingen zu glauben, da sie aus eigener Erfahrung den Preis jedes Wunders kannte.

Die Schriftstellerzwillinge wollten von Ophelia wissen, in welchem Verhältnis sie zu ihrem Chef stehe und warum ihr Chef sich nicht die Nägel reinige und sich schlecht die Ohren wasche.

Und dann, ohne die Antwort abzuwarten, lehnten die Zwillinge ihre gleich aussehenden Köpfe an die Wand und begannen einträchtig und laut zu schnarchen.

Gekränkt über den Zufall und die Natur wegen ihrer schablonenhaften Ähnlichkeit, trugen die beiden verschiedenfarbige Krawatten.

Und nach der lauten, von trunkenen Stimmen erfüllten Nacht begann ein stiller Morgen und dann auch der Tag.

Der Tag begann. Mudry wiederholte von neuem mit schnarrender Stimme das magische Wort »Realismus«, wenn jemand von den Besuchern am ideologischen oder ästhetischen Wert der Bilder des Malers M. zu zweifeln begann und ihn ungerechterweise des Hanges zum Modernismus beschuldigte. Wenn der Zweifler dieses durch eine selbstsichere und kategorische Intonation unterstrichene Wort »Realismus« hörte, dann errötete er und versuchte sich hinter dem Rücken derjenigen zu verstecken, die bescheidener waren und es weniger eilig hatten, ihre vermeintliche Bildung herauszukehren.

Mudry tat alles, was er konnte, um den verstorbenen Maler M. zu rühmen, allerdings nicht von eigener Hand. Es erschienen Artikel, Untersuchungen, Monographien und Broschüren, in denen schöne Kunsthistoriker und ihre minder schönen, dafür aber intellektuellen Frauen zu klären versuchten, wem M. näherstehe: Lewitan, Kuindshi, Sawrassow oder Korowin, als werde der Wert der Kunst durch die Nähe zu etwas bereits Bekanntem und von allen Anerkanntem gemessen und nicht durch die Eigenständigkeit, durch die Ähnlichkeit mit anderen und nicht mit sich selbst.

Im philosophisch-ästhetischen Werk Mudrys selbst, dessen Kapitel Ophelia abschrieb, wurde der Maler M. nicht erwähnt. Dort wurden nur echte Genies erwähnt: Leonardo, Raffael, Michelangelo, Rubljow, El Greco, Rembrandt, Alexander Iwanow (und natürlich die namenlosen Meister des Paläolithikums), und es war die Rede von jenem großen und poetischen Realismus, bei dem mit unerklärlicher Macht die Darstellung eins wurde mit dem Wesen des Gegenstandes, der Idee, der Erscheinung und über die Welt und den Menschen etwas aussagte, was weder der Mensch noch die Welt über sich auszusagen imstande waren. Eben auf ihren Bildern und in ihren Fresken zeigte sich nach Mudry der Gegenstand den Augen des Betrachters in seiner ganzen Frische und Vollständigkeit, während er in der Alltagswirklichkeit nur einen kleinen Teil von sich zu erkennen gab, in der grauen Dämmerung des Lebens entglitt und sich verlor.

Ohne die Seite zu Ende geschrieben zu haben, lief Ophelia in den Saal, wo die Bilder ihres verstorbenen Mannes hingen, um sie zu prüfen und zugleich auch sich selbst. Doch auf den Bildern ihres berühmten Mannes sahen die Dinge ebenso stumm aus wie im Leben oder auf einer Fotografie, vermochten sie nicht aus ihren alltäglichen Formen hervorzutreten, ähnlich wie Möbel, die über Sommer einen

Schutzüberzug tragen, vermochten sie nicht plötzlich zu reden, wie die Bäume und Felsen Homers zu reden vermögen.

Das betrübte Ophelia aufrichtig, betrübte sie so sehr, daß sie es eines Tages nicht aushielt und Mudry fragte: »Wie ist es, Artur Semjonowitsch, Sie schätzen die Arbeiten meines verstorbenen Mannes wohl gar nicht?«

»Nein, wieso, ich schätze sie.« Auf seinem zerknitterten, unrasierten Gesicht erschien ein spöttisches Lächeln. »Aber die Werte sind verschieden. Für einen Edelstein zahlen Sie viel mehr als für ein Stück Toilettenseife. Doch ohne Toilettenseife kommt man auch nicht aus.«

Die Erwähnung der Toilettenseife rief kein spöttisches Antwortlächeln auf Ophelias Seite hervor. Dabei sprach von Toilettenseife jemand, der sie selbst höchst selten benutzte.

Ophelia widersprach nicht. Und was hätte sie dem Mann auch entgegnen können, hinter dessen schlampigem und welkem Äußeren sich ein so reines und starkes Denken verbarg, als spinne sich zwischen diesem lächerlichen und vulgären Menschen und Spinoza und Leonardo ein unsichtbarer Faden, der voller Ekel einen Bogen um all jene machte, die für sich Geist und Wissen in Anspruch nahmen, alle diese Akademiker, deren falsche Autoritäten der Ruhm so liebt und verwöhnt.

Seltsam, unerklärlich und rätselhaft war dies alles. Und um sich nicht den Kopf über diesem unlösbaren Rätsel zu zerbrechen, ging Ophelia hinaus auf den Großen Prospekt, den Hund an einer langen Leine, oder sie fuhr mit der Straßenbahn Nr. 1 zum Sytni-Markt. Auf dem Markt sangen näselnd Blinde. Mißgeburten demonstrierten schamlos ihre Entstellungen. Zungenfertige Personen riefen ihr zu: »Kaufen Sie, liebe Dame, ausländische Pillen. Falten und Pickel verschwinden im Handumdrehen.«

Sie tauchte mit Vergnügen in diese archaisch-mythische kleine Welt ein, die viele Epochen überlebt hatte und jetzt ihre letzten Tage zählte; langsam und träge ließ sie sich gleiten, wie in einen Traum. Sie wurde eingewiegt wie auf einem kleinen Dampfer, der auf den Wellen der Zeit schaukelt. Und durch die näselnden Stimmen der Blinden und der Krüppel, die stolz ihre Verstümmelungen zur Schau stellten, drangen die altertümlichen Töne einer Drehorgel. Sie trat zum Drehorgelmann, auf dessen Schulter ein Papagei saß und im Schnabel ein Glückslos hielt. Ophelia kaufte das Kärtchen, legte es behutsam in ihr Täschchen und ging in ihrer leichten, federnden Weise zur Straßenbahnhaltestelle.

In der Straßenbahn wurde sie eines Tages von einem angetrunkenen Fremden angesprochen: »Sagen Sie, Sie sind nicht zufällig die Statue aus dem Sommergarten? Gestern stand in der »Roten Abendzeitung«, daß eine Statue verschwunden ist. Entschuldigen Sie, aber Sie haben irgendwie große Ähnlichkeit mit der marmornen Entflohenen.«

Und da geschah etwas, woran sich Ophelia später mit empörtem und erschrockenem Zittern erinnerte. Die Augen aller, die in der Straßenbahn saßen und standen, blickten auf sie und sahen, was sie nicht sehen konnten und durften. Vielleicht errieten sie, daß nicht eine Dame neben ihnen saß, sondern eine Göttin, deren Marmorkörper teils noch kalter Stein geblieben, sich zur Hälfte schon belebt hatte, um Sein, Fleisch zu werden. Und dieses wunderbare halb fleischliche, halb marmorne Wesen war in Schweigen versunken und antwortete nicht auf den Scherz, weil dieser Scherz und die unsinnige Erfindung durch irgendein Wunder die Wahrheit getroffen hatten.

Die Straßenbahn hielt. Die Schaffnerin, ganz mit Fahrkartenrollen behängt, sagte leise etwas zum Wagenführer. Der drehte sich um und schaute ebenfalls durch das Glas auf die schöne Frau, die entgegen den Gesetzen des Alltagslebens noch etwas anderes war. Was? Wer war sie? Diese Frage bewegte alle und drohte eine Hysterie, einen Skandal auszulösen. Männliche und weibliche Fahrgäste, noch eine Minute zuvor einzelne, selbständige Persönlichkeiten, hatten sich unter dem Einfluß des hysterischen Gefühls schon in eine Menge verwandelt, die jeden mit allen und alle mit jedem verleimte.

In der Straßenbahn wurde es auf einmal unerträglich schwül und eng. Es war eine besondere Schwüle und Enge, die Ophelia zu erdrücken drohte und die Straßenbahn in ein Stück Alptraum verwandelte. Doch selbst in einem ins Stocken geratenen und erstarrten Traum wechseln die Bilder wie auf der Kinoleinwand. Irgendein besonnener alter Mann mit Brille, der wie ein Mathematikprofessor aussah (sicher war er auch Mathematiker), sagte ruhig: »Sie regen sich umsonst auf, Bürger. Das ist eine berühmte Filmschauspielerin. Lassen Sie mich überlegen. Mir ist der Name entfallen. Sie spielt schöne Hexen, bezaubernde Zauberinnen und hochmütige Göttinnen. Nun, und sie hat sich und zugleich auch uns auf diese Zaubersache eingestimmt.«

Ophelia erhob sich und verließ mit dem Gang einer Zauberin, die gerade ihre theatralische Kinoarbeit getan hat, die Straßenbahn. Die Menge, beruhigt durch die Worte des alten Mathematikers, zerfiel wieder in Einzelpersonen. Die Schaffnerin setzte sich an ihren Platz. Und die Straßenbahn fuhr weiter.

Ophelia wandte sich um und warf einen dankbaren Blick auf den alten Professor, der sie schon vergessen hatte und in einer Zeitung las.

Solche unangenehmen Vorkommnisse passierten zwar, aber sehr selten, und sie endeten, wie auch diese Episode geendet hatte, durch die Einmischung irgendeines vernünftigen und ruhigen Menschen. Und Ophelia, die sich längst in den Alltag eingewöhnt hatte, war das natürlich recht.

Die Tage verliefen ziemlich einförmig, es drohten keinerlei Überraschungen. Freilich, Artur Semjonowitsch war in der letzten Zeit etwas unruhig geworden. Ein naher Freund hatte ihn wissen lassen, daß in der nächsten Zeit eine Kommission die Museumswohnung heimsuchen werde, und sollte sie feststellen, daß die Arbeiten des Malers keinen großen Wert darstellten, dann würde man das kleine Museum aus Sparsamkeitsgründen schließen. Offenbar hatte sich einer der Besucher beschwert, daß hier das Geld des Volkes umsonst ausgegeben werde.

Mudry hörte sich das an, zuckte mit den Schultern und sagte dem Freund, der ihm die unangenehme Neuigkeit mitgeteilt hatte: »Bei uns ist der Volkskommissar Lunatscharski persönlich gewesen, und er war anscheinend zufrieden.«

»Volkskommissar ist Volkskommissar, und Kommission ist Kommission«, wandte der Freund monoton und besorgt ein. »Ich möchte dich warnen, wie in der Szene bei Gogol oder richtiger bei Meyerhold: ›Ein Revisor kommt.‹ Paß auf, daß du keine stumme Szene aufführen mußt.«

Die Kommission tauchte unverhofft gerade an dem Tag auf, als Mudry ein Weisheitszahn gezogen worden war. Ganz zerschlagen, unrasiert und schmerzgequält (der ungeschickte Dentist hatte die Wurzel abgebrochen und dann lange und umständlich ausgegraben) kam er gerade in dem Moment in die Museumswohnung, als dort die Kommission eintraf.

Die Kommission bestand aus Moskauer Kunstwissenschaftlern, älteren und anspruchsvollen Leuten, die seinerzeit noch im »Apollon« und im »Goldenen Vlies« veröffentlicht hatten. Sie sahen über den kleingewachsenen Artur Semjonowitsch hinweg (der aus wer weiß welchem Grund noch kleiner wurde) und traten gewichtig und kalt in den Saal.

An ihren Gesichtern las Mudry ab, daß die Dinge nicht so gingen, wie er es wünschte. Das magische Wort »Realismus«, schnarrend, jedoch diesmal mit keineswegs sicherer Stimme ausgesprochen, machte auf die Kommissionsmitglieder keinerlei Eindruck.

Da führte der verdrossene, aber die Nerven nicht verlierende Artur Semjonowitsch die Mitglieder der Kommission ins Magazin, wo jene Selbstporträts hingen, die M. nicht lange vor seinem Tode gemalt hatte.

Er wollte eigentlich wieder das magische Wort aussprechen, schon weniger sicher und schnarrend, doch niemand hörte ihm zu. Mit den Mitgliedern der Kommission, ehemaligen Ästheten, jetzt vulgären Soziologen, die jedoch ihren ästhetischen Spürsinn nicht verloren hatten, sprach nicht mehr Artur Semjonowitsch, sondern M. selbst, und nicht bloß M., sondern etwas, das unendlich stärker als die einzelne Persönlichkeit war, die anscheinend im Abgrund der Zeit verschwunden war, aber entgegen allen physikalischen und sozialen Gesetzen auf Stücken von Leinwand ihr wahres Sein fortsetzte – ein erstaunliches und tausendmal vollständigeres Sein als im Leben, wie dies nur in der Kunst sehr großer oder genialer Meister vorkommt.

Jenes machtvolle Schweigen, in dessen Kraftfeld der verstorbene Maler M. oder richtiger seine geheimnisvolle künstlerische Existenz die Mitglieder der Kommission hineingezogen hatte, war wie die Stille vor einem Gewitter, wie die Empfindung eines starken nahenden Sturmes, wie eine antike Katharsis.

»Welches Recht haben Sie, solche Schätze vor dem Volk zu verbergen?« fragte ein Mitglied der Kommission, ein hochgewachsener, arroganter, grauhaariger Kunsthistoriker. »Das ist genial. Warum wußten wir nicht davon?«

»Aber nun wissen Sie?« schmunzelte Artur Semjonowitsch. »Und mit Ihrer Hilfe wird es auch das Volk erfahren.«

Die Kommission verließ das Museum in nachdenkliches Schweigen versunken.

Das alte, lackierte Automobil entführte dieses Schweigen, kein arrogant-kaltes Schweigen mehr, sondern ein Schweigen voller verborgener Leidenschaft, die in den Herzen vulgärer Soziologen durch wirkliche Kunst geweckt worden war.

Mudry sagte, stark schnarrend, zu Ophelia: »Am Ende des Lebens war bei Ihrem Mann, wie ein Weisheitszahn, das Genie durchgebrochen. Das erkläre mal einer diesen vulgären Soziologen, so ein rätselhaftes Phänomen. Sie haben es doch hoffentlich bemerkt? Die sind als ganz andere Leute weggegangen.«

Er setzte sich und diktierte Ophelia einige Sätze eines Geschäftsbriefes, der an irgendeine Institution mit einem schwer auszusprechenden, vielsilbigen Namen gerichtet war, dann holte er tief Luft und sagte, schon nicht mehr aufgeregt und ohne Schnarren: »Das heutige erfolgreiche Ereignis muß ein bißchen begossen werden. Mir ist, als hätte ich einen trockenen Kloß in der Kehle.«

Am Abend versammelte sich wieder die übliche Gesellschaft. Die Estradenschauspieler kamen, die vom Pech verfolgten Maler und die Schriftstellerzwillinge.

Die Schauspieler erzählten wieder denselben Witz, nur andersherum gewendet, und die Schriftstellerzwillinge prahlten damit, daß man sie ins Altpersische übersetzt hätte.

Einer der Schauspieler, der sofort berauscht wurde, stimmte mit heiserer Stimme an:

Ech, schenk ein, Semjonowna,
schenk noch ein, Semjonowna!
Glockengleich, Semjonowna,
ist dein Rock, Semjonowna.

Die Schriftstellerzwillinge – beide ein bißchen dick, beide ein bißchen kurz, beide ein bißchen fröhlich – begannen, Beifall klatschend, danach zu tanzen.

Rund wie Bällchen, Bällchen mit Bärtchen à la Charlie Chaplin, hüpften sie, stießen sie sich federnd vom Fußboden ab, verbeugten sie sich tief und komisch, fast aufs Gesicht fallend vor Ophelia, wie vor einer Göttin. Es war wirklich lustig, wenn auch eine Spur abgeschmackt. Aber wie schwer ist es in unserer Zeit, die Fröhlichkeit von einer kleinen Beimischung Abgeschmacktheit zu trennen, die harmlos ist und vielleicht sogar nötig wie die Prise Salz an der Suppe. Und in dieser nicht ganz passenden Minute, als die Gläser erklangen und die Schriftstellerzwillinge tanzend herumsprangen – beide komisch, beide kahlköpfig, beide einander zum Fürchten ähnlich –, in diesem ganz und gar unpassenden Augenblick wurde Artur Semjonowitsch übel. Man legte ihn aufs Sofa und rief per Telefon die »Schnelle Hilfe« herbei.

Die »Schnelle Hilfe« wurde diesmal ihrem Namen gerecht, sie kam schnell, doch sie konnte Artur Semjonowitsch nicht helfen. Zwei kräftige Sanitäter hoben seinen kleinen Körper an, legten ihn auf die Trage, und dann entführte ihn das lange, trostlose Automobil aus der Museumswohnung, entführte ihn, wie sich später herausstellte, für immer.

27

Eine Woche, genau eine Woche nach dem traurigen Ereignis erschien in der Museumswohnung des hervorragenden Malers M. ein neuer Direktor. Das war ein etwas stutzerhafter junger Mann mit schwarzer Fliege und ungemein hellen, klaren und durchdringenden Augen. Zu diesen hellen Augen paßte sehr der Name dessen, der mit ihnen auf die Welt, die Bilder und die Frauen schaute. Er hieß Erich, Erich Richardowitsch.

Während Erich, Erich Richardowitsch (er trug den bedeutenden, berühmten Familiennamen Wagner, der zusammen mit dem Vatersnamen an die nicht vorhandene Verwandtschaft mit dem berühmten Komponisten denken ließ), während Wagner die Verzeichnisse durchsah, die Mappen und »Vorgänge« aufband, die noch von der Hand Artur Semjonowitschs zugebunden worden waren, der sich so schnell aus einer realen, sehr charakteristischen Persönlichkeit in eine Erinnerung verwandelt hatte, während er verglich und zusammenrechnete, kontrollierte und überprüfte, lag auf seinem helläugigen Gesicht ein intelligentruhiger und sogar sympathischer Ausdruck. Doch sobald er seine Aufmerksamkeit Ophelia zuwandte, endlich auch sie bemerkte, veränderte sich sein Gesichtsausdruck heftig. In seinen hellen, bis dahin ruhigen und sogar fröhlichen Augen zeigte sich Schrecken, der sehr schnell in Entsetzen überging.

Erich Richardowitsch Wagner blickte auf die Witwe des

Malers M., die jetzt die Obliegenheiten einer Stenotypistin und Rechnungsführerin wahrnahm, mit solchen Augen, als habe sie sich gerade eben, in dieser Minute, aus einer Marmorstatue in eine elegant gekleidete Dame verwandelt. Doch wir leben schließlich nicht im Zeitalter Ovids. Damen – das ist das eine; aber Statuen, auch wenn sie nicht aus Metall, sondern aus frischem, wohlriechendem Frauenfleisch geschaffen sind – das ist etwas ganz anderes. Und zwischen ihnen darf und kann es keinen kausalen Zusammenhang geben, weil es auf der Welt keinen solchen logischen Zement gibt, der imstande wäre, das Leben mit einem Traumgesicht, eine moderne Frau mit einem Trugbild zu vereinen.

Die reichlich hellen, überscharfen Augen Erich Richardowitschs besaßen die seltene Gabe zu bemerken, was gewöhnlich unbemerkt bleibt, wie ein Röntgenapparat durch die äußere Hülle in die innere Tiefe zu dringen. Den Beruf des Kunstwissenschaftlers hatte Wagner ganz und gar nicht zufällig gewählt. Als er in der Ermitage arbeitete, war es ihm gelungen, die Echtheit einiger Bilder festzustellen, die in der Tat dem Pinsel eines Genies entstammten, aber irrtümlich für Arbeiten seiner Schüler gehalten wurden. Seine erstaunlichen Augen vermochten unter der obersten Farbschicht die andere, ursprüngliche zu sehen, und nicht umsonst galt er als einer der größten Experten in schwierigen und strittigen Fragen der Begutachtung. Die Ermitage hatte er verlassen, weil er sich mit ungerechten Vorgesetzten zerstritten hatte, und um Zeit für eine Dissertation zu finden, hatte er sich bereit erklärt, zeitweilig die Funktion des Direktors in einem winzigen Museum zu übernehmen, dessen Existenz, wie man annehmen durfte, nicht von langer Dauer sein würde. Das erfahrene Auge des Experten und die ihm angeborene und antrainierte Intuition ließen ihn etwas Alogisches und Trügerisches entdecken – die unlogische Verbindung eines lebenden (wirklich lebenden?) Wesens und eines Kunstgegenstandes.

Die Natur ist, wie jedermann seit langem weiß, auch eine

Art Künstler, und der göttliche Charme mancher schönen Frau läßt einen unwillkürlich an die künstlerische Rolle der natürlichen Auswahl denken, der wir verdanken, daß sich die tierische Fratze des Affen in das wunderschöne Antlitz eines jungen Mannes oder einer jungen Frau verwandelt hat. Aber hier stieß das durchdringende Auge des Experten auf etwas, das den Gesetzen des realen Lebens widersprach. Und zum erstenmal seit langen Jahren fühlte Erich Richardowitsch anstelle von Forscherdrang Furcht, jene Furcht, die der Gogolsche Philosoph Chom Brut verspürte, als er ebenfalls auf eine rätselhafte Erscheinung stieß, die sich aber leicht mit der wunderlichen Logik der alten Volksüberlieferungen in Einklang bringen ließ.

Jeder weiß: Der Philosoph Chom Brut hat, wie es sich für einen richtigen Philosophen gehört, mit Kreide einen Kreis um sich gezogen, denn er meinte, daß die unreine Kraft die Linie dieses Kreises nicht überschreiten könne.

In unserer positivistischen und aufgeklärten Epoche nahm Erich Richardowitsch Zuflucht zu anderen, rationaleren Mitteln, um die trügerisch-rätselhafte Erscheinung zu erforschen. Er bat seine Stenotypistin (die zugleich die Aufgaben des Rechnungsführers wahrnahm), einen Lebenslauf zu schreiben, das Jahr und den Ort der Geburt sowie die Herkunft der Eltern anzugeben und alle Fakten des Lebens von der frühen Kindheit bis zu jenem Moment darzulegen, in dem sie ihre Tätigkeit in der Museumswohnung aufgenommen hatte. Er erklärte Ophelia, daß nicht er diesen Lebenslauf benötige (er glaube ihr auch ohne jeden Lebenslauf), sondern die Abteilung Kultur und Bildung, die ihre zahlreichen Mitarbeiter etwas näher kennenlernen möchte.

Erich Richardowitsch beruhigte sich ein wenig, denn er glaubte, daß Dokumente mit ihrer nüchternen und strengen Formalität, die sich auf exakte Fakten, auf Daten und geographische Bezeichnungen stützen, alle Zweifel beseitigen würden.

Ophelia, die sich auf Unpäßlichkeit und auf ihre Abneigung gegenüber jeder Art von Ergüssen und Offenherzigkeiten von angewandtem, etwas bürokratischem Charakter berief, versuchte sich zu drücken, doch Wagners Stimme, diesmal direktorenhaft kategorisch, gewährte ihr nicht einmal einen dreitägigen Aufschub und forderte, daß sie sich unverzüglich an ihre unfreiwillige Beichte mache.

Wir werden nicht erzählen, was Ophelia auf sieben mit großen Buchstaben auf der alten »Underwood« getippten Seiten berichtete, der Leser weiß das alles schon. Sie verbarg nichts, ließ sich freilich nicht sonderlich auf die Erklärung dessen ein, was fast unerklärlich ist.

Ganze vier der siebeneinhalb Seiten (die halbe Seite hatten wir nicht erwähnt, um uns nicht in übermäßige Einzelheiten zu verlieren) widmete sie der Darstellung jener Epoche, in der sich das fremde und hinterlistige außerplanetarische Denken eingeschlichen hatte. Sie erzählte, wie die Menschheit mit Hilfe der Zytologen die, wenn man das so ausdrücken kann, seltsame, ruhelose Ruhe der Unsterblichkeit erlangt hatte und welche verblüffende Entwicklung die Zeichen erfahren hatten, deren Existenz zusammen mit der Sprache wohl schon im mittleren Paläolithikum begonnen, in der von Ophelia beschriebenen Epoche aber erstaunliche Erfolge gezeitigt und im Grunde den Unterschied zwischen dem Zeichen und seinem Schöpfer nahezu aufgehoben hatte.

Was sie damit sagen wollte, ist nie ganz klargeworden. Vielleicht wollte sie den sehr komplizierten, dem heutigen, naiven Bewußtsein nicht ganz zugänglichen Gedanken ausdrücken, daß in ihr mehr Bedeutung als natürliche menschliche Existenz lag, denn sie war ja eine rein trügerische Erscheinung: halb Frau und halb Buch.

Eben dieser Ausdruck »halb Frau, halb Buch«, machte den stärksten Eindruck auf Erich Richardowitsch, dessen klares, pedantisch-rationalistisches Bewußtsein des Baltendeutschen nichts zweideutig Alogisches und allzu Paradoxes ertrug.

Nachdem er die siebeneinhalb Seiten aufmerksam durchgelesen und einige grobe orthographische Fehler festgestellt hatte, beruhigte sich Erich Richardowitsch. Die Niederschrift brachte volle Klarheit über etwas, das rätselhaft, verworren und noch vor kurzem sogar beunruhigend erschienen war. Es war alles ganz einfach: Ophelia war ein seelisch krankes Wesen, das sich einbildete, ein Buch zu sein, also ein unbelebter Gegenstand. Da sie aller Wahrscheinlichkeit nach über gewisse schauspielerische Fähigkeiten verfügte, verstand sie es, dem Ausdruck ihres Gesichts etwas marmorhaft Erstarrtes und Kaltes zu verleihen. Da sie sich eingebildet hatte, ein Gegenstand zu sein, versuchte sie ihn darzustellen, was ihr zuweilen auch gelang.

Was war also zu tun? Nur eins – einen bedeutenden Psychiater zu rufen.

Ende der zwanziger Jahre existierten in Leningrad, wie übrigens auch in Moskau, zwei sich gegenseitig bekämpfende Richtungen in der Psychiatrie: die Anhänger Freuds und des in Mode kommenden Jung einerseits und ihre Gegner andererseits.

Einem der von ihm verehrten Hauptprinzipien, dem Prinzip der Objektivität, folgend, rief Erich Richardowitsch Vertreter beider Richtungen zu Ophelia. Nicht beide auf einmal, versteht sich. Zuerst den Freudianer und dann seinen Gegner, einen Anhänger der physiologischen Schule von Akademiemitglied Pawlow.

Der Pawlowjünger, auch ein ehemaliger Freudianer übrigens, der aber kürzlich scharf mit der psychoanalytischen Schule des Wiener Weisen gebrochen hatte, erklärte Ophelia sogleich für krank, lehnte es aber ab, die Krankheit zu bezeichnen, und erklärte, die Schizophrenie sei eine Erscheinung, die durch soziale Ursachen hervorgerufen werde; in diesem betrüblichen Falle sehe er solche Ursachen jedoch nicht und sei fast sicher, daß sich die Kranke bald wieder erholen werde. Er verschrieb ihr Ruhe, einen kurzen Aufenthalt auf dem Lande in frischer Luft, und dann – davon sei er überzeugt – werde das Zusammenspiel beider Signalsysteme bei ihr wieder in Ordnung kommen.

Der Freudianer dagegen hatte es nicht eilig, behielt die Ruhe, machte keinen Wirbel, sondern widmete Ophelia viel Zeit, versuchte ihre Träume auszuforschen und suchte noch ein anderes, noch bequemeres Schlupfloch, um in ihre Seele einzudringen.

»Sie behaupten, daß Sie ein Buch sind«, fragte er sie mit weicher, angenehm einschmeichelnder Stimme, »nun, und was fühlen Sie dabei? Zorn? Freude? Trauer? Befriedigung?«

Ophelia entgegnete müde, aber mit ironischem Unterton, daß ein Buch Zorn, Freude, Trauer oder Befriedigung anderen bringe, aber doch nicht sich selbst, aus dem einfachen Grunde, weil es ein Buch sei.

»Aber Sie behaupten, daß Sie nicht nur ein Buch, sondern gleichzeitig auch eine Frau sind? Ist es nicht so?«

Ophelia lächelte spöttisch. »Na, was soll ich machen, wenn es nun einmal so ist.«

»Könnten Sie mir nicht erklären«, wollte der Arzt und Freudianer, ein Mann mittleren Alters mit einer sehr schönen Frisur und einem altspanischen Spitzbart, der nach stark duftendem französischem Parfüm roch, wissen, »könnten Sie mir nicht erklären, wie es möglich ist, gleichzeitig ein lebendes Wesen und ein toter Gegenstand zu sein?«

»Meinen Sie, daß ein Buch ein toter Gegenstand ist?«

»Nun ja«, antwortete der Freudianer etwas unsicher, der wie viele Psychiater nicht selten in die populären historisch-philosophischen Werke Kuno Fischers schaute, aber nicht so gut Bescheid wußte, um eine kategorische und unzweideutige Anwort auf diese ziemlich schwierige Frage zu geben.

Mit dem fast kindlichen, wohltönend engelhaften Stimmchen einer Ausländerin, die gut russisch spricht, begann Ophelia zu erklären, warum ein Buch kein organisches Wesen ist und dem Gesetz der Entropie nicht widerstehen kann und dennoch nicht einfach ein Gegenstand ist, sondern außerdem auch ein Zeichen.

»Und was ist ein Zeichen, und wodurch unterscheidet es sich von einem toten Gegenstand?« fragte der Arzt leise, so leise, daß man denken konnte, er stelle diese Frage nicht Ophelia, sondern sich selbst. Als er diese Frage stellte, da ahnte er nicht, daß darauf nicht Kuno Fischer und nicht einmal Spinoza, Kant, Hegel und der berühmte Wiener Psychoanalytiker eine Antwort gewußt hätten. Das Problem des Zeichens wurde später aktuell, zusammen mit der Kybernetik und Semiotik, von denen Ophelia schwieg, um den schon so verdrossenen Arzt nicht noch mehr zu verdrießen.

»Ein Gegenstand, der zum Zeichen wird«, entgegnete Ophelia, »hört für unser Bewußtsein auf, ein Gegenstand zu sein. Diese Seite der Sache vergessen wir einfach. Wenn Sie ›Krieg und Frieden‹ oder ›Eugen Onegin‹ lesen, denken Sie dann an das Papier, auf dem plötzlich das Phänomen des Tolstoischen oder Puschkinschen Denkens zu leben beginnt? Ein Zeichen – das ist ein Symbol, und indem er zum Symbol wird, beseelt sich der Gegenstand gewissermaßen.«

»Ich verstehe«, sagte der Arzt und nickte mit seinem nach aufdringlichem Parfüm duftenden Kopf. »Doch kehren wir zu Ihnen zurück. Sind Sie etwa nur Symbol und nicht ein lebendiges, organisches Wesen?«

»Ich weigere mich, diese Frage zu beantworten«, sagte Ophelia schon nicht mehr mit Engelsstimme, sondern mit einer gewöhnlichen Frauenstimme.

»Warum?«

»Weil ich nicht das Recht habe, das Geheimnis jenes Jahrhunderts aufzudecken, aus dem ich hierhergekommen bin.«

Mit feinem, verstehendem Lächeln nickte der Arzt noch einmal, als stimme er Ophelia zu, und bemühte sich, das Thema der Unterhaltung zu wechseln. Dabei erinnerte er sich an jene Dame, die sich mit Tschechow über philosophische Themen unterhielt, und an die Frage, die Tschechow an die Dame stellte: Was sie mehr liebe – Schokolade oder Marmelade?

Mit Alltagsstimme begann sich der Arzt mit Ophelia über Alltägliches zu unterhalten. Er erzählte einige Alltagsfälle und -anekdoten.

Nun war ihm alles klar. Die Diagnose war gestellt. Und es blieb nur noch übrig, die Kranke in die Bechterew-Klinik zu locken, wo sie über Symbole und Zeichen diskutieren und sich als Buch ausgeben mochte, soviel sie wollte.

In einem Gefährt der »Schnellen Hilfe« wurde Ophelia in die Bechterewka gebracht.

Sie blieb dort nicht lange, zum großen Kummer des Freudianers, der darauf gerechnet hatte, sie würde ihm als Beispiel für jene Konzeption dienen, die er in seiner Dissertation darzulegen beabsichtigte.

Ophelia hatte es verstanden, die Wachsamkeit der Sanitäter und Wächter zu überlisten und der Aufsicht zu entfliehen.

Sie verschwand, so schien es, spurlos. Freilich, es gingen Gerüchte um, in der Stadt sei eine streunende Sängerin aufgetaucht, die auf den Höfen Sagas oder Eddas in rein altnordischer Sprache vorschluchze.

28

Wenn ich in mein Zeitalter zurückkehre (beinahe hätte ich »nach Hause« gesagt), dann werden der hochmolekulare Philosoph und die richtigen, lebendgeborenen Historiker sowie ihre Frauen sicher von mir verlangen, daß ich ihnen in zwei Worten das Wesen der zwanziger Jahre des 20. Jahrhunderts beschreibe. Ja, in zwei Worten, eingedenk der Ökonomie der Zeit.

»Die Zeit ist eine ungewöhnlich lange Sache: es gab Zeiten – sagenhafte Zeiten sind vergangen«, schrieb Majakowski.

Ich werde ihnen von Majakowski erzählen, einem Dichter, der es vermochte, den Blitz in die Hülle eines Wortes zu kleiden, das bereit war zu explodieren und die alte Welt in die Luft zu sprengen. Von Majakowski und von der Jugend – von den Arbeiterkorrespondenten und Dorfkorrespondenten, deren Feuilletons und Artikel ich illustrierte und damit mein Brot verdiente.

Es wird zu erklären sein: Das Brot wurde damals noch nicht in Fabriken für organische Synthese aus Molekülen zusammengesetzt, sondern man baute Korn auf den schmalen, zerfetzten Decken ähnlichen Feldern von Einzelbauern an, in Dörfern, in denen ein erbitterter Klassenkampf tobte und wo die Kulaken mit Stutzen auf die Dorfkorrespondenten schossen.

Es wird mir nicht in zwei Worten gelingen, und meine ungeduldigen Zuhörer werden, über meine altmodische Geschwätzigkeit lächelnd, zum Wiedersehen mit dem Leben eilen in der Furcht, auch nur eine Minute aus dem Budget ihrer Ewigkeit zu verlieren.

Ich aber, versunken in Erinnerungen, werde versuchen, mit Hilfe von Wörtern die Wassiljew-Insel zu zeichnen, die Gewerkschaftsversammlungen und die Großküche – eine der modischen Neuheiten jener Zeit.

So dachte ich, während ich im Dorfkrankenhaus lag, wohin mich ein unglücklicher Zufall geführt hatte.

Ich war auf Bitten der Komsomolzelle in das Dorf Schalowo im Rayon Luga gekommen, um ein Bild für den gerade erst erbauten Dorfklub zu malen, doch mein Bild, das in etwas abgewandelter altrussischer Manier gemalt war (in der Art meines Lehrers Petrow-Wodkin), hatte aus irgendeinem Grunde den dortigen Kulaken nicht gefallen, und ihr ästhetisches Kredo hatten sie mir in der Nacht mitgeteilt, als sie mir auf dem Brachland neben einem alten Heuschuppen auflauerten. Meine Kritiker gaben sich tüchtig Mühe, sie brachen mir zwei Rippen und renkten mir einen Arm aus. Ihr kritischer Auftritt fand in völliger Stille statt, um nicht die Aufmerksamkeit der Dorfbewohner zu wecken.

Ins Krankenhaus gekommen, fühlte ich zum erstenmal tiefe Befriedigung über meine Arbeit und tröstete mich damit, daß ich der erste sowjetische Maler war, der mit den Dorfkorrespondenten ihre gefährliche und edle Arbeit geteilt hatte.

Nicht nur die Schwester und die Krankenwärterin, auch der Mark Twain ähnelnde Landarzt mit dem grauen Schnurrbart wandte viel Mühe auf, um mir die Gesundheit zurückzugeben. Ich lag zur Sommerzeit an einem halbgeöffneten Fenster, vor dem eine Birke meine Ruhe bewachte, und dahinter war der blaue Dorfhimmel zu sehen, wie auf einem Bild von Lewitan.

Der graubärtige Doktor unterhielt sich mit mir über die nationale Großtat der Peredwishniki und klagte mir seinen Zeitmangel und die Unmöglichkeit, sich seinen Wunsch zu erfüllen – nämlich nach Schalowo zu fahren, sich den neuen Klub und zugleich auch mein Bild anzusehen.

An der Art, wie er mich mit seinen spöttischen Mark-Twain-Augen ansah, war zu merken, daß er offenbar nicht besonders an mein Talent glaubte und der Meinung war, daß ich meinen Ruhm reichlich billig erworben hatte, da ich mit einem ausgerenkten Arm und zwei gebrochenen Rippen davongekommen war.

Der Ruhm ließ indessen tatsächlich nicht lange auf sich warten – ich hatte schon Besuch vom Sekretär des Rayonkomitees sowie vom Korrespondenten einer der zentralen Zeitungen erhalten, und sehr bald schon erschien in der illustrierten Zeitschrift »Rotes Panorama« eine Reproduktion meines Bildes.

Das »Rote Panorama« brachte mir der Arzt, und er konnte sich, auf die Reproduktion weisend, die Bemerkung nicht verkneifen: »Ich verstehe nicht, wofür Sie überfallen worden sind. Sind Sie vielleicht zufällig das Opfer eines Irrtums geworden? Ich sehe in Ihrem Werk nichts Kriminelles, mit Ausnahme eines kleinen Fehlgriffs. Weshalb haben Sie die Kühe orange und die Pferde blau gemalt?«

Und er schüttelte vorwurfsvoll sein nach trockenen Gräsern duftendes Haupt.

Ich wußte nicht, was ich sagen sollte, und stammelte

etwas von neuen Tendenzen in der Malerei und vom dekorativen Herangehen.

Die Rechtfertigung klang ziemlich ungereimt, denn schließlich war ich nicht wegen des dekorativen Herangehens von den Kulakensöhnchen überfallen worden, die mir auf dem Brachland beim Licht des reichlich theatralischen Mondes aufgelauert hatten.

Mehrfach besuchten mich die Komsomolzen und Komsomolzinnen aus Schalowo im Krankenhaus, und ich erzählte ihnen davon, wie ich im Koltschakgefängnis gesessen und vom Stabskapitän Nowikow verhört worden war. Nicht erzählen konnte ich ihnen dagegen von dem grünäugigen Wegweiser, der mir eines Tages mit dem Finger gedroht hatte, von dem künstlichen Spinoza, von Ophelia und davon, was die Ewigkeit ist – eine Ewigkeit, die nicht vom Herrgott den Gerechten auf ihre inbrünstigen Gebete hin geschenkt, sondern von den Zytologen erreicht worden ist, die ins Allergeheimste der Zelle eingedrungen waren.

Die Komsomolzen und Komsomolzinnen gingen wieder und beneideten mich ein bißchen, als sei ich wie jener Brotball aus dem Märchen, daß ich sowohl den Koltschakschen Abwehrmann hinters Licht geführt hatte und auch den Kulakensöhnchen nur mit einem ausgerenkten Arm und ganzen zwei gebrochenen Rippen entkommen war.

Sie kamen und gingen, die Braven, in gewisser Weise jenem durchdringenden Lied über den Bürgerkrieg ähnlich, das zur Harmonika gesungen wird, und ich blieb in meinem Bett, um die Zeitschrift »Der Gottlose« zu lesen, die einzige Zeitschrift, die das Landkrankenhaus abonniert hatte, wo man offenbar der Meinung war, es sei für die Kranken am nützlichsten zu lesen, daß es keinen Erzengel Michael gebe und daß die Jungfrau Maria ebenso ein Mythos sei wie ihr nie existenter Sohn.

Wenn ich in mein Zeitalter zurückkehre (wieder hätte ich mich beinahe versprochen und »nach Hause« gesagt), dann werde ich die Zeitschrift »Der Gottlose«, das Krankenhausfenster, die Birke und den naiv blauen Lewitan-

Himmel mitnehmen. Doch werde ich in mein Zeitalter zurückkehren? Ohne Ophelias Hilfe wird mir das kaum gelingen. In mein Zeitalter werde ich zurückkehren oder auch nicht, aber meine Wassiljew-Insel werde ich bald wiedersehen.

Und tatsächlich, einige Tage darauf empfing mich die Wassiljew-Insel, streckte sie mir in Richtung der Straßenbahn, mit der ich fuhr, ihre strengen und geraden Linien entgegen.

Irgendwo auf dem Grunde meines Bewußtseins hing noch der arglistige dörfliche Mond, der den Kulakensöhnchen, die mich überfielen, so dienstfertig die Lampe ersetzt hatte, lachten die gutmütig-spöttischen Augen des alten Arztes und neigte sich vor dem blauen Himmel die liebliche Birke, die dem Arzt, der Schwester und der Krankenwärterin geholfen hatte, mich schnell auf die Beine zu bringen.

Und nun stand ich wieder auf den Beinen, diesmal in der Straßenbahn, die mich gastfreundlich aufgenommen hatte, als ich den Bahnsteig des Warschauer Bahnhofs verließ.

Wie freute ich mich, als ich durch die Scheiben der Straßenbahn die bekannte Figur des Faust der Wassiljew-Insel, meines Koljas, erblickte, der in seiner zerstreuten Aspirantengangart, ein wenig hüpfend, wahrscheinlich zur Bibliothek der Akademie der Wissenschaften unterwegs war und der in seinem Kopf, den lange kein Friseur mehr unter den Fingern gehabt hatte, alles Wissen trug, das die Menschheit angesammelt hatte, angefangen von Empedokles und Lucretius Carus und endend mit dem nicht minder berühmten Zytologen Professor Kolzow.

Kolja ging, und mit ihm bewegte sich die Welt, jenes kleine Universum, das die Straßen umfaßte, die schon von Peter dem Ersten vorgezeichnet und von Puschkin und Sabolozki besungen worden sind.

Kolja ging, und das Universum war in ihm, in den Zellen seines ruhelosen Gehirns, das höchstwahrscheinlich das

Poem Dantes sich in Erinnerung rief und gleichzeitig über die Geometrie Riemanns und die mitogenetischen Strahlen nachdachte, die gerade von Professor Gurwitsch entdeckt worden waren.

Kolja ging, überholte die Straßenbahn, und ich schaute durch die Straßenbahnscheiben und versuchte, mit Koljas Gedanken Schritt zu halten.

Koljas Gedanken, die schon irgendwo an den Feuern von Moustérien vorbeiglitten, die unmittelbar am Eingang in die Höhle von Chapelle aux Saints brannten, vorbei an jenen neolithischen Meistern, die schon dreitausend Jahre vor unserer Zeitrechnung Räder an ihre Schlitten gefügt und so den ersten Wagen erfunden hatten, Koljas Denken war viel dynamischer als die Straßenbahn, die jetzt kreischend und scheppernd mit einer Geschwindigkeit, nicht größer als die der auf grobe Räder gesetzten urtümlichen Schlitten, über die Kreuzung Achte Linie, Mittlerer Prospekt rumpelte. Doch die Straßenbahn war mir ebenso lieb und teuer wie das raffinierte Denken Koljas, das schon fast mit Lichtgeschwindigkeit an der Werkstatt vorüberflog, in der Leonardo da Vinci, in tiefes Nachdenken versunken, vor der unvollendeten Gioconda stand . . . Koljas Denken hatte schon die Welt und die Geschichte durchflogen und machte halt beim Laboratorium des Professors Gurwitsch, wo sich die Wissenschaftler bemühten, die diskrete Struktur des Lebens zu enträtseln und unrechtmäßig die Gesetze der Quantenmechanik in die Biologie einzuführen

Koljas Denken machte begeistert halt, und auch meine Straßenbahn hielt an – gerade vor dem Haus, in dem ich wohnte.

Ich weiß: An der Wand dieses häßlichen Hauses wird man keine Marmortafel aufhängen, auf der goldene Ziffern die Daten meines Aufenthalts bezeichnen, und das Geheimnis meiner Person wird um vieles rätselhafter bleiben als das Geheimnis des Lebens selbst, das bereits in der Schlinge der Quantenphysik und der Hochmolekularchemie eingefangen ist, jener Chemie, die von Kolja noch höher geachtet wurde als die göttliche Hand Leonardos und das zweideutige Lächeln seiner Gioconda.

Koljas Denken beeilte sich, das geistige und das materielle Universum zu durchlaufen (es war so etwas wie Frühsport, der morgendliche geistige Waldlauf eines zukünftigen Champions, eines Champions nicht im Boxen, nicht im Fußball, nicht im Schwimmen, sondern in der wahrhaft beneidenswerten Kunst, die eiserne Last alles gespeicherten Wissens anzuheben und die Wissenschaft und mit ihr die Menschheit wenigstens um einen Schritt voran zu stoßen).

Soweit Koljas Denken. Und meines? Mein Denken war bei mir. Es erschloß das längst Erschlossene: die Treppe, die bärtige Hausmeisterin, die gerade den Bürgersteig fegte, den Ruf des Lumpensammlers, des bevollmächtigten Vertreters vom Trödelmarkt, und das sonore Brummen des Fabrikschornsteins, der gegenüber meiner Wohnung angestrengt qualmte.

In meinem Zimmer warteten die Rahmen und die Leinwände auf mich. Und in meinem Bewußtsein saßen die dörflichen Landschaften, der Komsomolklub, die Kühe, Pferde, Schafe und der nach Pferdeurin riechende Feldweg, der so sehr nach der Darstellung auf einer der Leinwände verlangte, die sich ohne mich gelangweilt hatten.

Ja, es gab viel Poesie auf dem Dorf, viele lyrische und zarte Farben, wie die Verse Jessenins, Farben, die sich bemühten, die rauhe Wirklichkeit des Lebens und den Kampf des Neuen mit dem Alten, Vergehenden zu mildern.

Daran, was das Alte und Vergehende war, erinnerten mich meine beiden Rippen, sobald ich mich von der rechten Seite auf die linke legte. Nein, das Abtretende trat nicht freiwillig ab, es setzte sich erbittert zur Wehr. Und ich gab mir das Wort, aktiv an diesem Kampf teilzunehmen und jeden Zentimeter meiner Bilder mit Grimm zu erfüllen. Nicht Jessenin mit seinem weichen Lyrismus sollte mir Vorbild sein, sondern Majakowski, nicht Petrow-Wodkin diesmal, sondern diejenigen, die ähnlich wie Delacroix das

А
Кух
Кух Б
Милих

wunderschöne Weib Revolution mit der roten Fahne auf den Barrikaden darstellten. Dahin führte mich mein Denken, das belebt war durch die Reise aufs Land und jene kleine dramatische Szene, die beim Schein des Mondes auf dem heißen, nach Schafen riechenden Brachland stattgefunden hatte.

Alle dörflichen Gerüche und Laute lebten in mir. Der Lärm der das Straßenbahnmagazin verlassenden Tram konnte das morgendliche Krähen der Hähne oder die Stimme des Kuckucks nicht übertönen, der in den Krankenhausgarten geflogen kam, um die Schwerkranken zu erfreuen und Juniwärme in ihre frostigen Träume zu bringen.

Doch genug von den Träumen, vom Mond und von den Schafen, es ist Zeit, zum Faust der Wassiljew-Insel zurückzukehren, der jedes neuerschienene Buch mit einem Gesicht öffnete, als hätten es die Worte gerade erst gelernt, von der Zunge aufs Papier zu fliegen.

Wir erwähnten schon, daß sich Kolja dem Studium der Naturwissenschaften nur aus absoluter Wahrheitsliebe hingab.

Eine faustische Leidenschaft zu wissen brannte in ihm. Alles interessierte ihn: die Zelle und das Universum, die Sprachen und die Zeichen, und in den letzten Tagen auch N. W. Gogol, sowohl als Persönlichkeit als auch in seiner Eigenschaft als Autor der »Nase« und der noch ontologischeren und rätselhafteren »Toten Seelen«.

Nach der Meyerholdschen Aufführung des »Revisors« stürzte er hinter die Kulissen (oder genauer: hinter die Konstruktionen, die sie ersetzten) und suchte den strengen und launenhaften Regisseur. Der Regisseur nannte Kolja einen Psychopathen, hörte sich Koljas Konzeption aber an. Dann jagte er Kolja aus den Kulissen, gab Kolja jedoch, als er ihn hinausjagte, einen vielleicht richtigen, aber etwas seltsam klingenden Rat. Er riet Kolja, sich in eine andere Zeit zu versetzen, zu Gogol, und vielleicht in dessen Seele. Der Regisseur, den Boris Pasternak in einem eigens geschriebenen Gedicht mit einem Gott verglichen hat, ahnte bei aller Kraft seiner Phantasie dennoch nicht, daß Kolja seinem Rat würde folgen können.

Doch wir eilen den Ereignissen etwas voraus und greifen ihrem tatsächlichen Verlauf unzulässigerweise vor. Kehren wir zu dem Moment zurück, als Kolja noch im zytologischen Laboratorium arbeitete und ziemlich häufig nach Moskau reiste (manchmal sogar in einem Güterzug), um die Vorlesungen seines Moskauer Vorbilds, des berühmten Zytologen Professor Kolzow, zu hören. Professor Kolzow verdiente es übrigens, daß man sogar im Güterzug oder halb als blinder Passagier zu ihm kam, im Einverständnis mit einer Schaffnerin, die ahnte, was die moderne Wissenschaft bedeutete und auf wie vieles man ihretwegen verzichten muß.

Manchmal vergaß Kolja meinen humanistischen Beruf des Malers und versuchte, mich für bestimmte seiner engen und höchst speziellen Interessen zu begeistern, indem er mir von den Erfolgen des Professors Kolzow und vom Bau der Mitochondrien erzählte. Er erklärte mir, das Geheimnis der Zelle sei mindestens so rätselhaft wie das des Universums, wenn nicht noch rätselhafter. Von der Zelle – dieser kleinen Einheit alles Lebenden und Organischen – erstreckte sich sein Gedanke bis zum Universum, das natürlich kein Organismus ist, wie naive Denker von der Art des unglückseligen Prior annahmen, sondern ein gewaltiges Feld des Zusammenstoßes und Kampfes der verschiedensten physikalisch-chemischen Kräfte und, natürlich, ein Reich des Zufalls. Ob der Zufall im besonderen, autonomen Leben des Organismus herrschte, dessen war sich Kolja nicht sicher. Und wenn das All disharmonisch war, so wohnte im Organismus, selbst einem so winzigen wie der Zelle, Harmonie, die Verwandte der Musik, die eine entfernte Ähnlichkeit mit dem Denken hatte. Ja, mit dem Denken, einer ebenfalls zutiefst geordneten Erscheinung, wenn auch einer nicht ganz harmonischen. Ohne dies alles sei es unmöglich, den komplizierten und idealen Aufbau der Zelle zu begreifen, in der anscheinend eine von der

Wissenschaft noch nicht entzifferte Information existiere, die jeden Moment der Gegenwart mit der Vergangenheit und der Zukunft verbinde.

Das war Koljas Hypothese, die er dem Professor Kolzow vorzutragen wagte, der ein ebensolcher Gott wie Meyerhold, nur eben auf seinem Gebiet war.

Wie verhielt sich Kolzow? Jagte er ihn ebenso, wie es Meyerhold getan hatte, hinaus und nannte ihn einen Psychopathen? Natürlich nicht. Aber er sagte ruhig, daß in unserer keineswegs antiken Zeit jede Hypothese, die sich lediglich auf irgend etwas Verschwommenes – halb Vermutung, halb Fakt – stütze, keinen Groschen wert sei. Professor Kolzow war also offenbar noch strenger und unduldsamer als Meyerhold, nur legte er sein Temperament nicht so stürmisch an den Tag.

In der Unterhaltung mit mir sprang Koljas ruheloses Denken vom Laboratorium Professor Kolzows zur Osterinsel hinüber, wo riesige, aus Stein gehauene menschliche Figuren stehen, und die Gesichter dieser Figuren demonstrieren anschaulich, wie relativ jung der Humanismus mit seiner liebenswerten, aber wahrhaft naiven Leidenschaft ist, den Menschen und sogar seinen halb affenartigen Körper zu idealisieren.

Um mich zu hänseln, und mehr noch sich selbst, schwor Kolja, daß eine fette, dickbrüstige paläolithische Venus aus Willendorf, Mentone oder Brassempouy mehr nach seinem Geschmack sei als die Venus von Milo, weil da Leben sei und im letzten Falle bloß eine rein platonische Idealisierung des menschlichen Körpers.

Überhaupt schien Kolja noch irgendwelche alten Rechnungen mit Platon offen zu haben. Eine bessere Einstellung zu diesem altgriechischen Denker und seiner Konzeption der Schönheit sollte Kolja erst viel später finden, als er nahe, sehr nahe mit Ophelia bekannt wurde. Aber wieder greifen wir voraus und werden uns nun bemühen, uns und den Leser zu dem zurückzuführen, wovon gerade die Rede war.

Wenn Koljas Gedanken durch das Labyrinth der Kulturgeschichte und der Naturwissenschaft gestreift waren, so kehrten sie jedesmal wieder zu dem von ihm geliebten Gogol zurück, als liege hier das Zentrum, wo alle Fäden zusammenliefen, als sei dies das Kraftfeld jenes intellektuellen Universums, das Kolja unter seinem diesmal kurzgeschnittenen Haar, in seinem etwas asymmetrischen Kopf mit sich herumtrug. Nach Koljas Meinung war Gogol der Denker, der der christlichen Konzeption des Menschen, der angeblichen geistigen Unendlichkeit, einen vernichtenden Schlag versetzt hatte. Gogol habe gezeigt, daß der Mensch innerlich endlich, wenn nicht gar elementar sei. Doch wie schade sei es, daß er, Kolja Faustow, der die freilich sehr begrenzte Möglichkeit hatte, sich mit Meyerhold zu unterhalten, absolut der Möglichkeit beraubt sei, vertraulich mit Gogol selbst zu sprechen – über die »Toten Seelen«, über das »Porträt« und darüber, was eigentlich Gogol mit Alexander Iwanow verbunden hatte – einem Maler, einem großen, natürlich, aber einem durch und durch platonisierenden, einem Feind alles Fleischlichen und eines Adepten des Geistes.

Als er über all dies sprach, da hatte Kolja keine Ahnung, daß sein Wunsch entgegen allen Gesetzen der Newtonschen und Einsteinschen Physik auf paradoxe Weise in Erfüllung gehen würde, und ganz auf Gogolsche Weise, im Geiste der »Nacht vor Weihnachten«, wo die Reise des Schmiedes Wakula ins Winterpalais beschrieben wird.

Kolja verabschiedete sich von mir und ging nach Hause. Er wohnte nicht mehr im Aspiranteninternat, sondern hatte ein Zimmer in einem ziemlich trostlosen Haus gemietet, das eine alte, typisch Petersburger, an Raskolnikow gemahnende Treppe besaß. Das Zimmer war ebenfalls typisch altpetersburgisch, es besaß ein Fenster, das zum engen, schachtartigen Hof lag, einem wie alle Schächte widerhallenden Hof.

Nach Hause gekommen, setzte Kolja Tee auf dem Petroleumkocher auf und öffnete dann das Fenster. Und kaum hatte er das Fenster geöffnet, da vernahm er eine schluchzende Frauenstimme, und Wörter einer wenig bekannten Sprache drangen an sein Ohr; an einigen Merkmalen erriet unser Aspirant, daß dies Altnordisch war.

Auf einem typischen Altpetersburger Hofschacht, wo der Hausmeister Espenholz klöbte und Wäsche auf der Leine hing, vollzog sich ein Mythos. Eine weibliche, schluchzende Stimme sang eine alte Edda oder Saga, die von Wikingern verfaßt, von Skalden vervollkommnet und von irgendeinem Wind hierher verschlagen worden war. Mit einem Satz, mit den Füßen kaum die Stufen der Raskolnikowtreppe berührend, rannte Kolja hinunter auf den Hof. Sie stand noch dort, eine abgemagerte, blondhaarige Göttin in einem abgetragenen Kattunkleidchen, ihre Stimme schluchzte, und Tränen rannen über ihre Wangen.

Ja, das war ein Mythos, wenn nicht ein Wunder. Freilich, in den Mythos und das Wunder mischte sich die Prosa des Alltags. Aus den Fenstern flogen Zehnkopekenstücke und Fünfer herunter, die die schluchzende Göttin schnell aufsammelte und in die Tasche steckte.

»Wer sind Sie?« fragte Kolja mit bebender Stimme. »Und woher kennen Sie die altnordische Sprache?«

Die Göttin lächelte, und in ihren betrübten Augen zeigte sich ein spöttischer Ausdruck.

»Und wenn ich sagen würde, daß ich die Philologische Fakultät der Leningrader Universität absolviert habe«, sagte sie, »wären Sie dann mit meiner Antwort zufrieden?«

»Und dort hat man Sie gelehrt, einen Hofschacht in einen Mythos zu verwandeln?« fragte Kolja weiter.

Er fühlte, daß sie gleich verschwinden würde: schon flogen keine Zehner und Fünfer mehr aus den geöffneten Fenstern auf den mit Zement ausgegossenen Hof hinunter. Und zwei alte Frauen kamen auf den Hof heraus, bekreuzigten sich und starrten die seltsame Frau an, die gerade noch geschluchzt und in einer unbekannten Sprache zu ihrem ausländischen Gott gebetet hatte und die jetzt da stand und mit dem Burschen aus Wohnung 16 kokettierte, einem bekannten Gottlosen und Komsomolzen, die ihren Ausländergott und ihren armseligen Beruf und auch ihr jämmerliches Kattunkleid vergessen hatte. Und das Kleid war immer schlechter geworden und ließ stellenweise schamlos den braungebrannten und vom Wetter abgehärteten, aber wie bei einer Statue schönen Körper durchscheinen.

Den Greisinnen hatte die Mythe selbst gefallen, aber ihre prosaisch vergegenwärtigte und von Kolja entweihte Fortsetzung erregte ihr Mißfallen.

Eine der beiden Alten (und sie waren einander so gleich wie die früher erwähnten Schriftstellerzwillinge) öffnete die Spalte ihres runzligen Mundes und sagte zu Kolja: »Du Teufel! Nicht einmal fremde Heiligkeit verschonst du. Du siehst doch, sie ist ohne Verstand. Und du machst dich an sie 'ran.«

Doch in Kolja, der im ersten Moment erschrocken war, erwachte plötzlich der Komsomolzengeist jener Jahre und der Haß auf die Gottesanbeterinnen und die religiös-kleinbürgerliche Scheinheiligkeit.

»Hier ist keine Kirche«, sagte er zu den beiden Alten, »und auch nicht der Himmel, sondern die sündige Erde. Kratzt die Kurve, ihr alten Klatschmäuler. Sonst komme ich zu euch in die Wohnung und führe eine antireligiöse Unterredung durch!«

Und als er das gesagt hatte, reichte er der lieblich lächelnden Göttin den Arm und führte sie zu sich in den fünften Stock. Er führte sie und wußte selbst nicht, wozu – alles geschah wie im Traum, einem gleichzeitig wunderschönen und einem Alptraum, wo die bösen Gesichter der beiden alten Frauen noch schrecklicher und langnasiger, das Gesicht der Beteiligten an dem Mythos und Wunder, das sich gerade auf dem Hof abgespielt hatte, aber noch wunderbarer und sagenhafter wurde.

Und noch viele Jahre später, als aus dem schmächtigen Aspiranten Kolja zunächst ein stattliches Korrespondierendes Mitglied der Akademie und danach auch ein imposantes Mitglied der Akademie der Wissenschaften geworden war, trat dieser seltsame Traum immer wieder aus dem Gedächtnis in das Bewußtsein dessen, der gewöhnlich die reale Wirklichkeit selbst den wunderbarsten Träumen vorzog.

Doch kehren wir zu unserer Geschichte zurück, auf die nach Katzen riechende Altpetersburger Treppe mit ihrem eisernen Geländer und den schweren Stufen, auf denen neben Koljas, in abgetragenen Sandalen steckenden Füßen munter die wettergebräunten bloßen Füße der Göttin hinschritten.

Er hatte den Anschein, daß der fünfte Stock zum elften geworden war, so langsam stiegen sie hinauf, aber alles hat ein Ende, sogar eine Altpetersburger Treppe. Und da standen sie auch schon vor der Tür, wo aus dem Briefkasten die »Rote Zeitung« und das »Nilpferd« schauten, von den Nachbarn abonniert, die zum Glück anscheinend nicht zu Hause waren.

Kolja öffnete die Tür und führte die Straßensängerin in sein winziges Zimmerchen, dessen originellster Schmuck ein Bücherregal und an der Wand eine Reproduktion mit der Darstellung derjenigen war, die sich so verändert hatte, während sie durch die Höfe streifte, daß selbst der Maler M. sie nicht wiedererkannt hätte, der sie gemalt hatte, wie man Madonnen malte, vor dem Hintergrund eines altitalienischen Fensters und jenes besonderen Renaissancehimmels, der wahrscheinlich Giordano Bruno die unsterbliche Idee von der Unendlichkeit der Welt souffliert hat.

Auf dem Bücherregal standen einige sehr seltene Bücher, Raritäten, die Kolja unter altem Papierkram bei einem betagten Buchhändler am Litejni-Prospekt erstanden hatte.

Die Göttin setzte sich auf Koljas einzigen Stuhl, und davon, daß sie saß, wurde sie noch göttlicher. Und es geschah etwas mit Koljas Sachen: mit dem Petroleumkocher, mit dem Teekessel, mit dem ärmlichen Metallbett, das von einem schottischen Plaid bedeckt war, von Kolja auf dem Trödelmarkt gekauft. Alles verwandelte sich plötzlich in ein Bild van Goghs: Er erhielt Licht, Farbe, wurde zum Energiebündel, als habe eine geheimnisvolle Hand einen ärmlichen, trostlosen Alltagsüberzug von den Dingen genommen. Und sogar die mit einer spießbürgerlichen Tapete beklebte Wand, wo sich längst Wanzen eingenistet hatten, die Kolja nachts bös und schmerzhaft zusetzten, sogar diese naturalistisch-gewöhnliche Wand verwandelte sich nach denselben Gesetzen van Goghs plötzlich in eine Unendlichkeit.

»Und außer der altnordischen Sprache, welche Sprache kennen Sie noch?« fragte Kolja unvermittelt.

Die Frage klang dumm, ganz studentisch (nicht einmal aspirantenhaft), so, als spreche ein erröteter und blöd stotternder Student mit einer stumpfnasigen, dünnhaarigen Studentin und wisse vor Verwirrung und Verlegenheit nicht, worüber und wie er reden sollte.

»Ich kenne sehr viele Sprachen«, antwortete Ophelia, »lebende und tote, und sogar solche, die tot waren, aber wieder lebendig geworden sind.«

»Woher?«

»Ich hoffe, Sie werden mich nicht zwingen, einen Lebenslauf zu schreiben. Wegen dieses Dokuments hat man mich in die Bechterewka gebracht. Zum Glück ist es mir gelungen, von dort zu fliehen.«

»Man sagt, es ist unmöglich, von dort zu fliehen. Wächter. Ausweise. Dicke Mauern.«

»Ich kann durch die Wand gehen«, sagte sie. »Aber fragen Sie mich um Gottes willen nicht gleich, wie. Das werde ich Ihnen erzählen, wenn wir uns näher kennenlernen.«

Und sie lernten sich näher kennen, und das war auch ein Teil der Mythe, ein Teil der schluchzenden, stöhnenden und durch den ganzen engen Hofschacht laut lachenden altnordischen Saga, die sich unversehens in reales Leben verwandelt und sich Kolja einverleibt hatte, mitsamt seinem Petroleumkocher, seinem Teekessel, seinem eisernen Bettgestell und den bibliophilen Raritäten, die in dem hölzernen Regal standen, den Büchern, die alte Weisheit, früher einmal lebendige Leidenschaften, Jahrtausende und Jahrhunderte in sich vereinten.

Es schien Kolja, als sei er in eine Kalesche mit Tschitschikow-Federung gesprungen, schaue auf den breiten, wattegepolsterten Rücken des Kutschers und stelle sich vor, die Luxusdroschke trage ihn Dingen entgegen, die noch gestern unmöglich erschienen waren.

Kolja hatte kein Geld, um Droschke zu fahren, manchmal reichte es nicht einmal für die Straßenbahn. Aber in seinem Zimmer hatte sich eine barfüßige, in ein löchriges Kleid gehüllte Göttin angesiedelt, und Kolja ergriff seine seltensten Bücher und lief damit ins Antiquariat auf dem Litejni-Prospekt. In Koljas abgeschabter kleiner Aktentasche lag ein alter Band Rabelais, den vielleicht Voltaire oder Tschaadajew in Händen gehabt hatten, dort lagen höchst seltene Ausgaben anderer Klassiker und dazu ein Bändchen Lermontow mit Michail Jurjewitschs eigenhändiger Widmung, natürlich nicht für Kolja, sondern für einen seiner längst in den Wellen der Zeit versunkenen Zeitgenossen. Kolja kannte den Wert eines Lermontow-Autographen und hatte nicht vor, das seltene Buch für ein Butterbrot abzugeben.

Aber worin verwandelten sich Rabelais, Plautus, Ariost und der alte Dante? In ein neues Kleid, in Damenschuhe, in Strümpfe und andere Einzelheiten der Toilette einer Dame. Von allen aufgezählten Klassikern hätte sicher allein Rabelais Kolja verstanden und ihm diesen seltsamen Tausch nicht übelgenommen, ein Tausch, der übrigens nicht nur zu Koljas Zeit möglich war, sondern es durchaus auch in jeder anderen Zeit war und ist.

Als Ophelia ihr löchriges Kleid abgelegt und alles angezogen hatte, was ihr Kolja gebracht hatte, da veränderte sie sich auf einmal und wurde viel alltäglicher, als sie auf dem Hinterhof gewesen war, wo sie die Fünfer und Zehner aufgesammelt hatte. Sie veränderte sich beträchtlich, doch das Mythische verlor sich nicht, und Kolja tat es weder um das

Lermontow-Autograph noch um den Folianten von François Rabelais leid, der mit hölzernen Lettern auf dikkes, an Pergament erinnerndes Papier gedruckt war.

Im Hof aber wachten einander abwechselnd die beiden langnasigen alten Weiber und rätselten darüber, wie das Ereignis ausgehen würde, das so wunderlich angefangen hatte. Würde der ausländische Gott den Gottlosen und Aspiranten strafen, der sich an der Heiligkeit vergriffen hatte, oder würde ihn der Abschnittsbevollmächtigte zur Verantwortung ziehen, denn wie lange durfte man eigentlich eine fremde Person ohne Anmeldung bei sich beherbergen und nicht einmal dem Hausverwalter Bescheid sagen, diesem liederlichen alten Kerl, der nicht sah, was vor seiner Nase geschah, und trotzdem mit dem Leben und mit sich selbst sehr zufrieden war?

Wie soll man aber eine Göttin oder auch nur eine Straßensängerin anmelden, wenn in ihrem löchrigen Kleid weder Ausweispapiere noch sonstige Bescheinigungen waren? Und wenn diese Papiere je existiert hatten, dann waren sie im Bechterew-Krankenhaus geblieben, von wo selten Menschen in die Welt zurückkehren und wo jeder Mensch seinen papierenen Doppelgänger besitzt, Ausweis genannt, dieses kleine, aber magische Büchlein, vor dem nicht nur die Hausverwalter passen, sondern sogar die alten Weiber, die gern ihre langen Nasen in fremde Angelegenheiten stecken.

Vielleicht konnte man versuchen, die Papiere aus der Bechterewka herauszuluchsen, wenn man die akademischen Beziehungen ausnutzte, die Gunst der Professoren Filipptschenko und Kolzow, deren Bitte an Dawidenko (auch Professor) oder gar an Akademiemitglied Pawlow selbst dieses kleine papieren-bürokratische Problem im Handumdrehen lösen würde. Aber Nikolai ließ diesen Gedanken erst einmal fallen. Man würde zu klären versuchen, wie Ophelia die Wachsamkeit der Sanitäter und Wärter übertölpelt hatte. An die Hypothese, sie könne durch Steinmauern gehen, würde kaum jemand glauben.

Glaubte Kolja selbst an diese Version? Ja und nein. Denn seit Ophelia ihr löcheriges Kleid abgelegt und allen ihren anderen Altersgenossinnen ähnlich geworden war, die auf der Straße gingen, in der Straßenbahn zur Arbeit fuhren oder im Lebensmittelgeschäft einkauften und dabei in Gedanken zusammenrechneten und abrechneten, damit sie von der schnellfingerigen und fröhlich blickenden Kassiererin nicht übervorteilt wurden – seit jener Zeit waren zur Bestätigung dieser Version fast keinerlei Fakten übriggeblieben.

Hin und wieder flackerten verbrecherische Gedanken in Koljas Kopf auf – in der Straßenbahn in irgend jemandes Damenhandtasche zu greifen und für Ophelia irgendein Dokument zu ergattern, und sei es noch so kümmerlich, einen provisorischen Ausweis oder eine Bescheinigung. Doch sich selbst ins Gewissen redend, verwarf Kolja diesen wie eine Schlange sich einschleichenden Gedanken stets sofort wieder, warf aber jedesmal, wenn er mit der Straßenbahn fuhr, so vielsagende Blicke auf die Damentäschchen, daß deren Besitzerinnen beunruhigt die Stirn runzelten und eilig von ihm abrückten.

Doch zum Glück kam bald alles in Ordnung (ob wohl mit einer gewissen Beimischung von Wunder oder ohne sie?). Schließlich ist das, was wir als Pech oder Glück bezeichnen, fast immer mit dem Zufall verbunden, der seinem Wesen nach ein Glücksspieler ist, der mit einem spielt und der je nachdem einmal gegen einen gewinnt oder eine Kleinigkeit verliert, die dann in Abhängigkeit von den Umständen Glück oder Pech genannt wird. Ophelia gewann vom Zufall, sie gewann, wie die Spießer gern sagen, »auch mit einer Straßenbahnkarte«. Sie brachte ihren Ausweis mit und reichte ihn Kolja. Ob sie dafür durch die Wand hatte eindringen und danach ebenso unbemerkt wieder hinausgelangen müssen oder ob sie die Kanzleiangestellte, die die Pässe der Kranken aufbewahrte, hatte hypnotisieren müssen? Nikolai fragte Ophelia nicht danach, sondern nickte nur, als habe er im voraus von einem Geheimvertrag der ehemaligen Straßensängerin mit dem sie verwöhnenden Zufall gewußt.

Mit welch unabhängigem und sieghaftem Ausdruck auf dem Gesicht kam er in das Anmeldebüro, um das papierene Gegenstück Ophelias, das schon mit dem Meldestempel versehen war, in Empfang zu nehmen, kam gerade in dem Augenblick, als sich dort, vielleicht keineswegs zufällig, die beiden Alten befanden. Seit langem peinigte und quälte sie der Gedanke, daß in der Wohnung Nr. 16, an derselben Treppe mit ihnen, etwas Ungesetzliches vorging: Bei dem Rüpel von Aspiranten, der sein Stipendium im Grunde fürs Nichtstun erhielt, wohnte unangemeldet eine verdächtige Frau, die noch vor kurzem auf dem Hof geschluchzt und Fünfer eingesammelt hatte und die jetzt aufgetakelt herumging, mit den Hüften wackelte und Vorübergehende mit dem gräßlichen Geruch ihres Parfüms belästigte, das sie, wer weiß wofür, angeschafft hatte.

Direkt vor der Nase der beiden Alten klappte Kolja den Ausweis seiner Mitbewohnerin auf, klappte ihn dann wieder zu und legte ihn in die Brieftasche, die er vorsorglich in die Seitentasche seines ziemlich abgetragenen Jacketts steckte.

Ganz anders als gestern und vorgestern stieg er die Treppe in seinen fünften und letzten Stock empor, leicht, schnell, fast tanzend. Die Treppe führte ihn in eine Welt, die man weder vor dem Abschnittsbevollmächtigten verbergen mußte, der schon eine anonyme Anzeige erhalten hatte, auf Bitten der beiden analphabetischen alten Frauen von ihrem halb des Lesens und Schreibens kundigen Nachbarn verfaßt, noch vor der Hausmeisterin, einem immer aus irgendwelchen Gründen auf alle wütenden Riesenweib (am wütendsten auf den Aspiranten aus der Wohnung Nr. 16, weil der nachts nicht schlief, Bücher las und schlauer als alle anderen werden wollte).

Und eine Woche später lief Kolja die Treppe noch fröhlicher hinauf, zufrieden, daß Ophelia bei ihm war und daß ihr Aufenthalt nun sowohl im Standesamt als auch auf dem

Wohnungsamt und bei der entsprechenden Abteilung der Miliz legalisiert war. Und das bewies, daß das Gesetz Mythos und Wunder sanktionieren kann, wenn das Wunder einen Ausweis besitzt. Und für den Ausweis hatte seinerzeit schon Ophelias verstorbener erster Mann, der berühmte Maler M., gesorgt, der mit seiner Größe und seinen Bekanntschaften jedes beliebige Dokument beschaffen konnte, um seine Verbindung mit einer Frau zu heiligen, was immer sie in der Vergangenheit auch gewesen sein mochte – Modell, Diebin, leichtes Mädchen, ehemalige Nonne, Fürstin oder gar eine Göttin, die gerade erst aus Griechenland oder aus dem Alten Ägypten eingetroffen war.

Mit welcher Befriedigung überschritt Kolja jetzt die Schwelle seines Zimmers. Im Zimmer brannte angenehmes, durch einen blau- und rosafarbenen Schirm gedämpftes elektrisches Licht. Und am Tisch saß in träger Haltung sie, deren Name reichlich literarisch und deren Körper reichlich skulpturenhaft-antik war, ungeachtet der Tatsache, daß sie ein Kleid trug, das auf der Sadowaja in der Apraxinreihe gekauft worden war.

»Nun, erzähl mal was«, bat Kolja.

»Was denn?«

»Was du möchtest.«

Und sie begann ihre Erzählung, versetzte Kolja in den abstrakten und trüben Morgen des 22. Jahrhunderts, wo die durch eine Subtechnik vergeistigten Zeichen sich als Menschen dünkten und wo die Menschen ewig wie die Zeichen geworden waren, nachdem sie gelernt hatten, das Gedächtnis ihrer Zellen zu erneuern, nicht ohne die Hilfe einer außerirdischen Vernunft, die beschlossen hatte, sich in die irdischen Dinge einzumischen.

Ach, diese außerirdische Vernunft! Nach und nach, ohne Eile, hatte sie sich an die irdische Biosphäre herangepirscht, die vom technischen Fortschritt ziemlich beschädigt worden war, um dieser Biosphäre die frühere, verlorengegangene Gestalt wiederzugeben, als die Kiefern- und

Fichtenwälder noch voller Tiere und Vögel, als die Flüsse noch blau waren und Renken und Taimene sich in ihrer durchsichtigen Tiefe tummelten, als sich in den Bergseen frische Wolken spiegelten und die Dichter mit Hilfe von Wort und Rhythmus versuchten, sich mit dieser neolithisch-urzeitlichen Frische zu verschmelzen. Hatte die außerirdische Vernunft nicht die Absicht verfolgt, die in Verfall geratenen irdischen Angelegenheiten zu korrigieren, die Erdhülle vor dem Siechtum, vor Gefäßsklerose und dem Tod durch Sauerstoffmangel zu bewahren? Doch im Bemühen, alles Lebende, das Gras und die Bäume zu heilen und die Flüsse vom chemischen Abfall zu reinigen, damit alles wenigstens ein bißchen jenem wunderbaren Poem glich, das solange auf der Grundlage eines stabilen Gleichgewichts der dynamischen Kräfte existiert hatte, das durch die einseitige Entwicklung der Technik und durch die zu spezialisierte, nicht das Ganze, sondern nur die Teile sehende Wissenschaft zerstört worden war – in diesem Bemühen hatte die außerirdische Vernunft der Menschheit ein selbst für das Budget des Universums zu teures Geschenk gemacht. Sie hatte den Menschen die Unsterblichkeit geschenkt und damit jeden Fortschritt gestoppt.

Aber nein, nein, wozu schon wieder vorauseilen, vielleicht ist es besser, sich zuerst auf den Grund des historischen Prozesses hinabzubegeben, als über den konusförmigen Wigwams aus duftender Birkenrinde blaue Rauchkringel standen und die Menschen, um ihre Existenz kämpfend, einen Speer oder einen straffgespannten Bogen in der Hand hielten und nicht eine Zerstrahlungswaffe, die in einem zehntel oder hundertstel Teil einer Sekunde alles Lebende und Leblose in ein Vakuum verwandeln konnte.

Die Kindheit der Menschheit! Dorthin zog es sie, und sie ließ diese Zeit aus Worten wiedererstehen, die plötzlich verstummten wie die paläolithische Nacht, dann wieder zu einem Fluß wurden, in eine tosende Felsenschlucht gesperrt, wo jahrtausendelang ununterbrochen der Donner rollte und das Flußecho den Lärm und das Brausen der von den Felsen stürzenden Wasser, die sofort in ein von anderen Felsen eingezwängtes Bett fielen, weit ins Land trug.

Wer sprach jetzt? Sprach sie, die schon das dritte Streichholz an der feucht gewordenen Schachtel strich, um sich eine Zigarette anzustecken, oder sang der Fluß selbst, der durch Wolken und Steine gedrungen war, um sich in diese Frau zu verwandeln – das rätselhafteste aller Wesen –, die je in das Hausbuch eingetragen worden waren?

Und dann ging die Frau (die gerade noch ein Fluß gewesen war) hinaus in die Gemeinschaftsküche, um nachzusehen, ob die Erbsensuppe in der Kasserolle nicht überkochte und das Fleisch in der Pfanne nicht anbrannte.

Sie erzählte, und unversehens erstand aus ihren Worten das Mittelalter, wo neben leichten, zauberhaften, gen Himmel strebenden Domen stinkende Häuser und Höfe standen in den krausen, rothaarigen Bärten der Ritter fette Läuse krochen und in aller Frühe bei Sonnenaufgang glokkenstimmige Hähne krähten und die Hexen daran erinnerten, daß es Zeit war, sich auszuruhen.

Mit ihren Erzählungen lockte sie Kolja in die wunderlichen Jahrtausende, als der Zement der Evolution den Menschen und Affen zu einer Art muskulösem Kentaur verbunden hatte, der noch nicht verstand, sein wirres Halbdenken in die Lauthülle des Wortes zu kleiden, und sich qualvoll bemühte, es mit Hilfe von Mimik und Gesten auszudrükken. Das halb tiersche, halb menschliche Wesen gab kehlige Töne von sich, nickte, zwinkerte, lachte, seine Affenzähne entblößend, und versuchte mit den Fingern seiner starken, aber ungeschickten Hände den in seinem Innern quellenden, noch blinden Gedanken zu fangen, ihn an die Sonne und an die Luft zu bringen, um »ich« mit »du« zu verbinden, eher fühlend denn verstehend, wo »ich« anfing und »du« aufhörte, das so erstaunlich ähnlich war.

Verträumte, wie Dämmerung trübe Jahrtausende flossen dahin, und noch immer, sich in zahllosen Generationen und Nachkommen wiederholend, heulte, krächzte und prustete er, bleckte die Zähne, krümmte und streckte die dicken, behaarten Finger, und noch immer stellte sich das Denken stumm und blind, wartete es, bis das Fauchen zum klaren Ton wurde, zur flußwasserblauen Hülle des Wortes, durch die schließlich jener herangereifte, aus der dicken Schale herausgeschlüpfte Sinn hindurchleuchten würde.

Die Biosphäre kann, wenn nötig, geduldig warten. Millionen von Jahren wartete sie, daß man ihr den Spiegel bringe, in dem sie sich sehen konnte. Dieser Spiegel war das Wort. Aber verbarg sich im Lärm der Flüsse und Wasserfälle, im Ton des dahineilenden Wassers, im Lied der Amsel und im Hämmern des Spechts nicht etwas Ähnliches wie das Wort, das der Bewohner der Wälder von Neandertal aussprach? Er ahnte nicht, daß das Wort dereinst verflacht und entwertet würde, daß es aus dem menschlichen Mund übergehen würde auf die Seiten von Boulevardzeitungen und auf Reklameplakate, die für empfängnisverhütende Mittel werben.

Das Wort erschien und verschmolz mit dem Wald, dem Berg, der Wolke, dem Maul des Hirsches, der Moos rupfte, mit dem Lockruf des Eichhörnchens und dem Heulen des Wolfes und mit dem Donnern des Wasserfalls. Ein Wunder war geschehen: Ein kurzer Laut vermochte alles Gesehene und Gehörte in sich aufzunehmen und aufzulösen, so wie sich Salz in der Suppe auflöst.

Das Wort besaß auch noch eine andere magische Eigenschaft – die Menschen zu vereinigen, die lebenden mit den lebenden und mit denen, die längst gestorben waren oder erst viel später leben würden. Der Mensch konnte und wollte das Wort noch nicht vom Gegenstand trennen, er dachte, das Wort sei ein Doppelgänger des Gegenstandes, ein Doppelgänger, der imstande war, sich in den Gegenstand zu verwandeln und ihn zu entgegenständlichen, der magische Gewalt über die Welt besaß.

Ist es nicht erstaunlich, daß diese Erscheinung auch heute noch existiert und sogar bis ins 22. Jahrhundert lebt und mit der Bezeichnung »Poesie« die Fähigkeit belegt, das Wort mit der Sache zu verschmelzen und jene Seiten des

Gegenstandes zu zeigen, die der gewöhnlichen Aufmerksamkeit entgleiten?

Sie unterbrach ihre Erzählung und sprang auf, weil ihr einfiel, daß die Koteletts in der Küche sicher schon angebrannt waren. Und während sie in der Küche stand und über irgend etwas mit der Nachbarin stritt (vielleicht darüber, wer mit der Flurreinigung an der Reihe war oder das Telefon zu bezahlen hatte), versuchte Kolja die Anschaulichkeit zu verstehen und einzuschätzen, die sie gerade in Worte umgesetzt hatte, als habe Chronos selbst gesprochen, Chronos, der soviel offener und aufrichtiger war als die vielbändigen Werke der Historiker, die versuchten, mit Hilfe von machtlosen akademischen Phrasen das tobende Element der Geschichte zu bändigen.

Hatte sie Vorgänger und Vorgängerinnen besessen? Natürlich, ja. Eine vererbte Erscheinung, die man Folklore nennt. Sie bemühte sich ebenfalls, zu erzählen, was nicht ein Zeuge, sondern Hunderte verschiedenzeitlicher Zeugen gesehen hatten, die einander in den ewig kommenden und gehenden Generationen abgelöst hatten.

War sie nicht eine Schwester des Kalevala und des Hiawatha, eine Verwandte der Ilias und der Odyssee? Aber wie konnte sich ein Lied (selbst ein episch-sagenhaftes) in eine Frau verwandeln, in ein Wesen, das sich an einem Punkte des Raumes befand, wenn es auch die Jahrhunderte so leicht wie Spielkarten mischte? Ja, ein Wesen (anders konnte man es nicht nennen), das nicht nur lachen und weinen, sondern auch, mit flinken Fingern über die Tasten eilend, maschineschreiben konnte. Sie schminkte sich die Lippen mit einem Lippenstift, den sie für das Geld kaufte, das sie auf dem Markt einsparte, wo man noch handeln konnte und nicht mit einem vorher bezahlten Gutschein in der Schlange stehen und warten mußte, bis sich der magische Gutschein in Butter, Eier oder Wurst verwandelte.

Wenn er sie berührte, wenn sie auf seinen Knien saß und er seine Lippen zu ihrem Ohr oder an ihre Wange hob, dann fühlte Nikolai die ganze Anmut des weiblichen Körpers, doch zugleich erfaßte er mit einem sechsten oder siebenten Sinn, das dieses, wie es schien, endliche Wesen nicht hier in diesem kleinen, ärmlichen Zimmerchen endete, sondern in die Unendlichkeit hinausreichte. Diese Antinomie von Endlichkeit und Unendlichkeit brachte Kolja buchstäblich um den Verstand, und um eine gemeinsame Sprache mit der Logik des Alltagslebens zu finden, nahm Koljas Verstand unwillkürlich Zuflucht zum Sophismus und versuchte, entweder die Wirklichkeit oder aber sich selbst zu betrügen. Denn jedes lebende Wesen, so dachte er, besonders aber das weibliche, besteht aus zwei Hälften: aus sich und der Zeit. Schließlich sind wir alle durch tausend Fäden mit dem Zufall und mit der Evolution verbunden, und diese Fäden führen gleichzeitig sowohl in die Vergangenheit als auch in die Zukunft.

Aber was war sie denn nun? Hätte er im 18. Jahrhundert oder früher gelebt, so hätte er diese Frage leichter beantworten können. Damals glaubte man an den Teufel und daran, daß er sich in eine Frau verwandeln könne, wovon die alte phantastische Novelle Cazottes »Der verliebte Teufel« sehr schön erzählt.

Konnte Kolja denn daran glauben, daß die Zeit umkehrbar ist und daß Ophelia, wie er schon früher von einem ihrer Bekannten gehört hatte, direkt aus dem 22. Jahrhundert gekommen war, unter Umgehung des 21. Jahrhunderts, in dem sich die Bücher noch nicht in Mädchen oder elektronische Göttinnen verwandelten, die imstande waren, sich ganz in der Art Chlebnikows aus einem Jahrhundert in ein anderes zu versetzen und sogar sich auf dem Standesamt registrieren zu lassen?

Kolja dachte nach, während sie in der Küche Koteletts briet. Dann ertönte ein weiblicher Schrei und sofort auch ein anderer, noch lauterer. Offensichtlich hatte einer der üblichen Wohnungsskandale begonnen. Jemand zerschlug Geschirr, man hörte das wimmernde Klirren der Scherben. Dann wurde die Tür aufgerissen. Ophelia stürzte herein, mit rotem Gesicht und vor Weinen bebenden Lippen.

»Denk nur! Sie hat Hexe zu mir gesagt. Und sie hat meine Koteletts zusammen mit der Bratpfanne auf den Fußboden geworfen.«

»Wer?«

»Na wer schon? Die Chalatowa! Sie schreit, daß sie die Frau eines ehemaligen Proletariers ist. Als ob du und ich Bourgeois oder Geistliche wären!«

Kolja blickte auf Ophelia. War sie das? Und wie sollte man das Wunder, das sie gerade aus Worten gewebt hatte, mit diesem Skandal in der Küche in Einklang bringen?

Der Wohnungsskandal machte einigen Lärm und Krach und verstummte dann, zum großen Kummer der beiden Greisinnen, die aus ihren Wohnungen auf die Treppe hinausgestürzt waren, um zu erfahren, wer Siegerin blieb – die schlagfertige, stimmgewaltige und bissige Chalatowa, die Frau eines Handwerkers aus der Schuhmachergenossenschaft »Henri Barbusse«, oder diese mit dem unaussprechlichen Namen, die noch vor kurzem zu ihrem finnischen oder estnischen Gott gebetet und dann diesen Gott für ein neues Kleid und ein Paar Strümpfe verkauft hatte, indem sie sich mit dem Intelligenzler zusammenschreiben ließ.

Ja, der Skandal war zu schnell verstummt. Anscheinend hatte der Intelligenzler seiner Finnischen ins Gewissen geredet und sich aus Angst vor der Schiedskommission für sie entschuldigt. Der Skandal war vorbei, und in der Wohnung Nr. 16 war es still.

Und in dieser Stille hörte Kolja wieder zu, ließ er sich in das bodenlose Element der Zeit versenken, in Wälder, in denen die Indianer den Tieren nachspürten und Lieder verfaßten, in denen das Vogelgezwitscher und das Geräusch des hackenden Beiles, das Weinen des Kindes und das Gespräch der Liebenden sich mit dem Geräusch des Regens und dem Flüstern der Blätter zu einer Melodie vereinigten. Aus den präkolumbianischen Wäldern führte sie ihn, Jahrhunderte überspringend, in ein Zeitalter, in dem alle Städte zu Vorstädten einer einzigen Weltstadt wurden, die den ganzen Planeten einnahm und Straßen unter dem Ozean anlegte. Die Erde war zu dicht besiedelt, aber die Menschen bemerkten das nicht. Jeder weiß, daß man Überfüllung und Enge leichter im Zug und in der Straßenbahn erträgt als in der Wohnung. Und die Welt bewegte sich, nichts blieb an der Stelle, nicht einmal die Gärten und die Häuser, die Parkbänke und die Statuen. Und diese ununterbrochene Bewegung versöhnte den Menschen mit der Laune des Zufalls, der ihn im Zeitalter der Unterwasserstraßen und Überwassergärten hatte auf die Welt kommen lassen und nicht in jenen erstaunlichen Jahrtausenden, als die wilden Wälder ihr Lied sangen und die Flüsse mit dem Menschen in der epischen Sprache Homers oder des Igorliedes sprachen.

29

Doch außer dem Mythos gab es – o Schreck! – auch noch den Alltag. Alles geschah nach und nach und unmerklich. Ophelia verschmolz mit diesem Alltag, wurde ein Teil davon, ließ sich von ihm ausfüllen und fühlte sich ebenso wie viele andere schöne Frauen, die gezwungen sind, auf der Maschine zu schreiben, das Mittagessen zu kochen und einmal in der Woche zum Friseur zu gehen, wo in der Vitrine schick gekämmte und ondulierte Damen mit Wachsköpfen stehen und auch ein bißchen wie Göttinnen aussehen, aber nicht wie Göttinnen der Erinnerung oder der Poesie, sondern wie Heilige der Abgeschmacktheit und geschmacklosen Reklame.

Die Ausgaben wuchsen. Das Aspirantenstipendium (jenes Stipendium, welches den Unwillen der beiden Alten erregt hatte, die über den leichtsinnigen Fiskus jammerten, der einem Nichtstuer sein Faulenzen bezahle) reichte gerade für eine Woche. Kolja schrieb nachts populärwissenschaftliche Artikel und gab sich mit der erniedrigendsten Sache der Welt ab: Er lief von Redaktion zu Redaktion. Selbstverständlich verbarg er seine verlegene, verwirrte

Person hinter einem, wie er glaubte, treffend gewählten Pseudonym, weil er meinte, daß ihn diese geschmacklose Papiermaske unsichtbar machte und der berühmte Wissenschaftler Kolzow zusammen mit dem eleganten Gelehrten Professor Filipptschenko niemals erfahren würden, wer der Autor dieser schreierischen Sensationsartikelchen war, die unbescheiden Reklame für die Erfolge der bescheidensten und ehrlichsten biologischen Wissenschaften machten – der Genetik und der Zytologie.

Aber man brauchte Geld. Ach, und wie man es brauchte! Ophelia hatte sich Freundinnen angeschafft. Sie lief oft in die Geschäfte und ging ins Theater. Aus der Psyche, Mnemosyne und Eurydike verwandelte sie sich schnell in ein recht gewöhnliches und geschäftiges weibliches Wesen, das ständig um Kleinigkeiten besorgt war, ein Wesen (warum soll man es verschweigen), das in unserer prosaischen Zeit völlig jene Rätselhaftigkeit und Geheimnisträchtigkeit verloren hat, die es in so reichem Maße nicht nur im Zeitalter der Mona Lisa, sondern selbst in der Epoche der Puschkinschen Tatjanas und der Tolstoischen Nataschas gab.

Kolja begann sich zu ärgern. Und eines Tages hielt er es nicht mehr aus und sagte, was man, einem weisen und listigen Rat Tjutschews zufolge, nicht sagen sollte.

Und noch am selben Tage (während Nikolai in der Öffentlichen Bibliothek saß und den ihn diesmal anführenden Plutarch las) verschwand Ophelia. Wohin? Das blieb unbekannt. Wann? Das berichteten ihm die alleswissenden Alten, die gesehen hatten, wie sie die Treppe hinuntergelaufen war, wieder barfuß, wieder ungekämmt, wieder in ihrem alten, zerrissenen Kattunkleid.

Ach, wie zufrieden waren die beiden alten Frauen. Ihre Nasen glänzten direkt vor Glück, und ihre faltigen Mundspalten in den auf einmal freundlicher gewordenen Gesichtern ließen Kolja beim Lachen das Zahnfleisch sehen.

Ungefähr drei Wochen dauerte die Suche. Kolja lief durch die Höfe, in der Jackentasche eine Karte der Riesenstadt und ihrer Umgebung.

Er hätte jetzt ein ganzes Buch über die Leningrader Höfe schreiben können, so hatte er sie in diesen drei Wochen studiert. Es endete aber alles damit, daß er an einem regnerischen und dämmerigen Tag in einem Hof die schluchzende Frauenstimme und die Worte der alten Saga vernahm, die in der epischen Epoche der Wikinger von Skalden verfaßt worden war.

Mit großer Mühe überredete er Ophelia zurückzukehren, erflehte er ihre Verzeihung vor den Augen der Zuschauer und Hörer, die gerade für die Vorstellung bezahlt hatten, die nun für alle unerwartet eine ziemlich originelle Fortsetzung fand.

Nachdem er sie schließlich überredet und Verzeihung erlangt hatte, führte er sie zurück in sein Zimmer, das in diesen drei Wochen unpersönlich und ganz und gar leer erschienen war und in dem man ohne sie einfach nicht leben konnte.

Ophelia zog ihr zerrissenes Kleid aus und ein anderes an. Jetzt sah sie wirklich wie Eurydike oder die Heldin einer von den alten Skalden gedichteten Saga aus.

Und einige Tage darauf verschwanden die beiden, nachdem sie den Nachbarn eine Notiz, daß sie mit einem Reisescheck in den Süden gefahren seien, hinterlassen und die Zimmermiete für zwei Monate im voraus bezahlt hatten.

Der Reisescheck, mit dem sie sich auf den Weg machten (weniger den Raum als die Zeit wechselnd), war von jener besonderen Art, die das Schicksal vieler philosophisch-phantastischen Helden bestimmt hat, darunter auch das Fausts.

Doch davon berichten wir im nächsten Kapitel. Übrigens lassen wir am besten Kolja selbst für uns erzählen.

30

Die Aufzeichnungen des Nikolai Faustow

In irgendeinem Moment verloren die Gesetze Newtons ihre Macht über mich, traten höflich beiseite und machten der bizarren und geschmeidigen Logik Ovids und Gogols Platz. Ophelia und ich standen zu nächtlicher Stunde im Sommergarten und warteten, daß der Mond von einer auf ihn zutreibenden Wolke verdeckt und es dunkel wurde. Und dann verwandelte Ophelia sich in eine der Marmorstatuen und mich in eine der unglücklichsten Existenzen des Petersburgs von Puschkin und Gogol.

Als wir diese illegale Reise in die Vergangenheit besprachen, sagte Ophelia, ich würde mich oft verändern müssen, mich einmal in einen Bekannten Gogols, dann wieder in Figuren seiner Petersburger Erzählungen verwandeln müssen, und sie forderte kategorisch von mir, daß ich mich mit Geduld und Selbstbeherrschung wappne.

Mich bestürmten Zweifel, und ich kleidete sie eilig in Worte: »Die Gogolschen Figuren, meine Liebe, sind bei all ihrer Lebendigkeit doch nur Gedanken.«

»Wir werden diese Gedanken verwirklichen«, scherzte Ophelia, »und zwar in einer Handlung, nicht schlechter als von Meyerhold. Und nicht auf der Bühne, sondern im Leben.«

Und eben hier, im Sommergarten, unter einem theatralischen, von einem eiligen Dekorateur – dem Petersburger Wetter – gemalten Mond, machte sie sich an ihre Kunststückchen im Neuererstil des Regisseurs Meyerhold, an ihre formalistisch-experimentelle Zauberei, die jedoch keineswegs auf die nörglerische Beurteilung durch die Kritiker und Zuschauer berechnet war, sondern einen anderen, mit der wissenschaftlichen Erkenntnis zusammenhängenden Beweggrund hatte.

Sie stand im Park und kämpfte mit den Gesetzen der Geschichte und der Natur, ohne Furcht, deswegen zur Verantwortung gezogen oder wegen des Versuches bestraft zu werden, Aberglauben zu verwirklichen.

In wen sie mich verwandelte?

Um diese Frage zu beantworten, muß ich dem Leser erst eine wenig bekannte Episode aus dem Leben des jungen Gogol ins Gedächtnis rufen, der in den Dienst bei der Familie der reichen Petersburger Adligen Alexandra Iwanowna Wassiltschikowa getreten war, die in den Sommermonaten in einer eigenen Steinvilla in Pawlowsk lebte.

Alexandra Iwanowna aber besaß ein Kind, das vom Schicksal etwas stiefmütterlich behandelt worden war: Es war unfähig, eine Bedeutung zu erfassen und sie dann in die Hülle des leicht von der Zunge gehenden Wortes zu kleiden.

Das Söhnchen der reichen Dame, ein wohlgenährtes, rundgesichtiges, rotbäckiges Wesen, das in die Kleidung eines Märchenprinzen gezwängt war, gab unartikulierte Laute von sich, schrie, gestikulierte, vermochte aber nicht einmal das einfachste Wort auszusprechen sondern ersetzte es durch einen unverstandenen und sinnlosen Laut.

Die Wassiltschikowa war augenscheinlich eine scharfsichtige Frau und erriet, daß Gogol, der Wortmagier, besser als die machtlosen Ärzte in der Lage war, ihrem armen Kind zu helfen.

Das Haus der Wassiltschikowa wurde jener Ort, an dem sich der größte Prosaiker der ersten Hälfte des Jahrhunderts und der unglücklichste und dümmste seiner Zeitgenossen täglich treffen sollten.

In wen mich Ophelia verwandelte – in den unglücklichen Lehrer oder in seinen vom Schicksal noch härter geschlagenen Schüler?

Sie haben es schon selbst erraten.

Gogol kam morgens mit der Postkutsche von Petersburg nach Pawlowsk. Wenn er sich am Schreibtisch niedergelassen hatte, deckte er kleine Bilder mit den Abbildungen der Haustiere auf und sagte, immer wieder niesend und sich die Nase putzend: »Das da, Seelchen, ist ein Hammel, verstehst du? Bö-bö . . . Und das ist eine Kuh, weißt du, eine Kuh. Muh-muh . . .«

Dabei verwandelte sich der Dichter (damals noch ein beginnender) ganz und gar, zufrieden damit, daß er die Natur in eine Interjektion gezwängt hatte, in einen primitiven, rein kindlichen Laut.

Er legte wahrhaft artistische Meisterschaft, die auf seinem schmalnasigen, lebhaften Gesicht spielte, in jede Bewegung, in jedes Wort, um seinen gutmütigen blöden Schüler wenigstens ein bißchen zu beleben und zu beseelen.

Ich aber, der ich nicht nur der Idiot, sondern zugleich auch ich selbst war (es war der chimärischen Ophelia auf eine nur ihr bekannte Weise gelungen, ihn und mich zu einem ebenfalls chimärischen Wesen zu vereinigen, einer Art psychologischem Kentaur), ich unterdrückte meinen aufrichtigen und starken Wunsch zu sagen: »Nikolai Wassiljewitsch, es ist alles umsonst. Aus einem Dummkopf können selbst Sie keinen Schlauberger machen.«

Ich spielte diesen Halbwüchsigen wie auf der Bühne eines Theaters von der Art des Moskauer Künstlertheaters, wo sich die Dekorationen in grelle Wirklichkeit verwandeln und jeglichen Abstand um der vollständigen Illusion willen beseitigen, die noch hundertmal realer als das Leben selbst ist.

Von allen, die in diesen sehr farbigen Jahren lebten, die sowohl den kleinen Bildern Pawel Fedotows als auch den riesigen Gemälden Brjullows glichen (ich weiß, ich weiß, sie sind erst nach der von mir beschriebenen Episode entstanden), wußte ich allein, der ich die häßliche Rolle des Dummkopfes und Halbidioten übernommen hatte, daß vor mir ein großer Dichter saß. Denn ich sah ihn ja nicht nur aus der Gegenwart, sondern auch aus der Zukunft, genaugenommen, aus mehreren zukünftigen Zeiten, die keineswegs nach den Regeln der elementaren Arithmetik summiert worden waren.

Ich hatte Ophelia mein Wort gegeben, die Logik der historischen Fakten nicht zu stören, hatte es ihr damals gegeben, als ich mit ihr in meinem Zimmerchen in der Gemeinschaftswohnung Nr. 16 saß und mich in Gedanken auf die paradoxe Reise in die Welt Gogols vorbereitete, eine nicht nach Meyerholdscher Art bedingte, sondern völlig reale, wenn auch nicht in allen Punkten mit den Gesetzen Newtons und Einsteins abgestimmte Welt, eine Welt, die in zahllosen, in Archiven behüteten Dokumenten aufbewahrt und in den Köpfen von Literaturwissenschaftlern und Historikern eingeprägt ist.

»Nie, niemals!« hatte sie mir damals, mit ihrem langen, klassischen, aber noch nicht marmornen Finger drohend, geboten. »Unter keiner Bedingung! Du würdest mich in Teufels Küche bringen und dich selbst auch. Du müßtest für dein ganzes Leben in der Gogolzeit bleiben und würdest mit ihr zur Seite eines längst von allen gelesenen Buches werden.«

Sie hatte so hartnäckig auf dieser Zeit bestanden, als sei dies ein Punkt jenes Vertrages mit Chronos, den sie unüberlegt und leichtsinnig unterschrieben hatte, ohne sich vorher mit einem erfahrenen Juristen zu beraten.

Und so stellte ich also den infantilen Tölpel dar, betrog derart Gogol und, was noch unsittlicher war, die arme Mutter.

Der wirkliche Tölpel war dagegen aus der Zeit ausgeklammert und in irgendeinen unbedeutenden Gegenstand verwandelt worden, über den das unaufmerksame Auge der Diener hinwegglitt, die das große Herrenhaus mit seinen vielen Zimmern aufräumten, die voll von Dingen waren. Vielleicht wäre es für diesen kleinen Idioten besser gewesen, der Gegenstand zu bleiben, in den man ihn verwandelt hatte, um mich an seine Stelle zu setzen. Aber dann würde ich ein ewiges Double bleiben und ihn vertreten müssen – ein etwas hoher Preis dafür, Gogol sehen zu können, der bald darauf diese höchst zweifelhafte und zu seinem Wesen wenig passende Stellung aufgab.

Aber vorläufig kam Gogol noch und verkaufte für ein geringes Entgelt seine Zeit und seine Energie, alles, was die

Menschheit später so hoch schätzen sollte, dieselbe Menschheit, die nie im voraus weiß, aus welchem Menschen ein Genie wird, und die das unbekannte Genie zwingt, sich mit einer seine menschliche Würde verletzenden Tätigkeit abzugeben.

Doch es gab auf der Welt wohl keine Sache, die nicht auch zu Gogol gepaßt hätte. Und sogar diese unheimlichen Stunden und Minuten, in denen er dem unglücklichen Dummkopf gegenübersaß und ihn mit Bildchen und Interjektionen unterhielt, verstand Gogol mit Sinn zu erfüllen. Diese Stunden und Minuten wurden zu einem wie Musik angespannten Sein, das irgendwie den besten Szenen der Aufführungen Meyerholds ähnelte.

Wenn es jemand vermocht hat, die Zeit anzuhalten, dann Gogol in den »Toten Seelen«, wo er seine wunderbar plastischen Helden aus der Zeit entnommen und in die Ewigkeit verpflanzt hat . . . Mein »Ich«, bizarr mit dem »Halb-Ich« des unglücklichen Sohnes Alexandra Iwanownas vereinigt, strebte durch das Halbdunkel seines schlaftrunkenen Bewußtseins und bemühte sich mit aller Kraft, den Augenblick fest zu ergreifen, ihn, wenn schon nicht anzuhalten, so doch wenigstens zu verzögern. So ähnlich fühlt unser Bewußtsein im verstummten Zuschauerraum eines Kinos, wenn auf der wunderbar flimmernden Leinwand die Figur oder das Gesicht des Helden auftaucht, mit dem die Existenz des Schauspielers verschmolzen ist, und wie zauberisch verschmolzen!

Gogol spielte sich selbst. Da blieb er vor dem großen Spiegel stehen und betrachtete sich, ganz vergessend, daß es Zeugen seines spöttischen Wiedersehens mit sich selbst geben könnte. Er machte seinem eigenen Spiegelbild eine Grimasse, und dann, nachdem er seinem lebhaften, humoristischen Gesicht die unbewegliche Maske des Hauslehrers übergestreift hatte, machte er sich mit seinem charakteristischen Gang, dem Gang eines Menschen, der eine nur ihm sichtbare Schwelle überschreitet, auf den Weg zu dem schon weniger angenehmen Wiedersehen mit mir.

Er setzte sich an den Tisch, der ihn von mir trennte. Eine Minute oder zwei atmete er schwer und schneuzte sich, zwang sich mit einer Willensanstrengung dazu, die Situation zu akzeptieren, in der das Tragische mit dem Komischen fast ebenso verschmolz wie in seinen noch nicht geschriebenen Erzählungen.

Vor ihm saß ein Gegenstand mit dem Aussehen eines Halbwüchsigen. Und er, Gogol, sollte ein Wunder vollbringen. Aber das Wunder gelang ihm nicht, und das quälte ihn, so wie ihn später die Notwendigkeit quälte, als Entgelt für den Titel und die Stellung eines Adjunkten an der Universität Vorlesungen über Weltgeschichte zu halten.

Wie gern hätte ich ihm geholfen, doch ich wagte es nicht, denn ich erinnerte mich an Ophelias Warnung und fürchtete, für immer in diesem herrschaftlichen Hause bleiben zu müssen, das mich bald langweilte.

Gogol zeigte das nächste Bild und sagte, schon nicht mehr mit fröhlicher und lebendiger, sondern irgendwie abwesender Stimme: »Das ist eine Katze, Katze.«

Doch das Wort fand kein Echo im Kopf seines Schülers.

Ich schwieg und beobachtete, wie auf dem Gesicht des erfolglosen Pädagogen der Ausdruck der Verzweiflung erschien.

»Man wird mich bald von hier fortjagen«, sagte Gogol so leise, daß ihn nicht einmal die Wände hören konnten.

Die Zeit verging. Von Zeit zu Zeit bezahlte man ihn.

Doch es wird Zeit, nicht nur an Gogol, sondern auch an sich selbst zu denken.

Der Mensch ist selten zufrieden, selbst wenn seine geheimsten und unerfüllbaren Wünsche in Erfüllung gehen. Es ärgerte mich, daß einer der genialsten Schriftsteller, Schöpfer feinster und kühnster künstlerischer Konzeptionen, sich mit mir nur mit Hilfe von Interjektionen unterhielt, wie mit einem Pferd oder Hund. Hatte ich dazu riskiert, die Gesetze der Physik zu verletzen, um nun wie ein Ölgötze dazusitzen und es nicht zu wagen, Fragen an den zu stellen, der so wenig über sich selbst und über seine geheime Verbindung mit dem Wesen der Worte erzählt hat, aus denen er, wie ein Gott, Lebendes und Totes bilden konnte?

Denn er hat ja (freilich, einige Jahre später) aus Worten wie Fleisch und Blut den Kollegienassessor Kowaljow modelliert, der es liebte, sich Major zu nennen.

Der Kollegienassessor Kowaljow – das war meine zweite Rolle, die mich Ophelia spielen ließ, ebenfalls nicht auf der Bühne, sondern in einer von ihr konstruierten Welt, die gleichzeitig an eine Bühne und an das Leben erinnerte.

Kowaljow wohnte bekanntlich in der Sadowaja und ging auf den Wosnessenski-Prospekt zum Barbier Iwan Jakowlewitsch, um sich jenes wackere Aussehen geben zu lassen, das einem Bräutigam, der eine reiche Braut sucht, ansteht.

Im Grunde genommen begann meine neue Existenz, die Existenz in der Maske des Majors, in dem Augenblick, als der Barbier Iwan Jakowlewitsch (sein Familienname ist nicht überliefert, sogar auf seinem Aushängeschild, auf dem ein Herr mit eingeseifter Wange dargestellt ist und die Worte »Auch Aderlässe werden appliziert« zu lesen sind, steht weiter nichts), als Iwan Jakowlewitsch mit seinen nach Zwiebel und frischem Brot riechenden Fingern meine Nase faßte und flink in höchst bedrohlicher Nähe dieses überaus notwendigen Gegenstandes mit dem Rasiermesser zu hantieren anfing.

Im Spiegel waren der Rücken und das Gesicht Iwan Jakowlewitschs sowie jemandes eingeseifte Physiognomie zu sehen, die zugleich absolut fremd und unbekannt war und die doch irgendwie mit mir zu tun hatte.

In der Mittelschule habe ich oft an Laienspiel-Aufführungen mitgewirkt und mußte mir einen Bart unter die Nase kleben. Bevor ich auf die Bühne hinausging, schaute ich immer in den Spiegel, jedesmal in der vergeblichen Hoffnung, dort anstelle meiner selbst jemand anders zu sehen, der auf zauberische Weise meine ganze graue Alltagspersönlichkeit samt allen ihren Eingeweiden in sich aufgenommen hätte.

Geschah so etwas nicht auch jetzt mit Hilfe des Rasierpinsels, der Hand und des trüben Spiegels, der eine Physiognomie zeigte, die meine und auch wieder nicht meine war? Alles war wie im Traum, wo mehrere Figuren und ihr Bewußtsein zu einem Zweck ineinanderflossen, der dem Schlafenden unklar blieb.

Doch bald wurde mir klar, daß der zu langsame Rhythmus und das Tempo der Zeit kaum dem schnelleren Tempo eines Traumes entsprechen konnten, und außerdem waren die nach Zwiebeln riechenden Finger des Barbiers und die Berührung des Rasiermessers an der Wange in weit stärkerem Maße determiniert, als das in den unsicheren Möglichkeiten eines Trugbildes oder Traumgesichts lag.

Immer fester umklammerten die Finger der linken Hand Iwan Jakowlewitschs meine Nase, während die rechte Hand, nicht minder real als die linke, mein Kinn mit Seifenschaum bedeckte.

Das Tempo der Zeit war nicht nur langsamer als im Traum, sondern auch langsamer als in der Wirklichkeit des 20. Jahrhunderts, wo sich die Hände des Friseurs beeilten, angetrieben von der Schlange der Wartenden, die im Raum saßen und möglichst schnell das recht prosaische und alltägliche Ritual hinter sich bringen wollten.

Nein, danach zu urteilen, mit welcher gelassenen, wahrhaft artistischen Leidenschaft Iwan Jakowlewitsch schon zum zweiten –, wenn nicht drittenmal meine Wange einseifte, hatte die Zeremonie noch kein Gran ihrer Bedeutsamkeit verloren, die davon zeugte, daß die Menschheit zu dieser Zeit noch hundert Jahre jünger war und sich ehrfurchtsvoller gegenüber den Errungenschaften der Zivilisation zu verhalten wußte.

Als der Barbier schließlich seine weihevolle Tätigkeit am Gesicht des Kollegienassessors beendet hatte, zwei Schritte zur Seite trat und auf das Werk seiner Hände schaute wie ein Maler auf ein gerade fertig gewordenes

Bild, da fühlte ich für den Bruchteil einer Sekunde eine Nichtübereinstimmung mit mir selbst, jener Person, die durch den Gang der Ereignisse in das Gewebe einer anderen, fremden Epoche verstrickt worden war.

Anstelle meiner selbst sah ich im Spiegel einen stattlichen Herrn in einem Anzug, wie aus der Theatergarderobe entliehen, und die Physiognomie dieses Herrn (eine Mischung aus Unverschämtheit und Verlegenheit), im Spiegel verdoppelt, betrachtete ebenfalls abschätzend die Arbeit des Meisters, allerdings nicht so befriedigt und weitaus kritischer.

Und plötzlich hörte ich eine Stimme, die aus meinem Innern kam, aber ganz anders klang, eine tiefe, herrenhafte Stimme, in der ein gönnerhafter Ton mitschwang: »Haben Sie mich auch nicht geschnitten, Iwan Jakowlewitsch, wie voriges Mal? Und warum geht von Ihren Fingern ein so undelikater Geruch aus?«

Dann griff die Hand des Kollegienassessors (meine Hand) in die Tasche, um die Geldbörse hervorzuziehen.

Und da geschah, was manchmal auf einer Provinzbühne oder in einer Laienaufführung geschieht. Der Schauspieler verlor für einen Augenblick den Faden, der ihn mit der Figur des aufgeführten Stückes verband.

Mein »Ich«, natürlich meins und nicht das »Ich« Kowaljows, hatte vergessen, wieviel man in der ersten Hälfte des 19. Jahrhunderts für eine Rasur bezahlte.

Ich oder der Kollegienassessor (und Major), in diesem Augenblick eher ich als der Mann, der gewohnt war, sich beim Barbier am Wosnessenski-Prospekt rasieren zu lassen, stand mit geöffneter Geldbörse da und genierte mich, den Barbier zu fragen, wieviel ihm für die geleistete Arbeit zustehe, als könne Iwan Jakowlewitsch ahnen, daß nicht der Kollegienassessor vor ihm stand, der von allen forderte, ihn Major zu nennen, sondern ein anderes Wesen, das ungeschickt seine Rolle spielte.

Mir fiel ein, daß ich im Frisiersalon an der Ecke Mittelprospekt, Sechste Linie, wo ich mir hin und wieder die

Haare schneiden ließ, fünfzehn oder zwanzig Kopeken an der Kasse bezahlt hatte (den zusätzlichen Fünfer für Eau de Cologne).

Die Hand des Majors entnahm der Börse zwei alte Zehnkopekenstücke und reichte sie dem Barbier hin. Auf dem Gesicht Iwan Jakowlewitsch, der mehr als einmal die übermäßige Sparsamkeit des pedantischen Junggesellen zu spüren bekommen hatte, zeichnete sich Erschrecken ab, das mit Freude vermischt war. Er verbeugte sich ungeschickt und sagte: »Wir danken. Höchst verbunden. Befehlen Sie, am nächsten Donnerstag zu warten?«

Der Major, der donnerstags zu Pelageja Grigorjewna Podtotschina zu gehen pflegte, einer Stabsoffizierswitwe, die ein sehr hübsches Töchterchen besaß, setzte ein ihm gebührendes Gesicht auf und warf von neuem einen Blick auf sein Spiegelbild. Die schöne, vom schwarzen Schnurrbart leicht betonte Nase blickte ihn freundlich aus dem Spiegel an, sie hatte unter der Berührung durch die dicken, nach Zwiebeln riechenden Finger Iwan Jakowlewitschs in keiner Weise gelitten.

Major Kowaljow verließ die Barbierstube und wandte sich in Richtung Newski-Prospekt. Immer enger und enger verschmolz mein »Ich« mit diesem elegant-geckenhaften Wesen, das in jeden seiner Schritte die federnde Energie eines vollblütigen, gut genährten, mit sich selbst außerordentlich zufriedenen Mannes legte.

Federnd trugen mich diese Beine durch die Sadowaja, am Apraxin-Dwor vorbei und weiter zum Gostini-Dwor, dann auf den Newski-Prospekt, der einem Kupferstich aus der ersten Hälfte des 19. Jahrhunderts ähnlich sah. Der Kupferstich war lebendig geworden. Die Häuser hatten ein ganz dinghaftes, dreidimensionales Aussehen angenommen, wie es sich für Häuser gehört, die ehrlich auf einem vorläufig festen Fundament stehen und anscheinend nicht die Absicht haben, sich in eine Verschwörung mit einer Marmorstatue des Sommergartens einzulassen.

An den Häusern vorbei gingen ebensolche völlig mit

sich zufriedenen Persönlichkeiten wie der Major. Manche von ihnen flanierten Arm in Arm mit allerliebsten Fräuleins oder Damen und flüsterten ihnen zärtliche Dummheiten und Komplimente ins Ohr. Über den Prospekt jagten Traber dahin, Kutschen ziehend, auf deren hinteren Trittbrettern ein Page oder ein ausgewachsener Lakai stand und verschmitzt auf die Fußgänger blickte.

Mit einem Anflug von Trauer dachte der Major daran, daß er keine eigene Kutsche besaß; doch wenn es gelang, die geplante Ehe unter Dach und Fach zu bringen, dann vielleicht konnte man es auch noch zu einer Kutsche bringen. Elegant und hoch würden die grauen Traber die Hufe werfen, hinten auf dem Trittbrett würde ein Lakai stehen, und der Kutscher würde rufen: »Heja! Heja!«

Die Überlegungen des Majors wurden gerade in diesem Augenblick vom Ruf eines Kutschers unterbrochen. Doch es rief nicht sein zukünftiger Kutscher, sondern ein fremder, und er rief den Major an, der ziemlich unvorsichtig den nicht ungefährlichen Newski-Prospekt überquerte. Es war etwas Herablassendes in dem Ruf: »Was kriechst du denn da herum, du kleines Assessorchen, während ich eine vornehme Person kutschiere!«

Der Major hatte natürlich keine Ahnung, daß in dieser Kutsche seine eigene Nase fuhr. Er war überzeugt, die Nase sei an ihrem Platz, wo sie ruhig und feierlich verweilte, zu jeder Zeit wissend, daß sie diese Pflicht mit strikter Genauigkeit zu erfüllen hatte.

Als er zur Buchhandlung Smirdin kam, wunderte sich der Major über die Nichtigkeit gewisser schlechtgekleideter Personen, die die im Fenster ausgestellten Bücher betrachteten. Der Major machte sich nichts aus Büchern, und aus Zeitungen ebensowenig, er las nur die Inserate in der »Nördlichen Biene«, und seiner Beachtung würdigte er nur die Fenster in der Gostini-Reihe und der Apraxin-Reihe, wo interessantere und bedeutendere Gegenstände ausgestellt waren.

Doch allmählich wurden die Schritte des Majors weniger federnd und sicher. Die Vorübergehenden warfen mal erstaunte, mal erschrockene, mal spöttische Blicke auf sein Gesicht, als sei dort etwas nicht in Ordnung. Hatte ihm Iwan Jakowlewitsch vielleicht die eine Hälfte des Schnurrbarts abgeschnitten und die andere stehenlassen?

Der Major trat in eine Konditorei, um in den Spiegel zu sehen. Die Konditorei war leer. Die Lehrburschen kehrten die Zimmer und stellten die Stühle auf. Der Spiegel, der sich durch eine beneidenswerte, aber zu grausame Wahrhaftigkeit auszeichnete, ließ den Major wissen, warum die Passanten seinem Gesicht so außerordentliche Aufmerksamkeit geschenkt hatten. Im Gesicht fehlte die Nase.

Der Major bedeckte die Stelle, von der die Nase verschwunden war, mit einem Taschentuch und ging dann zum Sommergarten. In seiner heilen, zu heilen, gesunden Natur kam es erneut zu einer psychischen Spaltung. Er bestand aus zwei Hälften: aus sich und aus mir. Doch mit jedem Schritt wurde er weniger er selbst und überließ alles mir, mit Ausnahme der verschwundenen Nase.

Die Füße trugen mich in den Sommergarten, wo Ophelia stand, die eine der Marmorstatuen spielte. Mein Gesicht bedeckte ich mit dem Taschentuch, um keine Aufmerksamkeit zu erregen.

Ich habe schon erwähnt: Mit jedem Schritt wurde mein Wesen immer mehr zu meinem eigenen und verlor die dem Major eigene Überzeugung von der Stabilität der Welt, deren Splitter er selbst war.

Wieder wurde der Rhythmus des Lebens einem Traum ähnlich. Die Straßen, durch die ich ging, erschienen mir durchsichtig. Sie kamen mir wie Dekorationen vor, die mit Fetzen der realen Vergangenheit beklebt und davon noch trügerischer und unwahrscheinlicher geworden waren.

Was den Sommergarten angeht ... Der Sommergarten war wirklich um hundert Jahre jünger. Die Eichen und die Ahornbäume waren jetzt beträchtlich dünner und eleganter als damals, als ich sie an dieser Stelle verließ und mit Ophelias Hilfe meine Uhr um hundert Jahre zurückstellte.

Nur die Statuen sahen ebenso aus. Aber welche von ihnen war Ophelia? Das hatte ich vergessen. Denn die Statuen sahen eine wie die andere aus.

Zu meinem Glück befanden sich kaum Menschen im Park. Ein paar Kinderfrauen mit Kindern. Ein junger französischer Erzieher mit einem Knaben. Ein angetrunkener Beamter mit einem Orden, wie einem Bilde Fedotows entsprungen.

Das Gesicht mit dem Taschentuch verbergend, ging ich der Reihe nach zu jeder Marmorstatue und flüsterte: »Ophelia! Ophelia! Hörst du mich?«

Doch nicht eine Statue antwortete auf meinen Ruf, vielleicht weil sie fürchtete, die Aufmerksamkeit des Publikums zu erregen.

Sie waren alle gleich, alle unbeweglich, vor mir in ihrer Marmorwelt verborgen.

Und da fühlte ich auf einmal die Schwermut der Einsamkeit und Verlassenheit, die ich noch nie in solcher Stärke empfunden hatte. Es zog mich nach Hause. Aber wo war mein Haus? Major Kowaljow wohnte in der Sadowaja, anscheinend in der Nähe des Woskressenski-Prospekts. Doch in welchem Haus? Mir fielen die Worte ein, die er gern und oft gesagt hatte: »Meine Wohnung ist in der Sadowaja; frag nur nach dem Major Kowaljow, dann zeigt dir jedes Kind das Haus.«

Mit Mühe gelangte ich zur Sadowaja und fragte zwei alte Frauen, die bei einem leuchtend blau gestrichenen Haus die Köpfe zusammensteckten: »Sagen Sie bitte, wo wohnt Major Kowaljow?«

Und da erkannte ich die beiden Alten. Es waren dieselben, die in einem Hause mit mir auf der Wassiljew-Insel wohnten. Und sie erkannten mich auch, trotz meines Kollegienassessor-Äußeren.

Wie waren sie hierher gelangt, ins 19. Jahrhundert? Mit der Straßenbahn? Aber hierher war noch keine einzige Straßenbahnlinie gelegt.

Und da trieb mir die Empfindung, daß ich in einer seltsamen, einem Alptraum ähnlichen Welt eingeschlossen war, kalten Schweiß auf die Stirn.

Die beiden alten Frauen waren dieselben. Und ich war derselbe. Aber die Welt war die Gogols. Und das alles nicht auf der Bühne eines Theaters, sondern in Wirklichkeit.

Ja, dies war die Sadowaja, aber sie war hundert Jahre jünger als die Sadowaja, die ich kannte.

Und nur die beiden alten Frauen waren weder jünger noch älter.

Und sie standen schweigend da.

Ich hörte Schritte und drehte mich um. Der Abschnittsbevollmächtigte kam auf mich zu.

31

Fortsetzung der Aufzeichnungen

Nachdem ich das Petersburg der ersten Hälfte des 19. Jahrhunderts verlassen hatte (selbstverständlich mit Hilfe der Marmorstatue, die sich und mich schnell und gekonnt entzaubert hatte), wo fand ich mich wieder? Vielleicht bei mir zu Hause auf der Wassiljew-Insel? Nichts dergleichen.

Auf mich warteten andere Abenteuer und Metamorphosen im Geist der Romane des 18. Jahrhunderts, eines Jahrhunderts, für dessen Kultur Ophelia eine starke Vorliebe hatte.

Sie verwandelte mich in einen Dichter. Aber gleichzeitig war ich nicht nur Dichter, sondern auch Wald.

Hier lag natürlich eine bedeutende Abweichung von den Traditionen des 18. Jahrhunderts erstens in Richtung auf die Spätantike Ovids und zweitens in Richtung Chlebnikow und Joyce vor, die sich solche experimentellen Aufgaben gestellt haben, jedoch im Unterschied zu unserer Zauberin nicht im Leben, sondern nur auf dem Papier.

Mein Wesen wurde so sehr von Natur durchdrungen,

daß es eine Art Kentaur wurde: halb Wald, halb Mensch. Das betrifft natürlich nicht mein Äußeres. Das alles ging in mir vor sich. Ich fühlte, daß ich Wald und gleichzeitig ein junger Mann war. Der Ovid des 20. Jahrhunderts. Niemand von meinen Verwandten und Bekannten (außer Ophelia natürlich) ahnte die Dualität meiner erstaunlichen Existenz. Aber derjenige, der meine Verse las, fühlte, daß der Wald mit ihm sprach, der Worte in Zweige, in Vogelzwitschern, in das Hufgetrappel eines fliehenden Hirschrudels, in blaue Wolken, die sich im klaren Wasser eines Waldflusses spiegelten, verwandelte.

An dieser Stelle muß ich eine kurze Abschweifung vom Chlebnikow-Rilke-Joyce-Thema einschieben, die nur meine Person betrifft und in keiner Beziehung zur vermenschlichten Natur steht. Ophelia hatte mir im Grunde eine kleine Erholung, eine Atempause nach den von mir durchgemachten Prüfungen gewährt, denen andere, noch schwierigere folgen sollten.

Doch kehren wir zum Wald zurück, mit denen mich ein ganz anderes Band verknüpfte als jenes, dessen sich die Holzfäller, die Flößer und die Jäger auf das verschiedene Wald- und Wasserwild rühmen können.

Ich war eher Wild als Verfolger. Im Namen des Wildes – des fliegenden und des laufenden – wandte ich mich an die Menschen, und ebenso im Namen aller Stämme und Zweige, denen die elektrische Säge drohte.

Ach, wie haßte ich ihren Ton, ebenso wie auch die selbstzufriedenen Gesichter der Schurken, die auf eine säugende Hirschkuh schossen.

Die Empfindung, daß ich ein Wald war, erfaßte mich nicht nur in jenen Stunden und Minuten, in denen ich die Worte aufs Papier warf und mich bemühte, in eine Zeile die ganze Welt zu zwängen. Nein, diese Empfindung von ungewöhnlicher Frische verließ mich weder in den Straßen der Stadt noch auf dem Bahnhof, wo Züge auf mich warteten, noch in den stillen Sälen der Bibliothek. Das Buch hatte sich mir auf ebenjener Seite geöffnet, wo alle Fäden der Welt zu einem Zentrum zusammenliefen, zu einem von Emotionen überlaufenden Feld.

Allen Gesetzen des Seins zum Trotz weilte ich gleichzeitig an zwei verschiedenen Punkten des allzu elastischen, fast magischen Raumes: im Zimmer des Dichters inmitten der großen, lärmenden Stadt und weit, weit weg von allen Städten – im Wald. Im Wald war ich Baum und Wolke und blaues Flüßchen, das leise singend dahinfloß, ganz klar, wie die Zeile eines Poems, in dem sich die langen braunen Stämme, die dunkelgrünen Zweige und die rotbraunen Eichhörnchen spiegelten, die dem Klopfen des Spechts lauschten.

In der Stadt hingegen war ich ein junger, sehr schüchterner Mann, der sich bemühte, mit Hilfe von Wörtern und Rhythmus mit den Dingen zu verschmelzen, in das Innere der Dinge einzudringen und zu sehen, was allen verborgen bleibt.

Doch in jenen merkwürdigen Augenblicken, in denen alles ringsherum (Häuser, Straßen, Gegenstände) mit mir Kontakt suchte und die Worte, die ich zu Papier brachte, wie ein Schwamm durchtränkt waren vom morgendlichen Tau und der Frische der Welt, rief mich der Wald beim Namen, als sei er hier, am offenen Fenster. Und dann sah ich alles ringsumher ein wenig anders, als es in Wirklichkeit war. Ich sah die Häuser und die Passanten wie durch das Blau eines Flusses, und es kam mir so vor, als sei der klare Fluß aus dem Walde hierher zu den hohen Häusern gekommen und rede mit den vorübergehenden Menschen in der Sprache, in der nur Homer und Puschkin zu sprechen wußten.

Wenn ich die Straße entlangging, wurden die Steine durchsichtig, und es schien, als fließe in den Häusern das klare Wasser des Waldes und wasche von allen Gesichtern und Gegenständen den Staub des Alltags hinweg . . .

Ich hörte, wie der Kuckuck rief, sich selbst im Rufe wiederholend, aber dieser Ton war rein, und mir schien es so, als rufe mich die Natur selbst und warte darauf, daß ich antwortete.

Herrlich waren diese Augenblicke. Ineinander übergehend wie der Ruf des Kuckucks, wurden sie dann zu Stunden und Tagen. Ich ging in die Grünanlage, wo unlängst eine Statue aufgestellt worden war, die eine griechische Göttin darstellte. Niemand außer mir wußte, daß die Göttin sich nur als Statue verstellte, daß sie lebendig war.

»Ophelia!« rief ich sie an. »Wieviel ungewöhnliche Tage schenkst du mir noch? Ich muß das Poem beenden. Und ich möchte mich ganz und gar nicht beeilen.«

Ich kehrte nach Hause in mein kleines Zimmer zurück, setzte mich an den Tisch und schlug das Buch eines erstaunlichen Dichters auf. Auch mit ihm waren die Erscheinungen und die Dinge offen, doch obwohl er die Sprache alles Umgebenden tief fühlte und verstand, war er unglücklich.

Warum? Ich konnte das nicht verstehen. Ich hatte nie ein solches Glück gefühlt wie jetzt, wo mich Ophelia in eine Art Kentaur verwandelt hatte, Wald und Mensch zu einem Wesen vereinigt hatte.

Die Nacht trug mich fort, dorthin, wo der Wald rauschte und der Waldfluß dahinströmte. Und wenn der Morgen anbrach, früh, ganz früh, noch ehe die Menschen in den Häusern erwachten, brachte sie mich in die Stadt zurück. Und dann wurden die Worte, die ich aufs Papier warf, zu Seen, zu einem Pfad, der sich durch die Berge schlängelte, zum Gesang der Goldamsel, zu einem Blitz, der die Dunkelheit zerschnitt.

Ich ging im Zimmer von einer Ecke zur anderen und wiederholte diese Worte, und draußen hinter dem Fenster begann schon der Regen zu rauschen, um die Strophe jenes Kapitels zu beenden, das ich schrieb.

Doch ich habe das Kapitel nicht zu Ende geschrieben. Man ließ mich nicht. Während draußen unter dem Fenster der Regen brauste, trat Ophelia ein, schwer, aber fröhlich mit ihren Marmorfüßen auftretend.

Und danach . . . Danach wurde eine Seite umgeblättert, aber nicht meines Manuskripts, sondern jenes etwas beängstigenden Poems, das Ophelia keineswegs nur aus Worten schuf.

In wen sie mich wohl diesmal verwandelte? In einen Ritter? Einen altägyptischen Priester? In einen Würdenträger Katharinas? In einen Bauern, der einen Gutshof anzündet? In den Filmschauspieler Adolphe Menjou mit dem Bärtchen des Lebemanns und den Manieren eines Salonlöwen? In einen mit römischen Ziffern numerierten Papst Pius? In Casanova, der die Zahl seiner leichtfertigen Siege vergaß? In Christoph Kolumbus? In den großen Filou und Schuft Fouché? In die Vendomesäule oder in ein Bild Pieter Bruegels des Älteren, genannt »Bauern-Bruegel«? In Leonardo da Vinci oder gar in Michelangelo?

Sie wären sowenig wie ich auf die Antwort gekommen.

Sie verwandelte mich in ein Holzscheit, ließ mir aber das Bewußtsein, das dieses Holzscheit, sollte man meinen, überhaupt nicht gebrauchen konnte.

Das Bewußtsein half mir, die Situation zu begreifen. Eine völlig unvorhersehbare Situation. Das Holzscheit befand sich in Arbeit. Ein Schamane hielt es in seinen geschickten, starken Händen. Mit einem scharfen Messer hantierend, schnitzte er sich daraus einen einfachen, flachgesichtigen Gott.

Was macht die grausame Ophelia mit mir? dachte ich. Noch vor einer halben Stunde war ich ein Dichter in einer großen Stadt. Und jetzt, man schämt sich direkt, es zu sagen, bin ich ein Kiefernscheit, Rohmaterial in den Händen eines unwissenden Menschen, irgendeines Halbwilden.

Doch der unwissende Mensch, der Halbwilde, der nie die Akademie der Künste gesehen hatte, erwies sich als ein talentierter Holzschnitzer. Die Sache ging ziemlich schnell voran. Das Scheit verwandelte sich in einen Taigagott, wie der Schamane meinte, oder in ein Idol, wie ich dachte, ohne daran zu denken, daß das Idol sich als richtiger Gott erweisen würde.

Die Späne flogen in alle Richtungen. Sowohl an der Bewegung des Messers als auch am zufriedenen Blick der engen, wie aus kleinen Schlitzen herausschauenden Augen des Schamanen erriet ich bald, daß am Holzscheit schon ein Gesicht mit Nase, Mund und Augen entstanden war, auch so schmalen Schlitzaugen. Und wären die Augen nicht dagewesen, wie hätte ich den Schamanen sehen sollen, seine nach Rentier riechende Hand und das Messer, das über das Holz hinglitt und sich in den nach Kiefernharz duftenden Stoff eingrub.

Als der Schamane seine Arbeit beendet hatte, stellte er mich – das hölzerne Idol (vielleicht auch einen richtigen Gott) – in eine Ecke des mit Birkenrinde bedeckten Nomadenzeltes und begann zu beten. Er gebrauchte Worte, deren Sinn mir nur zum Teil verständlich war. Das war nicht nur ein Gebet, das war ein Gespräch mit mir, ein vertrauliches Gespräch. Freilich, ich schwieg. Aber er sprach für sich und für mich. Er bat mich, ich möge ihm, seiner Frau und seinem kleinen Stamm wohlgesinnt sein, den gierige bärtige Kaufleute mit Wodka zum Trinken verleiteten und geschickt betrogen, indem sie wertvolles Pelzwerk gegen allerlei untauglichen Kram eintauschten.

Der Schamane beklagte sich bei mir über die Kaufleute und über einen gewissen Beamten Awdej Iwanytsch, der auch Pelzwerk forderte, aber gar nichts dafür gab, nicht einmal die Lappen, die niemand gebrauchen konnte. Der Schamane bat mich, ich möge den Beamten bestrafen, indem ich ihm ein kleines Unglück zum Geschenk machte (ein großes Unglück wünschte er auch seinem Feind nicht), und daß ich gleichzeitig auch die Kaufleute für ihre Gier bestrafte, aber nicht zu streng, weil sie Frauen und Kinder hätten, und Kinder dürfe man nicht kränken.

Die Worte des Schamanen und seine Wünsche waren gerecht, und ich fühlte Sympathie für ihn, obwohl er ein Kurpfuscher war und überall Aberglauben und Finsternis verbreitete.

Anscheinend kommen auch unter den Kurpfuschern ordentliche Menschen vor, dachte ich und war sehr bekümmert wegen der Bitten des Schamanen.

Ohne Ophelias Hilfe würde ich alle diese Bitten kaum erfüllen können. Aber Ophelia war nicht in der Nähe. Sie hatte sich irgendwo versteckt. Und war es in der Stadt leicht, sie zu finden, indem man durch die Parks und Grünanlagen ging und den pseudoantiken Statuen ins Gesicht sah, so war hier keine Stadt, sondern Taiga, und um sich vor den Menschen zu verbergen, konnte sie sich in eine Lärche, in ein Tier oder in einen Stein verwandelt haben.

Als er alle Bitten und Wünsche aufgezählt hatte, bat mich der Schamane, sie nicht zu vergessen. Er sagte mir, daß mein Vorgänger, ein flachgesichtiger Gott, den er ebenfalls mit dem scharfen, gutgeschliffenen Messer aus Kiefernholz geschnitzt hatte, an äußerster Vergeßlichkeit litt und darum ins Feuer geworfen wurde. Wer will schon einen Gott haben, der unaufmerksam gegen die Bitten der Menschen ist, deren Schicksal ganz von ihm abhängt.

Die Stimme des Schamanen wurde drohend, seine Äuglein sahen mich aus ihren engen Schlitzen schief an und wurden auf einmal listig wie bei einem kleinen Jungen, der Vater oder Mutter zu hintergehen versucht.

Ob mich die Worte des Schamanen erschreckt haben? Doch, sie erschreckten mich schon ein bißchen. Ich war aus trockenem Holz geschnitzt und stellte mir lebhaft vor, wie ich brennen würde.

Als er zu Ende gebetet hatte, beschloß der Schamane, daß ich hungrig sei, und schmierte mir die Lippen mit Bärenfett ein. Mir wurde übel davon, als leckte mir ein Bär mit seiner langen, glitschigen Zunge das Gesicht ab.

Es war still in der Nomadenhütte. In der Herdstelle brannte Feuer, in jener Herdstelle, wo mein Vorgänger verbrannt war, der die schwierigen Aufgaben eines Gottes nicht gemeistert hatte. Ich hätte gern gewußt, was außerhalb der Behausung war, doch obwohl ich ein Gott war, konnte ich nicht durch die Wände sehen, die aus Birkenrinde genäht waren und über einem mit Riemen fest verbundenen Gerüst aus Stangen lagen.

Der Geruch des Rauches kitzelte angenehm in der Nase.

Es roch nach Rentierfleisch, das über brennenden Kohlen briet. Der Schamane war irgendwohin weggegangen. Und ich hörte nur das Husten seiner mageren Frau, die mit einer knöchernen Nadel, durch deren Öhr eine wie ein Riemen feste Sehne gezogen war, aus weichgegerbtem Rentierfell Strümpfe nähte.

Die Alte begann vor sich hin zu singen; von Zeit zu Zeit warf sie einen ehrfurchtsvollen Blick in jene Ecke, wo auf einem unregelmäßig geschnittenen Brett ich stand – der neue, nach Spänen riechende Gott, das Wesen, von dem das Schicksal Hunderter Menschen abhing, die zu dem kleinen, durch die Taiga ziehenden Stamm gehörten.

Sie sang vor sich hin, erinnerte sich an ihre Jugend, bevor sie ihr zukünftiger Mann – der noch junge, aber zu großen Hoffnungen berechtigende Schamane – beim Vater für ein Gespann schneller Rentiere und ein großes Bündel nach außen gekehrter Eichhörnchenfelle eingetauscht hatte. Sie erinnerte sich an ihre Jugend, und der Fluß flocht sein fernes Rauschen in die Worte ihres Liedes, das einmal traurig, dann wieder fröhlich war, und der Schatten der Wolken spiegelte sich in einem fernen See, der durch ihre Erinnerung hierher in die Nomadenhütte getragen wurde.

Die Erinnerungen waren irgendwie Träumen ähnlich. Sie trugen sie dorthin, in die Vergangenheit, die nicht zurückkehrt, zum Vater und zur Mutter, die an den Blattern gestorben waren, trotz der Beschwörung durch den Schamanen und Schwiegersohn, der sich mit aller Kraft bemühte, den Tod zu vertreiben, aber trotz seines Wissens und seines Talents keinen Erfolg damit hatte.

Die Alte sang, und ihre Stimme war um mich, doch ihre Vergangenheit war von ihr wie von mir so weit entfernt wie der Schatten jener Wolke, der sich im See ihrer Kindheit spiegelte.

Ich stand reglos, eins geworden mit dem Platz, wo mir zu verweilen bestimmt war. Es war etwas Seltsames, rätselhaft Neues und Unbekanntes in dieser Reglosigkeit. Bin ich vielleicht schon eine Sache geworden? fragte ich, ohne an die äußerste Naivität meiner Frage zu denken. Als könne ein hölzernes Idol etwas anderes sein. Aber vielleicht war ich kein Idol, sondern ein richtiger Gott? Doch wenn ich ein Gott war, warum war dann mein Gesichtskreis so klein und eng? Ich wußte nur, was in der Hütte vorging. Die Welt hatte sich auf den Raum dieser kläglichen, von Rauch und dem Geruch weißgegerbten Leders erfüllten Hütte verengt.

Am Abend kehrte der Schamane zurück, er hielt eine Flasche Wodka in der Hand. Bevor er den Wodka in einen hölzernen Napf goß und trank, benetzte er einen Finger damit und beträufelte meine Lippen.

Der Schamane hockte sich neben die Feuerstelle, ergriff ein brennendes Scheit und führte es an seine Pfeife. Lange dachte er über etwas nach, dann nahm er ein Brett und das Messer, mit dem er mich geschnitzt hatte, und begann Tabakblätter zu kleinen Krumen zu zerschneiden, die er dann mit Kiefernrinde mischte. Blauer Rauch stieg aus seiner Pfeife auf, die aus einem Birkenzweig geschnitzt und mit einer kleinen Kupferplatte verziert war, die von einer Gewehrpatrone stammte. Es war ein schönes Stück, wie übrigens auch alle anderen Dinge, die ich sah, wenn ich die Behausung überblickte. Besonders gefielen mir die kleinen Teppiche aus Rentierfellen, die mit farbigen Ornamenten versehen und von der geschickten Hand der Schamanenfrau mit Glasperlen bestickt waren.

Die Langsamkeit all dessen, was ich hier sah und hörte, sagte mir, daß dies nicht Alltag, sondern Sein war. Ja, das Sein selbst, einfach und anspruchslos wie jenes Liedchen, das die Herrin der Nomadenhütte vor sich hin gesungen hatte.

Wenn ich in der Stadt in unsere Gemeinschaftsküche ging, um mir auf dem Primuskocher ein Rührei zu machen oder Kaffee zu kochen, dann spürte ich immer mit besonderer Schärfe die spießerische Trivialität des Alltagslebens, die kleinliche Geschäftigkeit der Hausfrauen und des Alltags, dessen Symbol der Geruch des Petroleums oder des

Ausgusses war, in den so unpoetisch die Tropfen aus dem undichten Hahn fielen.

So ganz anders sah alles aus, was in der Nomadenhütte geschah. Der wunderbare Duft des auf den Kohlen gebratenen Fleisches mischte sich mit dem nicht minder appetitlichen Duft gepreßten Tees, der in Rentiermilch gekocht wurde, die dick wie Sahne war.

Wie schön war das Leben der Menschheit, als die Menschheit durch die endlosen Wälder streifte, keine trostlosen Häuser und monotonen Straßen kannte und ihr Dach nicht aus schwerem Stein, sondern aus wolkenleichter Birkenrinde baute.

Die Welt des Kalevala und Hiawatha war viel schöner als die Welt der Quantenmechanik. So waren meine Gedanken. Aber ich war ja jetzt kein in das Ultramikroskop und die Zentrifuge verliebter Aspirant, sondern ein flachgesichtiger, aus Kiefernholz geschnitzter kleiner Taigagott. Und konnte ein Kiefernwesen, das in einer rauchigen Nomadenhütte stand, anders denken?

Ich befand mich in einer Welt, die nirgendwohin eilte. Alles wiederholte sich jeden Tag: die Zubereitung des Essens, das Nähen der Winterkleidung und der Sommerkleidung, das Rauchen der Pfeife, das gemächliche Gespräch des Mannes mit der Frau über dies und jenes. Doch in dieser Wiederholung, die dem leichten Rauschen eines Waldflusses ähnelte, fühlte ich keine Monotonie, sowenig wie im Rhythmus des Kalevala und des Hiawatha, wo Wörter und Leben in einer ruhigen Strömung zusammenfließen, wo Augenblick und Ewigkeit eins sind.

Im Halbschlummer träumte ich immer davon, daß man mich aus der Hütte hinaustragen würde. Doch diese Notwendigkeit entfiel bald. Ich begann durch die Wand aus Birkenrinde hindurchzusehen. Anscheinend fing ich wirklich an, mich aus einem Idol in einen Gott zu verwandeln, wenn ich schon durch Wände sehen konnte.

Ich sah Frauen, die aus Beuteln von Rentierleder die Lieblingsleckerei der Rentiere hervorholten – Salz, und

Rentiere, die den guten Frauen die Hände leckten, ich sah Wolken, die über einem kegelförmigen Berg schwammen, und den blauen, durchsichtigen Körper des Flusses, in dem sich die Spiegelbilder der Lärchen wiegten.

Das war eine stille, nirgendwohin eilende Welt, deren Ruhe bald die Kaufleute störten. Sie kamen in die Nomadensiedlung auf Schleppen – langen Stangen, die an das Kummet der Pferde gebunden waren. Anscheinend ritten sie nicht gern oder konnten es nicht. Und die Taigapfade waren zu eng, um einen Wagen oder einen Tarantas durchzulassen.

Die Kaufleute waren mit Ware gekommen, und bald begann der Handel und dann auch ein abscheuliches Gastmahl. Der Schamane nahm ebenfalls daran teil.

Die berauschten Menschen stellten sich zu einem Kreis auf und begannen zu tanzen – Männer und Frauen, Greisinnen und Greise. Ihre Bewegungen waren elegant, leicht und folgten uralten Rhythmen, die wie das Echo ferner Jahrtausende und Jahrhunderte klangen. Die Kaufleute aber klatschten in die Hände und warteten ihre Stunde ab, wenn die betrunkenen Jäger das Pelzwerk für einen Spottpreis abgeben würden, zufrieden mit jenem wertlosen Plunder, den sie dafür erhielten.

Hier nun hätte ich mich einmischen müssen, wenn ich kein Idol, sondern ein richtiger Gott gewesen wäre.

Ich mußte aufstehen, aus der Nomadenhütte heraustreten, nur einige Schritte, und die Kaufleute beschämen. Doch ich war leider nicht imstande, auch nur einen halben Schritt zu tun. Ich konnte nur zuschauen, da ich von meinem Platz aus alles sah, was in der Nomadensiedlung vorging. Der Taigagott, in den mich Ophelia verwandelt hatte, war offensichtlich ein erbärmliches Wesen, nichts weiter als ein Holzgegenstand, an einen Platz gebunden wie jeder Gegenstand.

Ich wurde zornig auf den Schamanen. Er hatte mich gebeten, für seinen kleinen Stamm einzutreten, und nun war er selbst bei den Kaufleuten und begünstigte mit seinem

Verhalten den Betrug. Aber mein Zorn war machtlos, machtlos wie der Wunsch einer aufgebrachten Sache.

Die Frauen und Männer tanzten. Die Kinder tanzten. Es tanzten, in die Hocke gehend, die alten Männer und die runzligen alten Frauen, ohne die qualmenden Pfeifen aus dem Mund zu nehmen. Es schien, als tanze auch der kegelförmige, einer Nomadenhütte ähnliche Berg zusammen mit dem blauen Flüßchen, das seit vielen Jahrhunderten und vielleicht Jahrtausenden den Berg umfloß und wieder an seine Stelle zurückkehrte. In der ewigen Bewegung des Flusses, in seinem ruhigen, majestätischen Spiel mit seinem Freund, dem Berg, lag etwas ebenso Schönes wie im Rhythmus des sich hinziehenden Tanzes.

Auf der Lichtung bei den Feuern tanzten Dutzende von Männerbeinen und Frauenbeinen, bekleidet mit leichten Stiefeln aus Rentierleder, die mit bunten Streifen aus Samt und Glasperlen besetzt waren. Die Frauen-, Männer- und Kinderbeine führten gleichzeitige Bewegungen aus, einmal sehr schnelle, dann wieder verzögerte, und zogen alles, was sie umgab, in diesen Tanz mit hinein: den Berg, das Flüßchen, den See, die Lärchen und deren biegsames Spiegelbild im Wasser. Und nur die Kaufleute saßen an ihrem Platz, rülpsten, warfen sich Blicke zu und warteten auf die Stunde, wo man den Handel beginnen konnte. Der Rhythmus des Tanzes, uralt wie die Taiga selbst, und die monotonen Worte des Liedes weckten in ihren Händlerseelen nicht den Wunsch, den Handel, das Pelzwerk, zu vergessen. Sie hatten sich nicht dazu mit ihren Schleppen durch die hier steinige, dort sumpfige, dornige und schwüle Taiga gequält, um die Interessen dieser kläglichen und nichtsdenkenden Menschlein zu beachten, die jetzt so komisch und unsinnig die Beine bewegten.

Ich sah alles und verstand alles, aber ich konnte dem kleinen Stamm nicht helfen, obwohl ich ein Gott war.

Ich wurde wütend auf mich, auf meine Machtlosigkeit und auf Ophelia, die mir meine Gefühle belassen, mir aber Arme, Beine und sogar die Stimme genommen hatte.

Der Schamane kehrte in die Hütte zurück, als die Kaufleute nach beendetem Handel mit ihren Schleppen abgefahren waren, die Hundefelle, Eichhörnchenfelle und Luchsfelle mit sich fortnehmend. Der Schamane schwankte und wäre fast hingefallen. Die Herrin der Hütte, seine hagere Frau, war auch betrunken. Sie krümmte sich und erbrach alles, was sie gegessen und getrunken hatte. Es war, als würde ihr ganzes Inneres nach außen gekehrt. Doch der Schamane beachtete sie überhaupt nicht. Er trat zu mir und machte mir Vorwürfe, daß ich meine Pflichten als Gott verletzt, die Kaufleute nicht bestraft und ihnen erlaubt hätte, ruhig aus der Nomadensiedlung abzufahren und das Pelzwerk mitzunehmen. Wo ich gewesen sei, wollte der Schamane wissen. Ob ich denn nichts gesehen hätte? Wer brauchte einen ewig schläfrigen Gott, der nichts bemerkte?

Ich wollte ihm sagen, daß auch er sich nicht sehr würdig benommen hatte. Wo war das Pelzwerk, das in der Hütte gelegen hatte? Denn das hatten die Kaufleute auch mitgenommen und dafür ein bißchen verfärbtes Kattun und die Flasche Wodka dagelassen, die der Schamane in der Hand hielt. Aber alle nötigen Worte blieben in mir, weil ich eine Sache war, stumm wie alle Sachen.

Der Schamane hörte gar nicht auf, alle meine Todsünden aufzuzählen, er wollte alle Verantwortung auf mich abwälzen.

Als er endlich müde wurde und sich auf die Pritsche fallen ließ, trat in der Nomadenhütte Stille ein. Doch diese Stille freute mich nicht. Ich war fast überzeugt, daß frühmorgens, wenn die Hausfrau beginnen würde, das Feuer in der Herdstelle anzufachen, um in dem kleinen schwarzen Kessel dicken Ziegeltee zu kochen, der Schamane seine Drohung wahrmachen und mich ins flackernde Feuer werfen würde. Und das wäre ein ziemlich alltäglicher Tod, der in keiner Chronik erwähnt würde, ein Tod, von dem die Menschheit nie auch nur das geringste erfahren würde.

Der Schamane schnarchte laut, die Hand, an der ein Finger fehlte, hatte er auf seine schlafende Frau gelegt.

Es war Nacht geworden, meine letzte Nacht in der Nomadensiedlung.

Ich hörte die Hunde bellen. Die Hunde verbellten offensichtlich einen Unbekannten, Fremden. Dann vernahm ich Schritte. In die Nomadenhütte trat Ophelia und sagte leise, um den Schamanen und seine Frau nicht zu wecken: »Schweig, wenn du nicht im Feuer enden willst wie deine untalentierten Vorgänger.«

32

Federnde Frauenschritte waren zu hören. Eine Diele knarrte. Die Tür wurde geöffnet. Ophelia trat ein; in einer Hand hielt sie den kupfernen Teekessel, in der anderen die Bratpfanne samt Untersatz, in der ein Setzei brutzelte. Dieses Setzei auf der zischenden Pfanne, unanzweifelbar wie die hereintönende entrüstete Stimme der Nachbarin bildeten eine grelle Widerlegung dessen, was im voraufgegangenen Kapitel erzählt wurde.

Koljas scharfer Verstand arbeitete fieberhaft, um eine logische Brücke zwischen dem Setzei auf der Pfanne und dem Verhalten des Schamanen zu schlagen, der . . . ja, wo war der eigentlich geblieben? Auf dem Grunde eines Traumes oder einer unmöglichen, wahrhaft rätselhaften Wirklichkeit?

»Steh auf«, sagte Ophelia. »Ich gehe keinen Tee kochen. Hast du gehört, was die Nachbarin gesagt hat?«

»Irgendwas vom Primuskocher. Daß er blakt.«

»Wenn es bloß wegen des Primuskochers wäre. Von den Alten hat sie gesprochen.«

»Von welchen Alten?«

»Von den beiden, die auf der Treppe Wache hielten. Die Alten sind verschwunden. Sind vermißt. Die Kripo kommt. Sie forschen nach.«

»Und was haben wir damit zu tun?«

»Sie, diese Intrigantin, glaubt, daß wir in die Sache verwickelt sind. Wir verhalten uns verdächtig. Waren irgendwohin verschwunden. Und unser Verschwinden fiel mit dem Verschwinden der beiden Alten zusammen.«

»Aber wir sind doch zurückgekommen.«

»Aber die Alten nicht. Wo sind sie?«

»Warte mal! Warte! Wo habe ich die alten Weiber gesehen? In der Sadowaja im Petersburg Gogols habe ich sie gesehen, als ich Kollegienassessor war. Ich habe noch überlegt, wie sie dahin gekommen sind. Mit deiner Hilfe?«

»Nein! Nein! Verwickle mich nicht in diese Angelegenheit! Um Gottes willen nicht. Ich hatte damit überhaupt nichts zu tun.«

»Aber war das oder war das nicht?«

»Verwickle mich nicht in diese Sache.«

»In welche Sache?«

»Die beiden Alten sind verschwunden. Die Kripo befaßt sich jetzt damit. Und wie werden wir unsere Abwesenheit erklären?«

»Sind wir denn weg gewesen?«

»Was denkst du denn? Wir waren zweieinhalb Monate nicht hier. Wenn sie uns verhören, was wirst du antworten, wie willst du das erklären?«

»Ich kann nicht lügen. Ich werde sagen, was war.«

»Du bist ja selbst nicht sicher, daß etwas war.«

»Aber du bist sicher?«

»Ich möchte auf diese Frage nicht antworten. Ich will nicht!«

»Und was ist mit den beiden Alten? Ich habe sie doch gesehen. Wie sind sie dahin gekommen?«

»Sie sind uns wahrscheinlich gefolgt. In sehr kurzer Entfernung. Ich habe sie nicht bemerkt.«

»Und man kann sie nicht von dort zurückholen?«

»Das ist schwer. Aber man kann natürlich. Und wenn sie zurückkehren, glaubst du, daß sie den Mund halten?«

»Das glaube ich nicht. Sie sind Klatschtanten.«

»Eben darum bitte ich dich ja, verwickle mich nicht in diese Sache. Setz dich lieber und iß dein Setzei. Aber den

Tee mache ich nicht warm. Er ist kalt geworden. Meine Füße werden diese Küche nicht mehr betreten. Sie sagt, daß ich diese Alten umgebracht habe, und das sagt sie nicht, das schreit sie. Das Fenster ist offen. Das ganze Haus hat es gehört.«

»Nun warte mal, reg dich nicht auf. Die Leute leben in der Alltagswelt, wo alles den Gesetzen der Logik und des gesunden Menschenverstands untergeordnet ist. Soll die Kripo nach den verschwundenen Alten suchen. Dazu ist sie da. Was haben wir damit zu tun? Diese Intrigantin in der Wohnung kann uns kaum etwas vorwerfen.«

Als er das gesagt hatte, setzte sich Kolja hin, um das Setzei zu essen. In seinem Kopf blitzte der Gedanke auf, daß er viele Tage lang nicht gegessen und getrunken hatte, aber trotzdem nicht verhungert war, anscheinend nicht einmal abgenommen hatte.

Er schaute in den Spiegel, und der Spiegel bestätigte ihm, daß er sich überhaupt nicht verändert hatte.

»Du sagst«, fragte er Ophelia, »daß wir zweieinhalb Monate weg waren? Wo waren wir denn?«

»Weshalb fragst du mich das?«

»Ich möchte die Wahrheit wissen.«

»Wozu willst du sie wissen? Du kannst sie ja doch nicht wissenschaftlich begründen. Und wenn sie nicht wissenschaftlich begründet ist, was ist sie dann für eine Wahrheit? Und wer wird sie glauben? Denkst du, bei der Kriminalpolizei glaubt das jemand?«

»Ich frage jetzt nicht für die Kripo, sondern für mich. Mir schien das ein Traum zu sein.«

»Mir kommt es manchmal auch so vor. Aber urteile selbst, kann ein Traum zweieinhalb Monate dauern?«

»Es ist für mich leichter, anzunehmen, daß ich in Lethargie gefallen bin, als daß ich ein hölzerner Tungusengott war.«

So begann und so verlief ihr erster Tag nach der Rückkehr von der Reise.

33

Und dem ersten Tag folgte ein zweiter, dritter, vierter. Kolja tauchte wieder ein in das, was wir im alltäglichen Leben, im Leben ohne große und bedeutende Ereignisse, gewöhnlich nicht bemerken. Und was wir mit unpersönlichen Worten bezeichnen: Woche, Dekade, Monat.

Übrigens, erleben dasselbe nicht alle Menschen, die von einer interessanten Dienstreise oder aus dem Urlaub nach Hause in die gewohnte und längst eingespielte Lebensweise zurückkehren?

Aus dem Urlaub? Da ist es, das Wort, das einem auf der Zunge gelegen hat und hinter dem man sich und Ophelia vor den allzu neugierigen Bekannten und Nachbarn verstecken kann.

»Wir waren im Urlaub«, sagte Kolja allen, die sich für seine Abwesenheit interessierten.

»Mit Frau?«

»Ja. Gemeinsam.«

»Im Süden?«

Auf diese Frage antwortete Kolja weniger bestimmt. »Ja. Nein. Übrigens, was heißt Süden? Wir haben verschiedene Gegenden besucht. Mal mit dem Zug. Mal auf dem Pferdewagen, mal zu Fuß. Wir haben uns nirgends lange aufgehalten.«

»Und es hat Ihnen gefallen?«

»Ja. Sehr. Der Wechsel der Eindrücke belebt so.«

Doch wenn Kolja zu zweit blieb, zu zweit mit Ophelia in dem kleinen Zimmer, dann begann er wieder Bilanz zu ziehen. Bilanz wovon? Und wofür?

»Ein Mythos?« fragte er Ophelia.

»Was ist ein Mythos?« fragte Ophelia dagegen. »Wie verstehst du den Sinn dieses vieldeutigen und nicht ganz enträtselten Wortes?«

»Du möchtest, daß ich dir so antworte, wie ich meinen wie tschechowsche Intellektuelle aussehenden Prüfern antwortete, als ich das Examen als Informationsgott ablegte?«

»Meinetwegen. Du könntest übrigens auf meine Frage antworten, ohne dich ins einundzwanzigste Jahrhundert zu flüchten. Ist das für einen belesenen Aspiranten wie dich so schwer?«

»Ein Mythos ist eine Erfindung, die im Bewußtsein der Menschen zur Realität geworden ist. Zum Beispiel Don Quichotte, Pickwick, Fürst Myschkin oder Faust. In Wirklichkeit haben sie nämlich nicht existiert. Aber dieser Umstand hindert sie nicht daran, in gewissem Sinne realer zu sein als Millionen von Menschen, die wirklich existiert, aber keinerlei Spur im Gedächtnis der Generationen, in der Geschichte hinterlassen haben. Das ist freilich eine besondere Realität, keine materielle, sondern eine geistige.«

»Als du mir antwortetest, hast du auch dir selbst geantwortet. Das, was mit dir war, ist auch eine besondere Realität. Aber ich kann dir nichts erklären. Ich kann durch Wände und Jahrhunderte gehen, aber ich falle durch jede Prüfung, wie ich beinahe auch hereingefallen wäre, als man mich wegen der beiden Alten zur Kripo vorlud.«

»Gut, daß die Alten wieder erschienen sind. Ich sehe sie jeden Tag auf der Treppe.«

»Erschienen sind? Nicht sie sind erschienen, sondern ich habe sie buchstäblich an den Haaren aus der ersten Hälfte des neunzehnten Jahrhunderts herausgezogen. Denkst du, das war so einfach? Erstens, sie hatten sich dort eingelebt und fühlten sich wie zu Hause. Die eine verkaufte auf dem Heumarkt Sonnenblumenkerne, und die andere war noch unternehmungsfreudiger und hatte angefangen, an mittellose Studenten und verarmte Edelfrauen Geld zu verleihen. Bevor ich sie hierher brachte, habe ich mir Dokumente über ihre zweifelhaften Geschäfte besorgt, und jetzt habe ich sie in der Hand. Sie sind pflaumenweich zu mir und nennen mich ihre Wohltäterin. Nur gut, daß du nicht zur Kriminalpolizei vorgeladen wurdest. Du hättest es nicht fertiggebracht, sie abzulenken, so wie ich das geschafft habe. Und jetzt sind die Alten wieder da. Der Fall ihres Verschwindens ist abgeschlossen. Sie haben erklärt, daß sie aufs Land in den Urlaub gefahren waren. Ein schönes Wort – ›Urlaub‹. Schade, daß es sich bloß bis zum Ende des zwanzigsten Jahrhunderts gehalten hat. Und dann wurde es zu einem Archaismus, ebenso wie die Wörter Kaufmann, Schuft, Hochstapler, Zauberer, Bahnhof, Wald, Gevatterin, Hochzeit, Glöckner, Laterne, Bösewicht, Dieb, Seuche, Kinderwagen, Pferd und Außentreppe.«

Und sie fing an, alle Wörter aufzuzählen, die im 21. Jahrhundert und im 22. Jahrhundert ausstarben oder ihren Sinn veränderten. Es war seltsam, aber anscheinend bereitete ihr das irgendein besonderes, Kolja nicht ganz verständliches Vergnügen. Denn sie blickte auf die Wörter wie auf die Menschen herab und verglich deren Vergänglichkeit und Relativität mit der Absolutheit der eigenen Existenz, die weder den Gesetzen der Zeit noch des Raumes unterworfen war.

Zwei- oder dreimal sah Kolja sie in Gesellschaft der beiden alten Frauen. Die Alten erzählten ihr etwas und sahen sich dabei nach allen Seiten um. Vielleicht erzählten sie von ihrem Aufenthalt im Sankt Petersburg der ersten Hälfte des 19. Jahrhunderts. Auf ihren Gesichtern lag der Ausdruck von Mitwisserinnen eines großen Geheimnisses, dessen Last ihrer Eitelkeit als Quatschtanten und Klatschmäuler schmeichelte und sie zugleich durch seine ungeahnte Schwere belastete. Denn sie, diese geborenen Zeuginnen, die leidenschaftlich nach allem Verborgenen und Geheimen gierten, waren auf einmal nicht nur Zeuginnen, sondern auch Beteiligte eines Wunders. Und das Wunder hatte sich als nicht sehr dauerhaft erwiesen. Das Wunder endete wie die Vorführung eines Stummfilms im Kino »Forum«. Man hatte ihnen das Wunder weggenommen, und nun befanden sie sich wieder auf der Treppe, im Besitz eines fremden und eines eigenen Geheimnisses, aber ohne es preisgeben zu dürfen. Ihre langen Zungen schmachteten in den fest verschlossenen Sparbüchsenmündern. Und das war für sie sicherlich eine richtige Folter. Auf keinen Fall! Niemandem! Weder dem Hausverwalter noch den Nachbarn! Keine Silbe! Sonst würde diese Zauberin sie wieder an einen anderen Ort versetzen, und zwar nicht in das zaristische Petersburg mit seinen lackierten Kutschen und trüben Laternen, sondern in die Hölle, ins Feuer, in den Sumpf, in die Nacht, wo man nicht die Hand vor Augen sieht, in die Finsternis eines bodenlosen Schachts. Sie hatten die Zauberkunst Ophelias kennengelernt und bissen sich auf ihre langen Zungen.

Wenn sie Kolja erblickten, schauderten sie jedesmal zurück. Auch er war ja an ihrem gemeinsamen Geheimnis beteiligt. Und eines Tages hielt er sie an und fragte: »Wo waren Sie denn die ganze Zeit?«

»Auf dem Land sind wir gewesen«, antworteten sie in einem einstudierten Chor. »Bei unseren Leuten. Auf dem Land. Christus ist unser Zeuge.«

Und beide bekreuzigten sich mit ihren dürren Spinnenfingern und tarnten mit dieser einstudierten, aber heiligen Geste Geheimnis und Sünde.

Für Kolja hatte das frühere Leben begonnen. Doch war es wirklich das frühere? Denn er wußte zuviel für einen Menschen der ausgehenden zwanziger Jahre des 20. Jahrhunderts, als die Genetik ihre ersten schüchternen Schritte unternahm und der Mond (von Mars und Venus ganz zu schweigen) noch ein ferner und unbekannter Planet war, derselbe Mond, der im 21. Jahrhundert aufhörte, Mond zu sein, und sich in ein experimentelles Laboratorium verwandelte, das sich drei Forschungsinstitute teilten.

Kolja ertappte sich bei dem für ihn keineswegs schmeichelhaften Gedanken, wie ähnlich er den beiden Alten war. Auch er wagte nicht, den Mund aufzumachen und das Geheimnis zu lüften. Und wie schwer war es, zu schweigen, wenn man die naiven Theorien und Hypothesen hörte, die von der Wissenschaft der Zukunft längst widerlegt worden waren und die ihm, dem Aspiranten, von seinen wissenschaftlichen Leitern als das neueste und letzte Wort der Wissenschaft präsentiert wurden. Von alldem konnte man verrückt werden.

Um dennoch nicht den Verstand zu verlieren und nichts auszuplaudern, faßte Kolja einen zum Teil riskanten und ziemlich paradoxen Entschluß. Vieles von dem, was er wußte und die Wissenschaft seiner Zeit nicht wußte, legte er in literarischen Skizzen unter der Überschrift »Wissenschaftliche Phantastik« nieder und sandte es an die Zeitschrift »Rund um die Welt«.

Es war ärgerlich, die Wahrheit selbst als Phantastik, wenn auch wissenschaftliche Phantastik, zu veröffentlichen, aber was sollte er machen? In keinem Laboratorium der Erde gab es jene Geräte, mit deren Hilfe seine verrückten Gedanken hätten bestätigt werden können.

Seine Skizzen wurden als wissenschaftlich-phantastische Erzählungen veröffentlicht, hatten jedoch keinen Erfolg. Die Gedanken, die er unter dem Deckmantel der Phantastik darlegte, erschienen selbst den kühnsten wissenschaftlichen Phantasten jener Zeit unsinnig und unausführbar. Schriftstellerisches Talent besaß Kolja nicht, und er vermochte nicht, die wissenschaftlichen Ideen und Fakten mit einem spannenden Sujet und überraschenden Situationen zu verbinden, an denen die Novellen Alexander Beljajews, die in derselben Zeitschrift veröffentlicht wurden, so reich waren.

Ruhm brachten Koljas Erzählungen ihm nicht ein, nur die Aspiranten und Wissenschaftler wurden mißtrauisch, selbst diejenigen von ihnen, die gut mit ihm standen.

Kolja liebte es nicht, komisch zu sein, und er wollte es nicht sein. Wer außer denen, die davon leben, ist schon gern komisch!

Als er das Honorar für seine zu wunderliche Prosa erhalten hatte, lief der neugebackene Literat ein Geschenk für Ophelia kaufen.

Sie hatte ihm beinahe die ganze Welt geschenkt, und er schenkte ihr eine Schokoladentorte. War das nicht ein Symbol für den Alogismus des Alltagslebens, wo die alltäglichen Gegenstände und unbedeutenden Handlungen in der Unendlichkeit des Alls baden zusammen mit den Sternen und Galaxien?

34

Hat Kolja nicht etwas viel Raum in der Erzählung eingenommen, in der ihm keineswegs die Hauptrolle zugedacht ist? Doch da ist nichts zu machen. Alle Ereignisse und Fakten haben (bei offenbarer Verletzung der Kompositionsgesetze) zur Seite rücken und Platz machen müssen, damit er es nicht eng, sondern im Gegenteil geräumig in diesem Buch hatte. Aber das Buch war ja auch nicht einfach ein Buch, sondern außerdem noch eine Frau, und dazu eine recht kapriziöse. Sie hatte Kolja dem vorgezogen, der auf der ersten Seite erschienen und sichtlich auf der Seite verlorengegangen war, auf der Koljas Reisen und Koljas Verwandlungen begannen, die zum Glück für ihn bislang seinen wissenschaftlichen Leitern und der Institutsleitung noch unbekannt waren. Es hätte ihnen wohl kaum gefallen, hätten sie erfahren, daß ihr Aspirant einige Zeit, freilich nicht sehr lange, die Aufgaben eines kleinen Ewenkengottes wahrgenommen und in der Hütte eines Schamanen gewohnt hatte.

Jetzt ist es Zeit, den Leser an mich zu erinnern.

Auch ich atmete, lebte, arbeitete. Und da Ophelia mit Kolja beschäftigt war und mich völlig vergessen hatte, spielte sich mein Leben in demselben Rahmen ab, der auch für alle anderen Menschen gilt, die durch das Gesetz der Gravitation und die Einheit von Zeit und Raum gebunden sind.

Litt ich darunter? Überhaupt nicht. Strebte ich danach, in irgendeine andere Epoche zu kommen und mich in eine andere Person zu verwandeln? In keiner Weise. Die Umstände, mit denen ich mich verbunden hatte, als ich den Beruf des Malers wählte, befriedigten mich voll und ganz.

Dieser Beruf hat einen unbestreitbaren Vorzug. Ein Mensch, der ihn aus Berufung gewählt hat, stellt sich damit in besondere Beziehungen zur Welt der Gegenstände und Erscheinungen. Er wird gewissermaßen zum Mittler zwischen der Welt und den Menschen, zu einer Art Dolmetscher zwischen der Sprache der Dinge und der allgemein zugänglichen Sprache, die alle Sterblichen verstehen.

Jeder Maler wiegt sich in der Hoffnung, daß er es schaffen wird, die Menschen aus ihrer ewigen Schläfrigkeit zu wecken und ihnen zu helfen, die Welt in voller Schönheit zu sehen. Mit diesem Gedanken stand ich morgens auf, nahm, nachdem ich eine Tasse Kaffee getrunken hatte, meine Staffelei und ging, um den Tag allein mit der Stadt zu verbringen.

Die Stadt wurde zur Person. Ich malte im Grunde nicht einzelne Ansichten, sondern ihr Porträt. Sie war ein Ganzes mit all ihren Straßen, Straßenbahnen und Fußgängern. Sie war – nicht die vereinzelten Teile, sondern das Ganze. Und dieses Ganze suchte ich zu erfassen und auf die Leinwand zu bannen.

Das war ein Wunder – nicht meine Malerei, sondern meine Einheit mit der großen Stadt, eine Einheit, die mich buchstäblich trunken machte.

Die Silhouetten der Bäume an der Moika. Die ins Ferne laufende Perspektive der Häuser der Mochowaja. Das müde Gesicht eines Vorübergehenden, der von der Arbeit nach Hause zurückkehrte. Das kleine Mädchen, das im Sommergarten auf einem Bein hüpfte. Aber wie sollte man das zu einem Ganzen verschmelzen, damit es ein Poem wurde?

Was sollten mir andere Epochen und Zeiten? Am liebsten war mir dieser Augenblick, den ich auf der Leinwand festhalten wollte. Diese ewige und unbegreifliche Gegenwart um einen und in einem.

Einige meiner Bilder wurden zusammen mit Arbeiten anderer Mitglieder der Gesellschaft »Malerkreis« im Haus der Presse an der Fontanka ausgestellt.

Meine Bilder, etwas skizzenhaft in der typischen »Malerkreis«-Manier gemalt, wurden von einem Saratower und einem Kasaner Museum gekauft. Ich dachte, sie würden ausgestellt, aber sie verschwanden sofort und, wie es scheint, für immer im Magazin.

Magazin . . . Dieses Wort hörte ich später viele Male von Kolja. Er legte einen besonderen, absoluten Sinn in dieses Wort, so ähnlich wie der metaphysische Sinn, auf den der große Dante anspielte, der zahllose Generationen von seiner erstaunlichen Reise erzählt hat.

Koljas Reise war auch eine Erzählung wert. Aber Kolja war nicht gern komisch. Und die erbarmungslose Ophelia, die Koljas maßlosen Wissensdurst befriedigte, brachte ihn dabei immer wieder in komische und klägliche Situationen.

Allerdings hatte sie, wie mich Kolja wissen ließ, versprochen, ihn bei der nächsten Reise in irgendein Genie der fernen Vergangenheit oder einer ebenso fernen Zukunft zu verwandeln, natürlich nur, wenn sie es nicht verlernt hatte, mit Zeit und Raum umzugehen, was nicht auszuschließen war bei diesem ewigen Herumstehen in der verflixten Küche und dem Treppenklatsch mit den Nachbarinnen darüber, welches Öl besser sei – das Sonnenblumenöl oder das neue aus Zedernüssen.

»Und was ist, wenn sie Sie in Shakespeare verwandelt?«

»Das möchte ich nicht.«

»In Balzac?«

»Keine Lust.«

»In Hegel?«

»Wozu. Er ist Idealist.«

»In Leonardo da Vinci?«

»Ich werde es mir überlegen.«

»Sie sind verwöhnt, Kolja. Aus Ihnen ist ein . . .« Ich sprach nicht zu Ende, was aus Kolja geworden war. Ophelia war ins Zimmer getreten.

Sie kam herein und brachte ihr vielschichtiges Sein einer Göttin mit, die jetzt gezwungen war, sich mit dem Haushalt abzugeben, ihren Mann zu bedienen, mit jeder Kopeke zu rechnen und in der Küche herumzustehen, wo gerade jemand den Wasserhahn überdreht hatte und die elektrische Birne durchgebrannt war.

Sie trat ein und blieb sofort stehen, als sie mich sah. Auf ihrem Gesicht zeigten sich Ärger und Befremden. Sie sah mich an, als sei ich gekommen, um von ihr zu fordern, daß sie mich unverzüglich in das 22. Jahrhundert zurückbringe, wo mein Erzieher, der elektronische Spinoza, auf mich wartete und die Zytologie, deren Pflicht es war, mich unverzüglich der Ewigkeit anzugliedern.

»Du bist das?« fragte sie.

»Ich bin's«, antwortete ich auf ihre taktlose Frage.

»Du bist noch hier?«

»Wo kann ich denn sonst noch sein? Ich bin mit deiner Hilfe in diese Zeit geraten.«

»Und es tut dir nicht leid?«

Sie sprach mit mir in einem Ton, als hätten wir uns gerade erst kennengelernt.

»Weißt du, wo ich mit Kolja war?«

»Ich weiß«, sagte ich.

»Woher weißt du das?«

»Erstens, ich abonniere die Zeitschrift ›Rund um die Welt‹. Und zweitens . . .«

Kolja zwinkerte mir zu. Sein rechtes Auge schloß sich plötzlich und öffnete sich wieder, er gab mir zu verstehen, daß ich schweigen sollte.

Und ich schwieg. Was blieb mir auch übrig? Ich trat schweigend ans Fenster und schaute in den Hof hinunter. Auf dem Grund des Hofes standen gerade zwei alte Frauen und hechelten irgend etwas durch.

»Sind das dieselben Alten, die zusammen mit Kolja im Gogolschen Petersburg waren?« fragte ich.

»Ja. Dieselben«, antwortete Ophelia. »Genau die.«

»Und sie behalten ein so wunderliches Geheimnis für sich? Ich mache mir Sorgen, daß die Reporter der ›Roten Abendzeitung‹ Wind davon bekommen. In der Hinsicht sind sie große Meister. Allerdings, so eine Art von Reportage wird in unserer zu nüchternen und vernünftigen Zeit nicht besonders geschätzt. Aber keine Sorge. Sie denken sich für ihr Material eine solche Überschrift aus, daß alles als wissenschaftliches Rätsel erscheint.«

»Vielleicht bringst du sie auf die Spur?« fragte Ophelia.

Sie sah in meine Richtung. In meine Richtung, aber nicht auf mich. Nur sie konnte so blicken, sie und außerdem noch die Venus von Milo, für die die ganze Welt aus ihrer eigenen Person und aus ihren Betrachtern bestand.

Sie sah in meine Richtung. Und ich fühlte mich auf einmal als ein Betrachter, der vor einem großen Kunstwerk steht.

Kolja aber zwinkerte wieder mit seinem rechten Auge. Auf und zu. Auf und zu.

Nach allem zu urteilen, war er ganz in ihren Marmorhänden. Ein Pantoffelheld! Und der wollte noch ein großer Gelehrter werden.

Die mimische Szene dauerte so lange wie die Pause auf der Bühne einer Liebhaberaufführung, wenn der Darsteller oder die Darstellerin ihren Text vergessen haben und auf die Worte der Souffleuse warten.

Doch der unsichtbare Souffleur schwieg.

»Warum bist du gekommen?« fragte Ophelia.

»Erstens, um euch zu sehen, um zu gucken, wie es euch geht. Und zweitens . . .«

»Ich mag dieses erstens und zweitens nicht. Zu deiner Zeit drückte man sich so nicht aus.«

»Zu meiner Zeit? War es nicht deine?«

»Schweig! Du sollst dieses Thema nicht anschneiden. Denk an Ahasver!«

»Inwiefern bin ich schlechter als Ahasver?«

»Ahasver besuchte keine Wohnaktivsversammlungen, wusch keine schmutzigen Socken im Waschbecken, abonnierte nicht die Zeitschrift »Nilpferd« und malte keine mittelmäßigen Bilder, die den Impressionisten nachempfunden sind.«

»Woher weißt du, daß Ahasver keine schmutzigen Socken wusch? Bist du dabeigewesen?«

»Warum nicht? Ich bin mit ihm verwandt. Wir sind beide Mythen.«

»Mythen!« sagte ich. »Mythen leben im Bewußtsein der Menschen und auf den Seiten von Büchern. Und du? Sieh dich doch an. Auf der linken Wange hast du einen Petroleumfleck. Und deine ehemaligen Marmorfinger sind vom Geschirrwaschen aufgesprungen. Du bist eine ehemalige Göttin. Das ist es, was du bist. Eine abgesetzte Venus, eine Mnemosyne im Ruhestand, eine Eurydike, die man bald der Schädlingsarbeit beschuldigen wird.«

»Sei still, ich bitte dich! Sei still!«

Sie hatte sich augenscheinlich den Charakter verdorben in dieser jämmerlichen Gemeinschaftswohnung. Und die Zeit wird kommen, dachte ich, wo sie vergißt, daß sie ein Buch ist. Und was wird dann mit Kolja, mit mir und vor allem mit ihr?

Anscheinend hatte sie noch nicht ganz verlernt, fremde Gedanken zu lesen und hinter fremde Stirnen ebenso leicht wie durch fremde Wände zu dringen. Sie erriet, worüber ich mir Sorgen machte, und beeilte sich, mich zu beruhigen: »Ich sehe, es ist dir zwischen den Malern und Bildern langweilig geworden. Und du hast dich nach der Zukunft gesehnt, die einmal deine Vergangenheit war und bald wieder deine Gegenwart sein wird.«

»Zwischen den Bildern?« entgegnete ich. »Im Gegenteil, ich möchte dein Porträt für meine eigene Ausstellung malen, die das Polytechnische Institut organisiert.«

Das ärgerliche und unwillige Gesicht Ophelias wurde ein bißchen heller.

»Ich habe verlernt, Modell zu stehen«, sagte sie kokett. »Und ich bin auch nicht überzeugt, daß dir das gelingt. Du malst in einer zu skizzenhaften Manier. Diese skizzenhafte Manier, die den Impressionisten abgeguckt ist, eignet sich dazu, eine Erscheinung zu fassen und gleich wieder loszulassen, als wenn sie ein Sonnenstrahl ist. Nein, diskutier nicht mit mir. Bitte, diskutiere nicht mit mir, mir liegt mehr der Klassizismus.«

»Dann werde ich dich eben in klassizistischer Manier malen. Kalt. Und sogar ein bißchen akademisch. Ist dir das recht? Wenn ja, dann komme ich morgen. Sag mir eine Zeit, die dir und Kolja paßt.«

»Was hat Kolja damit zu tun?« fragte sie.

»Ich möchte niemand stören.«

Sie nannte mir eine Zeit. Und ich ging weg. Auf dem Hof sah ich die beiden Alten, eine der anderen so ähnlich, daß es kaum zu glauben war. Zwei langnasige alte Weiber, ungebildet und beschränkt, die aber besser als Einstein wußten, was Zeit ist.

»Guten Tag«, sagte ich. »Ich bin Korrespondent der Abendzeitung. Wenn Sie Zeit haben, erzählen Sie mir doch bitte, wo sie waren?«

»Auf dem Markt waren wir«, antworteten sie im Chor, »auf dem Andreasmarkt.«

»Ich verstehe. Auf dem Markt. Aber zu welcher Zeit?«

»Am Morgen.«

»Aber nein! Danach frage ich doch nicht. Ich möchte wissen, wie es Ihnen gelungen ist, in jenes Petersburg zu kommen . . .«

»In was für ein Petersburg?«

»Na, in das. Sie wissen selbst, in welches.« Dabei senkte ich plötzlich die Stimme.

Die Alten senkten die Stimmen auch: »Auf dem Markt waren wir. Am Morgen. Kartoffeln haben wir gekauft. Kohl haben wir gekauft. Dill. Und drei Zwiebeln.«

»Und wann? Wann?«

»Am Morgen. Als der Hausmeister den Hof gefegt hat.«

»Aber damals haben die Hausmeister auch die Höfe gekehrt. Und auf dem Markt konnte man auch Kohl, Dill und drei Zwiebeln kaufen. Was haben Sie für die drei Zwiebeln bezahlt?«

»Fünfzehn Kopeken haben wir bezahlt.«

»Na, na!« sagte ich und drohte mit dem Finger. »Sagen Sie die Wahrheit, mich können Sie nicht belügen. Ich bin Korrespondent. Damals waren andere Preise.«

Ich zog einen Notizblock aus der Seitentasche und schlug ihn auf. Als sie den aufgeschlagenen Notizblock und den scharfgespitzten Bleistift sahen, da traten die Alten einen Schritt zurück. Sie machten noch einen

Schritt und zwei Schritte, einige unsichere Greisinnenschritte zurück, um Abstand von mir zu gewinnen, und sei er noch so klein.

Doch ich ließ sie nicht weg, ließ sie nicht heraus aus diesem Hofschacht, der enger und enger wurde.

»Sie waren also dort?« fragte ich leise.

»Wo?«

»Im alten Petersburg? Vor hundert Jahren?«

»Waren wir nicht«, entgegneten die beiden Alten im Chor.

»Sagen Sie die Wahrheit. Für eine Lüge kann ich Sie zur Verantwortung ziehen.«

Die Greisinnen begannen sich zu bekreuzigen. Sich zu bekreuzigen und zurückzuweichen. Zurückzuweichen und sich zu bekreuzigen.

Sie fingen an, mir leid zu tun. Ich schloß meinen Notizblock.

35

Ich sagte zu Ophelia: »Erzähle lieber, wie es dir gelungen ist, die Alten aus dem Petersburg Gogols herauszubringen.«

»Ebenso wie dich aus dem zweiundzwanzigsten Jahrhundert. Auf die gleiche erprobte, gut bewährte Weise.«

»Du setzt doch nicht etwa ein Gleichheitszeichen zwischen mich und diese Klatschmäuler, diese alten Spekulantinnen?«

»Es ist albern, auf das Flugzeug oder das Auto zu schimpfen. Diese Transportmittel benutzen eben nicht nur Gerechte und Heilige.«

»Du hältst dein Verfahren auch für ein Transportmittel?«

»Und für was befiehlst du, es zu halten? Für ein Wunder?«

»Immerhin steht es dem Wunder näher als der Wissenschaft und Technik.«

»Du irrst dich sehr.«

»Ich wäre sehr froh, wenn ich mich irrte. Aber wenn es der Technik und der Wissenschaft verwandt ist, dieses dein Mittel, warum läßt du es nicht patentieren und schickst nicht eine Zeichnung oder ein Schema an das entsprechende Volkskommissaritat?«

»An was für ein Volkskommissariat? Wozu? Was für ein Schema? Keine Zeichnung und kein Schema könnten . . .«

»Das heißt, es ist doch ein Wunder«, unterbrach ich sie.

»Nein, kein Wunder.«

»Ich glaube nicht, daß die Frau eines sowjetischen Aspiranten das geheimhalten und den wissenschaftlich-technischen Fortschritt aufhalten darf. Schließlich lebst du von einem Stipendium, das der Staat deinem Mann zahlt. Findest du nicht . . .«

»Nein, finde ich nicht!« schnitt sie mir das Wort ab.

Dann schwieg sie.

Ich schwieg auch. Und arbeitete weiter. Schon den dritten Tag malte ich an ihrem Porträt.

Noch war es nur eine Skizze, ein nachlässig ausgeführter Entwurf. Doch hoffentlich würde dieses Porträt nicht auch eine Skizze bleiben. Denn ich bezweifelte sehr, daß es mir gelingen würde, mit Hilfe von Farben und Pinsel in ihr Wesen einzudringen. Und was sollte man ihr Wesen nennen? Ich kannte sie besser als alle, wohl auch besser als ihr Mann, Kolja Faustow. Aber kannte Kolja sie überhaupt? Kannte ich sie? Kannte sie sich selbst?

Ich beruhigte mich damit, daß auf diese Frage (Wer ist sie?) das Porträt antworten würde, das ich malte. Ich vertraute meinem Unterbewußtsein, mobilisierte alle meine Gefühle, um zu erfassen . . . Was?

Nichts oder etwas?

Eines Tages hatte sie zu mir gesagt: »Ich bin keine Zeitmaschine.«

»Und was bist du dann?«

»Ich bin eine Frau.«

»Aber nicht jede Frau«, sagte ich, »kann durch die Wand

und durch die Zeit gehen und dabei weder die Zeit noch die Wand beschädigen?«

»Ja, nicht jede.«

Jetzt, als ich angespannt in ihr Gesicht und auf die Abbildung ihres Gesichts auf der Leinwand schaute, fiel mir ihre Antwort wieder ein: »Ja, nicht jede.«

Ich klammerte mich mit meinem Denken an diesen Satz, als könne er mir helfen, das Geheimnis ihres Wesens zu erfassen.

»Ja, nicht jede.« Aber das war Quatsch. Als könne noch jemand außer ihr mit den Erscheinungen, Dingen und Menschen tun, was sie getan hatte.

Und da, jetzt, als sie meinen Gedanken erraten hatte, stellte sie die Erscheinungen und Dinge um, ließ sie sie die Plätze tauschen.

Als ich mit dem Pinsel in der Hand an meinen Entwurf trat, da prallte ich unwillkürlich zurück. Sie war schon auf der Leinwand mit ihrem ganzen wunderbaren Körper, ihrem Gesicht, den Händen, dem lachenden Mund und den Augen, blau wie ein Waldfluß.

Und im Sessel saß an ihrer Stelle die Skizze.

»Wie gefällt dir deine Arbeit?« fragte sie mich von der Leinwand.

In dieser Sekunde öffnete sich die Tür, und Kolja trat ein. Er trat ein, erblickte Ophelia auf der Leinwand und ihre Abbildung im Sessel, und natürlich war er fassungslos.

»Kolja, hast du großen Hunger?« fragte sie. »Aber ich kann jetzt nicht in die Küche gehen. Du wirst ein bißchen warten müssen.«

»Wie lange?« fragte Kolja.

»Ein bißchen. Ein Jahr oder zwei.«

»Warum so lange?«

»Ich möchte diesem mittelmäßigen Maler helfen, ein Genie zu werden. Dazu werde ich zusammen mit der Leinwand ein Jährchen oder zwei im Russischen Museum oder in der Tretjakowka hängen müssen. Und dann steige ich von der Leinwand und kehre zu dir zurück.«

»Zwei Jahre? Ohne dich? Damit bin ich nicht einverstanden.«

»Dummerchen. Ich werde nur am Tag im Museum hängen. Nachts werde ich von der Leinwand steigen und zu dir kommen. Reg dich nicht auf! Ich bitte dich. Und störe nicht, bitte. Ohne meine Hilfe kann dieser Maler kein Genie werden. Nein, ich muß ihm helfen, ich muß. Er kann nicht länger mittelmäßig bleiben. Keine Widerrede!«

Aber das dauerte nicht lange. Sie stellte die Erscheinungen und Dinge wieder an ihre Plätze, unmerklich entschwand sie wieder von der Leinwand und saß wie zuvor im Sessel.

Das war ein Scherz, ein Spiel. Wollte sie mir und zugleich auch Kolja ihre magische Kunst zeigen, ihren Willen und ihre Fähigkeit, nicht nur über die Abbildungen der Gegenstände, sondern auch über deren Wesen zu verfügen?

Nach dem, was sie getan hatte, wie trost- und hilflos kam mir da mein Entwurf vor. Es hätte nicht viel gefehlt, und ich hätte die Leinwand zerrissen.

36

Jetzt trafen wir uns oft und wechselten Redensarten. Doch es waren meistens gewöhnliche Sätze. Träge Sätze. Sätzchen. Worte, so dahingesagt. Sie berührten nicht das Wesen des Rätselhaften, das mein schwerer und unbeschwingter Pinsel so erfolglos wiederzugeben suchte.

Ophelia saß mit übergeschlagenen Beinen im Sessel. Sie rauchte eine Zigarette nach der anderen und warf die Stummel in eine Untertasse, die den Aschenbecher ersetzte. Einmal zitierte sie aus dem Gedächtnis Verse von Blok:

»Und jeden Abend zur bestimmten Stunde
(Oder hab ich das nur geträumt?)
Bewegt sich vor dem Nebelfenster dunkel
Eine Mädchengestalt in Seide.

Und langsam, still durch die Betrunknen gehend,
Ohne Begleiter stets, allein,
Parfüme atmend und Geruch von Nebel,
Setzt sie zum Fenster sich und schweigt.«

»Moment mal«, sagte ich, »woher kannst du Alexander Blok kennen?«

»Ja, wirklich«, stimmte sie zu, »woher?«

Es wurde still. Und sie dauerte lange, lange, diese Pause, diese lyrische Stille, als habe der unsichtbare Blok diesen Augenblick in seine Strophe eingeschlossen und einen Punkt gesetzt.

Ich schaute auf meine Leinwand und wieder auf ihr Gesicht, das Gesicht einer Unbekannten. Und wieder auf die Leinwand, wo sich die Linien und Farben verschworen hatten, sich nicht meinem Diktat zu beugen.

»Was wollte Blok sagen, als er die ›Unbekannte‹ schrieb?« fragte Ophelia plötzlich. »Wollte er vielleicht sagen, daß jede junge Frau im Grunde eine Unbekannte ist?«

»Ich fürchte, nicht jede«, entgegnete ich. »Aber du bist wirklich eine Unbekannte. Ich kenne dich nicht.«

»Du kennst mich nicht?«

»Ich kenne dich nicht, aber ich möchte dich kennen. Sonst werde ich dein Porträt nicht malen können.«

»Hat Blok sie etwa gekannt? Er hat über etwas sehr Schönes und Unklares geschrieben.«

»Ich bin nicht Blok. Ich muß wissen. Ich male nicht die Figur eines lyrischen Wesens, sondern das Porträt einer Frau, die einen Paß, einen Mann, ein Zimmer hat und die beim Wohnungsamt gemeldet ist. Bloks Unbekannte brauchte keine Anmeldebescheinigung, kein Zimmer, keinen Mann und nicht einmal einen Paß. Sie ist ein romantisches Bild. Ein Traum. Ein Mythos.«

»Bin ich vielleicht kein Bild, kein Mythos?«

»Du bist eine Hausfrau. Im Bewußtsein deiner Wohnungsnachbarin bist du ein keineswegs ideales Wesen. Für sie bist du Realität. Ebenso eine Realität wie die Kassiererin im Lebensmittelgeschäft nebenan, von der sie gestern um genau fünfunddreißig Kopeken übervorteilt worden ist.«

»Vielleicht war Bloks Unbekannte auch Kassiererin?«

»Wir können niemand danach fragen. Blok ist lange tot. Und die Literaturwissenschaftler sind mißtrauisch gegen die ›Unbekannte‹. Sie kommt irgendwoher und geht irgendwohin. Wohin? Die Kassiererin aber hat eine Adresse. Du hast auch eine Adresse. Und darum rate ich dir, dich nicht im Nebel zu verbergen. Nebel ist etwas für kurze Zeit. Die Realität ist für immer.«

»Du hast recht. Frag. Ich werde auf alle deine Fragen antworten.«

Ich lachte.

»Du redest ganz wie ein Referent. Möchtest du die Fragen schriftlich zugesandt oder mündlich gestellt erhalten?«

Wieder trat eine Pause ein. Ich drückte Farbe aus der Tube und setzte einige Punkte auf die Leinwand, um den Hintergrund wärmer zu machen – ein Fenster mit einem Stück Himmel.

»Warum stellst du deine Frage nicht?«

»Ich fürchte, du wirst sie nicht beantworten.«

»Ich habe es dir doch schon vorher gesagt. Ich werde antworten.«

»Gut. Ich werde dir die Frage stellen. Wann werden wir beide in unsere Zeit zurückkehren?«

»Ist es dir hier langweilig?«

Ich antwortete nicht.

»Ich werde ein Genie aus dir machen. Einen berühmten Maler. Ich werde auf deine Leinwand kommen. Und Kolja lasse ich statt dessen deine Skizze.«

»Und er wird einverstanden sein?«

»Ein Jahr oder zwei wird er aushalten. Und dann kehre ich zu ihm zurück.«

»Und was wird mit dem Porträt?«

»Es wird verschwinden. In den Zeitungen wird eine Notiz erscheinen, daß es gestohlen und an einen Privatsammler ins Ausland verkauft worden ist. Ist dir das recht?«

»Ich fürchte, es wird dem Museumsdirektor und den Wächtern nicht recht sein. Man kann sie vor Gericht stellen.«

»Na, dann bleib ein unbekannter, mittelmäßiger Maler. Ist dir das recht?«

»Völlig.«

»Aber mir ist das nicht recht. Ich möchte einen genialen Maler aus dir machen.«

»Das ist nicht das richtige Jahrhundert«, wandte ich ein. »In der Malerei gibt es keine Genies mehr. Leonardo ist heute unmöglich. Und wenn er möglich wäre, so wird er doch nicht gebraucht.«

»Du brauchst ihn nicht. Aber ich.«

»Wozu?« fragte ich.

Sie antwortete nicht.

»Nun, wozu? Erkläre mir das. Und erkläre zugleich: Wer bist du? Was weißt du über dich?«

»Ich weiß gar nichts über mich. Ich weiß etwas von anderen.«

»Aber warum weißt du so viel von anderen und nichts von dir?«

Sie ließ meine Frage unbeantwortet. Vielleicht hielt sie die Frage für rhetorisch? Ein Buch ist ein Informationsstrom. Ein Buch erzählt immer über andere, aber was kann es über sich selbst sagen? Früher einmal hatte Ophelia sich ein Buch genannt. Aber diese Bezeichnung war vergangen wie ein Ton, wie ein Echo, wie eine Erinnerung an etwas, was nicht war und nicht sein konnte.

Ich stand auf und ging zu ihr hin. Sie streckte ihren Arm aus. Ich nahm ihn. Es war ein warmer, runder, kräftiger Frauenarm. Ich vergaß, daß es für diesen Arm weder Entfernung noch Frist gab, daß er ins Paläolithikum zurückreichen und von dort ein rauchendes Stück Holz aus einem von den Urmenschen entzündeten Lagerfeuer mitbringen konnte. Ich vergaß, daß es für ihn keine Mauern und keine

Schranken gab. Ich hielt diesen warmen, nervigen Arm in meiner Hand. Und dann geschah, worauf ich insgeheim gewartet und was ich nicht geglaubt hatte. Der Arm machte sich frei und umschlang mich. Ophelias Gesicht war nah, ganz nah und zugleich fern, ganz fern.

Und plötzlich erlebte ich wieder das längst vergessene Gefühl, das ich erlebt hatte, während ich im Vakuum des Alls flog. Koljas Zimmer verwandelte sich in die Zelle eines Raumschiffes.

Das dauerte eine Minute oder zwei. Dann vernahm ich Frauenlachen. Und der Boden des Raumschiffes, aus Gravitationsplatten montiert (der Stolz des technischen Erfindungsgeistes zukünftiger Jahrhunderte), wurde wieder zum hölzernen Fußboden eines lange nicht renovierten Zimmers in einer Gemeinschaftswohnung.

»Weißt du jetzt, wer ich bin?« sagte Ophelia.

»Aber sind denn nicht alle Menschen von der Bodenlosigkeit des Alls umgeben?« fragte ich.

»Die Menschen fühlen das nicht. Es ist ihnen noch nicht gegeben.«

»Aber du? Du? Dir ist es gegeben?«

»Nicht nur das. Mir ist vieles gegeben. Und es kostet mich nichts, aus dir, einem Durchschnittsmenschen, ein Genie zu machen.«

Über diese Worte ärgerte ich mich, nahm die Leinwand und ging.

37

Das Wunder beeilte sich. Das Wunder fürchtete, sich zu verspäten. Es war ein ungeduldiges Wunder. Und wie jedes allzu ungeduldige Wunder hatte es kaum etwas mit der Wissenschaft und der Technik zu tun.

Keine achtundvierzig Stunden waren vergangen, da hatte sich meine talentlose Skizze in ein geniales Bild verwandelt.

Dieses Geschenk machte mir Ophelia in der Nacht, als ich fest schlief.

Am Morgen erblickte ich sie. Sie war auf der Leinwand. Keine Abbildung. Nein! Ein lebendiges wunderschönes Wesen vor einem Hintergrund, der ein Ausschnitt des kalten kosmischen Vakuums, ein Stück ewiger und bodenloser Unendlichkeit war.

Ich stand auf, traute meinen Augen nicht und trat an die Leinwand.

»Ophelia!« rief ich sie an.

Doch sie antwortete nicht. Sie war nur ein Teil von sich. Halb Abbildung. Halb Leben. Ein Bild, das nicht bloß Bild bleiben wollte, das aber schon hinter jene Linie getreten war, die immer die Kunst vom Leben geschieden hat. Das den Schritt getan hatte und in Erwartung verharrte. In der Erwartung wovon? Kann denn das geschehen? Balzac hat darauf schon eine Antwort gegeben, als er die Kehrseite des Unerfüllbaren in seinem »Unbekannten Meisterwerk« zeigte.

Dies war auch ein Meisterwerk. Noch unbekannt. Allen unbekannt, außer mir und ihr.

Ich stand vor dem Porträt. Ich wartete. Worauf ich wartete? Vielleicht wartete ich darauf, daß sie verschwinden und das Bild wieder zu einem verschwommenen Entwurf würde? Sie mußte verschwinden, nachdem sie ein bißchen mit meiner Phantasie gespielt hatte, und ich würde das Nachsehen haben.

Doch das Spiel zog sich hin. Ich kochte mir auf der elektrischen Platte Tee. Ich schnitt mir eine gewaltige, fleischige ukrainische Tomate auf. Dann blickte ich mich um. Das Wunder dauerte noch an. Sie sah mich von der Leinwand her an, das linke Auge eine Spur zugekniffen und das rechte weit geöffnet. Mir schien, als sagte sie: »Wie spät ist es, mein Lieber?«

Aber sie sagte das nicht. Es kam mir nur so vor. Dann ließ ich sie im Zimmer unter den durch ihre Nachbarschaft sich verlierenden, verblaßten und gesichtslos gewordenen Gegenständen allein und schloß die Tür hinter mir ab.

Die Treppe ging ich langsam hinunter, wie ein Greis. Ich zwang mich zu gehen.

Ich ging in einen Frisiersalon. An die zwanzig Minuten saß ich in der Reihe und wartete. Schließlich wurde der Sessel frei, und ich setzte mich hinein, nachdem ich vorher erst mit einem ungeduldigen, die Reihenfolge nicht anerkennenden Menschen gestritten hatte. Der Friseur nahm einen Metallbecher und ging Wasser holen. Da sprang ich wie ein Dieb vom Sessel und lief hinaus.

Da war das Haus. Die Treppe. Die Zimmertür. Lange bekam ich das Schloß nicht auf. Endlich ließ sich die Tür öffnen.

Nein, es hatte sich nichts verändert, während ich unterwegs war. Sie schaute mich vom Bild herunter an. Nur ihr Gesicht hatte einen anderen Ausdruck angenommen.

»Wo warst du, Liebster?«

Ich vernahm deutlich ihre Stimme. Aber sie konnte nicht sprechen. Sie konnte nicht. Trotz aller Lebendigkeit, sie war nur ein Bild, nicht sie selbst.

Seit ich sie auf der Leinwand erblickt hatte, war für mich alles anders geworden. Ein seltsames Gefühl, Unruhe und Ruhe zugleich, erfüllte mich. Und auch auf der Leinwand war dasselbe dargestellt: Glück und Unruhe. Beunruhigend war die Bodenlosigkeit – der Hintergrund, und das Glück verband sich mit der Lebendigkeit und Schönheit ihres schmalen, wunderbaren Gesichts.

Ich dachte: Sie hat sich geteilt. Eine Hälfte von sich hat sie Kolja gelassen, die andere Hälfte hierher gebracht. Denn es war ein bißchen mehr als nur Ähnlichkeit und ein bißchen weniger als lebendige Natur.

Die Stunden vergingen. Die Minuten glitten dahin. Das Sein blieb nicht stehen von dem, was geschehen war. Ich fühlte mich als Bewacher eines Meisterwerks. Ich fürchtete mich, das Zimmer zu verlassen.

So fing die Woche an, und so endete sie. Aber dann begann ich mich ein wenig daran zu gewöhnen. Und als ich mich ganz an das Neue gewöhnt hatte, das in mein Leben getreten war, da wickelte ich das Bild in Papier und trug es zur Sitzung der Jury für die Herbstausstellung.

Und nun hing das Porträt der »Unbekannten« (die Jury hatte diese Bezeichnung gebilligt) an der Wand eines großen Saales neben Bildern, die sofort unverständlich und unnötig wie die Schlagzeilen der Zeitung von gestern geworden waren.

Als ich den Ausstellungssaal betrat, stand eine Menschenmenge vor dem Porträt der »Unbekannten«. Sie betrachtete das Bild schweigend. Und wenn Kritiker und Kunstwissenschaftler in dieser Menge waren, die Schönheit und das Unerwartete, das ihnen wie eine Symphonie von der Leinwand entgegenströmte, hatte auch ihnen den skeptischen oder begeisterten Mund verschlossen.

In Ophelia (ich kann sie nicht »Unbekannte« nennen), in ihrem Gesicht und ihrer Figur war mit überwältigender Kraft und Magie ein Augenblick erfaßt, der Augenblick der Verwandlung einer antiken Göttin in eine lebendige Frau unserer Zeit. Das Glück auf dem Hintergrund der Unruhe. Denn den Hintergrund für die wunderschöne, standfeste Figur der jungen Frau bildete die Unendlichkeit, die Bodenlosigkeit der kosmischen Materie, die sich von allen irdischen Formen befreit hatte.

Die Empfindung irdischer Körperlichkeit und weiblicher Anmut, eingetaucht in den unruhigen Ozean der bodenlosen Unendlichkeit – sie ergriff alle und auch mich.

Und plötzlich sprach aus der Menge der Zuschauer heraus eine reine und helle Frauenstimme:

»Und die geneigten Straußenfedern
Wippen und schaukeln ins Gehirn.
Und blaue bodenlose blaue Augen
An ferner Uferlinie blühn.«

Nun sprachen mit einemmal alle. Ein bekannter Theaterkritiker, ein Mann mit einer großen blauen Nase und ständig entzündeten, eitrigen Augen, lief auf mich zu, ergriff meine Hand und schüttelte sie.

»Das ist genial!« rief er. »Ich glaube Ihnen nicht. Bei welchem großen Meister der italienischen Renaissance haben Sie diese Sache gestohlen?«

Ich widersprach nicht. Seit jenem Augenblick, wo ich auf meiner kläglichen, gequälten Leinwand kein Abbild, sondern das lebendige, bebende Wesen selbst, Ophelia selbst erblickt hatte, kam ich mir ja selbst wie ein Dieb vor.

Die Menschen liefen auf mich zu und riefen irgend etwas. In dem Heidenlärm der Stimmen konnte ich nichts verstehen. Vielleicht riefen sie, daß ich ein Dieb sei? Es kam mir so vor, als würden sie mich im nächsten Moment ergreifen und zum nächsten Milizrevier schleppen. Es war wie ein Skandal. Erst nach einigen Minuten begriff ich, daß die Leute mir dankten, daß aber ihre Begeisterung zu stürmische Formen annahm.

Eine mir unbekannte kraushaarige Dame, die auf ihren dünnen Ziegenbeinchen zu mir herangelaufen war, warf plötzlich ihr langes Gesicht an meine Brust und schluchzte laut auf.

»Ich bin erschlagen! Erschlagen!« rief sie. »Ich werde gleich an Ihrer Brust sterben.«

Ich vergaß Höflichkeit, Pflicht, die Regeln des Anstands, stieß sie schroff von mir und sprang zurück. Meine Nerven gingen mit mir durch. Und zwar im unpassendsten Moment. Wie eine Lawine war der Sturm der Anerkennung über mich hereingebrochen, das Gewitter des heimatlosen und plötzlichen Ruhms.

Ich drängte mich durch die Umstehenden und stürzte aus dem Saal.

Der Garderobier, solide wie alle Garderobiers, gab mir meinen Mantel und fragte: »Was ist das für ein Skandal? Irgendeiner hat ›erschlagen‹ gerufen. Hat man jemand umgebracht?«

»Der Mörder bin ich«, antwortete ich und reichte ihm ein Trinkgeld.

Er nahm das Geld, steckte es in die Tasche, dankte würdig und bemerkte sentenziös: »Auf der Welt kommt alles mögliche vor. Auf Wiedersehen.«

»Auf Wiedersehen.«

Meine Beine trugen mich fort vom Wunder. Zuerst die Beine, und danach beförderte mich ein Droschkengaul. Es war komisch, daß ich meinem Ruhm mit einer Droschke zu entfliehen suchte.

Ich verbarg mich in meinem Zimmer. Doch mich zu verstecken gelang mir nicht. Der Korrespondent der »Alltagszeitung« traf mich genau in dem Augenblick an, als ich mich mit Alltagsdingen beschäftigte – ich wusch im Waschbecken meine getragenen Strümpfe.

»Ich habe niemand umgebracht«, sagte ich zu dem Korrespondenten. »Weshalb verfolgen Sie mich?«

»Sie haben ein geniales Ding geschaffen«, fiel mir der Reporter ins Wort. »Etwas Unerhörtes. Ein Meisterwerk. Erzählen Sie, wie haben Sie an Ihrem Meisterwerk gearbeitet?«

Er nahm einen Notizblock und zog einen Füllfederhalter aus der Tasche. Mit vor Neugier offenem Mund setzte er sich auf einen Stuhl und spitzte die Ohren.

In diesem Moment begann in der Ecke hinter dem Schrank eine Maus zu nagen. Sie wollte mir offenbar schnell zu Hilfe kommen.

»Bei wem haben Sie studiert?« fragte der Korrespondent.

»Beim Zufall.«

»Beim Zufall kann man nicht studieren.«

»Warum?«

»Der Zufall ist immer ein Zufall, nicht mehr. Der Zufall ist ein Dummkopf. Er kann niemandem etwas beibringen.«

»Es kommt darauf an, was für ein Zufall«, wandte ich ein.

»Sie wollen mich durch Originalität in Erstaunen setzen?«

»Nehmen wir an, es ist so.«

»Sie haben dazu volles Recht«, räumte der Reporter ein. »Sie haben ein Meisterwerk geschaffen.«

»Ich liebe dieses Wort nicht«, sagte ich. »Es erinnert mich vage an fetten Kuchen. Mir wird schlecht von fetten Lekkereien.«

»Ein verdorbener Magen?« erkundigte sich der Reporter.

»Wie bei jedem Geniekandidaten«, entgegnete ich.

»Sie sind kein Kandidat. Sie sind ohne Kandidatenzeit gleich unter die Genies aufgenommen worden.«

»Woher wissen Sie das?«

»Ich weiß es. Alle Kunstwissenschaftler und Kritiker sind einer Meinung. Ich war bei der Eröffnung der Ausstellung. Ich habe gesehen, was da los war.«

»Die Kunstwissenschaftler irren sich häufig. Und dann korrigiert sie die Zeit. Ich fürchte, daß sie sich auch diesmal geirrt haben. Aber die Zeit wird sie berichtigen.«

»Nehmen wir an, daß sie ein bißchen übertrieben haben«, stimmte der Reporter zu. »Nehmen wir an, es ist kein Meisterwerk. Dann ist es trotzdem noch ein hervorragendes Bild. Erzählen Sie, wie haben Sie daran gearbeitet?«

»Ich habe einen Entwurf gemacht. Einen ziemlich mittelmäßigen Entwurf. Und dann habe ich ihn vergessen. Eines Morgens bin ich erwacht. Ich schaue auf den Entwurf. Der Entwurf hat sich in ein Bild verwandelt.«

»Wie das, plötzlich verwandelt?«

»Ich weiß nicht.«

»Und wer weiß es?«

»Ein Wunder.«

»Wunder sind abgeschafft«, sagte der Reporter.

»Wer hat sie abgeschafft? Und wann?«

»Die Zeit hat sie abgeschafft. Die Wissenschaft. Ich verstehe, Sie wollen mich nicht in Ihr Geheimstes Einblick nehmen lassen, in Ihr schöpferisches Laboratorium. Ich habe irgendwo gelesen, daß Tschechow und Ibsen es nicht liebten, über ihre Arbeit zu erzählen.«

»Sie haben recht daran getan.«

»Aber irgend etwas müssen Sie mir erzählen. Ich bin als erster zu Ihnen gekommen. Und ich gehe nicht mit leerem Notizblock weg.«

38

Erst jetzt begriff ich, was Ophelia angerichtet hatte.

Ich hatte das Gefühl, als hätte ich ein Schild mit meinem gewöhnlichen und nichtssagenden Namen (Michail Pokrowski) im Italienischen Saal der Ermitage an einem der schönsten Bilder der Renaissance gelesen.

Und wie es bei jedem Wunder ist (eine unsinnige Wortfügung, nicht wahr, als könne ein Wunder »jedes« sein) – es war unmöglich, sich daran zu gewöhnen.

Ich ging in die Ausstellung und sah, hinter den Rücken der Betrachter verborgen, mit Erstaunen und Schrecken auf Ophelia. Sie war hier. Noch hier. Auf der Leinwand. Sie war noch nicht verschwunden und hatte mir und dem Publikum noch keinen Streich gespielt.

Ja, sie war hier. Vorläufig hier. Ein Rahmen oder ein Fenster in die Unendlichkeit. Und auf dem Hintergrund der Unendlichkeit, darin verschwindend und wieder zurückkehrend, einmal ihr Bild spielend, dann wider alle Vernunft und die Gesetze der Kunst zu Leben werdend, zu einem lachenden, beseelten Körper werdend, nahm sie denen die Ruhe, die sie betrachteten.

Auch meine Ruhe war dahin. Nur die Ruhe? Ich fühlte, wenn ich sie anblickte, daß ich in der Unendlichkeit des Universums versank. Fühlten nicht die Betrachter dasselbe? Ich hörte, wie ein großer und kräftiger Matrose seinem Freund, einem ebensolchen Lulatsch, sagte: »Weißt du, mir wird direkt ein bißchen schwindlig, als wenn ich keinen Boden unter den Füßen hätte.«

»Mir geht es auch so«, bestätigte der andere. »Ich verstehe dich.«

Irgendein Mädchen fiel in Ohnmacht. Und ein Junge, der neben seiner Mutter stand, rief plötzlich: »Mama! Mama! Halt mich fest. Da hinter dem Fenster ist gar nichts. Leere!«

Ein Lektor, Kunstwissenschaftler, trat dazu und sagte ruhig: »Bürger! Das ist ein Kunstwerk. Farben. Linien. Und weiter nichts!«

Ja, eben. Farben, Linien und nichts weiter.

Seine Worte und sein mentorenhaft selbstgefälliger Baß beruhigten alle, nur mich nicht.

Stille trat ein. Und auf das Porträt weisend, begann er zu erklären: »Dieses Bild gehört zum Genre des Porträts. Gemalt hat es der Maler M. D. Pokrowski, Mitglied der Gesellschaft ›Malerkreis‹. Pokrowski hat am Bürgerkrieg teilgenommen, die Akademie der Künste absolviert und war Schüler von Petrow-Wodkin. In der Figur der ›Unbekannten‹, die an das bekannte Gedicht Alexander Bloks denken läßt, ist ein starker Einfluß des Symbolismus zu spüren. Es ist dem Maler leider nicht gelungen, diesen Einfluß zu überwinden. Und das hat ihn im Endeffekt zum Eklektizismus geführt. Sehen Sie selbst. Während die Figur der jungen Frau in der Manier Petrow-Wodkins ausgeführt ist, der versuchte, die Harmonie der Malerei der großen italienischen Renaissance mit der grellen Dekorativität und dem Schematismus von Matisse zu verbinden, ist der Hintergrund deutlich durch das unruhige Suchen van Goghs inspiriert, vielleicht auch durch den Einfluß solcher umstrittenen Meister des spanischen Barocks wie El Greco. Schauen Sie her. Der unruhige Hintergrund zerstört die musikalische Harmonie der Figur. Eine wunderschöne junge Frau, eine Synthese unserer Zeitgenossin und einer italienischen Madonna, hat der Maler sozusagen in den kosmischen Raum gestellt, in eine verdünnte Umgebung, in der nichts Lebendiges existieren darf und kann. Sie fragen mich: Wozu hat der Maler das getan? In der Tat, wozu? Vielleicht, um uns daran zu erinnern, daß wir in der Epoche Einsteins und der Diskontinuität der Quanten, in der ungemütlichen Welt rasender physikalischer und psychischer Energien leben? Ja, das ist möglich. Aber bergen etwa die physikalische Energie, die Welt der Quanten und die Relativitätstheorie eine Gefahr für den Menschen und die menschliche, wahrhaft menschliche Schönheit? Diese Frage stellt sich allen, die vor diesem zweifellos außerordentlich talentierten Porträt stehen. Von der Epoche der

Renaissance bis hin zu Repin und Serow ist das Porträt immer der Versuch gewesen, in das Wesen des Menschen einzudringen, seinen menschlichen Charakter und seinen Verstand wiederzugeben. Was aber stellt der Maler Pokrowski dar? Weshalb hat er als Hintergrund für die ›Unbekannte‹ die bodenlose Unendlichkeit des Weltraums gewählt? Wollte er uns vielleicht wie der bekannte Bürger der Stadt Kaluga, Ziolkowski, oder der englische Schriftsteller Wells daran erinnern, daß wir am Vorabend irgendwelcher großen und überraschenden kosmischen Entdekkungen leben? Wollte er uns vielleicht daran erinnern, daß es andere Welten und eine andere Vernunft gibt? Vielleicht . . .«

Plötzlich wurde der Monolog des Kunstwissenschaftlers von der durchdringenden Stimme des kleinen Jungen unterbrochen: »Mama! Mama! Schau! Diese Frau auf dem Bild ist ärgerlich auf uns . . . Ihr Gesicht ist so streng geworden.«

Die Menge wich erschrocken zurück. Doch der Baß des Lektors, seine kräftige und sichere Stimme, beruhigte die Betrachter wieder: »Bürger! Es kommt dem Jungen nur so vor . . . Dem Maler Pokrowski ist gelungen, was nur den großen Meistern der Vergangenheit gelang – die Vielfalt der Gefühle, ihren wechselnden Ausdruck wiederzugeben. Man darf keine Angst vor der großen Kunst haben.«

39

Man darf keine Angst vor der großen Kunst haben! Das hatte der Kunstwissenschaftler gesagt, ein ruhiger, nüchterner Mann, der mehr als die Hälfte seines Lebens unter Bildern zugebracht, aber selbst kein einziges gemalt hatte.

Ich hatte aber trotzdem Angst und wußte, daß der Junge, der die Menge mit seinem Ausruf erschreckt hatte, etwas bemerkt hatte, das der gestandene Kunstwissenschaftler und Lektor nicht gesehen und nicht verstanden hatte. Der

Junge hatte mit seinem fünften oder sechsten Sinn erraten, daß vor ihm nicht einfach eine Abbildung, sondern etwas Größeres war. Zum Glück für mich und das Porträt (und vielleicht auch für Ophelia selbst) war der Junge der einzige, der das erriet. Aber mir war davon nicht leichter zumute. Ich wußte ja, was das für ein Porträt war.

Man sah mich reichlich oft auf der Ausstellung. Maler und Kunstwissenschaftler traten zu mir heran und redeten mit mir. Ihre Worte berührten kaum mein Bewußtsein. Ich befand mich wie außerhalb der Realität, hatte den Kontakt mit den Erscheinungen und Dingen der gewöhnlichen Welt verloren, lebte wie im Traum.

»Sind Sie krank?« fragte mich der glatzköpfige, gutmütige Maler Wassiljew, dessen Kuindshi nachempfundene, etwas versüßte Landschaft an derselben Wand wie meine »Unbekannte« hing.

»Ich bin krank«, antwortete ich.

»Und was haben Sie?«

»Eine noch niemand bekannte Krankheit. Ich habe das Gefühl, nicht hier zu sein.«

»Und wo sind Sie?«

»Nirgends.«

»Na, na!« tadelte mich der Landschaftsmaler. »Über Sie wird so viel geredet und geschrieben. Wer, wenn nicht Sie, soll wissen, was Ruhm ist.«

»Und was ist das?« fragte ich.

Er schüttelte den Kopf.

»Eine komische Frage. Das wissen Sie besser als ich. Also sollten Sie es auch erklären.«

»Ruhm – das hat etwas von Unheil«, sagte ich. »Ich fühle mich tief unglücklich. Ich bin total durcheinander.«

»Das glaube ich nicht!« unterbrach mich Wassiljew. »Sie kokettieren. Wie würde Ihnen zumute sein, wenn man Ihnen morgen den Ruhm wegnähme?«

»Wer sollte das tun?«

»Der Zufall«, antwortete er.

»Was für ein Zufall?«

»Es gibt alle möglichen Zufälle.«

Diese Worte fielen mir wieder ein, als man mich am nächsten Tag von der Ausstellung anrief und bat, unverzüglich zu kommen.

»Sie haben unbeständige Farben aufgelegt und die Leinwand schlecht grundiert«, sagte die Stimme im Hörer mit deutlichem Vorwurf. »Übrigens, kommen Sie. Sie werden es selbst sehen.«

Ich eilte in den Ausstellungssaal, rennend wie ein kleiner Junge. Da war die Wand. Da . . . Doch anstelle des Bildes erblickte ich seinen Entwurf. Das war nicht mehr die von verborgener Energie erfüllte wunderschöne Unbekannte, Ophelia, sondern ihr trübes Abbild, ein gewöhnliches Bild, wie es viele davon im Saal gab.

Bei dem Bild standen einige Bekannte mit betrübten Gesichtern. Einer zeigte auf die Wand und sagte: »Es ist ein Rätsel. Über Nacht ist Feuchtigkeit aus der Wand getreten. Wo ist sie hergekommen? Sie konnte natürlich einwirken. Aber trotzdem . . .«

Ein anderer, der neben mir stand (ich konnte seinen Gesichtsausdruck nicht erkennen), ließ mitfühlend seinen Baß ertönen: »Ach, mein Lieber, mein Lieber. Man darf nicht den ausländischen Farben nachlaufen. Unsere sind besser. Hast Tuben bei einem Schmuggler oder Spekulanten gekauft. Und die haben Sie angeführt. Und nicht nur Sie, sondern auch uns, die Mitglieder des Ausstellungskomitees. Was sagen wir jetzt den Korrespondenten und dem Publikum?«

»Sagen Sie, der Maler ist nachts mit dem Pinsel gekommen und hat sein Bild verdorben.«

»Nein, nein, Verehrter. Diese Version taugt nicht.«

Hinter meinem Rücken sagte jemand seufzend: »Er war ein Genie. Und schon ist er kein Genie mehr. Die Farben haben ihm einen Streich gespielt.«

40

Fast drei Wochen lang war ich ein Genie gewesen. Die drei Wochen waren um. Und ich wurde wieder ein gewöhnlicher Mensch.

Ophelia freute sich ganz und gar nicht, als sie mich sah. Sie dachte, ich wäre gekommen, um sie zu bitten.

Worum? Doch nicht etwa darum, daß ihr verlorenes Bild auf die verblaßte Leinwand zurückkehrte und ich von neuem die ganze Besonderheit, die ganze jähe Erfahrung eines Menschen erleben konnte, der plötzlich auf eine unerreichbare Höhe getragen wurde?

»Nein, nein«, sagte sie, wobei sie den Fußboden kehrte. »Bitte nicht. Ich kann nicht. Ich kann Kolja nicht lange allein lassen. Es ist schwer für mich, gleichzeitig an zwei Stellen zu sein – bei mir zu Hause und auf der Ausstellung. Kolja ist fast verrückt geworden, als er mich danach sah. Ich hatte aufgehört, ein lebendiger Mensch zu sein, ich war zu meinem Schatten geworden, zu einer Skizze. Ja, ja! Zu einer Skizze. Es ist herzlos von dir, von mir und Kolja ein solches Opfer zu verlangen.«

»Ich verlange nichts«, wandte ich ein. »aber versetz dich bitte in meine Lage. Wer war ich noch vor kurzem? Und wer bin ich heute?«

»Kolja hat auch so was Ähnliches durchgemacht. Und jetzt ist er wieder ein bescheidener Aspirant geworden. Und er ist zufrieden. Er verlangt nicht von mir, daß ich ihn unverzüglich in Darwin oder Pasteur verwandle. Er will selbst, mit seinen eigenen Kräften Anerkennung erlangen. Und du? Das hätte ich nie von dir erwartet. Ich habe dir drei solche Wochen geschenkt! Und dir ist das zuwenig. Hab ein bißchen Geduld, irgendwann werde ich dich in Michelangelo, El Greco oder Velázquez verwandeln, nicht für drei Wochen, sondern für ganze anderthalb oder zwei Monate. Aber dafür muß ich dich ins sechzehnte und siebzehnte Jahrhundert versetzen. Denk nicht, daß das für mich so einfach ist. In den letzten Jahren werde ich schnell müde, ich habe nicht mehr die Ausdauer und Energie wie früher.«

»Du hast mich nicht verstanden«, sagte ich. »Denkst du, ich bin eitel? Meinst du, ich habe Lust, Velázquez zu werden?«

»Und wer? Wer willst du werden?«

»Ich selbst. Aber nicht im sechzehnten und nicht im zwanzigsten Jahrhundert, sondern in meinem eigenen Jahrhundert. Ich möchte dahin zurückkehren, wo ich geboren wurde und gelebt habe.«

»Ach, das willst du. Du denkst, ich werfe alles hin, das Zimmer, die Wohnungsanmeldung, die Wassiljew-Insel und meinen Kolja, um deine Laune zu erfüllen?«

»Das ist keine Laune. Das ist ein natürlicher Wunsch. Jeder Mensch lebt in der Zeit, in die ihn der Zufall gestellt hat. Ich bin im zweiundzwanzigsten Jahrhundert geboren. Habe ich ein Recht, von der Rückkehr in mein Haus, in mein Jahrhundert, in meine Zeit zu träumen?«

»Na schön, hast du. Und was folgt daraus? Träume! Gehe zum Bahnhof und kaufe dir eine Transitfahrkarte.«

»Wohin?«

»In die Zukunft. Ins zweiundzwanzigste Jahrhundert.«

»Es ist taktlos von dir, über mich zu spotten. Denn mit deiner Hilfe bin ich hierher geraten. Wenn du nicht gewesen wärst . . .«

»Wenn ich nicht gewesen wäre, hätten dich die Weißgardisten erschossen.«

Unser Gespräch artete in einen Streit aus. Ich machte Ophelia Vorwürfe. Sie mir. Doch da hörten wir Koljas Schritte.

»Habe ich einen Hunger«, sagte Kolja.

»Es ist einfach unmöglich«, klagte Ophelia über ihren Mann. »Er ist nicht satt zu kriegen. Das Stipendium ist auch nicht weiß Gott wie groß. Aber Angewohnheiten wie ein Bürgersöhnchen. Manchmal denke ich, ob er nicht vielleicht seine soziale Herkunft verheimlicht hat?«

»Vor wem?« fragte ich.

»Vor der Aufnahmekommission, das wäre halb so schlimm, aber vor mir.«

»Aber du bist doch ein außerzeitliches Wesen, was kann dich interessieren, wer Koljas Eltern waren?«

»Warum? Warum soll ich eine schlechte Staatsbürgerin sein?«

»Aber mit deiner Herkunft sieht es doch auch nicht ganz klar aus. Ich wundere mich, daß Kolja dich geheiratet hat.«

»Und du wunderst dich nicht, daß ich ihn geheiratet habe?«

Obwohl das Gespräch über Kolja in seiner Anwesenheit stattfand, schwieg er und beschäftigte sich mit seiner appetitlich duftenden Hammelfleischsuppe.

Ich begriff, warum er schwieg. Es war ihm ein bißchen peinlich. Er konnte kein halbes Jahr ohne seine Ophelia aushalten. Und mich hatte er in so eine dumme Situation gebracht.

»Nun, was ist denn bei Ihnen für ein Unglück passiert?« fragte mich Kolja.

»Woher wissen Sie das?«

»Ich bin mit der Straßenbahn gefahren. Neben mir standen zwei Maler, die von der Ausstellung nach Hause fuhren. Sie waren ganz außer sich. Der eine vermutet sogar Sabotage. ›Was das auch für Farben waren‹, sagte er, ›sie konnten über Nacht nicht so verderben‹. Aber der andere, vernünftigere, widersprach ihm: ›Es ist Unsinn, alles auf Sabotage abzuwälzen. Außerdem war das Porträt ja noch nicht von der Ankaufskommission erworben worden‹.«

Kolja verstummte und betrachtete einen Hammelknochen.

»Und was denken Sie?« fragte er mich dann.

»Ich denke gar nichts«, antwortete ich.

»Nicht so schlimm«, sagte Ophelia, »uns wird schon was einfallen.«

Ich nickte Kolja zu und ging. Ophelia brachte mich zur Tür; Im dunklen Korridor hielt sie mich an und sagte: »Weiß du, Mischa, welche Idee mir gerade gekommen ist?«

»Na, sag schon. Ich muß gehen.«

»Ich habe diese beiden Alten satt. Ich möchte sie loswerden.«

»Und was habe ich damit zu tun? Ich habe mit deinen Alten nichts zu schaffen.«

»Warte! Ich gebe dir deine Stellung zurück.«

»Was für eine Stellung?«

»Du wirst wieder genial sein. Ich helfe dir, die beiden Alten auf die Leinwand zu bannen.«

»Wieder für drei Wochen?«

»Nein. Diesmal für immer. Einverstanden?«

»Ich überlege es mir«, sagte ich, und dann lief ich schnell die ausgetretene Treppe hinunter.

Die beiden Alten witterten anscheinend Gefahr. Als sie mich die Treppe hinunterrennen sahen, gaben sie ein leichtes Stöhnen von sich. Und da taten mir die beiden alten Frauen auf einmal leid, mir wurde bange zumute, und ich schämte mich, als plante ich ein Verbrechen.

41

Am nächsten Tag brachte Ophelia sie zu mir.

Die Grundierung auf der Leinwand war schon trocken. Vor Beginn der eigentlichen Arbeit schaute ich mir die beiden Alten erst einmal richtig an. Ich hatte plötzlich den Wunsch, mir diese alten Frauen als junge Mädchen vorzustellen. Und während ich jetzt in diese vertrockneten, runzligen Gesichter blickte, versuchte ich in Gedanken in ihre Vergangenheit einzudringen, die sie vor langer, langer Zeit hinter sich gelassen hatten und die es nur noch in der Erinnerung derjenigen gab, die diese Mädchenzeit und Jugend gekannt hatten.

Lange, lange schaute ich auf die Alten, ohne mit der Arbeit zu beginnen.

Dann sagten die Alten: »Wir haben zu tun.«

»Was haben Sie zu tun?« fragte ich.

»Wir müssen auf den Andreasmarkt. Kartoffeln kaufen, Möhren, Dill, Zwiebeln.«

Ich ließ sie gehen.

Ophelia und ich blieben allein.

»Es ist doch für dich nicht schwer, irgendein Wunder zu tun?« sagte ich.

»Was heißt nicht schwer?« antwortete sie aufgebracht. »Es ist schwer. Und wie! Du kannst dir gar nicht vorstellen, wieviel Nerven und Gesundheit mich das kostet. Was ich für Anstrengungen machen muß.«

»Aber trotzdem. Ich bitte dich. Gott mit ihr, mit meiner Genialität! Ich kann auch ohne die leben. Aber du mache bitte folgendes, ich bitte dich darum. Gib diesen Alten ihre Jugend wieder.«

»Wozu ihnen die Jugend geben? Sie brauchen sie nicht.«

»Sie brauchen sie. Alle brauchen Jugend.«

»Nein. Das ist unmöglich, bitte nicht darum. Ich kann ihnen ihre Jugend nicht wiedergeben.«

»Warum?«

»Weil sie keine gehabt haben.«

»Sie haben!«

»Und ich sage, sie hatten nicht, streite nicht mit mir. In den letzten Jahren hast du dir den Charakter verdorben. Ich verstehe schon. Du möchtest Veränderungen. Doch aus Ehrgefühl willst du das nicht zugeben. Weißt du was? Gedulde dich drei, vier Tage. Ich muß Kolja noch helfen, gewisse Dinge in Ordnung zu bringen. Und dann ...«

»Was wird dann sein?«

»Dann versetze ich dich auf einen recht interessanten Planeten.«

»Auf welche Weise?«

»Wie möchtest du es denn?«

»Auf streng wissenschaftliche Weise. Die mit Kausalität verbunden ist, mit den Newtonschen Gesetzen, mit der Physik Einsteins, mit der Geometrie Euklids und Lobatschewskis ...«

»Dann müssen wir durch einige hundert Lichtjahre hindurch. Und du, mein Freund, bist so ungeduldig.«

»Also wieder ein Wunder? Du ahnst nicht, wie ich alle diese Wunder satt habe. Ich bin Positivist. Ich bin für Fakten. Ich bin gegen das Wunder.«

»Reg dich nicht auf. Dies ist ein begründetes Wunder. Es beruht auf noch nicht entdeckten Gesetzmäßigkeiten.«

»Na, Hauptsache, es beruht auf etwas«, stimmte ich zu.

»Dann mach dich bereit. Bezahle das Telefon und die Miete. Laß deinen Bekannten Geld da, damit sie deine Zeitungsabonnements bezahlen können. Begleiche die Mitgliedsbeitäge. Und bitte, laß dir die Haare schneiden. Man schämt sich ja! Schau bloß in den Spiegel! Und kaufe dir einen anständigen Anzug. Deine Hosen sind ausgefranst. Am Jackett fehlen zwei Knöpfe. Du hast gar keine Vorstellung, wie du heruntergekommen bist. Bessere dich, ich flehe dich an. Und in drei Tagen . . .«

Und dann waren die drei Tage um.

42

Erinnern Sie sich an Dostojewskis phantastische Erzählung »Der Traum eines lächerlichen Menschen«? Ich zitiere aus dieser genialen Erzählung nur einen Satz: »Ich stand, für mich ganz unverhofft, auf dieser anderen Erde, im hellen Glanze eines sonnigen, paradiesisch herrlichen Tages.«

Dasselbe passierte mit mir. »Für mich ganz unverhofft«, fand ich mich »auf dieser anderen Erde« wieder.

Auf einer anderen Erde? Kann es denn noch eine Erde geben?

Es kann.

Ich fand mich auf einer sonnigen, wie das Paradies anmutenden Insel wieder, die, wie sich das für eine Insel gehört, auf allen Seiten von den blauen Wellen des Meeres umspült wurde.

Nein, nein! Das war überhaupt keine Robinsonade. Keine Freitags! Und ohne jegliche Menschenfresser und wilden Tiere.

Ein kleines Sanatorium, einige Kurpatienten. Das Dienstpersonal: Ärzte, Schwestern, Kellnerinnen, Köche und kein Witzbold. Und ich, der ich gerade in dieser unendlich gemütlichen Welt angekommen war, mit dem Kurscheck in der Hand, dem Reisescheck und allen erforderlichen Bescheinigungen, mit denen mich Ophelia vorsorglich ausgerüstet hatte.

Hatte mich Ophelia auch mit den nötigen Kenntnissen, mit den nötigen Erfahrungen versehen, über die jeder Bewohner dieser mir unbekannten Welt verfügte?

Natürlich nicht. Ihre magische Kunst hatte wie jede Kunst ihre Grenzen.

Es war abgemacht, daß ich in einem experimentellen Laboratorium bei einem mißglückten chemischen Versuch zu Schaden gekommen und an Amnesie erkrankt war, die einen unsichtbaren Strich zwischen meiner Gegenwart und meiner Vergangenheit gezogen hatte. Meine Gegenwart dauerte, von der Julisonne beschienen, aber meine Vergangenheit glich einem verdunkelten Fenster am ersten Tag des Weltkrieges.

Vom Krieg wird noch die Rede sein, vorerst öffne ich unter den Augen des Lesers meinen Koffer und packe meine Siebensachen aus, um sie in den Schrank zu legen, der immer noch den geheimnisvollen Geruch der Sachen meines Vorgängers oder meiner Vorgängerin bewahrt hat.

Die Fenster des Zimmers lagen zum Meer hinaus, auf dem ein Segel blinkte, ebenso lyrisch und einsam wie in dem Gedicht Lermontows.

Mir fiel ein, daß ich Lermontow im Gespräch mit den anderen Patienten nicht erwähnen durfte. Auf diesem Planeten hatte es Lermontow nicht gegeben und konnte es ihn nicht gegeben haben, obwohl der Planet der von mir verlassenen Erde verteufelt ähnlich sah. Auch die Sprache, in der sich die Leitende Schwester, die mich so gastfreundlich und liebenswürdig empfangen hatte, mit mir unterhielt, war der russischen Sprache sehr ähnlich, wenn auch nicht alle Wörter übereinstimmten.

Ich besaß das Recht auf Fehler und auf unsinnig, fast dumm und kindlich klingende Fragen. Denn ich litt ja an Amnesie, und mein beschädigtes Gedächtnis gewann nur sehr langsam seine Kräfte wieder.

Ich erinnerte mich daran, daß es auf dieser Erde weder Lermontow noch Puschkin, weder Newton noch Darwin gegeben hatte. Hier waren es andere Genies und andere Namen, die ich nicht kannte. Aber ich hatte das Recht, unwissend zu sein. Alle würden verstehen, daß ich alles gewußt hatte, was ein intelligenter Mensch wissen muß. Ich hatte alles gewußt, aber eines schönen Tages hatte ich alles vergessen. Ich hatte ja sogar den eigenen Namen vergessen. Ein Mensch ohne Erfahrungen, ein liebenswertes erwachsenes Kind. Aber war ich liebenswert? Anscheinend war ich es trotz allem.

Die Nachbarin am Mittagstisch, eine junge, schöne Frau, lächelte mir freundlich zu. Sie würde nicht so lächeln, hielte sie mich für einen Gauner und Schurken.

»Wie ist Ihr Name?« fragte sie.

»Mein Name klingt zu unbescheiden und laut«, sagte ich.

»Nennen Sie ihn trotzdem.«

»Shakespeare«, sagte ich.

Sie wunderte sich überhaupt nicht, als sei das ganz normal. Dafür wunderte ich mich. Und erst einige Minuten später wurde mir alles klar. Sie hörte den Namen Shakespeare zum erstenmal. Dieser Name sagte ihr gar nichts. Es hatte auf diesem Planeten keinen Shakespeare gegeben.

Ich dachte unwillkürlich nach. Es fiel mir schwer, mir die Welt ohne Shakespeare, das heißt auch ohne Hamlet vorzustellen. Es ginge noch, wenn diese Welt nicht jener gliche, in der der Name des Dänenprinzen einer der populärsten war. Doch es kam mir vor, als sei ich auf der Erde. Der Himmel, die Bäume, die Häuser – alles war genau wie auf der Erde. Und das Lächeln auf dem Gesicht meiner Nachbarin war auch irdisch.

»Sie heißen also Shakespeare?« sagte sie. »Zum erstenmal höre ich so einen seltsamen Namen.«

»Und Ihr Name?« fragte ich.

»Alga.«

»Olga?« vergewisserte ich mich.

»Nein, Alga«, korrigierte sie.

Unterscheidet sich diese Erde von der anderen vielleicht wie »o« von »a«? dachte ich.

»Vielleicht gestatten Sie, daß ich Sie Olga nenne?« sagte ich.

»Wenn es Ihnen so besser gefällt, bitte.«

Tasten – das ist auch Erkenntnis, aber Erkenntnis im Dunkel, wenn keine elektrische Birne brennt, keine einzige Kerze, aber die ausgestreckten Finger des Blinden dennoch erkennen, was sie erkennen sollen.

Auch ich tastete teilweise im Dunkel, obwohl ich mich auf einer überaus hellen, sonnigen kleinen Insel befand, die meiner Vorstellung von der Heimat des unsterblichen Homers glich, jenem stürmischen, stürmischen und dennoch trauten Meer, auf dem Odysseus schwamm.

Meine Tischnachbarin erwies sich als Wissenschaftlerin, eine Wissenschaftlerin von Weltruf (auf dieser liebenswerten Erde gab es auch Wissenschaft, wissenschaftliche Titel und Namen von Weltruf). Sie war eine bekannte Entomologin, eine Spezialistin, die das Leben und die Gewohnheiten der Insekten erforschte.

Über dieses seltsame Leben und diese erstaunlichen Gewohnheiten unterhielt sie sich mit mir zwischen eins und zwei und zwischen zwei und drei an dem gemütlichen Tischchen am Fenster, wo eine ganz irdische, ganz irdisch weiße Gardine hing.

Auf jener anderen Erde hatte ich wenig von den Insekten gewußt. Fliegen, Mücken, Wanzen und Küchenschaben. Aber das war ein rein empirisches, alltägliches, angewandtes Wissen. Hinter diesem erzwungenen und wie das

Summen einer Mücke eigentlich unangenehmen Wissen verbarg sich und leuchtete kein einziger ernsthafter Gedanke.

Olga aber bemühte sich, diesen Teil der geheimnisvollen Welt mit dem Tageslicht ihres wißbegierigen Denkens zu erhellen.

»Denn es gibt – ich meine die Anzahl der Arten – viel mehr Insekten als alle anderen Arten des Tierreichs«, ließ sie mich wissen.

»Aber die sie erforschen, die Entomologen«, frage ich, »das sind nicht so sehr viele?«

»Was sagen Sie da? Heute sind fast alle Wissenschaftler mehr oder minder Entomologen geworden. Die Entomologie ist die erste der Wissenschaften, noch vor der Mathematik und der Physik sogar.«

»Warum denn?«

»Ja, weil es in hundert Jahren auf unserem Planeten vielleicht nur noch Insekten geben wird.«

Sie sprach diese seltsam klingenden Worte aus, dann stockte sie plötzlich und wurde so rot wie die Rose im Glas. Sie hatte sich offenbar an meine Amnesie erinnert und dachte, daß man vor mir einstweilen vieles geheimhalten mußte.

Sie war errötet. Und ich wurde blaß wie ein Leinentuch. Ich konnte meine Blässe wie in einem Spiegel auf ihrem Gesicht, in ihren Augen sehen, die mich in schmerzlichem Mitgefühl anblickten.

»Wie? Wie soll ich Sie verstehen?« fragte ich.

»Es war natürlich ein Scherz«, sagte sie leise. »Seien Sie mir nicht böse. Ich habe unwillkürlich . . .«

Sie sprach den Satz nicht zu Ende.

Ich blickte mich um und ließ die Augen wandern. An den Tischen waren alle mit der Mahlzeit beschäftigt. Und die Luft im Speiseraum war blau und heiter, wie auf den Bildern der Impressionisten.

Es wäre interessant, zu wissen, ob es auf dieser Erde Impressionisten gegeben hat, dachte ich.

Die Frage stellte ich mir, aber nicht ihr. Sie wollte ich

nach etwas anderem fragen. Aber ich begriff, daß ich meine Frage besser aufschob. Es war nicht der Augenblick, um zu fragen.

Die Minute verging ziemlich gespannt. So tragisch sie begonnen hatte, sie endete beinahe als Farce.

»Shakespeare!« rief eine weibliche Stimme. »Shakespeare!«

Ich dachte: Sollte es auf der Welt noch einen Shakespeare geben, und dazu noch einen lebendigen, der auf den fremden Ruf antwortete?

Niemand meldete sich.

Da brachte mich meine Tischnachbarin, die Entomologin Olga, wieder in die Wirklichkeit zurück.

»Das gilt Ihnen«, sagte sie. »Sie sind doch Shakespeare?«

»Ja, ich bin Shakespeare.«

»Die Leitende Schwester ruft Sie.«

Ich ging zur Leitenden Schwester, die am Eingang des Speiseraums saß.

»Haben Sie nichts verloren?« fragte sie.

»Wenn ich von mir absehe, nichts«, antwortete ich.

Sie sah mich erstaunt an.

»Ich litt an Gedächtnisverlust«, erläuterte ich, »aber langsam kehrt es zurück.«

»Dann erinnern Sie sich . . .«

Sie reichte mir ein Foto vom Porträt Ophelias.

»Ich habe es an der Tür Ihres Zimmers gefunden. Im Korridor.«

»Ich danke . . .«

Ich konnte mich nicht erinnern, ob es dieses Foto gegeben hatte oder ob es aus dem Nichts entstanden war. Aller Wahrscheinlichkeit nach hatten Fotografen und Bewunderer das Porträt Ophelias auf der Ausstellung aufgenommen, bevor es »verdarb« . . . Aber wie kam die Aufnahme hierher? Hatte sie vielleicht Ophelia geschickt?

Reichlich viele Rätsel für einen Tag. Ich dankte der Schwester noch einmal und ging hinaus in den Garten. Setzte mich auf eine Bank. Über den Bäumen schwammen

Wolken. Gewöhnliche Wolken. Weiße mit einem Anflug von Blau. Solche Wolken, und dann noch über einem Garten, erinnern immer an Sorglosigkeit.

Durch die Alleen wandelten die Kurgäste. Bald sah ich auch die Entomologin Olga. Sie war allein. Ich stand auf und ging zu ihr.

»Störe ich auch nicht?«

»Aber nein, nein«, antwortete sie. »Ich freue mich.«

Wir verließen den Garten und gingen die Straße entlang. Es war eine stille Straße, mit Bäumen bepflanzt, die typische Straße eines kleinen Kurortes.

Zwei oder drei Stunden gingen wir spazieren. Alles sah ziemlich gewohnt aus, mit einer Ausnahme. Nirgends sah ich kleine Kinder oder Halbwüchsige. Die Burschen und jungen Mädchen, die wir trafen, waren nicht jünger als zwanzig, fünfundzwanzig Jahre. Ich dachte: So sorgt man sich hier um die Ruhe der Erholungssuchenden, daß man keine Kinder und Halbwüchsigen mit ihrem Lärm hierher läßt. Gut für Junggesellen und nervöse Menschen, aber nicht doch etwas zu egoistisch?

Ich wollte Olga danach fragen, doch ich überlegte es mir anders. Ich fragte sie nicht nach den Kindern, sondern nach den Insekten.

»Sie sagten«, erinnerte ich sie, »daß in hundert Jahren . . .«

»Ja, in hundert oder in zweihundert Jahren.«

»Und was wird dann?«

»Nichts weiter«, entgegnete sie.

»Nichts weiter oder nichts?«

»Nein, das Sein wird bleiben, doch es wird seine Formen ändern. Es kommt die Ära der Insekten.«

»Und die Menschen?«

Sie blickte mich erschrocken an und schwieg.

»Und die Menschen?« wiederholte ich meine unsinnige Frage.

»Menschen können nicht länger als hundert Jahre leben. Und die Jüngsten von uns sind zwanzig Jahre alt.«

»Und wo sind denn die Kinder?«

»Es werden keine mehr geboren.«

»Abtreibungen?« fragte ich. »Empfängsnisverhütende Mittel?«

»Nein.«

»Und was?«

»Die Strahlung. Sie ist bekanntlich für die somatischen Zellen weniger gefährlich als für die Geschlechtszellen.«

»Aber warum hat man keinen Schutz gegen die Strahlung geschaffen?«

»Man hat es nicht geschafft. Es war Krieg. Und eine der faschistischen Mächte hat gegen ihre Gegner eine tückische Waffe eingesetzt. In wildem Haß gegen alles Lebende haben sie der Zukunft einen nicht wiedergutzumachenden Schlag versetzt. Es gibt nun keine Zukunft. Es gibt nur die Gegenwart. Sie kann allerdings sehr, sehr lange dauern. Die Zytologen suchen ein Mittel für die Unsterblichkeit. Wenn sie es nicht finden, beginnt die Ära der Insekten. Die Insekten haben unter der Strahlung nicht gelitten. Sie vermehren sich ... Sie werden alle Säuger, darunter auch die Menschen, ablösen, wenn kein Mittel gefunden wird, die Unsterblichkeit zu erreichen.«

»Die Unsterblichkeit?« fragte ich. »Was ist das?«

»Die Philosophen schreiben jetzt viel darüber«, antwortete Olga. »Es ist eine Vielzahl von Forschungsinstituten geschaffen worden, um die Probleme zu erforschen, die mit der Unsterblichkeit zusammenhängen. Einer der Philosophen hat gesagt: ›Die Unsterblichkeit ist eine endlos dauernde Gegenwart, eine Gegenwart ohne Zukunft.‹ Aber dieser Gedanke ist umstritten.«

»Was ist daran strittig?«

»Die ethische Seite ... Man kann den Menschen nicht sagen, daß sie keine Zukunft haben.«

»Aber wenn es die Wahrheit ist, lohnt es, sie zu verbergen?«

»Außer starken Menschen gibt es auch schwache. Sie brauchen die Illusion. Außerdem, einige Wissenschaftler meinen, daß es möglich sein wird, Menschen auf künstlichem Wege zu schaffen.«

»Roboter?«

»Nein, richtige lebendige Menschen.«

»Auf welche Weise?«

»Ich erkläre es Ihnen gleich. Die Geschlechtszellen haben unter dem Einfluß der Strahlung ihr Vererbungsgedächtnis verloren, aber die somatischen Zellen haben fast gar nicht gelitten. Jede somatische Zelle, einem Individuum entnommen, vermag sich unter entsprechenden Bedingungen aber auch zu erinnern und das Individuum zu reproduzieren.«

»Na also!« rief ich froh aus. »Das heißt, es ist nicht alles verloren.«

»Aber das wird nicht die Schaffung von etwas Neuem sein, sondern die buchstäbliche Wiederholung dessen, was schon existiert hat. Im Unterschied zur Geschlechtszelle produziert die somatische Zelle keinen neuen Menschen, sondern reproduziert den alten, bringt als Nachkommen seinen Doppelgänger hervor.«

»Im Grunde fast die Ewigkeit, nicht wahr?«

»Ja. Die Wiederholung. Der Sohn ist der Doppelgänger des Vaters, der Sohn des Sohnes – nicht der Enkel, sondern auch der Großvater, nur in verjüngter Ausgabe. Und so weiter ohne Ende. Ein Leben von Generationen, aber ohne Erneuerung.«

»Und der Ausweg?«

»Es gibt keinen anderen Ausweg. Nur diesen.«

»Und die Insekten?«

Sie schaute mich an, als hätte ich ihren geheimsten, verborgensten Gedanken erraten.

»Die Insekten werden sich erneuern können, das Leben erneuern können, sie werden sich entwickeln.«

»Sie möchten, daß ihnen die Menschen den Weg freigeben?«

Sie antwortete nicht.

Die Pause zog sich reichlich lange hin. Sie dauerte den

ganzen Rückweg über, vom Ende der Ortschaft bis zum Ufer des Meeres, wo die Häuser des Sanatoriums standen.

Und den ganzen Weg über, während meine Begleiterin schwieg, unterhielt ich mich in Gedanken mit mir selbst. Ich versuchte mir eine Familie vorzustellen, die aus Doppelgängern besteht: die Tochter – eine Kopie der Mutter, der Sohn – Doppelgänger des Vaters, Enkel und Enkelin – Wiederholungen des Großvaters und der Großmutter.

Die Familie verläßt das Haus, um spazierenzugehen. Und trifft eine andere Familie, wo auch jeder die Kopie des anderen ist.

Schrecklich? Vielleicht aber auch nicht? Alles Sache der Gewohnheit. Zwillingsbrüder und Zwillingsschwestern gewöhnen sich ja auch aneinander, und Eltern und Bekannte gewöhnen sich an sie. Besser Zwillinge als nur Insekten.

Als wir durch das Tor des Sanatoriums eintraten, schaute ich zu meiner Begleiterin. Ihr Gesicht war traurig. Sie dachte über etwas nach. Worüber?

43

Auf dieser Erde sollte bald die Ewigkeit anbrechen. Den Tod würde es geben, aber er würde jeden Sinn verlieren. Der Verstorbene setzt sich in seinem genauen Abbild fort, in seinem Doppelgänger.

Den Tod würde es geben, aber keine Geburt. Man kann die künstliche Reproduktion des Doppelgängers aus einer somatischen Zelle keine Geburt nennen. Und es würde keine Liebe geben.

Ich lief im Zimmer von einer Ecke zur anderen und dachte nach. Ich mußte denken, ich wollte diesen Planeten, der der Erde so erstaunlich ähnlich war, begreifen und mir vorstellen.

Das Zimmer war nicht leer. Es standen die Dinge darin, die der Bewohner brauchte. Aus dem nicht fest genug zugedrehten Wasserhahn tropfte Wasser in das Waschbecken aus Porzellan. Neben dem Waschbecken hing ein Handtuch.

Da stand der Schreibtisch. Eine Vielzahl einander ablösender Kurgäste hatten an diesem Schreibtisch gesessen und Briefe nach Hause geschrieben. Worin unterschieden sich diese Briefe von denen, die auf meiner Erde geschrieben und abgeschickt wurden? Durch eine wesentliche Besonderheit. In diesen Briefen wurde nicht nach der Gesundheit der Kinder gefragt, wurden keine Grüße an die Kinder bestellt.

Na und? Auf meiner Erde gab es doch auch Junggesellen und alte Jungfern. Sie interessierten sich auch wenig für Kinder. Hatten mich denn noch vor kurzem Kinder interessiert?

Daran dachte ich, während ich im Zimmer auf und ab ging.

Für einen Moment sah ich mich von außen, als blickte ich in einen tiefen psychischen Spiegel, der nicht nur die äußere Gestalt, sondern auch die Innenwelt abbildete.

War es nicht lächerlich und dumm, daß ich, ein Junggeselle, mir keine Welt vorstellen konnte, die nur von Junggesellen, alten Jungfern und kinderlosen Ehepaaren besiedelt war?

Ja, ich konnte sie mir nicht vorstellen, weil sie zu verkrüppelt war. Denn auf meiner Erde waren die Junggesellen, die alten Jungfern und die kinderlosen Ehepaare die Ausnahme.

Wenn es wenigsten ein oder zwei Kinder auf tausend Erwachsene gegeben hätte, als Ausnahme, dann hätte ich mir diese Welt vorstellen können. Aber sie war so unvorstellbar wie eine Erde, die von lebendigen Puppen besiedelt ist.

Ja, aber hier war ein wirkliches Drama, nicht von Puppen, sondern von Menschen gespielt. Noch von Menschen. Von Menschen, die sich bald in Puppen verwandeln sollten.

Ich beschloß, das Leben dieses Planeten kennenzulernen, die Geschichte seiner Gesellschaft die Philosophie seiner Kultur. Die nötigen Bücher erhielt ich in der Bibliothek des Sanatoriums. Ich trug den schweren Packen auf mein Zimmer und legte ihn auf den Schreibtisch. Doch irgendein unbestimmtes, verworrenes und unruhiges Gefühl hielt mich davon ab, auch nur eines der Bücher aufzuschlagen und mit dem Lesen zu beginnen. Ich stand neben dem Bücherhaufen, wie Adam vor dem Baum der Erkenntnis von Gut und Böse gestanden haben mag – zaudernd, ob er die arglistige Frucht abreißen oder an ihrem Zweig hängenlassen sollte.

Adam dachte nicht an die Zukunft, als er die Hand nach dem Zweig ausstreckte und die verbotene Frucht pflückte. Auch meine Hand streckte sich schließlich unvorsichtig aus und öffnete eines der Bücher.

Leider zeigte das Titelblatt des Buches kein Porträt des Autors. Eine kurze Annotation vermittelte dem Leser die notdürftigsten Informationen. Autor des von mir aufgeschlagenen Buches war der größte Soziologe und Psychologe der beiden letzten Jahrzehnte.

Er war Soziologe geworden, nachdem es geschehen war. Das Wort »es« ist eines der unpersönlichsten und unbestimmtesten Worte. Doch das, was geschehen war, trug ja anstelle eines Gesichts eine Maske. Die Menschen waren so fassungslos, daß sie nicht gleich ein passendes Wort fanden.

Es versteht sich von selbst, daß sie dies Wort schließlich fanden. Sie benannten das Unbenennbare, aber es wurde ihnen nicht leichter davon. Wozu gibt es eigentlich Wörter? Zur Kommunikation? Nicht nur. Auch dazu, die zu harte und reale Welt der Dinge und Erscheinungen wenigstens ein bißchen zu mildern, ihr näherzukommen, mit ihr auf du und du zu stehen.

Mit Hilfe des Wortes hat es der Mensch vermocht, sogar mit dem Tod auf du und du zu stehen. Doch dieses Ereignis hier war unbestimmter und rätselhafter als der Tod, und es war den Menschen noch nicht gelungen, mit ihm zum »du« überzugehen.

Der Soziologe war ein mutiger Mann. Das sind nicht meine Worte, sondern die Worte der Annotation, die dem Buch beigefügt war. Er faßte den Mut, der Wahrheit ins Auge zu sehen. Das Wort »Auge« ist natürlich eine Metapher. Diese Wahrheit hatte keine Augen. Genauer, sie hatte welche besessen, sie sich aber ausgestochen wie die Heldin einer antiken Tragödie. Dafür hatte der Soziologe Augen.

Mit welchem Schmerz, mit welcher Niedergeschlagenheit schrieb er den ersten Satz, mit der die erste Seite seines Buches anfing. Er setzte einen Punkt und brach in Tränen aus. Durch Weinen wollte er die Umstände lindern, wollte innerlich einen Halt in diesem Wahnsinn, in dieser Katastrophe finden.

Aber er fand keinen Halt. Und er schrieb den zweiten Satz. Krämpfe schüttelten sein Denken. Aber das hielt ihn nicht auf. Er mußte sich selbst und allen seinen Zeitgenossen erklären, was der Erklärung bedurfte.

Den dritten Satz riß er sich gleichsam mit dem eigenen Fleisch vom Körper. Er schonte sich nicht.

In der fernen Vorgeschichte und Geschichte versuchte er die Quellen jenes verhängnisvollen Fehlers aufzuspüren, jenes nicht wiedergutzumachenden Fehlers, den die Menschheit in der Epoche der Kernphysik und der Molekularbiologie begangen hatte.

Auf jener Erde hatte es ebenso wie auf meiner früher einmal eine antike Epoche gegeben.

Die Menschen jener erstaunlich tapferen Epoche fürchteten sich nicht, jeglicher Wahrheit ins Auge zu sehen, und mochte sie noch so schrecklich sein. Davon zeugen die Werke jener Epoche und vor allem die Tragödie. Der Mensch ging ins Theater, nicht um sich zu zerstreuen, sich zu erholen, sondern um mit den kompliziertesten Geheimnissen des Seins in Berührung zu kommen. Es gab noch kein Spießertum. Wann war es entstanden? Vielleicht damals, als in der Wiege des Kindes Spielzeug auftauchte, wie aus dem Nichts gekommen. Den metaphysischen Begriff des

»Nichts« gibt es für das Kind nicht. Die Eltern erklärten dem Kind: Der Weihnachtsmann hat sie gebracht. Man redete dem Kind den heuchlerischen Gedanken ein, daß es nicht nur den Eltern teuer sei, sondern auch dem allgegenwärtigen Unbekannten mit dem sentimentalen Bart. Und glich denn nicht dem Weihnachtsmann auch die ganze Wirklichkeit, auch so scheinbar gutmütig, graubärtig und sentimental?

Im Bewußtsein des Kindes schlug der Mythos vom Weihnachtsmann und von der süßlich-guten Wirklichkeit Wurzeln.

Niemand hängt so sehr an jeglichen Illusionen wie das Spießbürgertum. Auf diesem Boden, gedüngt durch viele Generationen von Spießern, entstand auch der Faschismus. Und der Faschismus war das Ende des Fortschritts. Er beraubte die Menschheit der Zukunft, indem er sie der Strahlenbombe zum Opfer brachte.

Der Gedankengang des Soziologen war nicht so einfach, wie ich ihn hier darlege, aber es fällt mir schwer, mit eigenen Worten einen fremden Gedanken wiederzugeben, der seine eigene Sprache, seine eigenen Argumente und Vernunftgründe hatte. Der Soziologe suchte den Fehler, den tödlichen Fehler, den die Menschheit begangen hatte, als ginge es um einen Fehler, den zu korrigieren es noch nicht zu spät war.

Viele Seiten dieses wie eine Beichte leidenschaftlichen Buches erschienen mir fragwürdig. War es nicht naiv, die Verantwortung für die Verbrechen des Faschismus auf den Weihnachtsmann abzuwälzen? Er war kaum schuld daran, daß die Kinder, die in seinem Namen Geschenke erhalten hatten, später unter die Bomben und Granaten der Kriege gerieten, in Gaskammern und Konzentrationslager. Der Soziologe hatte anscheinend noch alte Rechnungen mit dem Weihnachtsmann und den eigenen Eltern zu begleichen, die er des Leichtsinns und der Heuchelei verdächtigte. Seinem verspießerten Jahrhundert stellte er das Zeitalter der antiken Weisen gegenüber. Mir erschienen diese

Gedanken nicht originell. Der Soziologe meinte, daß die Menschheit einen falschen Weg gegangen sei. Wann hatte das begonnen? Der Soziologe sagte, alles habe damit begonnen, daß der Neopositivismus die Philosophie als außerhalb des Gesetzes stehend deklariert und die Menschen gelehrt habe, sich den Fakten zu beugen und zu denken, daß es auf der Welt keine Probleme gebe ... Den Leuten wurde eingeredet, daß der Gedanke etwas Zweitrangiges sei. Zwischen dem Weihnachtsmann, der Wirklichkeit und der modischen Denkweise bestehe eine Verbindung.

Der Neopositivismus riet den Menschen, nicht nachzudenken. Er verlachte die Denker und die Weisen. Schon waren nicht nur Rechenmaschinen, sondern auch denkende Maschinen konstruiert worden und begannen zuverlässig zu funktionieren. Die Menschheit übertrug das Wertvollste und Höchste, das die Geschichte des Universums kannte – ihr Denken –, der Maschine und trug ihr auf, für die Menschheit zu denken.

Viele Wissenschaftler meinten, daß das Denken und die Erkenntnis bald ohne den Menschen auskommen könnten, der zu dieser Zeit schon anfing, sich aus einem Schöpfer in einen geistlosen Konsumenten zu verwandeln ... Die kapitalistische Zivilisation förderte das und drohte den sozialistischen Ländern mit Krieg und Ausrottung. Und dann begann der Krieg der Maschinen. Er begann in jenem Jahr, in dem den Wissenschaftlern die letzte große Entdeckung gelungen war.

Es war das Wesen der Meeressäuger entdeckt worden, die unseren Delphinen ähnlich waren.

Wie sich schnell herausstellte, war das eine prinzipiell andere, ungemein poetische und vielschichtige Sicht der Welt. Die Welt der Meeressäuger (die seitdem als vernünftig bezeichnet wurden) war das Wasser, ein dem Anschein nach eintöniges, einförmiges und an Ereignissen armes Element. Doch im Verlauf der viele Dutzend Millionen Jahre währenden Existenz dieser Art waren die Sinne so verfeinert worden und hatte sich das Gehirn so entwickelt, daß die Erkenntnis dieser Säugetiere in dem scheinbar einförmigen Milieu eine verblüffende Vielfalt aufdeckte.

Hier, auf ihrem eigenen Planeten, begegneten die Menschen im Grunde einer anderen Vernunft, anderen Erkenntnisprinzipien, als seien sie zu einem anderen Planeten geflogen.

Es begann ein Dialog zwischen dem Menschen und den vernünftigen Meeressäugern.

Eine Welle neuen Denkens, neuen Wissens, einer neuen, nie dagewesenen, äußerst eigenartigen Sicht der Dinge sollte die müde gewordene Menschheit beleben und begeistern, sollte ihren erloschenen Wissensdurst entfachen, doch der Dialog wurde abgebrochen. Der Krieg begann. Es kämpften Maschinen. Aber es starben die Menschen.

Ja, der Dialog wurde abgebrochen.

Für lange?

Für immer.

Die vernünftigen Meeressäuger gehörten zu den ersten Opfern in diesem gigantischen Krieg der Physiker, Chemiker, Mathematiker und Maschinen.

Vor der Menschheit tat sich ein neues, beispielloses Problem auf: Wie sollte es mit dem Denken sein? Wie konnte man es bewahren und in Jahrhunderten und Jahrtausenden fortsetzen?

Erst jetzt, da sie einer anderen Vernunft, einem anderen Denken begegnet waren, lernten die Menschen ihr eigenes Wissen, ihr eigenes Denken schätzen. Noch vor kurzem hatten sie dem Denken argwöhnisch gegenübergestanden und es dem Gefühl und dem Leben entgegengesetzt.

Wissenschaftler und Techniker begannen die logischen Maschinen zu vervollkommnen. Das Denken sollte sich entwickeln, vom Menschen abgetrennt und ihn vergessend. Es wurde der Gedanke geäußert, der Mensch sei zu einer Störgröße in der Entwicklung des Denkens geworden, das Denken brauche in der gegenwärtigen Etappe den Menschen nicht, es habe schon lange davon geträumt, sich vom Menschen zu befreien, und sich endlich auch befreit.

44

Der Schlag der altertümlichen Wanduhr (ihr gemächliches, melodisches Schlagen hatte etwas musikalisch Dickenshaftes) erinnerte mich daran, daß es Zeit war, in den Speiseraum zu gehen. Die Stunde des Abendessens im Sanatorium war angebrochen.

Ich unterbrach die Lektüre und ließ das Buch aufgeschlagen auf dem Schreibtisch liegen.

In einer halben Stunde würde ich zurückkehren und weiterlesen. Aber vielleicht war es besser, nicht weiterzulesen? Das Buch zuzuschlagen und möglichst schnell wieder in der Bibliothek abzugeben? Ich war nämlich kein antiker Grieche, der der Wahrheit ohne Furcht ins Auge blicken konnte.

Als ich den Speisesaal betrat, aßen schon alle. An meinem Tisch erblickte ich außer Olga noch einen anderen Kurgast.

»Darf ich vorstellen«, sagte Olga zu mir und nannte den Namen, denselben, den ich gerade auf dem Umschlag des Buches gelesen hatte, das in meinem Zimmer auf dem Tisch lag.

Dieser Name, wie dem Buchumschlag entstiegen, sprach mich durch Olgas Stimme an.

Noch einmal nannte Olga diesen Namen, und ich wunderte mich über den Zufall. Offenbar hatte sich der Zufall mit den Umständen verschworen, die nicht wollten, daß ich die Augen vor den grausamen, allzu grausamen Fakten verschloß.

Ich blickte auf meinen berühmten Nachbarn, den mir das Schicksal gesandt hatte. Er war ein untersetzter Mann mit dem sorglosesten und leichtsinnigsten Gesicht, dem ich in dieser Welt begegnet war. Er sah aus wie ein Spaßvogel. Lachende Äuglein. Ein lächelnder Mund. Wem lächelte er zu? Ihnen? Ja, Ihnen auch. Doch vor allem sich selbst und den Umständen, die ihm anscheinend völlig recht waren. Selbstzufriedenheit? Warum auch nicht? Er goß Rotwein ins Glas und zwinkerte familiär halb Olga, halb mir, halb allen im Speisesaal zu und trank aus.

Dieser Mann konnte nicht der Autor eines philosophischen Buches sein. Mit großer Anstrengung konnte man sich vorstellen, daß er ein Lehrbuch für Köche oder Winzer schrieb, aber ein Denker – niemals.

Doch warum eigentlich nicht? Warum kann ein Philosoph nicht wie ein Witzbold oder der Spaßmacher einer Estradenbühne aussehen? Herbert Wells war ein großer Schriftsteller, war der Schöpfer verblüffend kühner und origineller wissenschaftlich-phantastischer Konzeptionen. Doch die ihn nahe gekannt haben, berichten, daß sein Äußeres mit seiner inneren Welt nicht übereinstimmte, er war untersetzt, geschäftig ... Und der Philosoph Schopenhauer, ein intriganter Greis, der seine Nachbarin verstümmelte und ihr nachher Alimente zahlte?

Ich widersprach mir selbst in Gedanken, aber überzeugen konnte ich mich nicht.

Ich wandte mich an meinen Nachbarn und sagte: »Verzeihen Sie mir, ich war lange krank und bin, wie man so sagt, hinter dem Leben zurückgeblieben.«

»Wir sind alle hinter dem Leben zurückgeblieben«, scherzte der Mann, der einem Spaßvogel so ähnlich war, »und das Leben hinter uns. Der Kontakt ist verlorengegangen.« Wieder zwinkerte er jemand zu, doch diesmal deutlich nicht uns, sondern der Rotweinflasche.

»Ihr Name ist mir bekannt«, sagte ich. »Sind Sie nicht zufällig ein Namensvetter des berühmten Soziologen?«

»Nein, zufällig kein Namensvetter«, entgegnete er, »ich bin es zufällig selbst.«

»Der Autor des Buches, das so viel Wirbel gemacht hat?«

»Ja«, sagte er. »Bis jetzt hat sich das Buch noch nicht von mir losgesagt. Hat sich, wie man vor dreißig Jahren sagte, noch nicht abgegrenzt ... Ich bitte Sie, reichen Sie mir doch die Schüssel mit dem Hering da herüber. Ein ausgezeichneter Hering, sage ich Ihnen. Solange es Hering und feingehackte Zwiebeln, mit Mayonnaise übergossen, gibt, braucht die Menschheit den Kopf nicht hängenzulassen.«

»Wie es mit der Menschheit aussieht, weiß ich nicht«, sagte ich und reichte ihm die Schüssel mit dem Hering, »aber Sie lassen den Kopf offensichtlich nicht hängen.«

»Und Sie? Sind Sie etwa verzagt?«

»Mit Ihrer Hilfe.«

»Wie soll ich Sie verstehen?«

»Ich lese gerade Ihr Buch.«

»Sie halten mich für die Fortsetzung meines Buches?«

»Nicht für die Fortsetzung. Nein! Aber ich meine, daß es zwischen Buch und Autor eine Einheit geben muß, wenn der Autor ein ganz aufrichtiger Mensch ist.«

»Halten Sie mich meinetwegen für nicht ganz aufrichtig. Ich gestatte es Ihnen. Aber ein Buch ist ein Buch, und ich bin kein Buch. Ich bin ein Mensch. Und nichts Menschliches ist mir fremd. Soll ich mich etwa dem Trübsinn hingeben, wenn ich einen so schmackhaften Hering probiere und so ausgezeichneten Wein dazu trinke? Ein bißchen Sensualismus schadet dem Menschen nicht, selbst wenn er erst gestern erfahren hat, daß er sterblich ist. Doch ich habe das nicht gestern erfahren.«

»In Ihrem talentierten Buch lassen Sie überhaupt keine Hoffnung.«

»Wozu werden Bücher geschrieben?« fragte er mich plötzlich.

Ich antwortete nicht. Er antwortete für mich und für sich: »Unter anderem, damit sie gelesen werden. Und wer wird ein optimistisches Buch lesen, das dem Leitartikel der Zeitung ›Körperkultur und Sport‹ ähnelt? Verzweiflung und Leiden auf dem Papier und Lebensfreude in der Welt. So ein Dualismus ist jetzt Mode. Nachdem er sich in der Gesellschaft von Freunden vergnügt und nach Herzenslust gezecht hat, hat der Mensch bei sich zu Hause nichts dagegen, sich ein bißchen dem Trübsinn hinzugeben.«

»Aber was ist das schon für eine Fröhlichkeit, was für ein Lachen, wenn . . .«

»Ja, was ist denn eigentlich passiert? Was?«

»Was? Und die Fortsetzung des Menschengeschlechts?«

»Ach, das ist es, was Ihnen Sorge macht. Das Menschengeschlecht? Wissen Sie denn nicht, daß dieses Problem von der Wissenschaft gelöst ist? Es genügt, einen Kern aus einer beliebigen Ihrer somatischen Zellen, ein Stückchen Haut zum Beispiel, zu nehmen und den Kern in eine weibliche Eizelle zu setzen, und Sie werden von neuem in Gestalt ihres Doppelgänger-Sohnes leben. Seien Sie nicht betrübt, Freund. Nehmen Sie sich nichts so zu Herzen. Mag sich Ihr Sohn oder Enkel darüber Gedanken machen, wenn er erfährt, daß er sich in nichts von Ihnen unterscheidet.«

45

Am nächsten Morgen weckte mich ein Revolverschuß.

Beim Frühstück erfuhr ich, wer geschossen hatte. Der Soziologe hatte geschossen. Auf sich selbst.

Als ich zurück in mein Zimmer kam, schlug ich wieder sein Buch auf.

Ich hatte nie zuvor darüber nachgedacht, wozu die Biographien der Schriftsteller oder Philosophen geschrieben werden. Sie werden doch auch geschrieben, um zu zeigen, daß zwischen dem Autor und seinem Buch eine Übereinstimmung besteht. Und wie, wenn diese Übereinstimmung nicht vorhanden ist? Wie, wenn der Autor einem Estradenschauspieler, einem Witzbold oder einem mondänen Schwätzer ähnelt, sein Buch aber ein mächtiger Gedanke, die aufrichtige und tragische Stimme der plötzlich das Wort nehmenden Geschichte der Natur ist?

Daran dachte ich, als ich das Buch öffnete. Daran und an den an die Schläfe gesetzten Pistolenlauf und an den Hering mit Zwiebeln und an die etwas abgeschmackte Stimme wie die eines Estradenschauspielers, an seine leeren, abgegriffenen, nichtigen Worte. Aber das war nur

Maske. Eine Maske, die dieser tief fühlende und feinsinnige Mensch aus irgendeinem Grunde angelegt hatte.

Sein Buch – das war er selbst. Er selbst, und diesmal ohne Maske.

Das Buch war vielstimmig. Es war die Stimme der unzähligen Menschen, vor denen plötzlich eine Wand emporgewachsen war. Eine Wand auf der einen Seite, und auf der anderen war ein Abgrund. Kein Raum, irgendwohin zu eilen. Zeit, nachzudenken. Aber hatte die Menschheit in den Jahrtausenden ihrer Zivilisation denn wenig nachgedacht? Hatte sie nicht viele Denker hervorgebracht? Doch nicht einer der Denker hatte das voraussehen können, was durch den Krieg der Maschinen geschehen war.

Von neuem mußte die Frage beantwortet werden: Was ist der Mensch?

Wie oft schon hatten Soziologen diese Antwort gegeben: Der Mensch ist ein Doppelwesen, eine Art Kentaur. Die biologisch-tierische Grundlage ist mit der geistig-sozialen verwachsen.

Seit die Zivilisation ihren Anfang nahm, begann sich der Mensch dessen in sich zu schämen, was mit der Physiologie und der Biologie verbunden war. Er brauchte die Illusion. Die Illusion half ihm, die tierische Grundlage in sich zu übersehen. Die Illusion und das mit dieser ewigen Illusion verbundene Talent. Diese Illusion brachte auch Kunst und Wissenschaft hervor.

Aber plötzlich war die Zeit stehengeblieben. Die Zeit war stehengeblieben, doch die Uhren liefen weiter. Und weil die Uhren weiterliefen, erschien die stehengebliebene Zeit noch rätselhafter und schrecklicher.

Der Mensch erinnerte sich daran, daß er, außer Mensch zu sein, auch noch Genotyp war. Das Wort »Genotyp« ging aus dem Lehrbuch der Genetik in die alltägliche Umgangssprache über. Alle führten es im Munde.

Genotyp. Was heißt das? Das heißt, daß jedes Individuum zugleich auch die Gattung darstellt. Denn es enthält außer sich selbst eine unendliche Anzahl anderer. Das sind die Gene. Das Erstaunlichste von allem, was die Natur erschaffen hat. Die Gene – das bedeutet die Möglichkeit für verschiedene Kombinationen, für die Entstehung immer neuer und neuer, niemals wiederholbarer Individualitäten. Das bedeutet Reserve und unendlichen Fortschritt; ohne dies wäre die Biosphäre unmöglich.

Der Mensch als Genotyp, als Brennspiegel, in dem die Fäden der Zeit und der noch nicht realisierten Individualitäten zusammenlaufen.

Dem Menschen die Gene zu nehmen – das bedeutet, ihn aus der Zeit zu reißen und ins Leere zu stoßen.

Und eben das war in der Epoche des Krieges der Maschinen geschehen.

Der Krieg war zu Ende. Millionen von Menschen hatten überlebt. Aber diese Menschen trugen nur noch sich selbst in sich. Sie waren für immer von der Vergangenheit und der Zukunft abgeschnitten. Das Band der Zeiten war gerissen. Die Gene waren tot.

Freilich, es war das Gedächtnis der somatischen Zellen erhalten geblieben, die nicht unter der Strahlung gelitten hatten. Man konnte das Menschengeschlecht auf künstlichem Wege fortsetzen. Doch im Unterschied zu den Geschlechtszellen waren die somatischen Zellen nicht dem Spiel des Zufalls unterworfen. Der Zufall war aus der Natur des Menschen vertrieben worden, und damit war auch die Möglichkeit zur Realisierung der unendlichen Kombinationen dahin, war die Unwiederholbarkeit des Individuums verloren. Die unendliche Wiederholung ein und desselben, die Ewigkeit – das war es, womit die Menschheit nach dem Krieg der Maschinen konfrontiert wurde.

Und was weiter?

46

Meine Rückkehr in meine Welt vollzog sich ziemlich schablonenhaft.

Ich erwachte und erblickte einen Boulevard, voll von Kindermädchen, Müttern, Großmüttern und Kindern.

»Wo bin ich?« fragte ich die beleibte Kinderfrau, die neben mir auf der Bank saß.

»Auf dem Großen Prospekt, Bürger«, antwortete die Kinderfrau. »Sie hatten wohl reichlich getrunken. Sie schlafen hier schon seit Stunden.«

Ich blickte nach links, dann nach rechts. Ja, es gab noch Kinder. Das hieß, ich war auf meiner Erde.

Zurückgekehrt in mein Zimmer, hörte ich das Telefon auf dem Korridor klingeln.

Ich nahm den Hörer ab und rief: »Ich höre!«

Und sogleich vernahm ich eine bekannte Stimme.

»Willkommen«, sagte Ophelia. »Wie fühlst du dich?«

»Bin ich denn weg gewesen und habe das alles nicht im Traum gesehen?«

»Frag die Nachbarn, wie lange du nicht da warst«, sagte Ophelia und legte den Hörer auf.

Ich fragte die Nachbarn selbstverständlich nicht. Meine innere Erfahrung sagte mir, daß das kein Traum, sondern Wirklichkeit gewesen war.

Ich ging lange im Zimmer auf und ab und dachte nach. Worüber? Über die Kinder. Und über jenen Planeten, wo es schon keine Kinder mehr gab. Dieser Gedanke ließ mir keine Ruhe.

Und um mich von diesem bedrückenden Gefühl zu befreien, beschloß ich, einen Roman zu schreiben. Einen utopischen Roman. Das Wort »Antiutopie« gab es damals noch nicht.

Ich ging los und kaufte mir ein dickes Heft. Doch schon der erste Satz, den ich niederschrieb, versetzte mich in völlige Mutlosigkeit.

»Im Garten sangen die Vögel . . .«

Warum sangen die Vögel? fragte eine Stimme in mir. Warum?

Ich vermochte diese Frage nicht zu beantworten. Wirklich, warum sangen sie? Wozu? Und warum sollte ich meinen Roman mit diesem dummen Satz anfangen?

Ich strich den Satz durch und schrieb einen anderen.

»Die Vögel sangen nicht«, schrieb ich.

Warum sangen sie nicht? fragte die Stimme in mir.

Warum?

Die Frage blieb ohne Antwort.

Nein, ich kam damit nicht zurecht. Und da bat ich Ophelia um Hilfe. Denken Sie, Ophelia hätte mir diktiert, hätte mit ihrer hochmütig-melodischen Stimme, der Stimme einer Halbgöttin und Halbhausfrau, verschiedene schöne und wohltönende Worte von sich gegeben?

Nein, sie verwandelte sich einfach in das Buch, verschmolz mit seinem Text, wie ein blauer Waldfluß zu einem Teil des Waldes wird und zu einem Teil des Seins im Poem eines wahren Dichters, wo die Wörter nicht einfach Wörter, sondern Dinge und Erscheinungen sind, die sich in Laute gekleidet haben, in das Echo des Lebens, ein Echo, das dich und mich widerspiegelt und mit der Welt und den Dingen ein zauberisches Spiel treibt.

Ich weiß nicht, wie die alten Skalden ihre Sagas erzählt haben, wie Homer und der Autor des »Igorliedes« gesprochen haben. Hat nicht die Zeit selbst durch ihre Stimmen gesprochen? Ophelias Stimme wurde wieder schluchzend wie in jenen Tagen, da sie durch die Höfe gestreift war und die altnordische Edda gesungen hatte, ohne sich Gedanken darüber zu machen, ob die Bewohner, die sich aus den Fenstern lehnten, die vom Skalden gedichteten Worte verstanden oder nicht.

Hin und wieder unterbrach sie ihre Edda ihre Erzählung, um zu schwatzen und rauchen. Und wir unterhielten uns darüber, was Poesie sei.

Ja, was ist das?

Hunderte, Tausende von Menschen, von Aristoteles angefangen, haben eine Antwort auf diese Frage gesucht, doch die Poesie entzog sich den Schlingen der Logik. Dann versenkten die Historiker und Forscher ihr Denken in das bodenlose Meer der Geschichte, in jene Jahrtausende, in denen die Hand des Cromagnonmenschen mit Ocker einen Hirsch oder einen Bison an die Wand zeichnete. Das Leben verschmolz mit der Linie und der Farbe, um dich und mich und diesen Augenblick an der Höhlenwand zu vereinigen. Und dennoch war dies alles ebenso unerklärlich, wie es Ophelia war – ein Wort, ein Bild, eine Figur und Koljas Frau, die hier saß, mir gegenüber.

Sie saß da, und ein blauer Streifen Zigarettenrauch hing in der Luft neben ihrem wunderschönen und abgespannten Gesicht. Auf dem Tisch daneben aber stand ein Aschenbecher mit Zigarettenkippen, ein Glas Tee, lag ein französisches Weißbrot.

»Wird mit meinem Roman nicht auch dasselbe passieren, was mit deinem Porträt passiert ist?« fragte ich sie.

»Was ist denn damit passiert?«

»Interessant! Als ob du es nicht wüßtest.«

»Ich weiß«, sagte sie ärgerlich. »Aber ich konnte doch nicht auf der Leinwand sitzen bleiben. Mein Mann wartete auf mich, Kolja. Und ich mußte waschen. Plätten. Mohrrüben kaufen. Sie mit dem Fleischwolf durchdrehen. Kolja liebt Mohrrübenbuletten.«

»Ist dein Kolja Vegetarier?«

»Im Gegenteil. Aber wir haben kein Geld, um blutige Beefsteaks zu braten. Mein Mann ist kein NÖP-Mann, sondern Aspirant.«

»Dein Mann ist Zytologe. Und die Zytologen werden die Menschheit ins Unglück bringen. Sie werden das phylogenetische Gedächtnis in den Chromosomen der somatischen Zelle entdecken und der Menschheit ein Geschenk machen – die Unsterblichkeit, die Ewigkeit.«

»Ich bin doch aber auch unsterblich«, sagte Ophelia, »und das hindert mich nicht, Kolja zu lieben und dir zu helfen, deinen phantastischen Roman zu schreiben.«

»Er ist nicht allzu phantastisch«, sagte ich.

»Was meinst du damit?«

»Viele unmotivierte Seiten, Handlungen, Ereignisse, Personen.«

»Zum Beispiel?«

»Nach einem Beispiel braucht man nicht lange zu suchen. Zum Beispiel du. Wie soll man dich erklären. Du bist unerklärlich.«

»In welcher Hinsicht unerklärlich? Ich bin unerklärlich! Und du besitzt die Taktlosigkeit, mir das zu sagen!«

»Na gut! Ich werde dich erklären. Ich werde dich aus der Sprache der Mythologie und Poesie in die gewöhnliche Sprache übersetzen. Im hohen Stil ausgedrückt, bist du eine Fee.«

»Und anders ausgedrückt?«

»Eine Zauberin.«

»Was bin ich? Eine Zauberin?«

»Schon gut, schon gut. Du bist – ein Zeichen. Das Wort ist auch übersetzbar.«

»Übersetze.«

»Du bist eine Idee, die in eine materielle Hülle gekleidet wurde, ein Gedanke, der Fleisch geworden ist.«

»Und was bin ich noch?«

»Eine Hexe.«

»Was?«

»Eine Hexe.«

»Ach so! Dir werd' ich's zeigen. Paß auf!«

Ich paßte auf und griff mit der Hand nach dem Fensterbrett. Vor mir war ein Abgrund. Vakuum. Leere. Ein Abgrund – und auf dem Stuhl Ophelia.

Das dauerte fünf Minuten, nicht länger. Dann nahmen die entgegenständlichten Gegenstände wieder ihre gewöhnliche Form an. Der Schreibtisch war wieder da. Der Schrank. Die Wand mit dem Fenster. Der Fußboden. Und auf dem Fußboden meine getragenen Socken, die ich vergessen hatte wegzuräumen.

»Also was bin ich?« fragte Ophelia und lachte.

»Du bist die Frau eines wissenschaftlichen Unterassistenten. Aber paß auf! Ich werde dich anzeigen! Ich werde alles aufzählen, was du kannst und weißt. Es gehört sich nicht für die Frau eines wissenschaftlichen Unterassistenten, sich mit solchen Sachen zu beschäftigen.«

»Und sag gleich dazu«, fiel sie mir ins Wort, »daß ich dir geholfen habe, den Roman zu schreiben.«

»Nein, das mag ruhig geheim bleiben.«

Ophelia sah auf die Uhr. »Na, schön. Ich muß. Bis morgen.«

Am nächsten Tag verspätete sich Ophelia. Und ich mußte lange warten, die leere, weiße Seite vor mir anstarrend.

Endlich war sie da.

»Wo warst du?« fragte ich.

»Ich war mit Kolja im Kino. Haben einen zauberhaften Film gesehen. Über Vögel. Auch darüber, wie sie ihre Nester flechten.«

»Du hast dir ja auch dein Nest geflochten. Steckst bis an die Ohren im Alltag. Als ob sich das für dich paßt.«

»Hör auf, Trübsal zu blasen. Wo waren wir beide stehengeblieben? Ach so, ja! Hör zu!«

Und sie begann, aus Worten Wolken, Flüsse, Menschen, Tiere und Leidenschaften zu weben.

Und als ich mich umblickte, da sah ich einen Berg. In meinem Zimmer war ein Berg aufgetaucht. Woher? Ich denke, irgendwo vom Baikal her. Nur hinter dem Baikal kann man so einen Berg sehen, lebendig wie ein Stier, ein gewaltiger Stier, auf dessen Rücken Bäume hinaufklettern.

Ein steiler Berg, was man auch sagen mag. Und ein transportabler. Er stand auf dem Fußboden neben dem Schreibtisch. Schrecken erfaßte mein Herz – wie, wenn es der Fußboden nicht aushält? Doch der Fußboden hielt es aus, weil der Berg dem allseits bekannten Gesetz Newtons nicht unterworfen war. Der Berg wollte weder Newton noch Einstein anerkennen. Von allen Gelehrten erkannte er nur Lobatschewski an.

Der Berg lag vor mir. Teil einer geographischen Landschaft. Und dann erschien auch ein See. Ein transportabler See. Gleichzeitig groß und klein, wie auf einem Bild, wo die Augen von der Meisterschaft des Malers und der Perspektive getäuscht werden.

Ophelia saß auf dem Stuhl, hatte die Beine übereinandergeschlagen und rauchte. Sie tat so, als habe sie mir ein Bild gebracht, eine von irgend jemand gemalte Landschaft, und nicht ein Stück lebendige Natur, das den Gesetzen des Raumes entzogen war.

»Beschreibe diesen Berg«, sagte Ophelia.

»Ja, lohnt es sich denn, ihn zu beschreiben?« wandte ich ein. »Er ist doch auch so ein Berg. Er hat kaum eine Beschreibung nötig.«

Danach ging Ophelia weg.

Ophelia ging, aber der Berg blieb.

Der Berg blieb, und ich gewöhnte mich an ihn. Ich stellte ihn zur Seite, in die Ecke, damit er nicht störte. Und wenn ich jemand erwartete, deckte ich ihn mit einem Laken zu.

Die Maler dachten, ich hätte dort einen Klumpen feuchten Ton oder einen unvollendeten Torso. Sie ahnten nicht, daß nicht ich der Bildhauer war, sondern der Herrgott oder die gebirgsbildenden Prozesse.

Manchmal nahm ich das Laken ab, um zu sehen, was mit dem Berg passierte. Nichts passierte mit ihm. Er stand einfach so in der Ecke, zusammen mit dem See, ein lebendiger, richtiger Berg mit hinaufkletternden Bäumen. Vom Berg her duftete es nach Maralkraut, nach Frühling, nach Tannenzweigen.

Einmal, als ich von einem Bekannten aus Ophelia anrief, vergaß ich mich und fragte: »Wann holst du deinen See und den Berg?«

»Den See?« fragte der Bekannte, als ich zu Ende telefoniert hatte. »Was für einen See?«

»Einen ganz gewöhnlichen«, sagte ich. »Er stört mich.«

Die Arbeit am Roman kam nur langsam voran; mal war Kolja krank, und Ophelia konnte sich nicht frei machen, dann fühlte sich Ophelia nicht wohl oder klagte über schlechte Stimmung.

Ich versuchte, ohne sie zu schreiben. Es kam nichts dabei heraus. Die Konjunktion »und«, meine liebste Konjunktion, verband nichtssagende Wörter, aber keine lebendigen Erscheinungen und Dinge.

47

Ophelia sang, und die Seen verwandelten sich in Worte, die Worte aber in die Bäume eines gerade erst entstandenen Waldes. Die Konjunktion »und«, wie die Stimme eines Bergflusses im Wald, rief mich an, und sogleich senkte sich der Himmel meiner Kindheit auf mich herab, und Ereignisse und Dinge begannen mich beim Namen zu rufen, die längst in der Zeit versunken schienen.

Sie sprach, und mit ihr zusammen redete die Welt, und in das lebendige Gewebe des Romans, den sie mir zuflüsterte, wie Verse einmal, wie Liebesgetuschel ein anderes Mal, wurden schon die Straße mit der Straßenbahn eingeflochten, die Bäckerei mit der Holzbrezel, der Zeitungsjunge, der selbstvergessen »Rooote Aabendzeitung« rief, ein Kaukasuspfad mit Lermontow, der auf einem Pferd galoppierte, die Niagarafälle, ein Engel, der langsam zusammen mit einer Wolke dahinflog, ein Rudel Eichhörnchen, das durch einen Fluß schwamm, in dem sich die Wolke und der im Blau schwimmende Lermontowsche Engel spiegelten.

Sie hielt inne, und es trat eine Pause ein, wie ein Morgen in einem Klostergarten nach dem Läuten der Glocke, und zusammen mit der Pause blieb die Welt stehen wie auf der Kreuzung Newski-Prospekt, Sadowaja, wenn der wendige junge Milizionär mit dem schlitzäugigen Kirgisengesicht durch eine Bewegung seines Dirigentenstabes den Verkehr anhielt, um eine Gruppe Vorschulkinder über den Damm zu lassen oder die imposante Ermitage-Greisin, die aussah wie ein in Frauenkleider gesteckter Rembrandt.

Die Pause dauerte, und die Welt stand an der Kreuzung und wartete auf den nächsten Satz, der plötzlich beginnen mußte, wie ein Regenbogen nach dem Gewitter, der aus reinen, von den Tropfen des Juliregens gewaschenen Kinderfarben zu bestehen scheint.

Sie sprach diesen Satz leise, ganz leise, als vertraue sie mir ein Geheimnis an, als flüstere sie mir die lebendigen Namen zu, mit denen die Bäume und Tiere von den plötzlich zu sprechen beginnenden Neandertalern belegt worden waren, die als erste lernten, aus Lauten Wörter zu formen.

Das Wort verwandelte sich in ein Hermelin, in eine Forelle, ein Nashorn, einen Felsen, in die Augen der Sixtinischen Madonna, in den lachenden Mund von Dickens, in die Steine der Kasematte, wo der Narodowolze Kibaltschitsch in der Stunde vor seinem Tode einen Apparat zeichnete, der die Menschen von der Erde hinwegtragen sollte.

Was war das Wort noch, das sie aussprach?

Du warst es, Leser, und ich, schon eingeschlossen in den Satz, wie in das Universum; es war die Welt, in der gerade ein Pferd wieherte und das Geräusch des brechenden Eises auf dem Bach zu hören war.

Das Wort wurde zur Weide, zum Blitz, zum Lächeln des Wilden, zum Schiff des Odysseus inmitten von felsenähnlichen Wellen und süßstimmigen Felsen, plötzlich wurde es zu einem Frauenarm, und der Arm streckte sich bis zum Sirius und zu den Meeren des Paläozoikums wie ein Lied, wo anstelle der Melodie die Berge brausten, von Erdbeben geschüttelt.

Mit ihrer Hilfe schrieb ich den Roman, und es schien mir, daß nicht die Glühbirne die Seite beleuchtete, sondern der Mond, den Ophelia in ihren Fingern hielt, die aufgesprungen waren vom Kartoffelschälen und vom Waschen der Sachen Koljas.

Das Wort verwandelte sich in Kolja, in eine Zentrifuge, in den Flügel, über dessen Tasten die Finger Salieris eilten, in das Nordlicht, in die Felder von Rjasan, in die Wangen Nosdrews und die Stirn Beethovens, in einen tropischen Falter, in einen Stern, dessen Licht uns noch nicht erreicht hat.

Und da wird das Wort zu einem mit Brombeergesträuch bewachsenen Sumpf, wo, eingetaucht in die rostbraune Brühe, Grenzsoldaten auf der Verfolgung sind. Wen verfolgen sie wohl, was meinen Sie? Sie verfolgen Artemi Fjodorowitsch, der sich schließlich doch genötigt sah, Leningrad mit irgendeiner Stadt des gemütlichen Europas zu vertauschen, um dort Besitzer eines Nachtlokals oder Autor von Kriminalromanen zu werden, verborgen hinter einem effektvoll klingenden Pseudonym: Fürst Odojewski oder Graf Lanskoi.

Das Wort war neben den Grenzsoldaten die sich durch stachlige Büsche hindurcharbeiteten, um Artemi Fjodorowitsch zur Gegenüberstellung mit der Vergangenheit zu zwingen, ihm die Möglichkeit zu nehmen, Fürst Odojewski oder Graf Lanskoi zu werden und im eigenen Restaurant Negerjazz zu hören.

Dann tauchte das Wort in das Getümmel eines städtischen Tages, in die feuchte Dunkelheit einer Herbstnacht, in einen dörflichen Morgen mit dem Krähen der Hähne und dem Ton des Hirtenhorns, und war es nicht das Wort, das mit dem Zug Moskau–Wladiwostok, Wladiwostok–Moskau an der Haltestelle Jerofej Pawlowitsch und der Station Sima vorüberflog, die Passagiere mit sich nehmend, ihre Koffer und ihre Träume, die durchsichtigen Wasser des Baikal und den nach Heizöl riechenden Raum, der die Räder der Schlafwagen umgab.

Und war es nicht das Wort, das mit dem Rauch über der rindegedeckten Nomadenhütte aufstieg, sich dann in den Paßgang eines Zelters verwandelte, in das Todesröcheln des Negers in der lynchenden Menge in Alabama, in den Klang des auf den Boden des Melkeimers prallenden Milchstrahls, in die Palette von Matisse und Sarjan, auf der die Farben nicht aus Tuben, sondern aus taubenetzten

Zweigen und Gräsern stammten, in den Schrei der Eule, in die Lippen eines Kindes, in den Sprung eines Hasen, in den Schneewipfel der Felskuppe, in das Murmeln des Wassers, in die Symphonie, die von Spechten, Goldamseln und Nachtigallen im heißen, nach Rosmarin duftenden Wald unter der Leitung eines Dirigenten aufgeführt wurde, der eine Filiale der Leningrader Philharmonie eröffnete?

Das Wort kleidete sich in die Seele Chlebnikows und den lebensfrohen Körper Thoreaus, um die Sprache der Natur zu hören, den Stimmen der Tiere zu lauschen und das Schweigen der Fische zu verstehen. Und dann wurde es wieder Wort und wurde eins mit der Wolke, mit dem Fenster, mit der Gestalt Ophelias, mit ihrem besorgten Gesicht, wie sie unruhig auf die Uhr schaute, die sie vergessen hatte aufzuziehen. Und nun begann sie mit zwei ihrer schlanken, langen Finger, den marmornen Fingern einer Göttin, die Uhr aufzuziehen, mit einem Gesicht, als sei mit der Uhr die Zeit stehengeblieben, über die Einstein nachdachte und über die Homer gerätselt hatte, während er dem monotonen Lärm der Meereswellen und der Schlachten zu Lande lauschte.

Und dann ging die Uhr an ihrem Arm wieder und die Uhren an den Armen aller Frauen der Welt, die zur Begegnung mit dem Zufall eilen, einem Mann oder einem Blitz, mit jener Ungewißheit, mit der jeder neue Schritt, jedes Jahr, jede Stunde, und jeder Tag beginnt.

Die Uhr ging, und um zu kontrollieren, ob sie ging, hob Ophelia sie ans Ohr, und im selben Moment drang das Plätschern der Welle zu ihrem Wesen vor, das aus dem Mesozoikum zu uns herüberdringt und weiterläuft bis dorthin, wo es uns schon nicht mehr geben wird.

Bevor sie den nächsten Satz begann, schaffte sie es, bei Ariadne, der Tochter des Minos, zu weilen, als diese Theseus das Schwert und den Wollknäuel übergab, damit er sich nicht verirrte, anschließend aber schaffte sie es noch, zusammen mit dem Sonnenstrahl die von Tjutschew beschriebene Nacht zu durchdringen und den ganzen Erdball zu umfliegen.

Die Uhr an ihrem antiken Arm tickte, eine kleine Damenuhr, die ihr Kolja an ihrem Geburtstag in der Trödlerecke des Sytni-Marktes gekauft hatte. Ja, gab es denn einen Tag, an dem sie geboren war? Hatte es sie nicht schon gegeben, als Napoleon seine Truppen nach Moskau führte, oder an jenem schwarzen Morgen, als Puschkin in der verhängnisvollen Kutsche zum Schwarzen Flüßchen fuhr?

Denn außer allem anderen verkörperte Ophelia das Denken, den Sturm der Leidenschaft und der Phantasie, die wie Röntgenstrahlen durch den Körper dringt.

Sie sprach Worte aus, und die Worte trugen mich und mit mir auch dich, Leser, in das Laboratorium Pasteurs, um Reagenzgläser zu spülen, in die Prärie von Maine Reed, auf ein Blatt Papier, über das eilig eine Gänsefeder kratzte, die von den nervigen Fingern Edgar Allan Poes gehalten wurde, in das Sprechzimmer des Allrussischen Starosta Kalinin, in ein Hüttenwerk, in ein neues, wie der Morgen helles Schwimmbecken, in dem sich Bergarbeiter den Kohlenstaub aus der Haut spülten, in das Flugzeug Wodopjanows und in die Postkutsche Bret Hartes, in Ziolkowskis Kalugaer Häuschen und in den Hörsaal, in dem Schrödinger seine Formel, die das Zittern der entdinglichten Materie beschrieb, an die Tafel malte, in einen Kinderwagen und in den Krater eines Vulkans.

Sie verwandelte den Gedanken in die magische Beschwörungsformel eines Zauberers, in das Flüstern Dostojewskis, in das Donnergrollen einer Schneelawine, in den Kuß Julias, in den Todesschrei eines Taigahirsches, der an der Salzlecke geschossen wurde, in den Geschmack der Walderdbeere, in die herabhängenden Brüste der Venus von Brassempouy, in den Gang Byrons und die Rede Ciceros, in das langgedehnte Heulen einer Werkssirene, in den Traum Baratynskis und das hämische Lächeln Voltaires, in den Ring des Saturn und in einen Zweig Geißblatt, in den Himmel, der aus einer Gedichtstrophe gerutscht war und zusammen mit einem Regenbogen, der Sonne und den letzten Tropfen des gerade niedergegangenen Regens über dem Gribojedowkanal hing.

Die Uhren gingen, die an ihrem Arm und die am Turm der ehemaligen Stadtduma am Newski-Prospekt, wo gerade Kolja stehengeblieben war, der sich eine Zahnbürste und ein Bändchen Shakespeare gekauft hatte.

Die Uhr an ihrem Handgelenk ging. Und Ophelia war hier, neben mir, in meinem unaufgeräumten Zimmer, das nach Schuhkrem, Mäusen und Teewurst roch, und zugleich war sie in der Seele Alexander Bloks in jener Stunde, als diese den Rhythmus des Marschtritts der Rotgardisten einfing und die Stimme des Scherzliedes, das mit dem Schneesturm zusammenklang.

Ophelia war hier, neben mir, und auf dem Schiff des Christoph Kolumbus, in einem aus Schmutzklümpchen modellierten Schwalbennest unter dem Dach des schlafenden Fet, in der Kirche, wo Dante betete, an dem Bett, in dem Don Quichotte im Sterben lag und nicht sterben konnte.

Sie war neben mir und gleichzeitig auf einem Bild von Modigliani, im Atelier Rodins und in einer Allee, wo Jessenin stehengeblieben war, um dem Gesang der Nachtigall und dem Knarren der Räder zu lauschen, in einer Gießerei und auf einem dahinjagenden Maschinengewehrwagen, am Himmel mit der Taube, die aus der Arche Noahs aufgestiegen war, in der Division Tschapajews und im Herzen Lobatschewskis in dem Moment, als sich ihm das Geheimnis des nichteuklidischen Raumes eröffnete.

Ophelia und ein Mythos – war das nicht ein und dasselbe? Sie existierte auch dazu, um den Augenblick mit Trauer und Zärtlichkeit zu erfüllen, mit Zorn, mit Vorfreude, mit dem Gefühl dessen, der seinen Durst stillt und seine Lippen in den kühlen Strahl eines Waldbaches taucht.

Sie vermochte den Augenblick zur Ewigkeit auszudehnen, verschmolz ihn mit dem Echo in der Schlucht, das der

Fluß ein ganzes Jahrhundert lang wiederholt, und erneuerte die Verbindung zwischen dem Vergangenen und dem Zukünftigen.

Ophelia und das Echo – gab es da nicht eine Ähnlichkeit?

Doch das Echo wirft nur Ton und Ruf, den Ruf des Flusses und das Ächzen des Tieres zurück, Ophelia aber saugte wie ein Schwamm die Welt in sich auf und verwandelte sie in ein Poem.

Es gab aber auch solche Tage, da Ophelia, die den Spießer verlachte, auch ihn in den Roman einführte und in eine Welt sperrte, die der Leidenschaft und der Bewegung beraubt war, in die erstarrte Wohnung Oblomows mit der versteinerten Lebensweise, mit Stühlen und Sesseln, die in den grauen Überzug der Langeweile gekleidet waren, mit Dingen und Gefühlen, die dem kleinbürgerlichen Wohlbefinden verpfändet waren, dem erbärmlichen Wunsch, daß sich nichts verändere, und die nur einem Gott dienten – der Gewohnheit. Und gleich daneben, im nächsten Kapitel oder Absatz, ohne Furcht, tendenziöser Geradlinigkeit beschuldigt zu werden, führte sie den Leser in eine nazistische Folterhöhle, wo ein deutscher Kommunist seinen ganzen eisernen Willen zusammennehmend, seine vertierten Peiniger in einen moralischen Abgrund stürzte.

Das Doppelkinn Balzacs und den Schnauzbart Maupassants, den Eiffelturm und den Gipsbart Platons, den Schüttelfrost der Malariakranken und den Schrei des Sünders aus Dantes Hölle, das Getrappel der Kavallerie, den Flug der Libelle, den Duft des Maiglöckchens und die tödliche Stickluft des Gefängnisses, das Rollen des Donners und die Melone Charlie Chaplins, das Grab Chopins und die Arie der Tatjana, die Tschechowsche Trauer und das betäubende Lachen Rabelais', ein Lagerfeuer im Wald und das ewige Nichts des kosmischen Vakuums, das Lachen einer venezianischen Bäuerin und das Hohnlachen des Mephistopheles, jakutische Fröste, afrikanische Hitze und tropische Regengüsse – das alles goß sie auf ein Blatt des Manuskripts wie aus einem Eimer auf ein Beet, wo wunderliche Blumen wachsen, die im Leningrader Botanischen Garten von – was dachten Sie? – einem qualifizierten Gärtner angepflanzt wurden, der speziell vom Mars abkommandiert war.

Schon legte sie Dynamit aus leidenschaftlichen Worten unter das schwere, spießige Gebäude der grauen Alltäglichkeit, um die friedliche Langeweile und die Trägheit der kleinbürgerlichen Dinge in die Luft zu sprengen, um den Menschen aus seinen ewigen Schlafkammern zu reißen, ihn aus den schlafdurchtränkten Pfühlen hinauszujagen in die schlaflose Weite, die das Leben schon nach den Zeichnungen Ziolkowskis und den Berechnungen Einsteins zu schaffen begonnen hat.

Sie verwandelte die Worte in Zement, um damit die Musik und den Stein zu verbinden, den Traum des Dichters und das Eisen, die dunstumflorten Bäume auf einem Bild Corots und einen Anker, das Lallen des Kindes und einen Sturm von Stärke zwölf, den wutverzerrten Mund Dantons und einen Birkenhain, das Plätschern einer Fontäne und das Gestikulieren eines Stummen, den Körper eines dahinstürmenden Bisons und das tanzende Füßchen einer Ballerina, den schweren Flügelschlag des Auerhahns und ein auf dem Fluß treibendes Floß, auf dem eine Nixe sitzt und mit der Schreibmaschine die Anweisung des Direktors einer Fabrik tippt, die Zauberstäbe herstellt.

Und es kam mir so vor, als hätte sich Rilke oder gar Eisenstein in Ophelia versetzt und begonnen, eine Wolke mit einer Schusterwerkstatt zu verbinden, einen Berg mit einem Konservatorium, einen Fluß und seine Wellen mit einem Fahrkartenschalter der Eisenbahn, einen Tannenwald mit einem Leihhaus, Feldweg, Himmel und Telegrafenmasten mit der Figur eines mittelalterlichen Ritters, das Donnern herabstürzender Wasser mit dem ewigen Schweigen einer Marmorstatue, ein Lied mit einem Stern, einen Elefanten mit einem Fuchs, die Hand eines Chirurgen mit der Musik Bachs, in dem Versuch, mit Denken und Fühlen das Leben zu packen, das wieder der Umarmung durch den Satz entschlüpft war.

Sie half mir, einen Roman zu schreiben, nicht über einen einzelnen Menschen und nicht über eine Familie, sondern über das All, eingefangen in der Schlinge unserer Phantasie, über Zukunft und Gegenwart, über den entgleitenden Augenblick und über die quecksilberschwere Zeit, die im tiefen Brunnen der Geschichte erstarrt, durch einen wahrhaft kosmischen Frost gefesselt ist. Sie bemühte sich auch, alles aufzutauen, was erstarrt war, alles zu beleben, was sich tot stellte, als sei das Wort jenes Lebenswasser, dessen heilendes Geheimnis nur die russischen Volksmärchen kennen.

In ihrer Begeisterung vergaß sie, daß die solide Prosa mit ihrer Folgerichtigkeit eigene Gesetze hat und daß nur die naive Poesie imstande ist, auf einem Faden den Ozean und die Träne zu reihen, eine Ohnmacht und ein Mammut, Shakespeare und eine Hebamme, einen Windstoß und einen Uhrmacher, der gerade eine Uhr auseinandernimmt.

Sie versuchte auch, unseren Roman zu so einem Faden zu machen, als gebe es einen so festen Faden, der den Grat des Kaukasus und einen Schmetterling, die unberechenbare Schwere der Urmaterie, aus der die Welt entstand, und einen Traum, der auf die Erdanziehung verzichten kann, tragen könnte.

Sie hat gemeinsam mit mir diesen von Blitzen durchdrungenen Roman auch geschrieben, um dich, Leser, von deinen Gewohnheiten loszureißen, von der Erdanziehung, von dem wie ein Sumpf schwankenden Bett, aus dem weichen Sessel, um dich zusammen mit deinem Denken auf die Reise zu schicken zu den Magellanschen Wolken, zu den panzerersetzenden Elefanten Hannibals, zu den Mannen Dmitri Donskois auf dem Kulikowofeld, zu den geteerten Booten Jermaks, in die Schächte des Donbass, zu den Formeln Einsteins und zur seelischen Kraft Michelangelos, der sogar dem kalten Marmor Schrecken und Leidenschaft einzuhauchen verstand.

Doch es kam ein Tag, an dem sie sagte: »Fertig. Jetzt können wir einen Punkt setzen.«

Und an diesem Tag erfuhr ich von ihr, daß sie vorhatte, ins 22. Jahrhundert zurückzukehren und auch mich mitzunehmen.

»Und Kolja?« fragte ich.

»Kolja begibt sich auf eine Studienreise. Ins Ausland, für anderthalb Jahre. In der Zeit fließt viel Wasser die Newa hinunter.«

48

Meine bevorstehende Rückkehr ins 22. Jahrhundert errieten aus irgendeinem Grunde zuerst die Sachen. Sie rechneten offenbar damit, daß ich sie mitnehmen würde – der etwas wacklige Stuhl, einst im Gebrauchtwarenladen gekauft, der blau emaillierte Teekessel, der gerade mit einer Nadel gereinigte und nun fröhlich brennende Primuskocher, der alte Schrank, das Sofa, die Etagere auf Bambusfüßchen und, natürlich, die Staffelei, die etwas von oben herab auf die anderen Gegenstände blickte und sich nicht ohne Grund für den Liebling des Hausherrn hielt.

Noch befand ich mich in jenem Jahrhundert, wo die Dinge sich noch nicht in eilfertige und kluge Diener verwandelt hatten und Teil eines gemächlichen Seins waren, wo sie den Menschen ständig daran erinnerten, daß sie nicht die Fortsetzung seiner selbst, sondern nur seine gewöhnlichen Wünsche waren, die für alle Fälle eine materielle Existenz angenommen hatten.

Nicht umsonst bemühte sich das Stilleben – die große Schöpfung der Holländer –, die anderen Genres aus der Malerei zu verdrängen, indem es auf die seltsame Besonderheit der Weltempfindung vieler Generationen anspielte, die darin bestand, daß der Mensch versuchte, die Welt und sich selbst in dieser Welt über die auf dem Bild zu betrachtende Sache zu verstehen.

Die Dinge waren noch Dinge und nicht in hitzebeständigen Molekülen verwirklichte Funktionen, die mit dem Menschen sowohl im materiellen als auch im geistigen Bereich konkurrierten und die sowohl Muskeln wie auch Geist ersetzten, freilich nicht zum eigenen Nutzen, sondern im Interesse des Fortschritts von Technik und Wissenschaft.

Ja, die Dinge hatten noch viel naiv Intimes und Rührendes, worauf die genannten holländischen Maler als erste hingewiesen hatten, die es verstanden, die verborgene Poesie des häuslichen Herdes einzufangen und uns zu erklären, was Behaglichkeit ist.

In meinem kramigen Zimmer gab es weder Behaglichkeit noch Poesie noch Ordnung, aber trotzdem hatte ich mich an meine Sachen gewöhnt, und die Sachen hatten sich an mich gewöhnt. Ich war ihnen immer treu, und wenn ich auf eine Tauschannonce in der »Roten Abendzeitung« hin umzog, dann stellte ich immer einen Fuhrmann an, um sie zusammen mit den Blendrahmen und den Bildern, denen es nicht gelungen war, in einer Privatsammlung oder einem Museum unterzukommen, vollzählig an Ort und Stelle zu schaffen. Ich verkaufte meine Sachen nicht an den Trödler, selbst nicht in jenen Tagen, als mir das Geld fehlte, um Wurst oder Graupen zu kaufen und mir auf dem Primuskocher Brei zu kochen, weil ich wußte, daß der Brei mir einen verlorenen Gegenstand nicht ersetzen würde und ich statt mit Brei auch mit einer Tasse Tee und einem Stück Weißbrot auskommen konnte, das in der Nacht von meiner stillen und taktvollen Nachbarin – der Maus – benagt worden war.

Zwar war ich alles andere als ein holländischer Bürger des 17. Jahrhunderts, aber dennoch existierte zwischen mir und den mich umgebenden Sachen eine unterschwellige Beziehung, die nichts gemein hatte mit der schändlichen Passion eines geizigen Ritters, sondern an den liebevollen Blick eines Malers erinnerte, der eine Sache zuerst in sein Herz aufnimmt, ehe er sie auf die gut grundierte Leinwand aufträgt.

Und die Sachen, als fühlten sie das, baten stumm, mit mir dorthin reisen zu dürfen, wo sie ganz und gar unnötig waren. Ich konnte ihnen nicht erklären, da ich ihre Sprache nicht beherrschte, daß mein erstaunliches Verkehrsmittel alles andere als ein Expreß Leningrad–Zukunft mit einem Gepäckwagen am Ende des langen Zuges war.

Ich würde nur mitnehmen, was in meine alte, aus Segeltuch genähte Aktentasche paßte, die wie beim Buchhalter des Rayonkonsumverbandes geborgt aussah. Alles andere würde ich hierlassen, sogar die Bilder, die, wenn sie etwas taugten, auch ohne mich in die Zukunft finden würden.

Die Segeltuchtasche mit dem großen Fettfleck, der von einem vergessenen und darin verschimmelten Butterbrot stammte, vergaß sofort ihr bescheidenes provinzielles Äußeres und konnte ihre Selbstzufriedenheit nicht verbergen; sie zeigte sie nicht nur den betrübten Wänden, die ich verlassen würde, sondern auch mir. Von meiner gesamten beweglichen und unbeweglichen Habe war allein sie für diese so ungewöhnliche Reise in die Zukunft ausgewählt worden, um dort eine Welt von Dingen zu repräsentieren, die in der fernen Vergangenheit zurückblieben. Die Tasche machte sich augenscheinlich wichtig – nur unwillig öffnete sie ihren Leib, um gewisse Papiere aufzunehmen, den Ausweis mit der Vielzahl von Anmeldestempeln und schließlich das Manuskript des Romans, den ich gemeinsam mit Ophelia und der keine Autorenrechte beanspruchenden russischen Natur geschrieben hatte, die Schriftstellern, Malern und Dichtern immer unentgeltlich geholfen hat.

Die Segeltuchtasche spielte sich auf, und sie wurde, wie alle Großtuer, dafür bestraft. Ophelia kam, sah die Tasche und fragte hochmütig: »Du willst doch nicht etwa dieses häßliche, grobgenähte Ding mitnehmen?«

»Und worin soll ich den Roman transportieren?«

Und in derselben Minute erwachte in Ophelia wieder die launenhafte Ehefrau des verstorbenen Tizians der Wassiljew-Insel, der nicht nur gewaltige Leinwände, sondern auch sein Leben so prachtvoll zu verschönen gewußt hatte, erwachte, als habe es nach ihm weder Kolja noch den Hofschacht, noch die tägliche und schlechtbezahlte Arbeit als Stenotypistin, noch die nach Katzen riechende Treppe gegeben, die ständig in eine Dämmerung getaucht war, wie sie schon Dostojewski den alten Petersburger Häusern beschert hat.

»Kauf dir ein kleines Köfferchen aus Krokodilleder oder einen eleganten Reisesack. Nach dieser Segeltuchtasche wird man die zwanziger Jahre beurteilen, die uns beide so gastfreundlich aufgenommen haben.«

»Sollen sie ruhig urteilen«, erklärte ich kategorisch. »So eine Aktentasche trug der Landarzt, der mich wieder auf die Beine brachte, als mich die Kulaken verprügelt hatten. Und ich möchte das Andenken an diesen Arzt und an die Dorfintelligenz hochhalten – sie war so bescheiden, einfach und herzlich, wie die Natur und die Dinge um sie herum. Aber die Natur kann ich leider nicht mitnehmen.«

Ophelia stritt sich deswegen nicht mit mir. Sie widersprach nicht, blickte aber sehr zweifelnd auf meine Segeltuchtasche mit dem großen Fettfleck neben dem Verschluß.

Und stellen Sie sich vor: Wegen dieser kleinen Aktentasche aus Segeltuch hätte es beinahe eine große Unannehmlichkeit gegeben. Als ich mit Ophelia unterwegs in unser fernes Jahrhundert war, das uns beinahe vergessen hatte, da gab es einen unvorhergesehenen Aufenthalt, und statt gleich an unserem Ziel zu sein, blieben wir bei einem riesigen und leeren Stadion von recht bizarrer Architektur stekken, dessen in die Wolken reichende Sitzreihen genau an der Grenze zweier Epochen standen: der noch nicht vergangenen Gegenwart und der Zukunft, die noch nicht begonnen hatte.

Ophelia atmete schwer und keuchend, als hätte sie gerade das gewaltige Rund des Stadions auf der Jagd nach einem Weltrekord durchmessen. Die Last war offensichtlich zu schwer für sie: ich, der ich tüchtig Fett angesetzt hatte, mit meiner zum Platzen vollen Aktentasche und jener Koffer, den sie mitgenommen hatte und der mit ihren

Sachen gefüllt war – Kleidern, Röcken, Blusen, Strümpfen und anderem Zubehör weiblicher Ausstattung.

»Verstehst du«, sagte sie, »wir müssen wohl die Norm überschritten haben. Manchmal kann ein Gramm zuviel die ganze Sache verderben.«

»Aber es gab doch auf jenem Bahnhof, von dem wir abgereist sind, keinen Wiegemeister und keine Waage, um unser Gepäck zu wiegen«, wandte ich ein.

»Wir werden deine Segeltuchtasche hierlassen müssen.«

»Vielleicht lieber deinen Koffer mit den Sachen? In der Aktentasche befindet sich geistige Fracht, aber im Koffer . . .«

»Nein, nein«, winkte Ophelia ab, und auf ihrem Gesicht erschien jener Ausdruck, den ich gesehen hatte, wenn ich in die Wohnung des Tizians der Wassiljew-Insel gekommen war, jedesmal vom Gebell des riesigen zottigen Hundes begrüßt. »Nein, nein! Den Koffer lasse ich nicht im Stich. Darin ist, woran ich mich in langen Jahren gewöhnt habe.«

»Also müssen wir das Manuskript unseres Romans hinauswerfen. Außerdem sind da noch Dokumente, ein Packen Briefe, ein Tagebuch und irgendein übersetztes Büchlein, das ich für den Fall mitgenommen habe, daß wir eine Notlandung machen müssen.«

»Na, dann wirf doch dieses Buch hinaus, das ein Privatverlag zur Befriedigung von Kleinbürgerbedürfnissen herausgebracht hat. Manchmal handelt es sich bloß um ein überflüssiges Gramm.«

Ich entnahm der Tasche ein ziemlich zerlesenes Büchlein mit dem Stempel der Bibliothek des Rayons Wassiljew-Insel. Es war der in jenen Jahren berühmte Roman »Atlantis« von Pierre Benoît.

»Na also, das war's«, sagte Ophelia fröhlich, »jetzt fühle ich mich leichter. Fliegen wir los!«

Und wir setzten uns wieder in Bewegung.

49

Denken Sie, daß wir, als wir in unserem vor langer Zeit verlassenen Jahrhundert eintrafen, uns auf einer Station, einem Bahnhof oder an einem irgendwie anders bezeichneten Punkt des Raumes wiederfanden, wo die vom Wechsel leicht erregten Menschen die Ruhe des Verkehrsmittels verlassen und wieder die gewohnte Unruhe des Alltags- und Arbeitslebens in ihr Recht tritt? Ganz und gar nicht. Ophelia und ich standen in demselben Garten, in den mich damals mein elektronischer Erzieher geführt hatte, um mich mit Ophelia bekannt zu machen und mir die Möglichkeit zu geben, das zu erfahren, was mit mir auch der geduldige Leser erfahren hat.

Wir standen im Garten. Das Gewitter war gerade vorbei. Und am Himmel über dem Garten hing ein Regenbogen, neu und schmuck, wie aus meiner kleinen Aktentasche aus Segeltuch entsprungen oder, genauer, einer Seite unseres Romans, wo er zusammen mit anderen Landschaftsbildern, sorgfältig in Worte verpackt, gelegen hatte.

Es schien, daß die Jahre, die wir im 20. Jahrhundert verbracht hatten, in einem elastischen Augenblick konzentriert waren, in einem Moment, der mit jener Kraft zusammengepreßt war, wie es das Ursein war (wählen wir dieses rätselhafte und etwas schreckliche Wort aus dem philosophischen Wörterbuch), das die Grundlage für das in alle Richtungen auseinanderstrebende All gewesen ist, das Galaxien, Meere, Berge, Flüsse und sogar Sie und mich mit sich reißt.

Man konnte meinen, das hätte es alles nicht gegeben – das Koltschaksche Gefängnis in Tomsk, den Tizian der Wassiljew-Insel mit seinem Hund, die Akademie der Künste, den Andreasmarkt, das von Skalden gedichtete Lied, das auf den zementierten typisch Petersburger Hof verschlagen worden war, Kolja mit seinem Aspirantenstipendium und seiner faustischen Wißbegier, die beiden Alten, die ihre Nasen in fremde Angelegenheiten steckten –, als hätte es nur einen Augenblick gegeben, der ein unbearbeitetes Stück Leben enthielt, während der Donner rollte und das Mädchen (das auch ein Buch war) seine magische Kunst entfaltete, das Leben nicht aus Worten erstehen zu lassen, sondern aus etwas, das viel anschaulicher war und das mit den Erscheinungen, Ereignissen und Dingen nicht nur mit dem Leim der Erfindung und des Traums verbunden war.

Ich schaute auf Ophelia, Ophelia blickte mich an, und wir sahen uns wie im Spiegel: ich mit meinem Segeltuchtäschchen und sie mit dem Koffer aus Krokodilleder, der für das Geld gekauft worden war, das sie gespart hatte, indem sie Fleisch und Gemüse bei den entgegenkommenden Einzelbauern auf dem Andreasmarkt gekauft hatte.

Die Segeltuchtasche und der Koffer aus Krokodilleder bedeuteten eine Gegenüberstellung des verharrenden Moments im Garten und jener ziemlich buntfarbigen Wirklichkeit, die Jahre gedauert hatte, nun aber schon in der Vergangenheit lag und vom wehmütigen Hauch der Erinnerung umweht wurde.

Ophelia verabschiedete sich von mir, und wir trennten uns, so wie sich die Fahrgäste des Expresses Wladiwostok–Moskau trennten, nachdem sie eine Woche lang gemeinsam im Zug zugebracht haben, der einem Modell des Lebens gleicht, das in Gesprächen, Träumen und Teestunden durchgespielt wurde und nun dennoch seinem Finale zugeeilt ist.

Ophelia hatte es eilig, sie verhehlte nicht ihre Ungeduld, schnell zu ihren Pflichten zurückzukehren, aus denen sie durch meine Person und jene Umstände gerissen worden war, die uns in der anderen Zeit verbunden, hier aber ihre Kraft verloren hatten.

Einige Minuten später befand ich mich in einem Hotel, wo ebensolche wie ich wohnten, Reisende, die von weiten Fahrten zurückgekehrt waren und hier eine Art »Quarantäne« durchliefen, um psychische Beschwerden durch den plötzlichen Situationswechsel zu vermeiden.

In dem Zimmer, in dem ich untergebracht war, gab es außer den nötigen Gegenständen auch einen großen Fernsehschirm, der den in die ihm geschenkte Stille und Ruhe versenkten Bewohner mit der Welt verband, die vorläufig noch hinter den Wänden aus einem besonderen lichtdurchlässigen, aber schallisolierenden Material lag.

Ich befand mich in einer lautlosen Welt, in einer absoluten Stille, die noch nicht begonnen hatte, mich zu quälen.

Ich öffnete die Aktentasche aus Segeltuch und holte das Manuskript des Romans hervor, um es in Ruhe durchzusehen.

Doch der Roman schwieg wie die Wände meines Hotels, die den Schall schluckten. Die Worte waren wie ausgeblichen.

Sie gaben weder Geruch noch Farbe von sich, sie drückten weder die Vielfalt der beschriebenen Ereignisse noch die lebendige Konkretheit und Wahrnehmbarkeit der Dinge aus. Das Leben war aus den Worten entflohen wie ein wendiges Tier aus einer Falle, die ein unerfahrener Jäger aufgestellt hat. Wo waren die von Ophelia geflüsterten Sätze, die sich gleich in Bäume verwandelt hatten, in Häuser, Gärten, Bilder, Handlungen, in Kapitel, die in irdische Körperlichkeit gekleidet waren und es verstanden, den Tod zu fassen, die Leidenschaft der Menschen, den Gang eines Betrügers, das Lächeln einer Madonna und den wilden Pfiff eines amerikanischen Gangsters, der gerade eine internationale Bank ausgeraubt hatte?

Das Schicksal strafte mich. Wofür? Doch nicht etwa dafür, daß ich mich vor meinen langen Reise nicht von den Bekannten und Freunden verabschiedet hatte, die ich im 20. Jahrhundert zurückließ, daß ich mich im Hausbüro der Wohnungsverwaltung nicht abgemeldet und ein Buch (eine Übersetzung aus dem Französischen) nicht in die Rayonbibliothek zurückgebracht hatte?

Das Manuskript war stumm geworden, es hatte die Reise aus einer Zeit in die andere nicht ausgehalten, als hätten die physikalisch-chemischen Bedingungen der allzu schnellen Fortbewegung das Leben herausströmen lassen, so, wie ein Bergsee überläuft, wenn ihn ein starkes Erdbeben schüttelt.

Ich war verzweifelt, ich dachte an Ophelia, die sicherlich nichtsahnend durch die Stadt eilte und ihre Bekannten und Freundinnen besuchte.

Die Stille beruhigte mich nicht mehr. Im Gegenteil. Sie begann mich zu beunruhigen. Um mich von den lästigen Gedanken und Zweifeln abzulenken, schaltete ich den Bildschirm ein.

Der Bildschirm ließ sofort die Wände verschwinden, und ich erblickte Ophelia. Sie stand über den Koffer aus Krokodilleder geneigt. Der Koffer war offen, und Ophelia beugte sich über ihn – doch nicht etwa, um der Welt, die auf diesen Bildschirm schaute, ihre altmodischen Kleider, Schuhe, Leibchen und Fil-d'Ecosse-Strümpfe zu zeigen, die sie aus den zwanziger Jahren des längst in den Ruhestand getretenen Jahrhunderts mitgebracht hatte?

Es war mir peinlich für sie. Sie sah aus wie in jenen kurzen zwei Jahren, in denen sie die Ehefrau des Tizians der Wassiljew-Insel gewesen war und den zottigen Hund ausführte.

Doch wie groß war mein Erstaunen, als sie anstelle eines nach Naphtalin riechenden Kleides aus dem Koffer die blaue, über Steine dahinstürzende Katun zusammen mit dem felsigen, lärchenbewachsenen Ufer hervorzog, als wolle sie dies alles anziehen.

Sie holte aus dem Koffer einen Feldweg mit einem Wagen und einem munter trabenden Pferd, ein Feld mit sattgrünem Flachs, eine Wiese mit einer Herde Cholmogorsker Kühe, die Eisenbahnlinie Leningrad–Siwersk mit einem Vorortzug und einen Park mit einer Bank, auf der ein Liebespaar saß und dem Trillern einer gastierenden Künstlerin aus dem Süden lauschte – einer Nachtigall.

Sie zog eine Wolke hervor, die schneebedeckten Gipfel des Bargusinfelsens, eine Zeder mit einem Eichhörnchen auf dem Zweig und einen Zobel, der gerade aus der Höhle ge-

Buch

schlüpft war, und dann legte sie alles mit der gleichen lässigen Handbewegung wieder zurück in ebenjenen Koffer, der bodenlos geworden war wie das Universum.

All das hatte Ähnlichkeit mit einer Estradennummer, die jedoch nicht von einer gewöhnlichen Zauberkünstlerin ausgeführt wurde, sondern von einer echten Zauberin, die freilich der Gewerkschaft der Kunstschaffenden angehörte und nach jeder Nummer dem Publikum ihr einstudiertes: »Das ist kein Wunder und kein Betrug, sondern die Meisterschaft gut trainierter Hände« zurief.

Sie besaß wirklich gut trainierte Hände, und mit diesen Händen hatte sie es während des Fluges fertiggebracht, unbemerkt das Leben aus unserem Manuskript herauszupressen – so wie man ein Kleid auswringt, das in einen Platzregen geraten ist – und dieses Leben wieder zu sammeln, so wie ein Dichter ein Gedicht aus Worten zusammensetzt, die durchtränkt sind von den Gerüchen der Wälder und von Leidenschaft, und schließlich all diese Poesie bei sich im Koffer zu verstecken.

Ich konnte ihr nicht böse sein, ich schaute auf den Bildschirm und begriff, daß es dumm wäre, einem Wesen böse zu sein, das ein besonderes Talent besaß – den Abstand zwischen Denken und Welt zu verringern und alles Gesehene in ein Poem zu verwandeln, so frisch wie der Morgen auf einem noch gestern unbekannten Planeten, den zum erstenmal eines Menschen Fuß betritt.

MICHAEL NAGULA

Das Deuten der Zeichen

Über russische Science Fiction und ihr Verständnis bei Gennadi Gor

Für Alex Laue

Historische Erfahrung spielte von jeher eine bedeutende Rolle in der Science Fiction. Von frühesten Zeiten an ist sie aus einem Gefühl der Faszination durch die erstaunlichen Möglichkeiten entstanden, die sich in anderen Weltgegenden auftun könnten. Unter diesem Blickwinkel gesehen, endet das Genre nicht mit der modernen Wissenschaft, noch beginnt es mit ihr. Es kann die erzählende Prosa aller Zeiten für sich beanspruchen, um sich im Kern mit Parallelen und Parabeln auf menschliche Zustände zu befassen, sich ebensosehr mit der Ethik wie mit der Technik zu beschäftigen. Die russische Science Fiction nimmt dabei eine Sonderstellung ein. Sie wird betrieben als eine Literatur des kognitiven Staunens, deren Hauptunterschied zu westlichen Strömungen in einem mehr oder minder dogmatischen Utopismus besteht, der auf der Grundlage sozialistischer Tradition neue Rahmen für bis jetzt noch unbekannte menschliche Möglichkeiten sucht.

Besonderes Merkmal russischer Science Fiction ist das Streben nach einer harmonischen Einheit von Mensch und Natur. Zu keiner Zeit wurde sie von der Technik oder Abenteuerliteratur beherrscht. Ihre Stärke liegt in der Verquickung des rationalistischen westeuropäischen Stranges von Utopismus und Satire mit den einheimischen Volkserwartungen von Überfluß und Gerechtigkeit. Sie zeigte sich zunächst in dem allgegenwärtigen Traum vom Schlaraffenland und den wunderbaren Reisen in ferne Länder, die von Freiheitlichkeit künden, ohne Ansehen des Besitzes und sozialen Standes. Vom sechzehnten Jahrhundert an, dem Zeitalter Iwans des Schrecklichen, mehren sich jedoch die Spuren imaginärer soziopolitischer Bezugssysteme und bilden in der Folge den europäischen rationalistischen Staatsroman des achtzehnten Jahrhunderts aus. Utopische Schriften, meist angesiedelt in einem pseudoklassischen Milieu, hoben harmonische Idealstaaten in den Himmel, aber jeder sich auf Menschenrechte berufende Protest gegen die Leibeigenschaft wurde vom aufgeklärten Absolutismus unter dem Eindruck der Französischen Revolution radikal unterdrückt. Erst in den zwanziger Jahren des neunzehnten Jahrhunderts entfaltete sich der soziale Utopismus zur Blüte, zu einer Zeit, als die Zukunft übermächtig über die Gegenwart herrschte. Ungeheure Energiequellen wurden erschlossen, und Lenin plante ein gänzlich elektrifiziertes und in sich selbst verwaltetes Rußland. Dieser Atmosphäre entsprang eine wahre Flut von literarischen Vorwegnahmen. Junge Schriftsteller schrieben erzählende Prosa über die nahe Zukunft oder utopische Schauspiele, und eine ganze Schule von Verseschmieden nannte sich die Kosmisten.

Der Traum von einer wissenschaftlichen Dichtkunst fand seinen bedeutendsten Vertreter in Wladimir Majakowski. Und doch erwies sich als Haupttriebfeder seiner Schöpfungskraft die Spannung zwischen dem kommunistischen Utopismus und einer widerspenstigen Wirklichkeit. Sein erstes Schauspiel *Mysterium Buffo* von 1918 entwarf zwar noch eine Vision der Oktoberrevolution als läuternder Flut, aber seine späteren Arbeiten wurden zu Protesten gegen die drohende Trennung des klassenlosen Paradieses der Zukunft von der Erde der Gegenwart. Das andere Hauptwerk dieser Zeit verfaßte zwei Jahre darauf Jewgenij Samjatin mit seinem Roman *Wir* (Heyne-Buch 06/3467). Er beklagt darin das repressive Potential eines jeden mächtigen Staates und einer jeden bürokratischen Einrichtung, ohne jedoch — wie so oft behauptet wird — die Prinzipien des Sowjetstaates grundsätzlich in Frage zu stellen. Im Mittelpunkt seiner Arbeit stand die sich fortwährend entwickelnde menschliche Persönlichkeit, die ihren Ausdruck in einer nicht kleinzukriegenden, lebensspendenden, subversiven Erotik findet. Zwischen diesen beiden Strängen entwickelte sich während der zwanziger Jahre die erste russische Abart der Science Fiction, die eine Verbindung von soziologischer mit naturwissenschaftlicher Extrapolation anstrebte, auch wenn sie anfangs auf interplanetarische und futuristische Abenteuer ausgerichtet war. Bahnbrechend waren dabei die Werke von Konstantin Ziolkowski, dessen Roman *Außerhalb der Erde* (Heyne-Buch 06/3554) den Höhepunkt darstellt. Sie führten in einem Klima astronautischer Studienzirkel und Hochschuldiskussionen zu einer literarischen Form, als deren bedeutendster Vertreter Alexej Tolstoi mit seinem Roman *Aelita* gilt. Seine extrapolierende Vielseitigkeit, abwechslungsreiche Charakterisierung und lyrische Sprache verschafften dieser Hauptrichtung der Science Fiction allgemeine Anerkennung. Seine Schilderung interplanetarer Flüge und Konflikte verband sich mit einem utopischen Pathos, das auf eine Weise mit revolutionären Gesellschaftsperspektiven durchsetzt war, die darauf abzielte, es möglichst allen Teilen der Leserschaft recht zu machen.

In der Nachfolge einer solchen Verbindung zwischen wissenschaftlichem Thriller und politischer Belehrung entstanden zahlreiche Werke, von denen die des fruchtbaren Alexander Beljajew am erfolgreichsten waren. Seine märchenhaften Fabeln, die ein feines Gespür für Zukunftsaussichten auf dem Gebiet der Organtransplantation und der Astronautik verraten, ließen jedoch bereits erkennen, daß die literarische Vorwegnahme zu einem gewagten Unterfangen wurde in einer Zeit, die es als einzigem Stalin gestattete, in die Zukunft zu sehen. Die zweite Hauptphase der sowjetischen Science Fiction setzte dementsprechend erst in den fünfziger Jahren ein, als Iwan Jefremov gegen heftige ideologische Opposition seinen Roman *Andromedanebel* vollendete (Band 19 der Bibliothek der Science Fiction Literatur). Diesem Werk kommt deshalb eine zentrale Bedeutung zu, weil es auf seine Art schöpferisch die klassische utopische und sozialistische Vision erneuert hat und auf eine geeinte, wohlhabende, humanistische Menschheit vorausblickt. Es ist eine der ersten Utopien der Weltliteratur, die neue Charaktere in Wechselwirkung mit einer neuen Gesellschaft zeigt. Das hat den Roman zum entscheidenden Wendepunkt in der russischen Tradition des Genres gemacht; er leitet die jüngste Ära der sowjetischen Science Fiction ein.

Seit Erscheinen dieses Buchs ist eine Fülle neuer Namen hervorgetreten. Ein lückenloser Abriß ist kaum zu leisten, aber zu den wichtigsten der frühen Phase gehören sicher Genrich Altow und Anatoli Dneprow, die die Romantik einer bisher unbekannten Ebene menschlichen Könnens an der Schwelle von Kybernetik und Biologie in das Genre einführten. Den herausragenden Platz nehmen seit 1958 jedoch Arkadij und Boris Strugackij ein, die ihre Werke stets gemeinsam verfassen. Sie unterwerfen die utopische Ethik dem Prüfstein antiutopischer Finsternis und haben den Aufbau des in sich schlüssigsten Modells der russischen Science Fiction geleistet. Ihre besten Arbeiten haben den Abscheu vor den schrecklichen Gespenstern der Vergangenheit und den Glauben an die Notwendigkeit einer vermenschlichten Zukunft bewahrt, wissen aber auch intensiv um die Niederlagen. Die zentrale Quelle, die ihren Pathos speist, rührt aus dem Zusammenströmen von Utopismus und moderner Erkenntnistheorie.

Ein solches Blickfeld kennzeichnet den angestammten Platz der Science Fiction in der Welt und schafft eine Unmenge neuer Ausdrucksmöglichkeiten. Eine davon sind sicher die kondensierten Parodien des Ilja Warschawski, der unter Zuhilfenahme der kurzen Form und eines unbelasteten und humorvollen Verfahrens den Finger auf die offenen Wunden der Gesellschaft legt. Seine Kurzgeschichten lesen sich wie eine Miniaturdarstellung der bedeutendsten Arbeiten und Themen der russischen Science Fiction. Daneben entwickelte sich jedoch im Laufe der sechziger Jahre ein warmer psychologischer Lyrizismus, der so stark mit erkenntnistheoretischen Fragestellungen durchsetzt ist, daß die gängige Prosaform als Medium kaum noch ausreicht. Der unzweifelhaft führende Schriftsteller auf diesem Gebiet ist Gennadi Gor, dessen Werk zwischen Wachen und Träumen angesiedelt ist und sich bemüht, unter Einbeziehung des Ganzen den eigenen Stellenwert in der Welt zu erkunden.

Friedrich Schlegel schrieb einmal: »Werke, deren Ideal für den Künstler nicht ebensoviel lebendige Realität, und gleichsam Persönlichkeit hat, wie die Geliebte oder der Freund, blieben besser ungeschrieben. Wenigstens Kunstwerke werden es gewiß nicht.« Dahinter steht die romantische Forderung, daß sich alle getrennten Gattungen in der Poesie wieder vereinen sollen, daß die Formen der Kunst vom Seufzer über den Kuß bis zum gesellschaftlichen Zusammenleben sich im Dargestellten verlieren müssen, damit ein Bild des Zeitalters geschaffen wird, in dem der Dichter auf den Flügeln der Imagination frei in der Mitte schwebt. Vor diesem Hintergrund klingt es vertraut, wenn Silvian Iosifescu über die Science Fiction schreibt: »In der neuen Methode, die Ungebundenheit der Phantasie und spekulative Intelligenz verbindet, erkennen wir eine spezifische Voraussetzung des Genres.« Um so mehr, da Michel Butor erklärt: »Die Science Fiction wäre, sofern sie sich beschränken und vereinheitlichen könnte, in der Lage, im Vorstellungsleben des einzelnen einen zwingenden Einfluß zu gewinnen, wie ihn vergleichbar irgendeine klassische Mythologie besessen hat.« Es ist eine Forderung an das Genre, sich zu einer Syntheseform von Erzählung und Lyrik zu erheben, in der Phantasiereichtum und wissenschaftlich Mögliches sich wechselseitig stützen und neue Freiheiten des Denkens erschließen. Der heutige Stand russischer Science Fiction läßt den Leser von einem Dichter träumen, der die Verbindung zwischen Intellekt und Imagination herstellt, der wissenschaftlichen Mythen eine poetische Tragfähigkeit verleiht, die aus der Summe ihrer Teile ein umfassendes Ganzes schmiedet.

Ein Autor, der dies zu leisten scheint, ist Gennadi Gor. Er wurde 1907 als Sohn einer verbannten jüdischen Familie in Werchneudinsk geboren und kam als Sechzehnjähriger nach Petrograd, dem jetzigen Leningrad, wo er Geschichte und Philologie studierte und noch heute als Schriftsteller lebt. Seinem literarischen Debüt im Jahre 1925 und einem ersten Erzählungsband, der unter dem Titel *Malerei* acht Jahre später erschien, folgten bisher über zwanzig Bücher, in denen zunächst zwei Themen dominierten: das Leben der Völker im Hohen Norden und die Arbeit sowjetischer Wissenschaftler. Seit 1961 hat er mehrere Romane und Erzählungen verfaßt, die der Phantastik zugehören. Nach einigen Übersetzungen in die DDR wurde er bei uns im kleineren Kreis durch seine Erzählung *Das blaue Fenster des Theokrit* bekannt (enthalten in dem von Horst Pukallus herausgegebenen Heyne-Buch 06/3618 gleichen Titels, und wiederabgedruckt in *Science Fiction Jubiläumsband. Das Lesebuch,* hrsg. von Wolfgang Jeschke, 06/

4000). Der vorliegende Roman, der in seiner künstlerischen Konzeption das Schicksal des Autors und seiner Zeit sowie Fragen seines Schaffens umfaßt, zeigt ihn als bedeutende Persönlichkeit der russischen Science Fiction. Sein Verständnis von ihr als einer Literatur der möglichen Fremdheit im sozialen und technischen Bereich knüpfte an Traditionen an, die weit über das hierzulande noch recht enge Genreverständnis hinausreichen. Er konfrontiert das aufklärerische Bewußtsein zahlreicher Gelehrter mit den Paradoxien der Zeit und diskutiert erkenntnistheoretische Fragestellungen im Gewand der Phantastik.

Eine der theoretischen Achsen, um die herum sein Roman sich aufbaut, ist die Betrachtung der Welt als ein Projektionsproblem. Wenn ein Schatten die Projektion eines dreidimensionalen Gegenstands auf eine zweidimensionale Ebene ist, dann ist folgerichtig der dreidimensionale Gegenstand die Projektion eines vierdimensionalen Objekts in einem dreidimensionalen Raum. Alle Gegenstände sind Bilder von anderen, unsichtbaren Gegenständen, die selbst wieder Bilder sein können. Mittler zwischen den Dimensionen ist der schöpferische Geist. Ihm obliegt es, durch die Methoden der Philosophie, Literatur und Kunst den Schleier des Geheimnisses zu lüften und die Wahrheit zu offenbaren. Es ist der Blickwinkel eines Mannes, der unter dieser Prämisse die Frau als Urbild des Ästhetischen und ewige Lockung in das Gewand einer Statue kleidet, sie außerhalb von Zeit und Raum stellt und in eine Welt vergeistigter Zeichen versetzt, die sich für Menschen halten und — wie der Autor selbst — darum bemühen, aus dem Leblosen etwas Lebendiges zu schaffen. Der Blick ist nach vorn gerichtet. Der Leser soll sich in der Hauptfigur wiederfinden, die eigene Zweidimensionalität hinter sich lassen und gegen eine Phantasmagorie der Sehnsüchte und Verheißungen eintauschen. Stets von Einbrüchen der Realität gestört, wird dieses Anliegen doch niemals aufgegeben. Immer von neuem stellt sich die Hauptfigur den Einflüssen der Außenwelt, während sie dazu neigt, sich in der Fülle der sie umgebenden Zeichen und Symbole aufzulösen. Die Bedeutungsebenen sind vielschichtig. Alles fließt. Alles ist, was es ist, und dennoch etwas anderes. Der einzelne strebt nach mehr, einem Mehr, das in der Gegenwart nicht zu finden ist, das in der Vergangenheit möglich war und für die Zukunft erhofft werden kann: die vielfältige Interpretierbarkeit des Zweidimensionalen, die Hinwendung zum Mythos. Eine Sehnsucht nach Unsterblichkeit bricht sich Bahn, die verstanden wird als Aneinanderreihung der Augenblicke höchsten Empfindens in einer mechanisierten und überbürokratisierten Gesellschaft, die zum Besseren hin überwunden sein will.

Die lebende Statue dient als Verkörperung alles dessen, was der Dichter und mit ihm der Leser sich von der Welt erhofft. Sie steht für die Überwindung statischer Herrlichkeit und ist das Symbol für ein fernes, niemals endendes Leben. In Gennadi Gors eigenen Worten: »Sie war ja gleichzeitig eine schöne Frau und ein wunderliches Buch, also eine Welt, die ihre Entstehung der Phantasie verdankte, die es aber vermochte, sich auf unbegreifliche und magische Weise mit dem Leben des Lesers zu verbinden, eines ganz und gar nicht eingebildeten, sondern wirklichen Lesers, der wie in eine Falle geraten war, aus der es keinen Ausweg gab, ehe nicht die Fabel dieses Buches zu Ende war, eine Fabel, die das Leben nicht widerspiegelte, sondern es zu ersetzen versuchte.« Man kann diesen letzten Punkt als wesentliche Kritik am Konzept des Autors verstehen. Die Bedeutung der Gegenstände, ob belebt oder unbelebt, entlarvt sich in ihrer Vielschichtigkeit als ein Labyrinth, aus dem es keine Rückkehr gibt. Einmal Gedachtes kann nicht widerrufen werden, einmal Gesehenes wird nicht mehr weichen. Irrwege können in Sackgassen führen, denn je stärker sich die eigene Wahrnehmung verändert, desto weniger wird sie mitteilbar. Das Deuten der alles und jeden umgebenden Zeichen und Symbole gerät in Gefahr, zum Automatismus zu werden, zum Selbstzweck zu erstarren. Die Hoffnung liegt in der Vielzahl individueller Sichtweisen, die durch Interaktion und gegenseitigen Austausch zum bestmöglichen Ergebnis führen. Am Ende kann eine gesellschaftliche Perspektive stehen. Selbst wenn ein gewisses Maß an Eskapismus hinter dem Konzept des Autors nicht zu leugnen ist, sollte das grundsätzlich Richtige dieses Verfahrens doch nicht übersehen werden. Unzweifelhaft kann es den Rang eines ernstzunehmenden Mottos für sich beanspruchen: im Deuten der Zeichen die Welt erkennen.